COYOTE 土狼星

[美]艾伦·斯蒂尔 著 张涵 译

新星出版社 NEW STAR PRESS

COYOTE by Allen Steele
Copyright © 2002 by Allen Steele
This edition arranged with Sterling Lord Literistic, through The Grayhawk Agency Ltd.
Simplified Chinese edition copyright:
2024 Chengdu Eight Light Minutes Culture Communication Co., Ltd.
All rights reserved.
著作版权合同登记号：01-2022-5700

图书在版编目（CIP）数据

土狼星 /（美）艾伦·斯蒂尔著；张涵译 . -- 北京：新星出版社，2024.6
ISBN 978-7-5133-5585-8

Ⅰ . ①土… Ⅱ . ①艾… ②张… Ⅲ . ①长篇小说 - 美国 - 现代 Ⅳ . ① I712.45

中国国家版本馆 CIP 数据核字 (2024) 第 082250 号

光分科幻文库

土狼星

[美] 艾伦·斯蒂尔 著；张 涵 译

责任编辑　杨　猛
监　　制　黄　艳
责任印制　李珊珊

出 版 人　马汝军
出版发行　新星出版社
　　　　　（北京市西城区车公庄大街丙 3 号楼 8001 100044）
网　　址　www.newstarpress.com
法律顾问　北京市岳成律师事务所
印　　刷　北京天恒嘉业印刷有限公司
开　　本　910mm×1230mm　1/32
印　　张　13.125
字　　数　341 千字
版　　次　2024 年 6 月第 1 版　　2024 年 6 月第 1 次印刷
书　　号　ISBN 978-7-5133-5585-8
定　　价　68.00 元

版权专有，侵权必究。如有印装错误，请与出版社联系。
总机：010-88310888　传真：010-65270449　销售中心：010-88310811

献给我的文学经纪人和好朋友
玛莎·米勒德

波澜壮阔的星际移民史诗——《土狼星》三部曲

北星

2001年1月和3月,美国科幻作家艾伦·斯蒂尔在《阿西莫夫科幻杂志》上发表了长中篇小说《窃取"亚拉巴马号"》和短中篇小说《航程中的日子》。这两篇科幻作品在2002年同时获得了雨果奖的提名。虽然遗憾的是斯蒂尔这两篇最终都没有获奖(分别败给了弗诺·文奇的《费尔蒙特中学的流星岁月》和特德·姜的《地狱是上帝不在的地方》),但却给人留下了深刻的印象。《窃取"亚拉巴马号"》获得了2002年阿西莫夫读者选择奖,而《航程中的日子》也获得了2003年星云奖的提名。

以上两篇作品构成了斯蒂尔的星际移民长篇小说《土狼星》的前两章。《土狼星》这部长篇的发表有些非同寻常。实际上,整部小说是由以上两篇和其他六个短中篇构成的。作者的这八篇中有七篇发表在了《阿西莫夫科幻杂志》上,而第二部《土狼星II:崛起》也由八篇短中篇构成,全部发表在了《阿西莫夫科幻杂志》上。第三部《土狼星III:边疆》作为单本长篇出版,但实际上也有八个短中篇。这些篇目看似独立成章,但合在一起,便编织成为一部波澜壮阔的星际移民史诗。

第一部《土狼星》有个副标题:一部关于星际探险的小说。故事起于2070年，这时的美国已经由独裁政权美利坚联合共和国所取代。这个国家建造了第一艘星舰"亚拉巴马号"。然而，就在"亚拉巴马号"即将发射之际，舰长罗伯特·李却带领一群科学家策划了一起惊心动魄的行动：他们从政府的眼皮底下窃取"亚拉巴马号"，星舰载着一百多名移民向四十六光年外的大熊座47恒星飞去。

经过二百三十年的漫漫旅程，星舰到达了目的地。从超低温生物停滞状态下解冻出来的人们发现，这颗恒星的第三颗行星上，有一颗卫星与地球环境十分类似。这颗卫星被称作土狼星。人们乘坐太空穿梭机降到土狼星上，建立起了人类在外星系的第一个移民点。故事就从这些移民为了在这颗异星上生存和发展，与自然环境的搏斗中展开。

作者笔下的土狼星主要由陆地组成，一条超级大河横贯赤道，与其他纵横交错的河流网一起将土狼星的陆地分成了大大小小的岛屿。"亚拉巴马号"的移民们定居在赤道附近的一座大岛——新佛罗里达——上面。这颗星球几乎到处都被茂密的森林覆盖。森林里生活着各种动物，但似乎没有智慧生命。其中，最致命的动物是一种叫作莽鸟的凶猛大鸟，但不会飞行。好几名移民丧生在了这种鸟之下。这颗星球也有四季，但一年却有1096天，一天有27个小时。漫长的冬季成了人类生存的主要难关。

第一部的前半卷写的是从窃取"亚拉巴马号"到降落至土狼星的经历，后半卷写的是几个少年在这颗星球上探险和成长的故事。在第一部的最后一篇故事里，地球上出现了新集权主义政府西半球联盟，发射新式星际飞船"辉煌命运号"到达了土狼星。由于科学技术的发展，"辉煌命运号"的推进器比"亚拉巴马号"先进许多。所以，尽管发射时间落后了许多年，但还是在"亚拉巴马号"降落土狼星几年后就到达了。土狼星的历史也由此揭开了新的一幕。

如果说第一部写的是移民们为生存而战，那第二部《土狼星Ⅱ：

崛起》就是为自由而战了。第二部的副标题是：一部关于星际革命的小说。多年以后，西半球联盟又有几艘星际飞船到达土狼星，载着成百上千的移民离开了环境越来越糟的地球。"亚拉巴马号"的移民们发现，他们并没有真正逃离暴政。为了自由，他们发动了人类在异星上的第一场战争。这场战争中，各种各样栩栩如生的人物在异星的天空下上演着各种悲喜剧，作者的描述让人如同身临其境：成熟的少年成为反抗军的首领，基因改造后的变种人企图传播自己创立的教义，冷酷无情的半人半机器人，半疯的神秘女人，天才桥梁建筑师……一个个惊心动魄的故事看得叫人手不释卷。

第三部《土狼星Ⅲ：边疆》的副标题是：一部关于星际移民的小说。因为不像前两部那样先分成短中篇出版，而是单独以整部出版，所以相对于前两部来说没那么散，更像长篇，故事更集中。在这一部里，地球的环境更加糟糕，因为温室效应导致海平面上涨，地球上的很多地方都不适合人们居住了。与此同时，地球上的科学家们研制出了利用虫洞效应的星门，从而使星际间的瞬时交通成为可能。因此，土狼星成了地球人的新桃花源和新的希望。大规模的星际移民开始了。于是，种种政治上的问题、环境上的问题都出现了。土狼星最初的移民们自然不希望自己的家园成为第二个地球。但是，森林的大批砍伐给当地土著生物的生存带来了威胁。政治家来了，商人来了，全副武装的飞船也来了。土狼星上的人们又面临着新的挑战。

必须承认，作者有点取巧。前两部的十六章在杂志上作为短中篇先出版，之后又作为单本长篇出版，作者赚了两次稿费。这样的长篇也存在结构比较松散的嫌疑。但好处是，这种结构使得读者能够从不同的视角看到土狼星丰富多彩的生活画卷。作者的其他短中篇曾经两次获得雨果奖，他显然是短中篇写作的高手。这些作为短中篇发表的十六篇土狼星小说几乎篇篇精彩，前两篇得到雨果奖提名自然是不错，后面的诸篇里，形形色色的人物和不同视角的故事总给人新的兴趣点：猎杀莽鸟的悲剧，少年孤身泛舟对新世界的探险，变种人传教的奇特经历，工程奇才在异星上修建第一座大桥……作者的成功不光在于故事扣人心弦，还在于其笔下的人物各个栩栩如生、性格鲜明。另外，作者刻画的异星地貌和生物都异常清晰。阅读这样的小说，你仿佛就跟书里的人物一样在土狼星上过着艰辛而丰富的生活，感受着土狼星的空气，经过着那里的土地和河流。读着这三部曲，我总觉得未来的星际移民大概就是书里描写的这样。

《土狼星》三部曲的最后，作家给了读者足够开阔的想象空间。毫无疑问，作者将以土狼星为起点，建造一部宏伟的人类未来史！

本故事纯属虚构。故事中出现的名字、人物、地点和事件均系作者杜撰，如与真实存在的人物、商业机构、事件和地点有所雷同，纯属巧合。

目 录

楔 子 *1*

第一卷 自地球出发的旅程

- 1 - 窃取"亚拉巴马号"　*3*
- 2 - 航程中的日子　*81*
- 3 - 抵达土狼星　*113*
- 4 - 自由镇日记　*187*

第二卷 未知的海岸

- 5 - 捕猎莽鸟　*219*
- 6 - 穿越东分水岭　*237*
- 7 - 离乡独行　*305*
- 8 - 辉煌命运　*335*

鸣 谢　*399*

楔　子

这是一个关于新世界的故事。不过故事不是从那里开的头，而是发端于二十世纪最后几年的地球。

银河系的直径接近十万光年，从星际气体云中汇聚而成的原恒星，到寿命行将结束的白矮星，它的悬臂结构中有着约五万颗恒星。而在恒星生命进程的这两端——原恒星与白矮星——之间，则是成千上万颗太阳：它们之中，有些紧密地聚集在银心附近，但大多数恒星之间的距离却远得难以想象，只能用抽象的数字来表述。在主序星[1]的恒星系中，行星相当常见。这些行星是恒星形成阶段剩余的物质受恒星吸积带中的潮汐力作用聚集而成的；混沌初开之时，它们并不存在。

在二十世纪初，只有少数科学家和很小一批公众认为，地球之外存在智慧生命；但到了二十一世纪，绝大多数受过良好教育的人都已经开始赞同这一观点。其中的原因在于，如果行星系在星系中普遍存在，那么生命也应该分布广泛。甚至连作家、艺术家和电

---

1. 主序星，指赫罗图主序带上的恒星，这一阶段是恒星演化过程中持续时间最长的阶段，恒星在此时处于静力平衡状态。原恒星开始进行连续的聚变反应，成为主序星，随着核燃料的耗尽，主序星变为红巨星，最后坍缩成为白矮星、中子星或黑洞——译注（如无特别说明，本书中注释均为译注）。

影制片人，也都想象出了挤满形态各异、大小不同的地外生物的星系甚至整个宇宙；然而天文学家和天体物理学家却开始怀疑，实际情况可能并非如此。虽然大多数主序星的恒星系中确实可能诞生行星，但这跟之前人们的预想，也就是大多数行星上都有可能存在生命不同，除了很原始的生命形式，行星上存在生命的概率其实很低。这些行星可能离它们的恒星要么太近，要么太远，在这样的地表条件下，无法出现复杂的多细胞生命体。虽然火山断裂带的热泉附近有可能进化出细菌群落，但要让它们继续进化的话，可能性就非常有限了。虽然这也并非完全不可能，但……概率也太小了，简直就是异想天开。仅仅是抱着希望和信念是不够的，虽然根据德雷克方程[1]，宇宙中满是生命，但费米悖论[2]却向我们提出了一个无人能解的问题。

1995年年底，旧金山州立大学的两位天文学家，杰弗里·马西和保罗·巴特勒，参与了一项寻找太阳系外行星的研究项目，他们利用红外干涉仪仔细对恒星进行了观测，研究它们的视星等是否会出现规律变化。如果存在规律变化，就表明恒星受到了附近大质量天体的引力作用。瑞士日内瓦天文台就在观测距地球五十光年的G型恒星[3]天马座51时，利用这项技术发现了一颗围绕它公转的气态巨行星。马西博士和巴特勒博士利用位于圣何塞郊外利克天文台那台一百二十英寸[4]的望远镜，希望能够找到更多的太阳系外行星。

他们的努力没有白费，1996年1月，这两位行星搜寻者宣布，他

---

1. 德雷克方程，美国天文学家法兰克·德雷克（1930— ）于二十世纪六十年代提出的一条用来推测可能与我们接触的银河系内外星球高智文明的数量的公式。
2. 费米悖论，物理学家恩里克·费米（1901—1954），所提出的一个关于外星生命是否存在的悖论，即如果宇宙中存在大量先进文明，为什么我们还没有得到它们存在的证据呢？
3. 科学家们根据恒星的光谱，把恒星分成O、B、A、F、G、K和M等类型。其中G型恒星温度约为5000到6000开尔文，我们的太阳就属于G型恒星。
4. 1英寸等于2.54厘米。

们发现，有一颗巨行星正围绕着距地球四十六光年的G型恒星大熊座47公转。人们无法对这颗行星进行直接观测，但通过分析恒星受到的影响，马西和巴特勒确定，大熊座47b是一颗质量相当于三颗木星的气态巨行星，它的轨道距离恒星约有2.1天文单位[1]。和质量约为0.6倍木星质量，距离恒星0.05天文单位的天马座51b比起来，大熊座47b可谓是教科书般的气态巨行星。如果这项惊世骇俗的发现被称为普通的发现，那你确实可以说这是一颗"普通"的行星。

这条消息出现在了世界各地的报纸头版头条上，随后却逐渐在公众的视野中销声匿迹了。在接下来的几年时间里，马西和巴特勒在牧夫座τA、仙女座υ和北冕座ρ上复制了他们之前的成功，相继发现了围绕这些恒星公转的行星。截至2000年5月，已经发现了超过四十颗太阳系外行星，其中有些行星非常奇特，相比之下，大熊座47b就显得平淡无奇了。不过太空生物学家们依然对大熊座47b情有独钟，因为它的轨道非常靠近很多天文学家口中的"宜居带"外边缘。如果一颗行星能够维持生命，那么它与自己所公转的恒星之间的距离就应该落在宜居带内。根据这项理论，只要大熊座47b离它的恒星再近一点儿，这颗行星上就有可能存在生命了。宾夕法尼亚州立大学的天体物理学家们甚至提出了一项假说，认为如果这颗"超级木星"有着自己的卫星系统，那么它反射的红外辐射就可能为其中的一到两颗卫星提供维持生命的环境。

五年之后，在2001年8月，马西与巴特勒宣布，他们又发现了第二颗围绕大熊座47旋转的气态巨行星，这颗行星的质量更小，与恒星之间的距离也更大。随着大熊座47c的发现，人类终于找到了类似太阳系的恒星系统。

---

1. 天文单位，天文学中计量天体之间距离的一个单位，数值取自地球和太阳之间的平均距离，1天文单位等于149597870千米。

就在发现这些太阳系外行星的同时，物理学家和航天工程师们也开始展现出对星际旅行的新兴趣。在1997年和1998年这两年间，NASA举办了两场涉及这一领域的学术会议：一场专注于推进系统的突破性进展，而另一场则与机器人探测器有关。虽然与会人员在"什么时候以及如何将航天器送到我们的太阳系之外"的问题上分歧巨大，但人们还是达成了这样一个共识：就算星际旅行无法在短期内实现，它也并非完全不可能。

二十一世纪初，NASA利用连续两次航天任务，发射了"萨根"类地行星搜索者探测器（TPF）[1]。这是一套在地球低轨道运行的四台八米光学望远镜构成的观测阵列。在TPF上线之后，加州理工学院喷气推进实验室的科学家们将这台探测器指向了那些据信拥有太阳系外行星的恒星。结果有些记录在案的超级木星其实是褐矮星，也就是本应成为双星系统中的那颗伴星的天体微弱燃烧的余烬，人们对此并没有感到意外。虽然这些褐矮星本身也挺有意思的，但它们并不是喷气推进实验室的行星搜寻者们想要找的东西。不过在接下来的几年时间里，他们终于在那些已经发现超级木星的恒星系中，利用直接影像法确认了几颗地球大小的行星。然而，这些行星都不在宜居带内，它们有的离恒星太近，有的离恒星太远，因此上面无法进化出生命。

就在喷气推进实验室将TPF的焦点对准大熊座47b的时候，他们发现了六颗较大的卫星，其中最小的和木卫一大小相当，最大的质量相当于火星。六颗卫星稳定地环绕一颗位于之前被确定为宜居带边缘的气态巨行星在轨道上做圆周运动……这究竟意味着什么呢？人们曾经认为，地球上大陆架以外的大洋深处是一片贫瘠的不毛之地，几乎连细菌都没有，直到发现海底热泉之后，人们发现这些地质

---

1. 这个探测器项目在我们的世界中没有以"萨根"命名，而且已于2011年被NASA取消。

结构周围存在着几十种不同的动植物，它们都已经适应了这种缺乏阳光的巨大高压环境。大熊座47b的卫星上面的环境不可能有海底那么极端，不管之前对那里的宜居性评估结果如何，很可能有些物种能够找到在这些卫星上进化的方法。

到了二十一世纪二十年代末，NASA的政治影响力几乎消失殆尽，私有企业抢走了载人航天业务的大部分市场份额，月球商业采矿计划的成功实施更是迅速在国会引发了广泛讨论，人们认为应该把NASA解散，然后把现有任务并入新成立的联邦空间局里。不过公众对大熊座47b及其卫星依旧颇感兴趣，因此NASA的负责人们仍然底气十足地向国会山提出了两项新计划：第一项是研制红外光谱望远镜，用来分析大熊座47b的卫星的吸收谱带，科学家们可以借此来确定这些卫星的大气中是否有二氧化碳、臭氧或是水蒸气存在的迹象；第二项是"星间飞行"计划，这是一项研究建造恒星际探测器的长期计划。首个可靠的托卡马克核聚变装置已经在法国开始投入使用，美国也正在努力开展自己的核聚变项目，所以将聚变发动机作为星际飞船的动力源，现在也似乎变得切实可行了。

若不是一位看似不太可能的盟友的适时干预，NASA的请求可能会被直接驳回。这位正处于第一届议员任期的亚拉巴马州国会议员汉密尔顿·康罗伊介入了NASA的计划，他同时也是新成立的自由党中的一位意识形态领袖。虽然才三十岁出头，康罗伊已经在国会山有了自己的一席之地。在他的工作计划中，排在首位的就是国家改革计划，包括呼吁召开第三次制宪会议，对美国宪法，包括《权利法案》，进行根本性的修改。不过康罗伊的目光也并没有局限在极端保守主义政治上，他被TPF所拍摄的那张模糊的大熊座47b的卫星照片迷住了，他主张，在太空中拓展国界是美国的昭昭天命。他设法说服了众议院的同事们赞成为这两个项目都提供资金支持。而在NASA这边，负责人们虽然对康罗伊颇有微词，但还是捏着鼻子默默接受了这位众议员的政治帮助。他们这样安慰自己，如果这位信奉资本主义的理论家的支持能让他们的希望不灭，那就接受吧！他们只希望这不是在与魔鬼做交易。

与此同时，在这个国家的另一端，喷气推进实验室的科学家们正在悄悄地举行一场友谊赛。环绕那颗超级木星的六颗较大的卫星被依次编录为大熊座b1，大熊座b2……但有人提议这些卫星和它们的母星应该有一个体面的名字。因此，一场只有加州理工学院的研究人员参与的非正式比赛开始了，比赛的评委是学院的高管。参赛者们用邮件反复交换意见，把想法发布在论坛上，甚至在餐桌边闲聊时也在讨论。人们提出的命名方案从水星七勇士[1]到占星星座的名字，再到迪士尼最受欢迎的动画人物，可谓包罗万象，但最终评委们还是支持用印第安神话中的动物半神来为这些天体命名。因此，大熊座47b叫作熊星，其他几颗卫星则按照从小到大的顺序被称为犬、鹰、雕、蛇和山羊。

其中最大，也是最有可能维持生物生存的第四颗卫星，叫作土狼星。

---

1. 水星计划是美国第一个载人航天项目。项目招募了七名美国航天员，即水星七勇士。这一项目共进行了二十次无人飞行和六次载人飞行。

第一卷

自地球出发的旅程

太空如此辽阔，在浩渺的星空之间，叛乱者和逃犯总会找到自己的容身之所。靠近恒星的区域，将属于大政府和智能工业企业。而在外围区域，开放的边境会像以前一样召唤着人们，召唤着受迫害的少数派逃离镇压，召唤着宗教狂热分子逃离社区，召唤着叛逆少年逃离父母，召唤着孤独爱好者逃离人群。也许在人类的未来中，最重要的一件事就是，会有一群人出发去寻找一个让自己可以免受窥探的地方……

——弗里曼·戴森[1]《从厄洛斯到盖亚》

---

1. 弗里曼·戴森（1923—2020），美籍英裔物理学家、数学家和科普作家，普林斯顿高等研究院教授，在量子场论领域做出了诸多重要贡献，提出了著名的"戴森球"构想。

— 1 —
窃取"亚拉巴马号"

费城 / 2070年7月4日 / 发射倒计时28小时25分03秒

  自由钟[1]比他想象的要大得多。它有将近十五英尺[2]高，重量超过两千磅[3]，悬挂在两座水泥支架之间的橡木梁上，天花板上的灯光在钟的青铜表面上投射出暗淡的光彩。李舰长站在钟前，对着那条沿着钟的侧面向下延伸的裂缝沉思着。钟顶部刻着《圣经》中的句子："在全地向所有的居民宣告自由。利未记25：10。"

  透过钟后面的窗户反射出的影子，李可以看到护送他来这座展览馆的那位共和军中尉。接待他们的那位年轻的公园管理员非常紧张，李和他握手的时候，发现他的手上全是汗。管理员结结巴巴地开始背诵这座钟的历史，李却礼貌地请求他们不要打扰他。于是，那两个人

---

1. 自由钟，位于美国费城国家独立历史公园的一座青铜钟，钟上有一条著名的锯齿状裂缝。据信这座钟曾在1776年7月8日《独立宣言》公开宣布时敲响，是美国国家独立的象征。
2. 1英尺等于30.48厘米。
3. 1磅约等于453.59克。

耐心地等在他身后，恭敬地给他一些独处时间。

透过展览馆的窗户，李看到了坐落在长满青草的林荫道对面的独立厅[1]。招待会已经开始了，尽管这次宴会是为了向李舰长和他的船员们致敬，但是李并不急于参加。能够获准参观自由钟绝对是一种特权，因为大革命之后，政府采取的首批行动之一就包括将这里对公众关闭。国家安全局声称，由于自由钟太过珍贵，为了防范恐怖袭击，在全国紧急状态下，这里不能没人把守。然而如今，革命已经过去了十二年，但自由钟仍然不向除党内精英外的其他人开放。李不禁很好奇，政府是不是在担心，普通公民在亲眼看到这个和自由党同名的文物，读到刻在上面的文字之后，会怎么想。

现在取消行动还来得及。对某位相关人员说几句悄悄话，用毫无恶意的暗语小心翼翼地打几个电话，这个阴谋就没那么容易被揭穿了，因为这样一来，它就不复存在了。每个参与其中的人都会停下他们手中的工作，开始撤退，如果幸运的话，监察官们恐怕永远都不会知道曾经存在这样一个阴谋。

今晚是最后一个放弃的机会。在这之后，就没法回头了，他只能成功，不能失败；失败意味着叛国，叛国意味着死亡。正因为如此，他来到了这里，这个特殊的地方。他并不是大家想象的那样，在象征性地展示自己的爱国热情，他只是要给自己留几分钟的时间来思考。

所以到底要不要动手？

李在自由钟前转过了身，却仍然没有想出这个问题的答案。中尉啪的一声立正了，管理员也下意识地站直了身子，尽管他根本没有这么做的必要。

"好了，中尉，"他平静地说道，"我参观好了，我们现在去参加宴

---

1. 独立厅，位于美国费城国家独立历史公园的一栋乔治式红砖建筑，是第二届大陆会议和美国制宪会议的举办地，美国《独立宣言》和《美利坚合众国宪法》都在此制定。

会吧。"

为了庆祝7月4日独立日，总统的招待会在独立厅后面的鹅卵石广场上举行。通过安检之后，客人们就会看到，一块巨大的屏幕展开在那座移民地时期建造的红砖议会大楼背后，屏幕上投射着"亚拉巴马号"的实时图像。李漫步走过人群，并没有去注意那块屏幕，他用戴着手套的左手端着一杯没有喝过的香槟，右手正式地背在身后。在湿热的七月夜晚，他身上的白制服紧紧贴着皮肤。因为他完全不想参加这次宴会，但又必须出席，所以故意在高级官员都抵达之后才姗姗来迟。另外，他还有最后一件重要的事情需要处理。

宴会上，男士们打着领结，穿着礼服，女士们身着雅致的长裙；李舰长游走在他们之间，微笑着鞠躬，不时停下来与陌生人握手或是合影，注意着让自己保持移动，以免被困得太久。人群的边缘，他可以看到一群身着制服的共和军士兵——他们头戴黑色贝雷帽，脚踩及膝长靴。士兵们都把马裤塞在靴子里，以稍息的姿势握着擦得锃亮的步枪。垒球大小的红色监视器悬浮在参加宴会的人群上空，观察着，窃听着，扫描着。这里的安保措施非常严密，总统应该从亚特兰大飞过来参加这次活动，不过李觉得毫无疑问他会被劝阻。费城离新英格兰边境有点儿太近了，美利坚联合共和国总统无法在这里确保绝对的安全。实际上，尽管新闻媒体经常播放他在远至南加州的各个地方参加活动的镜头，但很少有人能在首都之外见到他。

李在一棵胡桃树下发现了另外两名身穿白制服的人。他穿过人群，发现"亚拉巴马号"的大副汤姆·夏皮罗正和他的执行官尤德·廷斯利凑在一起。等来到他们身边，李才听明白他们在说什么。廷斯利看到他走了过来，立刻挺直了肩膀，轻轻地碰了碰夏皮罗的胳膊肘。

"晚上好，舰长。"夏皮罗说。

"先生们……"

"您玩得开心吗，长官？"廷斯利抬起一只没戴手套的手，捂住了嘴巴，强忍着不让自己打出嗝来，"他们给我们办的送行宴真不错。"

"还行吧。"甚至还没注意到树下矮墙上的空香槟酒杯，李就知道执行官已经喝醉了，"你们别玩得太开心了。尤德，扣好你的上衣，戴上手套。这是公共场合。"

"抱歉，长官。"廷斯利脸涨得通红，他从裤子口袋里掏出手套，"今晚有点儿热。"

"好好享受吧。你很快就会觉得冷了。"李上前扣上年轻人制服上的黄铜纽扣。至少夏皮罗还算穿着得体，也没有喝醉。"你们不是在说什么不该说的吧？"等又凑近了一点儿，他用只有那两个人能听到的声音低声说道。

廷斯利嘟囔了起来，打着哈哈地否认了。"只是在说一些细节，"夏皮罗抬头看了看头顶低矮的树枝，轻声说道，"我们认为那些悬浮监视器不可能偷偷靠近这里监视我们。"

想法不错，但并非万无一失。"你们谈论的时间和地点都不合适，"李说，"等到……"

他突然闭上了嘴巴。他本想说"下一次会议"，但是不会有下次会议了，对不对？招待会结束之后，他们将直接被送往机场，按计划他们将在那里登上一架飞机前往金里奇航天中心[1]。明天早上6∶00，他们将和其他船员一起接受隔离，到时候，谁也没有机会再在不受监视的情况下对话了。要是等到登上"亚拉巴马号"，再想调整计划就来不及了。或许汤姆的想法也有道理。

"讨论出什么东西了吗？"李漫不经心地注视着那棵胡桃树，想要确认一下树叶间有没有藏着悬浮监视器，"还有什么需要我了解的

---

1. 金里奇航天中心，即现实世界的肯尼迪航天中心。文中的一些机构与航天器的名字，如"纽特·金里奇""杰西·赫尔姆斯""乔治·华莱士"等，都取自美国著名的极端保守派政治人物。

情况吗？"

他手下这两位高级军官都没有说话，只是默默地对视了一眼。"都是之前讨论过的事情。"最后夏皮罗说道，"只是……我想问问，点火开关的锁定装置……"

"别担心，"李说，"我们会处理的……"廷斯利手握成拳捂住嘴巴咳嗽了一声，用右脚轻轻戳了戳李的鞋子。舰长朝他那边看了一眼，发现执行官的视线越过他的肩膀，看向了他的身后。一条衬裙在他身后沙沙作响，接着一只手温柔地触到了他的胳膊。

"要是不了解你的话，罗伯特，"埃莉斯说，"我肯定会觉得你这是在躲着我。"

她这话也不算错，要是李知道她在这里，肯定会躲着她。然而，一听到她的声音，他就知道，他们在这儿的邂逅是不可避免的：她自然会参加这场招待会，而这不仅仅是因为他们曾是夫妻。

然而，在舰长转身面对埃莉斯·罗谢尔·李的时候，他并不后悔离开她。他们的婚姻走过了十七个年头，她仍像他们在学院联谊会上第一次见面时那样艳如桃李，冷若冰霜；可一直到最后十八个月里，他才意识到自己根本不了解她。实际上，在他们合法分居之后，她还一直保留着他的姓，这再一次表明，她嫁给他更多是出于社会地位而不是爱情；无论如何，她仍然是星舰"亚拉巴马号"指挥官 R·E. 李舰长的妻子。

"我没躲着你，这儿人太多了，我刚刚没看到你。"李牵起她戴着丝绸手套的手，在她的脸颊上轻轻一吻，"你真漂亮……这是条新裙子吗？"

"马屁精。"埃莉斯挽住了他的胳膊，将视线转向夏皮罗和廷斯利，"真抱歉，先生们，我能把你们的舰长借走吗？有人想见他。"

"当然可以，"夏皮罗退后一步，努力想要正式鞠一躬。廷斯利也做了同样的动作，李不禁注意到他的眼睛一直没离开埃莉斯的胸前。

7

那里也曾经吸引过他,只不过他花了很长时间才发现,她那迷人胸部里面所隐藏的心是冷冰冰的。"舰长,夫人……"

"是你父亲吗?"在埃莉斯的陪伴下,离开的李低声问道,"我就知道他会派你来找我。"

"也许吧。"漫步穿过人群的时候,她的微笑变得神秘了起来,"为什么这么问?难道对你来说最后再见他一面是一种负担吗?毕竟,你能成为舰长和他有不小的关系呢。"

他的头顶上方传来了轻声嗡鸣。一台悬浮监视器注意到了他们,正跟着他们穿过会场。即使他想要给她一个坦率的回答:"谢谢,但这是我自己努力的结果。"但现在不是时候。"对此我非常感激。"李说,"而且见他也并不是什么负担。"

"那就好。我也希望如此。"她的手顺着他的胳膊滑了下去,握住了他的手,"而且,他要好好招待你一下。"

他们在屏幕前找到了弗吉尼亚州的参议员约瑟夫·R.罗谢尔,他的身边一如既往地围绕着他的助手、自由党官僚、当地的政治密友和这样或那样的阿谀奉承者们。他个子不高,一副和蔼可亲的模样,生长激素疗法让他显得比实际年龄要年轻二十岁,现在,他看起来只比他的前女婿稍微大一点儿。二人走过去的时候,他背对着他们。他肯定是刚刚讲完自己的一桩轶事,因为所有人都还在大笑。无论是在亚特兰大还是其他地方,罗谢尔参议员的身边都很少会缺少听众。

"噢,非常好!你找到他了!"罗谢尔参议员微笑着看着女儿领着李舰长走到了人群中央,然后他半转身对着悬在上方的巨大屏幕展开了双臂。"我是说在亚特兰大……某人……当然我不会说他是谁……坚持要将你这艘飞船命名为'弗吉尼亚号'。"他故意眨了眨眼睛,大家都能理解这是什么意思。"当然,那个人的影响力不如来自另一个州的某位先生。"

参议员的随行人员们笑得可欢了,李强迫自己露出欣赏的微笑。

"亚拉巴马号"还处在建造阶段的时候，国会内部就开始钩心斗角，争论这艘飞船要以哪个州的名字命名。最终，总统结束了这场争论，使用了那个对它的研发建造做出最大贡献的NASA所在的州。这是一个颇具讽刺意味的选择，因为NASA已经不复存在了。它成了又一个在国家改革计划中被解散的机构，主要职能被并入了从属共和军的联邦空间局。

但是李什么也没说，他也不用说什么，只需要在参议员向他引荐身边的那些男男女女时微笑鞠躬就可以了，而那些人的名字呢，他握完手就忘记了。埃莉斯站在他们中间，扮演着忠实女儿和贤淑妻子的角色。所有这一切，都不过是为了面子而已。李又一次意识到，自己在选择妻子的时候并没有考虑很多，而对方选择他可谓深思熟虑，而且贴心地把她父亲那套实用主义择婿的标准也考虑进去了。这位参议员需要一位出身共和国学院的女婿，一位前途无量的共和军军官，他可以谨慎地在暗地里推动女婿晋升，来实现自己的政治抱负。对所有人来说，今晚都是收获回报的时刻。

参议员开始讲述自己的另一个故事，李的注意力被他们头顶的屏幕吸引了。"亚拉巴马号"悬在地球上空的低轨道上，浅灰色的船体上黯淡地反射着由安装在船坞框架上的聚光灯射出的光线。一艘拖船平稳地将一艘圆柱形驳船拖进飞船球形的主燃料箱下方，准备再装载数万吨从月球山脉中开采的氘和氦-3。"亚拉巴马号"预定明晚24:00发射，而燃料补充工作将一直持续到发射前十小时。

李发现自己又在考虑是否应该取消行动了。但所有事情都必须严格按照时间表执行。从现在到发射之前，不允许出现任何差错……然而，想让计划失败却有一百种不同的方法。

"怎么把脸拉那么长，舰长？"一位刚被介绍过，他却已经记不起名字的男子轻轻碰了碰他的左肩，"在担心这次任务？"

"不，一点儿也不担心。"从眼角的余光里，李发现埃莉斯正在观

9

察他,"在观察补充燃料的过程,仅此而已。"

"罗伯特才没担心。他是学院培养出来的军官里最冷静的那个。"若不凑近去细看罗谢尔参议员的眼睛,你肯定认为他很喜欢自己的前女婿,"他只是想离开这里,去看看他的飞船。是不是,鲍勃?"

"您说得对,公爵。"李故意用绰号来称呼这位参议员,引得周围的"朋友"们笑得更欢了。没有人会对这位来自弗吉尼亚州的参议员说不;同样,公爵也知道李不喜欢别人叫他鲍勃。真是针锋相对啊。

罗谢尔轻笑着拍了拍李的肩膀,然后抓住他的胳膊。"希望你们别介意,"他对其他人说,"我要和舰长私下说几句话。"其他人点头表示同意,罗谢尔带着李离开了,埃莉斯落在了他俩身后。"一会儿就好,"等他们走到了其他人听不到的地方,罗谢尔轻声说道,"有人想见你。"

李猜想这位参议员肯定是想把自己介绍给另一位政客,于是他跟着罗谢尔穿过人群,努力忍住不要叹气。然而,公爵却让他出乎意料。他被带到屏幕后面,朝着独立厅后门走了过去。两名士兵守在门口,他们随时准备举枪射击;在他们身后是一位监察官,穿着长及小腿的深灰色大衣,戴着穗带装饰的帽子,这是国家安全局官员的制服。士兵们看到参议员之后都退到了一边,但那位监察官没有让路,他默默地等着罗谢尔拿出自己的证件。埃莉斯也不情愿地照做了,不过在拿出证件让那位情报官员检查的时候,她傲慢地瞪了对方一眼。只有李没有被要求检查证件,显然监察官认出了他,因为在李把手伸进口袋的时候,那个人摇了摇头。监察官满意地转过身,打开通往大楼内部的那道窄窄的木门。

走廊里一片寂静,只有一名士兵站在门内入口处。罗谢尔招手让李和女儿前往右边的那扇对开门,三人的脚步声在古老的石灰墙间隐隐回响。随后,他迅速地打量了他们一番,似乎是在检查他们的形象是否得体,接着,他轻轻地敲了敲门。过了一会儿,门咔嗒一声从里面打开了，又是一名站在门内的士兵拉开了门。

李立即就认出了这个他小时候从历史书中学到过的地方：独立厅议事堂，《独立宣言》的签署地，第一宪法的讨论和起草地。放有墨水瓶和鹅毛笔的一张张小木桌排成半圆形，围在一座不高的平台周围，平台上有一张长桌，桌子后面是三把高背椅。在这里，在这个装满橡木镶板的房间中央，背对他们站着的，正是美利坚联合共和国总统，汉密尔顿·康罗伊。

罗谢尔参议员在房间后部的木栏杆前停了下来。"总统先生，"他的语气相当正式，"请允许我向您介绍美利坚共和军星舰'亚拉巴马号'指挥官，罗伯特·E.李舰长。"

康罗伊总统正在和一位瘦骨嶙峋的中年人交谈。听到参议员的话，他转过身来。总统身材矮胖，一双棕色的小眼睛嵌在一张宽脸上，比他在政府电视网上的形象要矮一些；而现在，这个房间似乎让他显得更矮小了。一名载入史册的冒牌货，李心想着，一个志存高远的江湖骗子。

"不错。"总统双手背在礼服外套后面，微笑着朝栏杆走去，"我一直期待着能与你见面，舰长。你的岳父跟我讲过许多你的事迹。"

"谢谢您，总统先生。"李并没有从他见到总司令时不由自主摆出的僵硬姿势里放松下来，"希望我不会辜负您的期望。"

总统没什么幽默感地干笑了几声。"别拘束，舰长。我们都是你的朋友。"他瞥了一眼罗谢尔参议员说，"公爵，你应该让他知道我会出现。毕竟，这场招待会是为他举办的。没必要搞什么惊喜。"

"国安局要求我对此保密，"罗谢尔解释说，"出于安全考虑。"

"是的，确实如此。"总统难以觉察地微微一点头，就把参议员打发了，他的注意力完全集中在了李身上。"很抱歉把你从宴会上叫出来，舰长。我只是想亲眼见见你。以前我一直没找到合适的机会，过了今晚，我就再也没有这样的机会了。"

"是的,总统先生。"李将双手在背后紧紧握住。他用余光瞥到,身旁的埃莉斯正在生闷气。为了这一刻,她可能已经等了好几个星期,但现在她被忽视了,没有人费心把她介绍给总统。"如果我耽误了您的紧急事务,我很抱歉。"

总统脸上的笑容消失了。"只是一些国务。"接着,他转头看向刚刚和他说话的那个人,"我不知道你以前是否见过我们的国家安全局局长……肖先生,这位是李舰长。"

"我们从来没见过,总统先生。"罗兰·肖悄悄走过走廊,伸出了手,"不过,我记得咱们明天上午在卡纳维拉尔角[1]有场会议。"

"是的,局长先生,确实如此。"李握住了肖的手,"航天发射前的最后一个细节。关于安全程序……"

"当然。"肖的嘴角向左上方一抽,"我们刚刚就在讨论类似的事情。"

"真的吗?"罗谢尔参议员想要重新加入对话中,"有什么能和我们分享的吗?"

肖皱起了眉头。"没什么好说的。"有那么一瞬间,他的目光与李相遇了,"围捕一群可能妨碍这次任务的异见知识分子。只是以防万一。"

"真是高见。"罗谢尔迅速表示赞同,"很高兴我们能够在上次国会上重新启用《客籍法和镇压叛乱法案》[2]。考虑到我们目前的处境,这项措施相当明智。"

而目前的处境是什么样的呢?共和国一如既往地在不断受到国内

---

1. 卡纳维拉尔角,美国佛罗里达州大西洋沿岸的一处海角,卡纳维拉尔角空军基地的所在地。人们常用"卡纳维拉尔角"代指这片区域的航天发射设施。
2. 即1798年美国国会通过的四项法案,增加了移民成为美国公民的难度,允许总统囚禁并遣返被认为是危险人物或来自敌对国家的非美国公民,将批评美国联邦政府的非真实言论入刑。这些法案都在十九世纪初被相继废除。

外敌人的围攻。新英格兰联邦仍在康涅狄格、马萨诸塞和佛蒙特的边境地区部署重兵。太平洋国的游击队每天都与共和军在内华达山脉北部的争议地区发生小规模冲突。欧洲联邦继续实施贸易禁运，直到共和国同意将核武器从地球同步轨道移出。与此同时，全国各地每天都有所谓的间谍被逮捕。昨晚，一名高中教师在休斯敦被公开绞死。一名她曾经的学生称，她曾使用卫星电话向法国传递信息；尽管被告在审判过程中一再声称自己是清白的，而且卫星电话也一直没有找到，但那位学生是某位显赫的自由党官员的儿子，因此他的话不容置疑。这名教师的死刑在审判结束几个小时之后便被执行，并在政府电视网上进行了现场直播。

总统只是含糊地点了点头，表示听到了参议员的话。此刻，他并不关心政治。他走到了栏杆旁，用严肃的目光漫不经心地打量着李舰长肩章上那条金色的穗带。"我们有个共同点，舰长，"他静静地观察着，"我们都继承了我们著名祖先的名字。"

"是的，总统先生，"李继续直视前方，"罗伯特·E. 李[1]是我几代之前的先祖。"起码别人都这么跟他说。在弗吉尼亚州，几乎所有姓李的都认为自己是南北战争时期领导南方军队的那位李将军的后代。李舰长声称自己拥有那位李将军的血统，也不比其他这么说的人更站得住脚。

"同样，我也是亚历山大·汉密尔顿[2]的后裔。"总统伸手抚平了李舰长制服左肩上的一道细微的皱褶，"我很好奇……李将军有没有曾经说过的哪些话引起了你的共鸣，鼓励你站到了今天这个位置上？"

李感到脖子上涌过一股热浪。尽管总统没有直视他，他还是能感

---

1. 罗伯特·E. 李（1807—1870），美国军事家，出生于弗吉尼亚州，在美国南北战争中任南方军总司令。
2. 亚历山大·汉密尔顿（1755—1804），美国开国元勋之一，制宪会议代表，参与起草和签署了《美利坚合众国宪法》，是美国第一任财政部长。

觉到房间里其他人的目光。在总统身后，肖默默地注视着他，视线一直没有离开他的脸。

"是的，总统先生，确实有这么一句话，"李的嘴里干巴巴的，"'责任是我们语言中最崇高的词汇。你定要责无旁贷，不必多一分，更不能少一分。'"

康罗伊总统抬起眼睛与李对视，他用着鉴定般的冷静眼神看着李，那几秒钟的时间让李觉得格外漫长。在总统的右耳下方，有一根细小的血管在脖子上跳动，李发现自己带着一种难以理解的兴趣注视着那里。

他在怀疑吗？他知道那个阴谋了吗？两天前，李写了一封信，收件人是埃莉斯和她的父亲，他把这封信储存在了桌面终端的存储器中。他设定好明晚24:00以后才能公开信中的内容，但是有人——可能是埃莉斯、参议员或是国家安全局，已经把它破解了。这样一来……

"'但愿美国人不屑于做大欧洲的工具！'"最后，总统说道，"'但愿十三州结成一个牢不可破的联邦，同心协力建立起伟大的美国制度，不受大西洋彼岸的一切势力或影响的支配，并且还能提出新旧世界交往的条件！'[1]"他顿了一下。"你明白吗，舰长？"

"明白，总统先生。"

"我的那位先祖就是在大约三百年前，就在这个伟大的国家在这个房间里建立不久之后，写下这些话的。"总统就好像当作李什么都没说似的，这样讲道，"当时我们面对着各种各样的冲突，但与如今仍有许多相似之处。美国注定要成为伟大的国家，我们有责任在群星中实现国家的昭昭天命。在那里，共和国将永垂不朽。"

"是的，总统先生。"

---

1. 出自《联邦党人文集》的第十一篇，为亚历山大·汉密尔顿撰写。

总统缓缓点头："你为国家做出了巨大的贡献，舰长。共和国应该为此感谢你。"他把左手从背后伸出，越过栏杆，"上帝保佑你，孩子。祝你好运。"

李突然有种往总统脸上吐口水的冲动。没有人能阻止他，即使是站在他身后的士兵也不行。不过他还是选择握住了总统的手，对方的手掌在他戴着的亚麻手套里显得小而无力，李忍不住想用比平时多一些的力气。

"谢谢您，总统先生，"他说，"我会尽力的。"

总统收回了手，对他笑了笑，就在这一瞬间，李最后的疑虑消失了。他不再犹豫，不再有其他想法……

明天，他要偷走"亚拉巴马号"。

亨茨维尔[1] / 2070年7月4日 / 发射倒计时26小时30分38秒

豪尔赫·蒙特罗的桌面终端嗡嗡作响时，正赶上第一株火红的礼花在田纳西河上空炽烈地绽放开来。豪尔赫一开始并没有听到桌面终端的提示音，他当时正和家人们待在阳台上，享受着傍晚时分凉爽的微风，观看火箭烟花从几英里外的河边飞上天空。随后烟花爆裂的声音几乎掩盖了屋内传出的铃声，最后还是他的儿子先注意到了。

"爸，电话。"卡洛斯的视线几乎没有离开天空，共和国那面独星国旗的全息像若隐若现地飘扬在亨茨维尔的天际线上，一朵橙色礼花赫然绽放，彩虹色的花瓣在全息国旗周围闪闪发光。

豪尔赫把一间闲置的卧室改造成了自己的办公室。此时，他嘟嘟

---

1. 亨茨维尔位于美国亚拉巴马州北部，附近的马歇尔航天中心是美国航天业研究中心之一。

嚷嚷地从椅子上站了起来，朝办公室那扇镶着玻璃的门走了过去。从妻子身边经过的时候，丽塔朝他露出了微笑。玛丽蜷缩在母亲的大腿上，头依偎着她的肩膀。"快点回来啊，"丽塔低声道，"要不然你就要错过烟花了。"

"一会儿就好。"之前豪尔赫关掉了房间里面的灯，这样一家人的眼睛就能更好地适应夜晚的光线了。他差点儿让房间再把灯打开，不过又改变了主意，可能关着灯更好。于是他摸索着穿过了黑乎乎的办公室。一道蓝色的闪光透过窗户照亮了他的平板，他借着这道光来到了桌面终端前，电话铃第四次响起。他拿起电话："喂？"

一个陌生的声音传来："不好意思，请问是杰克逊家吗？"

他感觉背后一凉，连忙回答道："对不起，不是，您打错了。"

"我弄错了，抱歉。"咔嗒一声，接着便是电话被挂断的嘟嘟声。

豪尔赫放下电话，手一直在颤抖。他独自在办公室里站了一会儿，眼神游离，感觉自己的心在扑通扑通地狂跳着。然后，他转身离开办公桌，来到门前，把门打开了。楼上走廊照下来的灯光晃得他眯起了眼睛。他闭上眼睛，迅速穿过走廊来到了卡洛斯的房间。幸运的是，孩子之前把灯关了。豪尔赫走到床边的窗前，摸了一下那个能让玻璃重新变得透明的按钮。

他们公寓的前面停着几辆小轿车，但是没有一辆显得很陌生或格格不入。然而就在他朝外看的时候，一辆深蓝色的悬浮车慢慢驶过克莱尔街。进入他的视线之后，车子又放慢了速度，仿佛在爬行一般；等到车子从街灯下经过，他透过挡风玻璃瞥见里面坐了两个人。他们正抬头看着他的公寓。

悬浮车靠在了路边，然后落到了地上，它闪着尾灯，风扇侧裙不断翻腾，但是车门没有开。车子一动不动，就好像司机在等待着什么似的。

豪尔赫又把窗子调回不透明的状态，深吸了一口气。随后，他匆匆穿过走廊回到了办公室。城市的另一端又闪过一道焰火，几秒钟之后，远处传来了隆隆声。"你好，终端，"他边说，边小心翼翼地不让自己打开办公室里的灯，"账号：豪尔赫；密码：totem pole。"

"晚上好，豪尔赫。"终端后面的墙上显示出了启动画面，然后出现了玛丽和卡洛斯的合影，那是去年秋天的一个下午他在大泉公园拍的，"您要查看邮件吗？"

"不。"豪尔赫打开壁橱，拿出他一个月前打包好的帆布行李袋，"找到所有前缀是02的文件并删除。密码：19γ。"

"文件找到并删除。"声音顿了一下，"您有一个电话子程序链接着这个命令。希望我现在就将它激活吗？"

"是的。密码：29ε。"现在终端会给下一个人打电话，重复他几分钟前听到的暗语，以同样的方式对那个人发出警告。豪尔赫希望给他打电话的那个人能成功逃脱，也希望下一个人能及时收到信号。

现在没时间担心这些了。"再打一个电话。电话簿编号12；密码：606。将所有前缀是030的加密文件作为附件，发送存储器中的声讯卡片。然后删除存储器中的所有数据。就这些了，终端。"还没等它回答，豪尔赫就把包扔在了堆满了书和磁盘的桌子上，穿过房间来到了阳台上。他的妻子和孩子们还在看烟花，开门的时候，丽塔回头朝他看了一眼。

"是时候了。"他平静地说。

她嘴巴张得大大的，脸上掠过一丝恐惧，不过没等玛丽注意到这副神情，她就迅速控制住了自己的情绪。"好了，孩子们，"她把女儿从腿上放下来，站起身，"烟花看够了。爸爸给你们准备了一个很大的惊喜。"

"但是我还想看！"玛丽抱怨道。远处，火箭烟花两三个一组向上飞去，它们的爆炸声重叠在一起：砰！啪啪砰！砰！"我不想走！"

"烟花表演快结束了。现在咱们要去吃冰激凌。"丽塔又把玛丽抱

17

了起来,她转头看着卡洛斯,"快点,你也来。咱们都要去。"

卡洛斯把视线从城市上空移开,盯着在阳台另一侧的父亲。两人四目相对,那一瞬间,豪尔赫知道,男孩已经猜到了真相。他的儿子虽然只有十四岁,却已经显出了远超实际年龄的成熟。几个星期前,豪尔赫已经把一切——至少是卡洛斯需要知道的一切——告诉了他,并警告他有可能会发生这种情况。现在,卡洛斯只是点了点头。"好的。"他轻声说,"好像挺有意思的。"

豪尔赫朝儿子点了点头,让他放心,然后靠边让抱着玛丽的丽塔进门。小女孩还在埋怨错过了剩下的烟花表演,但已经没时间安慰她了。他走到阳台边上,向外瞥了一眼。公寓后面的院子里没有人,他的小轿车还停在充电桩那边。"下面有人吗?"看到卡洛斯也来到了栏杆边,他低声问道。

"我没有怎么注意看。没有,我觉得没人。"男孩的身体发着抖,"爸,那个电话……"

"开始了。"有人已经猜到国安局会选择今天采取镇压措施,毕竟在7月4日这天大规模逮捕异见知识分子(或者用党内最喜欢的称呼,"DI[1]"),肯定会让每一颗爱国之心充满自豪之情。"咱们必须抓紧时间。帮妈妈照顾好玛丽,好吗?"

"好的。"卡洛斯犹豫了一下,"能带点儿什么东西吗?"

"真抱歉,只能带包里那几件衣服。"卡洛斯沮丧地点点头,然后朝阳台门走了过去。就在豪尔赫要跟上去的时候,一个椭圆形的影子经过了阳台。

他抬头一看,一台悬浮监视器正好从隔壁屋檐的灯下经过。

已经太迟了,监察官们已经把他们包围了。

丽塔抽空打开了走廊里的壁橱,找出一件薄尼龙外套裹在了玛丽

---

1. 异见知识分子(dissident intellectuals)的首字母缩写。

的肩膀上。他们的女儿自己站在地上,但毕竟只是个五岁的孩子,还相当任性,她发着脾气,跺着脚,说自己不想吃冰激凌。丽塔看着豪尔赫从办公室往外走,随手把那个帆布袋挎在了左肩上。卡洛斯也从自己的卧室里冲出来,手里抓着一件背心。豪尔赫瞥见他好像把什么东西藏在了兜里。可能是他的平板,无论到哪里,卡洛斯都会带着它。豪尔赫希望平板里没存什么违法信息。不过这根本无所谓,法院往往会先做出判决,然后再去搜寻证据,他们只有在乐意的时候才会遵守《修订宪法》上的文字。

"好了,"哪怕只是为了玛丽,豪尔赫还是努力让自己的声音显得开心一些,"咱们去吃冰激凌吧。"然后他带头走下楼梯,来到门厅处。

悬浮车仍然停在大楼前面,但是现在,两个男人已经站在车前的人行道上了。他俩都没有穿监察官的灰色长外套,但在蒙特罗一家走下台阶,转弯踏进通往后院小巷的过程中,他们一直默默注视着。就在豪尔赫快要绕到大楼侧面的时候,一辆警方的气垫车沿着大街滑了过来。

"快点儿,可别迟到了。"豪尔赫把玛丽抱了起来,放到了自己的肩膀上。孩子开心地咯咯笑着:"冰激凌……咱们去吃冰激凌……"

就在此时,探照灯从前后两边罩住了他们。

"站住!"扬声器里的声音仿佛同时从四面八方传来,"不许动!"

豪尔赫举起一只手想要挡住那炽热的光线。坐在他肩上的玛丽尖叫道:"爸爸……"

"举起手来!别想跑!"

丽塔依偎在他的身边:"豪尔赫……"

在刺眼的灯光之外,许多人影朝他们跑了过来,脚步声重重地在人行道上响起。警笛声从身后传来,那辆气垫车冲进了巷子。

"爸爸!他们在干什么……"

在他们的头顶上方,公寓的窗户变成了透明的。窗户后面出现了

19

一些人影，都是他们的邻居，豪尔赫记得他们的脸，却不知道他们的名字，那些人正低头注视着他们。很快窗户又都暗了下去。

"我来抱她。"丽塔抓住了玛丽的外套，"我来抱她！"

豪尔赫把玛丽从肩膀上放下来，玛丽惊恐地叫了起来。她的左脚轻轻地踢在了他的脸上，还没等他把女儿放进妻子怀里，就有人抓住了他的手腕并扭到了身后。

"等等！"他下意识地抽出了胳膊，"等等！我的孩子……"

一根警棍重重地击在了他的肚子上。一道电流穿过他的身体，带来一阵剧烈的疼痛，他全身的肌肉都松软下来，然后摔倒在地，后脑勺撞在了开裂的沥青路面上。他躺在车道上，全身瘫痪，头昏脑涨。恍惚之间，他好像看到从悬浮车上下来的一名男子朝卡洛斯走了过去，那孩子想要给来人一拳，但没打中。二人扭打的情景逐渐跑到了他的视野之外，他只能看到头顶上方朦胧的黑影。

"豪尔赫……"

其中一个身影俯身靠了过来，警棍再次向他打来，握柄上的红灯在夜色中一闪一闪。丽塔在尖叫，玛丽在尖叫，但他没看到卡洛斯，也没再听到儿子的声音。

警棍碰到了他的脖子，他眼前一黑，失去了意识。

星舰"亚拉巴马号" / 2070年7月4日 / 发射倒计时24小时01分00秒

她看不见星星。沿着船坞呈开放式桁架结构排列的聚光灯太亮了，除了那些灯泡之外，从这里只能看到黑黢黢的广袤宇宙。在飞船主体结构上，一根长长的圆柱形尾撑连接着巨大的鼓状引擎舱，地球本就应该在那根尾撑结构下方，但现在，甚至连地球都不见了。她很想最后再看地球一眼，但很遗憾，在星舰发射之前，她独处的机会也不多了。

此时，达娜·门罗正悬在H5甲板那扇宽阔的舷窗前，看着检修舱和身着舱外服的码头工人。他们正沿着"亚拉巴马号"前后移动，检查着这艘星际飞船长达五百英尺的船体。这扇窗户位于中心舱的最底层甲板，就在主气闸和对接口的下方，它是飞船上唯一一面朝后的舷窗。所有运载区域，包括围绕中心舱的七间环形舱上的所有其他舷窗，都只能让人看到飞船侧面的景象，没有一面舷窗是朝前的，因为前面的视角都被主燃料箱和巨大的巴萨德冲压发动机[1]的漏斗状结构挡住了。

尽管现在还是发射前的检查阶段，但是达娜知道，她只是在消磨时间。作为机电长，她的工作清单上还有几百项任务——准确地说，是二百三十九项。她需要在接下来的二十四小时内完成这些任务，其中有一半必须在十二小时内完成。透过耳机，她可以听到自己的手下在主通信频道里互相窃窃私语，许多人说话的声音都混到了一起。不过此刻达娜决定暂时按兵不动，她在等待着一条信息，这条信息会指引她去完成一项至关重要的工作……

达娜把握住窗框的左手换成了右手。船坞的脚手架上没有太阳的影子，这意味着，环绕赤道轨道旋转的海格特船坞再次带着飞船进入了地球暗面。如果用一根安全绳把她系在船坞外面，让她去进行舱外活动，她也许能够辨认出大熊座。要是看不到从哪里出发，那么至少她可以看看要到哪里去……

"Charlie Eagle[2]，Charlie Eagle，这里是Lima Oklahoma，我是Lima

---

1. 巴萨德冲压发动机是二十世纪六十年代由物理学家罗伯特·巴萨德所构想的一种航天器推进器，利用飞船前方的漏斗收集宇宙中的氢，利用收集到的氢进行聚变，推动飞船前进。
2. 这里的Charlie Eagle代表CE，即机电长（Chief Engineer）的缩写。在通话中，为避免误解，经常会用这种方式来代替字母。

Cherokee 10，是否收到？"

达娜轻轻敲了一下耳机："我是Charlie Eagle，什么事？"

Lima Oklahoma代表发射控制室，是主舱外面一座巨大的碉堡状建筑。Lima Cherokee 10是当值执勤官的呼号。"达娜，我们刚刚收到休斯敦发来的一条短讯，是彭萨科拉[1]寄来的声讯卡片，发件人叫作亚瑟·门罗。"

达娜的左眉不由自主地抽搐了一下。她的一名前男友曾经跟她说过，她紧张的时候就会这样。"那是我舅舅。行，请接进来吧……只要声音就好。"

过了一会儿，她听到了一个老人尖细的声音："达娜，我是你的舅舅阿特。我知道很久都没有和你联系了。但是我想让你知道，我为你感到骄傲，还有家里人都祝你好运。你现在应该很忙，所以如果没时间的话，就不用回复我了，但是要记住，我们非常爱你……我想说的就是这些了。对了，我还给你发了张照片，你也带上吧。再见，愿上帝与你同在。"

短暂的停顿后，值班官员重新上线了："就是这些了。需要我打开这张卡片吗？"

达娜颤抖着长出了一口气。"不用了，谢谢。把它下载到我的平板上就好。等之后有时间我会看的。"

"好的，Lima Cherokee 10完毕。"

"谢谢。Charlie Eagle完毕。"她挂断了通信，继续静静地凝视着窗外。阿特舅舅是家族的族长，是她已故的母亲最小的弟弟，他年纪很大了，甚至留有南方黑人有时还会被骂的那个年代的记忆。他还活着，但只有少数家庭成员和密友知道他现在住在彭萨科拉的一家临终关怀医院。他甚至连自己的名字都记不清楚了，哪可能还会给他最喜

---

[1]. 彭萨科拉，美国佛罗里达州的一座城市。

欢的外甥女寄一张条理清晰的声讯卡片啊。

达娜瞥了一眼墙上的天文钟：东部时间24：00。同她预想的一样。讯息中使用了所有约定的暗语：祝你好运，不要回电话，有附件，再见。

再见。没错。现在，无论如何，她已经作好了决定。

她推了下窗子，借力飘过整间舱室，来到天花板上的舱口处。接着，她飞进连接中心舱的主通道，连梯子的踏板都没碰，就飞快地向上飘进了飞船的核心区域。她经过指令舱H4，维生中心H3，工程部H2（她的团队就在这个区域工作），最后，来到了位于主通道顶部的那扇通往H1甲板的舱口。

气闸外闸门已经打开了，达娜按下舱壁上的按钮，内闸门向两侧打开，露出了一条通往另一处舱口气闸的短走廊。她停下来又敲了一下自己的耳机。"我要进入环形舱，会离线几分钟，"她在公共频道上宣布，"马上回来。"随后她关掉了耳机。没有进一步解释的必要，所有人都会认为她这是要去上厕所。

达娜沿着走廊进入了通往环形舱的圆形通道。她飘到了标记着C2的舱口处，然后打开舱门滑了进去。

"亚拉巴马号"有两座休眠舱，C2正是其中之一。四层甲板一层叠一层地安放在舱内，每层都装有十四个生物停滞舱。这些安装在内壁的玻璃纤维盖子向下翻折，处于打开状态。舱室看上去有点儿像棺材，这让达娜觉得有些不安。透过甲板对面的一扇舷窗，达娜可以看到外面的船坞。

不能再浪费时间了，如果她离线的时间太长，发射控制中心的人就可能会起疑。她走到舷窗下方的控制台前，拉出嵌入式键盘，迅速往舱室的辅助计算机系统中输入了一些指令。一台平板屏幕亮了起来，显示出了主菜单。她点了一下标有"安装程序"的按钮，屏幕提示她输入密码，下面则列出了一系列选项。达娜输入她的授权号码，然后从口袋里掏出了她的平板。

一如她的预想，执勤官已经帮她下载了从"阿特舅舅"那里收到的声讯卡片。她将平板接到控制台的串口上，然后打开了声讯卡片附件中的照片。平板屏幕上显示出了阿特舅舅一家的合影，这是几年前在彭萨科拉的一次家庭聚会野餐上拍摄的。不过普通人不会知道的是，这张电子照片里面藏着一个加密文件。

轻轻敲几下屏幕，信息就被传进了计算机的备用存储器。传输完成之后，达娜花了几分钟对文件进行解密，接着又重新检查了一遍文件的内容。屏幕上密密麻麻地显示出了很多行信息。在确认信息非常安全之后，达娜很是满意，于是，她输入密码把文件保存在了系统中，然后从控制台上取下了平板，收起键盘，关闭计算机。幸运的话，没有人会知道她来过这里。

达娜头朝下，沿着梯子爬到了下面那层甲板上，然后飘进了一条通往下一间舱室的水平隧道。C3是分配给船员的两个居住舱之一，舱内狭窄的铺位紧紧地挤在储物柜之间。她并不想与其他一百零三名船员共处一室，如果幸运的话，在他们从停滞舱里面出来之后，并不会在"亚拉巴马号"上待很长时间。她找到了厕所，冲了一下里面的零重力马桶。气压的微小变化会告诉执勤官，有人刚刚使用了C3B甲板上的厕所，这可以为她提供不在场证明。

她长出了一口气。又完成了一项任务。在接下来的二十四小时里，还会有更多的工作，有些甚至比这更难，但是现在……

她的耳机里传来了两声尖利的滴滴声，有人在呼叫她。她把通信器重新打开。"Charlie Eagle 收到，请讲。"

"Charlie Eagle，我是 Lima Cherokee 10，你现在在哪里？"

"C3B。出什么问题了吗？"

对面停顿了一下，似乎不是很确定。"啊……对。我们检测到C2的备用计算机出了故障。你知道这是怎么回事吗？"

梅里特艾兰[1] / **2070年7月5日** / **发射倒计时20小时21分01秒**

"请问您是……"

一开始,温迪并没有听见来到她身边的那名男子的问话,她一直盯着待命室墙上的一排平板屏幕。大多数屏幕上,显示着一行接一行慢慢向上滚动的编码文字,记录着发射倒计时过程中发生的主要事件,然而中间最大那台屏幕上显示的却不是文字,而是悬浮在轨道船坞内的"亚拉巴马号"的俯视镜头。屏幕上的画面不时变换,展示着那艘巨大的飞船在各个角度下的样子。不过,不管从哪个角度看去,它都只不过像是一个有点天赋的孩子拼凑起来的塑料模型。真是很难相信自己就要登上这艘飞船了……

"小姐?不好意思?请问您叫什么名字?"

她转头一看,才发现一名身穿白制服的技术员站在她旁边。他的脸藏在头盔的塑料面罩后面,让人很难看清,但他似乎并不比她大多少。看到他的上唇边留着一小撮胡子,温迪立刻就开始讨厌他了。她一直不太信任留胡子的男人,可能因为她在舍夫利营地遇到的第一位辅导老师就留着小胡子,那家伙对她图谋不轨,而这名技术员和他的年纪差不多。

"冈瑟,温迪·冈瑟。"她拿起了放在长椅上的证件,举到他面前,"看到了吗?证件在这儿。"

技术员没怎么去检查她的证件。他努力保持着僵硬的微笑,不过有一瞬间,二人四目相对,温迪可以看到对方脸上的怒气。"谢谢。"

---

1. 梅里特艾兰,美国佛罗里达州大西洋沿岸的一片区域,紧邻卡纳维拉尔角。位于此地的肯尼迪航天中心是NASA最重要的航天器发射中心。

他说道，然后仔细看了看右手上的平板，"很抱歉打扰你，不过我需要问一些问题……"

又来了，一长串各种各样的问题。你是否患过肺结核、白喉、风湿病、水痘、淋病、疱疹、艾滋病或什么不可治愈的癌症？你是否在过去十二个月内接种过以下疫苗。在过去七小时内有没有吃过食物或饮用过任何液体？在过去的一小时内有没有排便或排尿？

诸如此类。她一边回答着有与没有，一边用眼睛在拥挤的房间里来回打量着。在她周围，有二十几名男女，还有几个孩子，所有人都坐在坚硬的塑料长椅上。和她一样，每个人都穿着连体隔离服，肩上绣着"亚拉巴马号"的任务徽章和共和国国旗。其中有个孩子显然非常想当一名宇航员，所有人里面只有他戴上了头盔。他们五个小时之后才能登上"杰西·赫尔姆斯号"，在那之前，他们要在乘员训练设施的隔离室里等上很久，其间医生会给他们接种最后一次疫苗。

温迪几乎谁都不认识。当然，过去几周她一直在这里或是得克萨斯接受乘员培训，这些人她都见过，但除了巴里·德赖弗斯，她和谁都不熟。巴里在房间的另一头，和他的母亲坐在一起，这里只有他和温迪是同龄人。他们是"亚拉巴马号"船员的配偶和孩子们，还有党内忠臣，所有人都已经作好了准备，高举旗帜穿越银河，满怀对上帝的爱和……

"你在过去四十八小时内有过性行为吗？"

温迪抬头看了一眼那名技术员："什么？你说什么？"

"你……不好意思，你有没有……"

"你了解我的背景，对不对？"她问道。对方瞥了一眼平板的屏幕，点点头。"那么你应该知道，我今年十四岁。你觉得呢？"

不远处，有几名乘员转过头来，留神听着这边的对话。

"这只是……抱歉。算了。"他用戴着手套的手指匆忙地戳着平板。温迪看到他的面罩上因为出汗而出现了一团白色的水汽，她觉得有点好笑。这可怜的家伙慌了,她想,很好,他活该。"嗯……我想咱们可以跳过接下来的问题了,"他嘟囔道,声音穿过面罩,变得很难听清,"还有一个问题……你和谁同行?"

这次轮到她扭过脸去了。"没有人。"她低声说。

"什么?"

"没有人和我同行,我父亲已经在船上了。"

"不好意思,但是我……"

"我父亲是埃里克·冈瑟。"她不耐烦地说,"联邦空间局少尉埃里克·冈瑟,负责维生系统。他已经在'亚拉巴马号'上了。我要飞过去见他。你还想知道什么?"

请不要问这种显而易见的问题,她在心里默默说道,比如为什么我会在最后一刻才被加入船员名单?为什么我没和父亲一起接受训练?为什么我在过去八年里见到他的时间加起来才不到三个月?还有为什么在母亲去世之后抛弃我,把我扔在密苏里州,政府办的青年宿舍里自生自灭。因为,我向上帝发誓,我也不知道答案。

技术员仔细地看着他的平板,沉默持续了好一会儿。从眼角的余光中,温迪可以看到,对方正在看她。技术员名叫巴里,他是个好人,安静、内向,从不动手动脚。等到了要去的那个地方,他们也许会成为朋友。但在训练期间,温迪和身边的每个人都保持着一定的距离,因为她最不希望把事情搞砸。搞砸就意味着要被送回舍夫利营地,营地潮湿的宿舍里挤满了被遗弃和不受欢迎的孩子,在那里,白天要接受准军事训练,甚至晚上睡觉都要睁一只眼。无论在四十六光年之外等待她的是什么,都不会比密苏里更糟糕了……

"嗯,好了,都齐全了。"技术员合上了平板,往后退了几步,"太空穿梭机大概在五小时后发射,发射前你会收到最后一份指示。听到你的名字后,你需要到房间的前面报道,进行最后的体检和疫苗接种。在那之前,你可以打个盹,读读书,或者干点儿别的什么。明白了吗?"她点了点头。"还有什么问题吗?"

"我可不可以……"她犹豫了一下,"我想出去走走。就是……就是最后再出去看一眼,呼吸点新鲜空气什么的。"

"很抱歉,"他的头在头盔里面摇晃着,"你知道规矩。你还在接受隔离。"他犹豫了一下,然后伸出了手。"祝你好运,温迪。我很羡慕你。"

如果了解我的话,她在心中默默说道,你就不会这么说了。

"谢谢,"她握住了对方的手,"我会给你寄明信片的。"

希望你有耐心,她又在心里补充了一句,再过四百六十年,你就能收到我的明信片了。

佐治亚州南部 / 2070年7月5日 / 发射倒计时20小时42分45秒

磁悬浮客运列车悬在高架铁轨上方几英寸的地方,车头射出的光柱刺破了飘在超导单轨上方的薄雾。它正在梅肯南部草木丛生的山间飞驰,掠过一片破败之地,无数棚户区遍布乡间。一个在燃烧的垃圾桶旁取暖的流浪汉发现,列车只有两节车厢,车窗还都用钢板钉了起来。就算列车已经消失了很久,他依然凝视着那个方向,默默地思考着这样一个事实:尽管他的生活已经变得如此艰难,情况仍有可能变得更糟。

突如其来的震动把豪尔赫从糟糕的睡梦中惊醒了。他把头从座位边缘和窗户之间的空隙处抬了起来,用疲倦的眼睛打量着车厢内部。每个座位上都挤满了大人和小孩。大多数人都睡着了——妻子们依偎在丈夫身边,孩子们在父母的膝盖上打瞌睡。但有些人还醒着,他们透过封住窗户的钢板之间的空隙,看着偶尔一闪而过的灯光,绷紧的脸上满是焦虑、疲惫和绝望。头顶的行李架上都是一些小包,只有少数几个人在被监察官找到的时候成功带走了一些东西。通过周围隐隐传来的对话，豪尔赫了解到，他们中的有些人是在大街上被捉来的，当时他们刚刚离开餐馆、商店，甚至自己家。

这里的每个人都是 DI，其中大部分是科学家——豪尔赫听说过其中不少人，有些人他甚至能认出来。除此之外，还有一些作家、艺术家、学生以及其他形形色色的人，用国安局最喜欢的说法，他们"显然对国家安全构成了威胁"。列车上肯定挤了几百人，7月4日，监察官们都很忙。

玛丽头枕着豪尔赫的大腿，外套被临时当成毯子裹在她的肩膀上。豪尔赫一边抬胳膊看表，一边努力不把妻子惊醒。现在差不多凌晨3:45，从和其他几十名DI以及他们的亲属离开亨茨维尔算起，他们已经在列车上待了差不多五个小时。没有审判，也没有听证会，他们直接被塞进了政府那辆悬浮车的后座，来到了磁悬浮车站，接着就被全副武装的士兵带上了列车。在抵达亚特兰大之前，车厢还不算拥挤。列车在亚特兰大停了很久，有一百多名被捕者被赶了上来，站台上穿灰色长外套的监察官仔细核对着平板上的那些名字。现在，车厢两端各站了一名手持步枪的士兵，禁止任何人大声说话。除了睡觉和害怕，人们什么也做不了。

他们的目的地是位于佛罗里达州边界以北的瓦尔多斯塔市的帕特里克·J. 布坎南改造中心。豪尔赫曾在政府电视网上看到过对布坎南营的宣传：DI们生活在干净、明亮的宿舍里，还可以去参加一些拓展他们政治意识的课程。健康快乐的孩子们玩着捉迷藏游戏，而他们的父母则坐在长椅上，热情地向耐心的老师讨教着。人们穿着蓝色纸睡衣在食堂里排队，等待着笑容满面的厨师为他们端上健康的食物。那些曾经的DI们发表的衷心感言证明了这份改造计划的价值，他们一再表示，自己在营地里得到了很好的照顾。但是豪尔赫知道，自己有三个同事被送到了布坎南营，从那以后，他再也没有见过他们。

过道对面，丽塔动了一下，睁开了眼睛。卡洛斯蜷缩在她身边，头靠在她的肩膀上。妻子四下张望了一下，看到豪尔赫，朝他露出了一个虚弱的微笑。不过豪尔赫知道，妻子并不觉得开心。他想对她低声说点什么——道歉？现在说这个有点晚了，而且反而会招来士兵的训斥，让情况变得更糟。所以他此刻唯一能做的就是朝她点点头，安慰一下她。会没事的，事情会好起来的……

但事实并非如此，他清楚这一点。国安局肯定是发现了这个阴谋，不然他们为什么会被逮捕？

列车摇晃了一下，这次晃得有些厉害，他感觉列车正在减速。已经到达瓦尔多斯塔了吗？豪尔赫透过窗户向外张望。窗外只能看见一片黑暗，可是瓦尔多斯塔还算是一个不小的城市，他应该能看到灯光才对。总之，列车渐渐慢了下来……

其他乘客也都渐渐醒了过来。往前数两排，豪尔赫注意到那里坐了一位老朋友：亨利·约翰逊。他是一位天体物理学家，也在马歇尔航天中心工作过。早在第二次大革命之前，他和亨利在麻省理工学院读研究生时就认识了；之后他们又一起参与了"星间飞行"计划，起码在他们签署那份抗议国家改革计划的请愿书之前，事情就是这样。新政府允许他们继续工作到"亚拉巴马号"完工，随后他们被公开指控为DI，逐出了联邦空间局。不久之后，他们的公民身份被吊销，投票权被取消。他们成为非公民，只能勉强自谋生路。

现在亨利也坐上了这列前往布坎南营的列车，车上还有其他来自马歇尔航天中心的那些反对自由党及其社会政策的人。往后数六排，坐着伯尼·凯莱和他的妻子冯达，豪尔赫还在亨茨维尔的站台上看到了被押进了下一列车厢的吉姆·莱文一家。亨利默默地凝视着他，列车又晃了一下，他缓缓点了点头。在这场阴谋中，亨利比豪尔赫牵涉得更深。整个计划都被分割开来，这样就算有人被监察官逮捕，在接受审讯时，他也无法把整个计划都吐露出来。豪尔赫不是很确定，但他相信亨利可能是领导者。这样的话……

"爸爸，咱们要停在这里吗？"玛丽已经醒了，她从他的膝盖上抬起头，用指关节揉着自己那双惺忪的睡眼。

"嘘。没事的，亲爱的。安静点。"豪尔赫抚摸着她的头发，回头看了看身后的士兵有没有听见他们说话。不过其实无所谓，虽然乘客们都一边看着窗外，一边彼此轻声低语，但此刻士兵们并没有注意他们。火车最后面的那名士兵还是一个比卡洛斯大不了多少的孩子，他抓着椅背，想要稳住身体，弯腰往最近的窗子靠了过去。前面那名士兵则把双脚稍微分得开了一点，他大喊着想让人们安静下来，但脸上却露出一副困惑的表情。

列车越开越慢，沿着斜坡向下滑了过去。车轮接触到轨道，底盘有节奏地颠簸着。现在豪尔赫可以看到正前方稀稀拉拉亮着几盏灯。一座座仓库从窗前掠过，他们正进入瓦尔多斯塔以北的一处工业园区，这是一处货运列车的铁路站场。也许他们要把更多的DI送上车。他又朝亨利瞥了一眼，那位朋友却小心翼翼地没在脸上露出任何表情。豪尔赫曾见过他这副讳莫如深的样子，他肯定知道些什么……

列车停了下来。"闭嘴！"前面的士兵喊道，"全都待在原地！不许动！"他示意另一个士兵往前走，那个端着步枪的孩子走到了车厢中间，中士则退到了入口处。那边隐约传来了砰的一声，接着从外面吹进一阵凉风。车厢另一头的乘客透过窗户，看到中士走下了列车。

玛丽瞪大眼睛惊恐地看着豪尔赫。她悄悄地做出了"这是怎么回事"的口型。现在卡洛斯也醒了，他的视线在窗户和站在几英尺外的士兵之间游移。士兵转过身背对着他，有那么一瞬间，豪尔赫看到儿子眼中闪过一丝攻击的冲动。他连忙摇了摇头，男孩不情愿地冷静了下来。

一分钟过去了，然后又是一分钟，三分钟，四分钟……台阶上传来了脚步声，中士回到车厢里，他的身后跟着一名监察官。那个人年轻、高大、身材健硕，一双冷漠的眼睛嵌在英俊的脸上。这位国安局的官员观察着车厢里的乘客,那厌恶的样子就好像厨师在厨房里看到了蟑螂似的。然后,他拿出了平板,把它翻开了。

"下列人员及家属跟我走。"他说,"从车厢后门出去,不许说话。艾伯特,弗朗西斯·K……阿诺德,爱丽丝·C……伯斯坦,戴维·C……"

人们一个接一个地站了起来,蹒跚地穿过座位之间的过道,他们那麻木的双腿引来了一阵痉挛。伯尼·凯莱和冯达·凯莱下了火车,随后亨利·约翰逊也跟在了后面。名单上的所有人都是之前在马歇尔航天中心工作的科学家,所以在列文一家被叫到之后,豪尔赫毫不意外地听到了自己的名字。

"爸爸,咱们要去哪儿?"玛丽握在他掌中的小手显得非常脆弱。

"嘘。一会儿再告诉你。"豪尔赫让玛丽和卡洛斯走在前面,然后伸手从头顶的行李架上抽出他那沉重的包。那名年轻的士兵冷笑地看着他把玛丽抱起来,走到后门下了车。

夜晚比他想象得更寒冷,四下一片黑暗,只有仓库顶上亮着灯。一辆没有标志的政府卡车停在列车旁边,装卸尾板从后面的货舱门处降了下来。两名士兵站在车旁,默默地看着DI们排队上车。豪尔赫仍然把玛丽抱在怀里,紧张地环顾四周,发现吉姆·莱文和茜茜·莱文站在他们身后几米远的地方,他们的孩子站在二人中间。

那个点名的监察官从列车上下来,走到了卡车旁边,瞥了一眼已经进入车内的DI,迅速清点了一下人数。豪尔赫估计,算上配偶和孩子,大约有四十五人从磁悬浮列车上被叫了下来。几乎所有人都是从亨茨维尔上车的,只有几个是从亚特兰大上来的。列车上剩下的大约一百名乘客透过窗户盯着他们。他们将被继续向南送往布坎南营,很难说他们是羡慕,还是同情那些从列车上被叫下去的人。

另一位监察官从第二节车厢上下来。他走到了同事身边,两个人比对着名单,低声交谈着。队伍缓缓向前移动,前面的人低着头沿着斜坡走进了车厢。

这辆车比之前的列车还要拥挤，所有人都挤在硬塑料长椅上。车厢里没有朝外开的窗户，他们只能透过前面一扇钉着格栅的窗子，看见驾驶员的后脑勺。那位驾驶员回头看了一眼上车的乘客，又把头扭了回去。丽塔让玛丽坐在她膝盖上，让出了一点地方。

等最后一名DI终于上车之后，那位清查人数的监察官走进了车里。他从外套里抽出一支电击枪，冷冷地审视着在场的每一个人，似乎在向他们挑衅，看看谁敢过来攻击他。没有人说一句话，于是，他坐在后排的一个空座位上，示意士兵关上后面的车门。他们犹豫了一下，然后抬起尾板，塞进槽里。车门砰的一声关上了。

沉默持续了很长时间，随后卡车在一阵轰鸣声中启动了。车子离开了地面，车厢里的乘客们互相推挤着。豪尔赫已经看不到铁路站场了，因为列车已经开走了。

"很好，"监察官平静地说，"我想咱们安全了。"

每个人都盯住了他。他刚才说什么？然后，亨利·约翰逊清了清嗓子，"成功了吗？"他平静地问道。

豪尔赫先看了看他，然后又看了看监察官。出乎意料的是，他竟然收起了自己的枪。丽塔张大了嘴巴，和车里其他人一样，她根本不知道这究竟是怎么回事……了解情况的只有亨利，他正冲着豪尔赫咧嘴笑了起来。

"干得好，各位，"他说，"特别是你。表现不错。"监察官点点头，努力不让自己笑出来，然后亨利使劲地拍了拍手，想要打断四周嘈杂的说话声。"好，大家都冷静一下，放轻松。很抱歉让你们经历这种……"

"你到底想干什么？"问话的是伯尼·凯莱，他坐在车厢前面，"真见鬼，汉克，你都把我吓坏了……"

"伯尼，拜托，"亨利说，"注意你的用词，这里还有孩子呢。"

一阵笑声，如释重负又格格不入的笑声在车厢里回荡开来。奇怪的是，仅有的几个孩子看上去倒是非常镇定，也许他们还没完全睡醒，也许他们在大人们还没反应过来的时候就发现这是一场恶作剧了。

"正如约翰逊博士所说的一样，很抱歉我们……我只能这么做。"坐在车子后面的监察官站了起来，所有人都安静了下来，"如果事先知道情况的人再多一些的话，这项计划很可能就会失败。我们必须想办法在短时间内召集所有人，这是能想到的最好的办法。这样一来，咱们就都清白了。"

"你是什么意思，清白？"有人从后面问道，"你是……"

"现在你们要被带到小石城，接受国安局的审讯。这是我们把你们带下列车的借口。"监察官举起了一只手，"我知道这很复杂，先等等吧。"

现在车厢里安静了下来，大家都在听他说话，但是豪尔赫开始明白了。有很多事情他还不知道，但他已经拼凑出大概的情况了……

"那么，咱们要去哪儿？"玛丽首先看了看监察官，又看了看亨利，最后盯住了豪尔赫，"如果不是布坎南营或者小石城的话……"

"比你想象的要远得多。"豪尔赫平静地说。

梅里特艾兰 / 2070年7月5日 / 发射倒计时17小时10分39秒

冉冉升起的太阳把天空染成了洋红色和鲜橙色，把冲刷着梅里特艾兰海滩的蓝灰色海浪染成了银色。在更近一点的地方，前往"亚拉巴马号"的太空穿梭机正在混凝土筑成的发射台上等待发射；装载燃料的卡车就停在附近，地勤人员正在对那两架三角翼太空穿梭机进行最后的检查。

在乘员训练中心的一间简报室里，李舰长看着墙上的屏幕，恨不得能跑到外面去，哪怕最后再呼吸一次咸咸的空气也好。但这显然不可能：海风其实很脏，里面充满了微生物，而他已经完成了消毒程序。外面的世界已经被紧紧关在隔离区的大门之后，成了他无法触及的地方。再过几分钟，他就要和其他船员会合了，但是现在，他还需要在地球上完成最后一项任务。

身后传来了轻轻的咔嗒声，紧接着是滑动门打开时压缩空气的嘶嘶声。李极不情愿地从墙上的屏幕前转过身来，看到房间里走进了两名男子：先是本·奥尔德里奇，紧随其后的是罗兰·肖。他们都穿着白色的纸质连体衣，头戴白帽子，手戴乳胶手套；这两个人在获准穿过两间气闸，进入这个空荡荡的、没有家具的房间之前，都必须经过消毒程序。这是他最后一次在地球上和不戴头盔的人面对面接触。

"早上好，罗伯特，"奥尔德里奇说，"准备好迎接这个伟大的日子了吗？"

李朝着发射主管露出了一个生硬的微笑："那是二百二十六年之后的事情了。等我到了大熊座47b再问吧。"

奥尔德里奇冲他咧嘴一笑。"对你来说，也许时间只有二百二十六年，但对我来说，那可是二百三十年呢。"他转头看了看国安局局长，"虽然区别不大，但要是他在训练期间犯了这种错误，我就换其他人来做这份工作了。"

肖没理会这个笑话。实际上，李很想知道他是否能完全理解时间膨胀效应。等"亚拉巴马号"达到了它的最大巡航速度$0.2c$，和宇宙中的其他地方相比，这艘星舰上的时间就会变慢。加上离开地球之后用来加速到光速百分之二十所消耗的那三个月，再加上进入大熊座47星系之后利用磁化帆减速的那三个月，飞船内的天文钟记录的航行时间就是二百二十六年多一点儿，但是从地球上看，这趟旅程所需的时间会再多四年左右。洛伦兹因子对他和"亚拉巴马号"上的其他人来说无关紧要，因为他们在大部分旅程中都会处于生物停滞状态，但就算有寿命延长疗法，肖能不能活到那个时候也相当值得怀疑。

"我觉得你找不到更合适的人选了。"昨晚李看到他和总统在一起的时候，态度也是这么严肃，"我相信舰长现在想和他的人待在一起。也许咱们应该赶紧办正事。"

"噢，当然。"在国安局局长面前，奥尔德里奇显然相当紧张。他把手伸进连体工作服的口袋，拿出了自己的平板，翻开盖子，"那么……"

这次简报是针对接下来十七个小时即将进行的主要工作的例行总结。东部时间10：00，夏皮罗驾驶"杰西·赫尔姆斯号"将载着尚未登上"亚拉巴马号"的四十五名飞行小组成员发射升空，按计划，太空穿梭机将从10号发射场起飞，预计12：30抵达"亚拉巴马号"。在"杰西·赫尔姆斯号"交会对接过程中，"乔治·华莱士号"将于13：00从11号发射场发射，这艘太空穿梭机载有"亚拉巴马号"移民团队的五十一名成员，由李舰长亲自担任驾驶员。"乔治·华莱士号"的预计交会对接时间为14：30，届时燃料装载工作将全部完成。15：00主舱门将被密封，船员们将于23：45开始启动程序，届时总统将在亚特兰大通过电视网向全国发表公开讲话。总统讲话结束之后，最后的倒计时将在23：50开始。如果一切顺利，主推进器将在24：00点火。

"今天早上我们遇到了一个小问题。"奥尔德里奇看着他的平板，"发射控制中心在昨晚24：00后不久检测到C2舱的备用计算机系统出现了点错误……"李感觉自己的心跳漏了一拍。"但是机电长检查了一下，发现这只是警报程序出错了。错误已经被修复，倒计时也在00：14重新开始。"

"很好。很高兴这件事已经解决了。"虽然内心十分焦虑，李还是装出了一副平静的样子。肯定是出了问题，但似乎达娜并没有露出马脚，应该是解决了。"还有什么事吗？"

"没有。一切按计划进行。"奥尔德里奇合上了他的平板，看着肖，"该您了，肖先生。"

"谢谢。"简报过程中，国安局局长一直没有说话。现在，他拉开自己带进房间的一个黑色塑料袋的拉链，拿出了一个用透明玻璃纸包着的小东西，"李舰长，这是什么东西，不用我说了吧？"

"不用了，局长先生。"李接过包裹，打开玻璃纸，拿出了一把镀铬大钥匙，钥匙上系着一条项链——这是"亚拉巴马号"主点火系统的钥匙。没有它，飞船的主推进器就无法点火。这是为了防止"亚拉巴马号"在没有总统直接授权下就进行发射的安全措施。

"谢谢你，局长先生。"李将链子挂到了脖子上，钥匙顺着连体衣的前面垂了下来。直到此刻，国安局才决定把它交给任务指挥官。在轨道上进行实地演练的时候，总会有一位监察官站在"亚拉巴马号"的指令舱，插入钥匙，然后扭动开关，不过飞船的主推进器从未启动过。此刻应该是一个颇具象征意义的时刻，因此李随即立正，向肖敬礼。

肖同样以敬礼回应，接着他伸出了手："祝你好运，舰长。我们会为你祈祷的。"

李同样伸出手紧紧回握住，并直视着肖，然而舰长一点儿也读不懂他的表情。肖只是轻轻地点了点头，然后转头对奥尔德里奇说："我想你还有话要说……"

"没错，局长先生。这个。"奥尔德里奇再次上前一步，从胳膊下面拿出一个用塑料袋密封的大包裹。透过透明的包装袋，李舰长可以看到一块深蓝色的帆布上绣着一颗白色的星星，旁边是红色和白色的水平条纹。这是美利坚联合共和国的国旗。

奥尔德里奇虔诚地捧着，好像根本不想把它交出去似的。他抬头看着李，眼睛湿润了。"我知道你们舰上已经有一面国旗了，"发射主管轻声说道，声音微微颤抖，"但是这面国旗是我们卡纳维拉尔角全体工作人员送给你们的。如果你们不介意的话，舰长，我们希望你能在抵达新世界之后把它升起来……就算是纪念我们一下。拜托了。"

李感到心里空落落的。本的想法是好的，李也不反对，但他最不想再看到的就是这面旗帜——极权主义政府的一个象征，这个政府已经夺走了美国曾代表的一切，并且把它扭曲得面目全非。一颗星，象征着所有公民团结一心，至少名义上是这样的，但它真正代表的是只有一个政党，只有一种意识形态。在第二次革命前，这项任务的目标是去探索，但现在，目标变成了征服。他被送往大熊座47星系并不是为了拓宽人类的视野，而是要建立一座星际移民地，从而让共和国永垂不朽。数以百万人住在用垃圾搭建的棚屋里，用粪便生火，以松鼠汤为生，因为这个国家把大部分资源都用在了建造星际飞船上。所谓的人类最崇高的梦想最终走上了歧途……

"罗伯特？"奥尔德里奇盯着他问道，"有什么问题吗？"

"抱歉。"李深吸一口气。"只是在感受这一刻，仅此而已。"他从奥尔德里奇那里接过包好的旗子，微微鞠了一躬，露出了一个他希望会被对方认为是得体的微笑。"谢谢。我会好好把它珍藏起来的。"

奥尔德里奇也正式地鞠了一躬："谢谢你，舰长，愿上帝保佑你。"

李舰长与发射主管握手告别，让他享受这最后的自豪时刻。与此同时，他能感觉到罗兰·肖的眼睛一直盯着他。

泰特斯维尔[1] / 2070年7月5日 / 发射倒计时14小时00分05秒

在倒计时数到三的时候，太空穿梭机的升空发动机喷出了橘红色的火焰，随后滚滚的棕色云雾包围了机身。一时间，这艘太空穿梭机仿佛消失了，接着"杰西·赫尔姆斯号"慢慢地从浓雾中升上了天空。

---

1. 泰特斯维尔，位于佛罗里达州大西洋沿岸的一座城市，紧邻肯尼迪航天中心和卡纳维拉尔角空军基地，是这一地区的民用机场太空海岸机场的所在地。

麦克风捕捉到了人们的欢呼声，然后，雷鸣般的掌声从距离发射台三英里外的贵宾观景区传来，淹没了说话声。摄像机向上仰起，追踪着白色的尾迹。在离地面一千英尺的高空中，机头向上翘起，接着，国家点火装置[1]的主引擎启动，太空穿梭机霎时间跃入了大西洋上空的蓝天里。

"这个时候，重力加速度的影响不大。"亨利·约翰逊朝着吧台上方落满灰尘的老式平板屏幕点点头，"达到7G之后，他们会感到一些不舒服，但那只会持续一分钟左右。"

"你觉得孩子们不会受伤？"吉姆·莱文犹豫地扫视着这间关闭的餐厅。他的两个孩子，戴维和克里斯，正与蒙特罗家的卡洛斯和玛丽一起坐在地板上，好像正在玩剪刀石头布。"我的小儿子坐飞机的时候会晕机。"

"我觉得我们这里有很多人都会呕吐的。"豪尔赫依然看着屏幕。现在，"杰西·赫尔姆斯号"成了长长的轨迹前端的一个小白点。他很想走到外面，看看是否能用肉眼看到它，但是在这里，他们必须严格遵守规定：在做好出发准备之前，谁都不能离开餐馆。他说："别担心。我以前去过太空，这趟旅程很轻松的。"

画面切换到一个站在新闻中心的年轻女子身上，她是一名政府电视网的记者，正在报道刚刚看到的画面——搭载着"亚拉巴马号"机组成员的太空穿梭机正在升空。音量调得很低，所以只有聚集在泰特斯维尔郊区这家废弃餐馆里的少数人能听见她的声音。"只要给我儿子准备一个呕吐袋就行。"吉姆低声说，"否则，舱里会变得乱七八糟……"

"嘘，"看到画面又变了，亨利说道，"来了……"

---

1. 国家点火装置，世界上最大的激光约束聚变装置，位于美国加利福尼亚州劳伦斯·利弗莫尔国家实验室。

39

屏幕上在回放一个小时前的视频：机组成员们离开金里奇航天中心的乘员训练设施。一扇门打开，接着机组成员们走了出来。他们都穿着连体式隔离服，排成一列，从被拦在绳子后面的一群记者和摄影师面前大步走过。透过头盔上的面罩，人们根本看不清他们的脸。在这群成年人之间，还有几个大大小小的孩子，但仅仅是因为他们个头比较矮，所以才能被分辨出来。在经过摄像机，前往停在不到三十英尺外的那辆白色的空间局卡车的路上，他们向旁观者们挥手致意。

"看到了吗？"亨利低声说，"没有提问，没有采访……"

"也没有身份核查。"豪尔赫回头看了他一眼，却发现伯尼·凯莱正在啃手指甲。在所有集中在这家曾被称为"灯夫烧烤店"的餐厅的人里面，他是最紧张的，不过其他人也都并非镇定。"但要是有人认出……我是说，如果他们没认出……"

"看看他们穿的衣服。"吉姆指着屏幕说，"你都看不清他们的脸。"

"嗯。只要大家一直往前走，几秒钟就完事了。"和亨利说的一样，从第一名机组成员离开大楼算起，到最后一个人登上卡车，只用了不到一分钟。随后一名士兵关上了车门，过了一会儿，车子从地面上升起，掉头离开摄像机，沿着通往发射台的道路疾驰而去。"看到了吗？很简单的。"

"那为什么咱们不能……"伯尼犹豫了一下，整理思绪，想要把自己的想法表达清楚，"我是说，咱们就不能直接去发射台吗？咱们自己也有航天服，为什么还要穿过……"

"伯尼……"吉姆不耐烦地叹了一口气。他已经向每个人把所有的事情都解释过一遍了，但是不知道为什么伯尼还是不明白。"就是……首先，如果我们不从里面走出去，所有人都会觉得奇怪，为什么移民者们没有出来。第二，我们必须乘着那辆卡车前往发射台。我们不能开自己那辆车，因为……"

豪尔赫以前听过这番话。他找了个借口，去看他的家人了。餐厅里弥漫着朽木发霉的气味,窗户早已被木板封死,所以屋内唯一的光源只有散落在餐厅各处的野营灯笼,以前的每周五晚上,当地人都会在这里享用自助晚餐。他还是很好奇,他们这个反政府组织是怎么把这间破败的公路客栈当作据点的,不过最好还是别问了吧。就算是现在,依然没有人愿意泄露秘密。这些证据也都表明,参与这场阴谋的人比他想象的还要多。

他看到丽塔坐在房间另一端的折叠桌旁,正在接受所有人都必须接受的抗病毒疫苗注射,她的脸皱成了一团。豪尔赫认出了给她打针的那位医生,曾是马歇尔航天中心的一位资深的太空医学研究员,在签署请愿书之后,他也被贴上了 DI 的标签。豪尔赫不记得他的名字了,而且很惊讶在这里见到他,但他会出现在这里也不算意外。毕竟现在不可能专门建一间无菌室,起码他们可以保证不会有人把病毒带到"亚拉巴马号"上去。

"行,你这边好了。"医生说。丽塔叹了口气,把衬衫的袖子拉了下来。"把你的孩子带过来,接下来我要给他们打针。"这时他抬头看到了豪尔赫。"等一下……我还没给你打,对吧?"豪尔赫点了点头,医生转头看着丽塔,"等等,还是让豪尔赫先来吧。你们的孩子要是看到爸爸在打针,可能就没那么紧张了。"

"好主意。"卡洛斯倒是不介意被打几针,但之前每次带玛丽去看儿科医生都是个麻烦事儿。豪尔赫坐在丽塔刚刚坐的椅子上,卷起了自己右边的袖子。"对了,要是有棒棒糖的话可能会好一点儿,我女儿去看医生的时候,他们都会给她一根。"

医生摇了摇头,把一根干净的针头和另一根药筒塞进他的注射枪里。"很抱歉,从现在开始,谁都不能吃东西。我也不喜欢这样……我现在很想喝杯咖啡。"他在名单上找到了豪尔赫的名字,"打完针之后,你可以帮你的妻子和孩子们把隔离服穿上。"

豪尔赫点了点头。过去的这一个小时里,留在餐厅的人变得越来越少了，那些打过针的人都得去隔壁的厨房。几分钟之前，他曾透过旋转门看了一眼里面的情况，浴帘从天花板上的管子垂下来，构成了几间临时更衣室。人们一个接一个地把叠好的衣服带进了隔间里，几分钟之后穿着连体隔离服走了出来。这些隔离服做得都很好，和刚才屏幕里船员出来时穿得一模一样，甚至肩上还挂着共和国的旗帜和"亚拉巴马号"的任务徽章。

"你已经把医疗数据发过去了，对吧？"医生一边往他的二头肌上擦酒精，一边轻声问道。

"在被带走之前刚弄好。"从他的办公终端发往休斯敦的声讯卡片里包含了一份加密文件，里面有这间屋子里所有人的医疗记录，"亚拉巴马号"的停滞舱需要这些数据来重新编程。"现在他们应该已经收到文件，把它下载下来了。"

"应该吧。"医生叹了口气，揉着他的眼皮，"又是一件可能出错的事……"

"快看！爸爸要打针了！"豪尔赫转过头，看到丽塔带着孩子们来到了桌边。卡洛斯似乎很无聊，但玛丽却害怕地把眼睛睁得大大的，"看到了吗？很容易的。"

"当然，没什么……"豪尔赫刚开口，医生就趁机把注射枪的针头插进他的胳膊，开始往里面注射。感受到针头的刺痛，豪尔赫努力不让自己露出痛苦的表情。他回头看着医生，挤出一个微笑，"嘿，你刚刚干了什么？我什么都没感觉到。"

医生也同样回以微笑，他又换了个针头和药筒："已经可以说是不会痛的了。"玛丽把脸藏进了妈妈怀里，豪尔赫决定不再继续说这件事了。无论如何，玛丽只能忍着……

在瓦尔多斯塔把他们从列车上带下来的那名监察官从厨房里出来。他没有再穿那件灰大衣了，挂在衬衫领子上的领带也变得歪歪扭扭。他用手指吹了一声尖锐的口哨，然后拍手示意人们注意。"听着！"房间里安静下来，所有人都看着他，"二十分钟之后，咱们就得走了，还有一半的人没有做好准备呢。如果还没打过疫苗，快去桌子后面排好队，然后去厨房换上隔离服。咱们没有时间了，所以动作快点儿，好吗？"

丽塔冷冷地瞪了监察官一眼："他可以再……"

"亲爱的，"豪尔赫低声说道，接着他咬紧了牙关，医生又给他打了一针。玛丽似乎没那么害怕了，此时她带着一种奇异的兴趣看着医生再一次替换针头和药筒。监察官穿过房间，来到站在屏幕前的亨利、伯尼和吉姆那里，对他们说了些什么，接着吉姆和伯尼离开了吧台，加入了丽塔身后的队伍，不过亨利留在了那儿。在豪尔赫的注视下，他那位老朋友拿出了平板，打开了它。监察官走到他身后，看着他手里的平板。出什么事了吧……

又是一针，这样他就完成接种了。"天啊，太棒了！"他一边站起身，一边喊道，"谢谢您，医生！我感觉好多了！"他俯身看着玛丽，用手拍着自己的大腿，"行啦，你也来试试吧！"

女儿脸上犹豫的表情告诉他，她一点也不相信这些话，但还是让妈妈把自己抱到了椅子上。豪尔赫等着医生擦拭她的胳膊，问她能不能把母亲的名字倒过来拼写。给玛丽打第一针的时候，她还在拼第二个字母。她叫了出来，但这更多的是因为被吓了一跳，而不是疼痛。豪尔赫认为丽塔可以把这边的事情搞定，于是悄悄地溜走了，来到了吧台那边。

"要是他们也来，应该早就到了才对。"就在豪尔赫往那边走的时候，亨利对监察官说，"不过我们还有二十分钟……"

"我们是还有二十分钟，但你也清楚……"监察官抬起头，正好看到豪尔赫走了过来，"有什么事吗？"

"谁要来？"豪尔赫压低声音问道，"还有别人吗？"

亨利犹豫了一下，然后把平板展示给了豪尔赫。上面是一长串的

43

名字，大多数都做了标记，但还有几个什么都没标。"这里有四十五个人。"他悄声说，"应该有五十个人才对。还有五个下落不明。他们应该在列车上，但似乎没被带过来。"

"或者他们被带走之后，就没有被送上列车。我最担心出现这种情况。"监察官心不在焉地摩挲着下巴上的胡茬，"不妙，一点也不妙……"

"他们不会招了……"

"任何人都可能背叛。相信我。"监察官瞥了一眼站在桌子前面的那列人。豪尔赫听到，玛丽又被扎了一针而发出了尖叫声，"没关系。咱们别管那些人了。"

"你是觉得……"

"只希望咱们出发的时候没有人来清点人数。"监察官摇了摇头，转过身去，"抓紧吧。时间不多了。"

"他不应该在乎的，"走到别人听不见的地方，豪尔赫嘟囔着，"毕竟他在飞船上拿到了一个位置。"

亨利并没有抬头，依旧看着他的平板。"他不和咱们一起走，"他非常小声地说道，"我们给了他一个机会，但他选择留下来……他必须这么做，这都是计划好的。"然后他抬起头，盯住了豪尔赫的眼睛，"如果……如果他的人发现了他的所作所为，会以叛国罪对他进行审判。"

豪尔赫盯着对方："但是他为什么……"

"我也问过他一次。他不肯告诉我。"亨利啪的一声合上了平板，转身加入了桌边排队的人群，"但不要跟他提这件事，也别和别人说。这是私事。"

丽塔已经带着孩子们进了厨房，豪尔赫可以听见她的声音从一面窗帘后传出，哄着玛丽穿上一件儿童尺寸的隔离服。差不多所有人都打完了针，换好了衣服，现在大家都挤在储藏室里，透过餐厅后门向外张望。门外就是从佐治亚州南部把他们接走的那辆政府卡车。司机站在车子旁边，豪尔赫注意到，他已经换好衣服，穿上了一件共和军中尉的制服。又一个不知姓名的人会因为司机今天的所作所为而面临死亡……

茜茜·莱文递给豪尔赫一套叠好的衣服，招呼他去最近的更衣室换衣服。就在他准备进去的时候，卡洛斯从帘子后面走了出来。他穿上了隔离服，胳膊下面夹着头盔。"我看上去怎么样？"

"很好。非常好。"豪尔赫迅速打量了一下儿子，"你还好吗，小伙子？"

"还好吧，我觉得。"然而他的脸色苍白，连体衣底下的肩膀在明显地颤抖着，"我不知道……"

"我明白。我也不喜欢这样。"豪尔赫单膝跪地，直视着卡洛斯的眼睛。他以前从来没有对儿子撒过谎，现在也一样。"之前在谋划这件事情的时候，我们似乎觉得这是个好主意，但那时候一切都只不过是一个想法而已。现在，咱们来到了这里，而且……嗯，事情比我想象的要困难。"

"那……"卡洛斯瞥了一眼等在后门的其他人。此时，这里只有他们，也没有人注意到这里。"咱们没必要这么干，对不对？我是说，咱们不一定非得去……"

"你知道其他出路吗？"卡洛斯的嘴唇颤抖着，但他什么也没说。"儿子，咱们现在是逃犯了。政府肯定已经冻结了我的信用账户，所以就算能回家，咱们也没有钱，更何况咱们也回不了家。如果去自首的话……"

"我知道！"卡洛斯的声音有些大，几个站在附近的人转过头来看了他们一眼。豪尔赫赶忙让他小声一点儿，"爸……它在四十六光年外呢……"

"我知道，我知道……"豪尔赫摇摇头，按住了儿子的肩膀，"但是要么走，要么下半辈子都待在DI改造营。你、我、你妈妈、你妹

45

妹……你想让玛丽待在布坎南营吗？"卡洛斯忍住眼泪，低头看着地板。"相信我，咱们什么办法也没有了。如果有的话，我肯定……"

从他们身后传来一声刺耳的口哨："嘿，有人落下东西了吗？"

豪尔赫回头一看，发现监察官正站在餐厅的门口，手里高举着豪尔赫的行李袋。"有人把这个丢下了，"他喊道，"这是谁的？"

该死，他差点忘了！豪尔赫举起了手。监察官看着他，然后大步穿过厨房，走到他和卡洛斯一起蹲着的地方。"是你的？你不能把它带在身上。"他说，"很抱歉，不能携带任何私人物品。"

"这不是私人物品，是我们需要的东西。"

感觉到自己的权威受到了挑战，监察官非常惊讶，他瞪着豪尔赫。豪尔赫用眼角的余光瞥见丽塔和玛丽从帘子后面走了出来。玛丽的衣服似乎有些太大了，两条裤腿堆在了靴子上，而那宽松的领子仿佛让她随时可以从里面爬出来似的。

"你们需要的东西？天啊，每个人都有自己需要的东西，"监察官把包放在地板上，"好吧，把它打开吧，我看看你都带了什么。"

豪尔赫犹豫了一下，然后拉开了袋子的拉链，露出里面的东西。

监察官弯下腰，盯着袋子里面的东西。他皱起了眉头，抬头看着豪尔赫。"你真的想好了，对不对？"他的声音很低，只有豪尔赫和卡洛斯能听到。豪尔赫什么也没说，监察官不情愿地点了点头。"行，把它带上吧。"他平静地说，"出去的时候，把它挂在右肩上，不要正对着站在绳子后面的那些人。如果有人注意到了，问你带了什么，你就假装没有听到，继续往前走。明白了吗？"

豪尔赫点点头，监察官看了一眼手表。"快点换好衣服。六分钟后出发。"然后他转过身去，又拍了拍手。"行啦，你们大家都快点……"

卡洛斯盯着父亲拉上了袋子的拉链："爸爸，你带了什……"

"没事。我去帮帮妈妈和妹妹。"豪尔赫把袋子递给了他的儿子，

"看好这东西,知道吗?它很重要……注意不要让别人看见。"

卡洛斯抓住袋子的背带,把它搭在了肩膀上,却差点儿被那份重量压弯了腰,他脸上的表情从恐惧变成了困惑。一时间,豪尔赫怀疑他是不是要打开那个袋子,但是男孩还是照父亲的话做了。豪尔赫朝他露出了微笑,然后走到了帘子后面。

此时此刻,他独自一人,靠在煤渣砖墙上,紧闭着眼睛,深呼吸,想要平息心脏剧烈的跳动。这是他在公寓接到电话之后第一次离开家人的视线,在这之前,他没让自己显现出恐惧,甚至都没表现出害怕。然而在内心深处,他和卡洛斯一样惊恐。丽塔是怎样冷静地接受这一切的呢?她根本不知道将会发生什么……

不。他现在没时间管这个了。豪尔赫睁开双眼,又做了一次深呼吸,然后坐在了塑料椅子上,开始脱鞋。在帘子后面,他听到丽塔让玛丽不要乱动,别再烦躁不安了。

他们别无选择,现在,所有人都已经作好了决定。

星舰"亚拉巴马号" / 2070年7月5日 / 发射倒计时11小时41分12秒

"他想干什么?"达娜难以置信地盯着通信官,"你是说现在吗?"

"我无能为力了,机头。"莱斯利·吉利斯小心翼翼地用手遮住他耳机上的麦克风,"他已经在路上了。"

"天哪……"达娜转头询问坐在几英尺外的另一名船员,"你能证实吗?"

"你自己看吧。"莎伦·厄尔曼已经在导航台上放出了实时图像,"亚拉巴马号"的全息框架模型出现在导航台上方,旁边是海格特船坞的框架结构。大部分检修舱已经驶离了飞船,不过还有一艘燃料驳船停在主燃料舱下面。在达娜的注视下，一艘圆柱形的小飞船穿过泊位，朝"亚拉巴马号"驶来。

"轨道转移飞行器申请在SC2进行对接。"吉利斯说，"我认为如果拒绝，上校不会善罢甘休的。"

现在不行，天啊，拜托，看在上帝的分儿上，别这样对我。达娜和莱斯利都露出了警惕的表情，莎伦属于为数不多没有参与这项阴谋的船员，所以他们不能直白地进行交流。"'赫尔姆斯号'预计什么时候抵达？"她问道。

"按计划12：30抵达。"莎伦打开全息图，展示出太空穿梭机即将与"亚拉巴马号"在低轨道交会，"它们将于十分钟后在SC2进行对接。"

"好吧。"达娜深吸一口气，想让自己冷静下来，"莱斯利，告诉轨道转移飞行器的驾驶员，我要他最迟在12：25前完成对接，如果他撞上我的飞船，我就……算了，提醒他'赫尔姆斯号'也要使用SC2舱口，他要是耽搁了的话，发射倒计时就得推迟，事情就搞砸了。"她松开天花板上的扶手，把自己推向舱口，"要找我的话，去H5那边。"

等她来到舱外活动准备舱时，轨道转移飞行器已经抵达，透过舱口边的舷窗，她看到飞行器缓缓移动到了飞船固定架里，在飞行器前部的钝头进入对接环时，飞船轻微地晃动了一下。半分钟后，涂着黄黑相间警示色的舱门向两侧敞开。五个身穿着共和军军装的人出现在视野中。他们的肩上都绑着射镖枪，一个接一个地将身体推进舱内，然后把靴子前部扣在束脚带上。虽然达娜自己也是从学院毕业的，但在调进联邦空间局之前，她从未见识过战斗任务。不过光看这几个人的脸，达娜就知道，他们在哥伦比亚和内华达山脉服役期间经受过战争的磨炼，都是经验丰富的专业士兵。他们是一群浑蛋，并为此感到自豪。

最后一个穿过舱口的人是军队里的传奇人物，吉尔伯特·"吉尔"·里斯上校,他是海格特船坞共和军安全分遣队队长。里斯壮得像头公牛:粗胳膊,粗腿,粗脖子。达娜私下觉得,他甚至连脑袋里都塞满了"蠢肌肉",毕竟他俩已经打过好几次交道了。

看到达娜,里斯露出了一副近乎假笑的笑容。还没等她开口,他就转头盯住了离舱口最近的一名士兵,朝他竖起了大拇指。那名士兵关好外闸门,把它紧紧锁住,用拳头砸了两下,然后用力敲击密封内闸门上的按钮。一声空洞的巨响,接着甲板微微颤抖,轨道转移飞行器脱离了对接环。透过窗户,达娜瞥见飞行器正在远去。里斯故意看了看手表。

"正好12:25,"他没有看她,"满意了吧,机电长?"

她身后的一名士兵窃笑起来。达娜假装没有注意到:"不,上校,我不满意。我要你让轨道转移飞行器回来,把你的人装上船。"

里斯一挑眉毛:"这不会打乱你的计划吗?"

"我们会调整计划。"她瞪了回去,一点儿也不让步。

里斯耸了耸肩:"那你肯定不介意我们多待一会儿。我可不希望你们不辞而别。"

又是那副假笑。他手下的人窃笑得更厉害了。上校严厉地瞟了他们一眼,但眼神里却带着阴险的笑意。达娜感到脸上一阵发热:"你来这里干什么,上校?"

"很高兴你能问这个问题,这样咱们就能节约很多时间了。"他脸上的笑容消失了,"我们收到消息,可能有人发起了一场针对这次任务的阴谋。"

达娜的左眼皮下意识地跳了一下:"阴谋?你从哪儿听说的?"

"我无权透露细节,女士。我只能说,命令来自最高层。我的人要留在'亚拉巴马号'上,保证所有人员上船,并阻止未经授权的人员进入飞船。"里斯的视线就一直没从她身上离开过,"考虑到目前的情况,我希望你不要介意。"

她用尽了全部的力气才让自己的声音保持平静："我介意，上校。那些要上船的乘客从6∶00就开始接受严格隔离，他们不能与外界有任何接触。你的人没有消过毒吧？"

里斯的脸顿时僵住了，士兵们也不再笑了。"机头，我收到的命令……"

"我收到的命令是让'亚拉巴马号'按时安全出发。整艘飞船刚刚经历了二十四小时的净化程序。除船员外，谁也不能穿过那扇舱门。你的人登上飞船，就打破了隔离规定。"尽管心存恐惧，达娜还是惊讶地发现自己的心底燃起了一丝怒火，"你想要上来？那就去申请授权吧。给休斯敦打个电话，去跟飞行总监谈吧。你要是能给亚特兰大打个电话，让总统直接下令，那就更好了。"

达娜简直不敢相信自己竟然说出了这样的话。据她所知，里斯的命令可能直接来自桃树宫[1]。然而等质问完，她就知道，这种虚张声势起作用了。里斯沉默而惊讶看着她，他的手下也陷入了死一般的沉默。有那么一段时间，他什么也没说。后来他开了口，声音也很低。"我认为没有这种必要。但是我收到的命令……"

"行了，我明白了。"突然间，她想到了一个好主意，"我尊重你的工作，上校。"她的语气稍微缓和了一些，"没错……但是我希望你也能尊重我的工作。"

就在这个时候，外层船体又受到了重重一击。不用看就知道，"赫尔姆斯号"刚刚与"亚拉巴马号"完成了对接。很好。"你的人可以在这里待到15∶00，"她继续说道，"之后我们就要关闭舱门了。但是在此期间，他们不能离开这层甲板，也不能与船上的任何人发生身体接触。同意吗？"

---

1. 佐治亚州被称为桃子州，州内有众多地点以桃子或桃树命名。在这里，总统把位于佐治亚州亚特兰大的官邸命名为桃树宫。

达娜知道里斯想干什么：把他的人布置在整艘"亚拉巴马号"上，一直等到飞船发射的前几分钟再撤离。实际上，他收到的情报可能确实可以证明他们的行动是正确的。然而，她不得不把宝押在他不愿意被更高层人士正式斥责上。

"好吧，"里斯说，"就按你说的来。"他转身面对他的手下："布恩，施密特，你们留在这里。卡拉瑟斯和卢凯西，去另一处舱口。与所有登船的人保持一臂距离，除非我下达直接命令，否则不准离开这层甲板。"士兵们朝他敬礼，接着前往自己的岗位。里斯回头看着达娜："这样行了吗？"

"可以，上校。谢谢你的合作。"里斯冲她敷衍地点了点头，然后一推扶手，来到了气闸那里，待在了布恩和施密特旁边。

过了一会儿，内闸门再度敞开，一个身穿隔离服的人飘了进来。他已经摘下了头盔，是汤姆·夏皮罗，"亚拉巴马号"大副。汤姆看到达娜时咧嘴一笑，但他的表情在看到士兵之后马上就变了。

"欢迎上船，长官，"达娜说，"希望您的旅途一切顺利。"

"很顺利，谢谢。"汤姆的视线在士兵们身上扫过。在他身后，尤德·廷斯利已经从舱口探出了脑袋和肩膀。看到那些士兵之后，他把眼睛睁得很大："这是什么，仪仗队吗？"

"就当他们是仪仗队吧。"达娜直视着他的眼睛，"显然，里斯上校刚刚收到消息，有人想要破坏飞船发射。"

"真的？"大副转头看着里斯，"上校，你能解释一下你在我的船上做什么吗？"还没等对方回答，夏皮罗朝廷斯利举起了手，"等一下，尤德。咱们遇到问题了。"

执行官点点头，留在原地，挡住了舱口。现在轮到里斯觉得别扭了：现在他已经登上了"亚拉巴马号"，可是夏皮罗的军衔比他高。"抱歉，长官，"里斯慌张地朝夏皮罗敬了一个礼，"我们收到地面消息，国安局已经逮捕了一些DI，他们认为那些人与一项破坏这次任务的阴谋有关。"

"真的吗?"夏皮罗皱起了眉头,"他们打算干什么?"

里斯犹豫了一下,"我们……嗯,他们还不确定,长官。似乎那些人要把什么人偷运上这艘飞船。可能不止一个人。"

"你被派到这里,是要保证他们不会上船?"上校点点头,汤姆慢慢地摇了摇头,"我尊重你的工作,上校,但我觉得这不太可能。九十分钟前我们离开金里奇航天中心的时候,那里已经受到了严格的封锁……这艘飞船本来也应该处于隔离状态的。"他怒视着达娜。"你为什么让这些人上船,机头?"

"抱歉,长官,我只是在遵从上校的要求。"

"好吧,让他们待在这儿吧。我可不想因为要再给飞船消一次毒就取消发射。"然后他回头看着廷斯利,"尤德,让你身后的所有人把头盔戴上。穿过这间舱室才能摘下。"

"是,长官。"执行官从舱口处消失了。

"真是讨厌,"夏皮罗一边愤怒地嘟囔着,一边把身体推向主通道,"真抱歉我没法和你握手,上校,我只是不想碰你手上的东西。"他在天花板上的舱口处停了下来。"你只是在完成自己的工作,我能明白。但别碰到我的人,知道吗?"

"是,长官。"里斯又向他敬了一礼,"很抱歉。"

"很好,走吧。"夏皮罗也回敬一礼,然后回头看着达娜。"机头……"

"在,长官。"达娜跟着汤姆穿过进入飞船的舱口。等别人听不到他们说话之后,她轻轻拍了拍他的脚踝。"干得好。"她低声说。

"咱们还没有彻底解决这个麻烦。"夏皮罗上下打量着主通道,想保证自己没有被窃听,"联系舰长,让他了解一下这边的情况。"

达娜看了看表:东部标准时间12:29。"太晚了,"她低声说,"他们已经上路了。"

梅里特艾兰　/　2070年7月5日　/　发射倒计时11小时31分43秒

横跨香蕉河的堤道两旁挤满了各种型号和颜色的小轿车、悬浮车，成千上万的人挤在通往桥梁的狭窄沙洲上。一顶顶帐篷散落在拥挤的沙滩上，烤架上飘来了汉堡和热狗的香味，夹杂着咸咸的海风。

政府卡车并没有受交通状况的影响，它沿着堤道一路前行，车顶架子上那红蓝相间的警灯扫清了前方的道路。人们好奇地盯着车子从身边驶过，但司机没有理会他们。在车子后面的车厢里，人们根本看不到外面的情况。他们挤在坚硬的塑料长椅上，静静地凝视着彼此，成串的汗珠从脸上滚落，主要是因为车内那令人窒息的高温，但豪尔赫还是很好奇，其中是否很大一部分来自恐惧。

车子开始减速，所有人都挤到了一起。坐在卡车后面的那位不知名的监察官用手捂住了耳机。"好，咱们就要到检查站了。"他大声说道，"大家戴上头盔。带孩子的，身体向前倾，把他们藏起来。不管发生什么，都不要说话。只要把嘴好好闭上就行了。"他把手伸到座位下面，拿出了他的制服帽。"别担心。很快就会过去了。"

豪尔赫最后看了一眼丽塔和孩子们，然后把挂在后面的头盔拉起来戴好。现在，他只能透过一块弯曲的透明塑料板来感知这个世界了；每次呼气，面罩底部就会起雾。在丽塔旁边，玛丽开始抗议："妈妈，我喘不过气了！"丽塔赶紧让她安静下来。在豪尔赫身边，卡洛斯坐直了一点，想让自己看起来更像一名成年人。戴上头盔之后，他应该可以伪装成一个大人，但豪尔赫没有冒险；车辆慢慢减速的过程中，他轻轻地推着儿子靠在长椅上，然后往前挪了挪屁股，想尽量把儿子藏起来。

时间正在流逝。至于过了多久，豪尔赫根本不知道，可能只有一分钟，但实际似乎要久得多。前面传来了闷声说话的声音，但他什么都听不清。司机在和警卫交谈，给他看自己的证件，听上去似乎有笑声。接着，车子的后门突然被打开了，他在正午的阳光中眯起了眼睛，看到一名全副武装的士兵正盯着他们。

"你们这是在干什么？"监察官站起身来，挡住了车门，"把门关上，你这个白痴！这些人还在隔离呢！"

士兵看了他一眼，然后急忙伸手去关车门。门砰的一声关上了，豪尔赫长出了一口气，闭上眼睛默默地感谢上帝。他周围的几个人开始低声交谈，但监察官赶紧示意大家保持安静。又过了几秒钟，他们又被挤在了一起，卡车又离开了地面。

"好，他们信了。"监察官似乎也和其他人一样，觉得如释重负，"我们进来了。"

车内响起了欢呼声，身边的人们开始摘下头盔。"戴上！"亨利喊道，"我们几分钟之后就到了。"

豪尔赫不情愿地把头盔留在了头上。那些人信了他们的托词：卡车里装的都是后备人员，在最后一刻从一个偏远的地方送过来，防止"华莱士号"发射失败。

几分钟过去了，卡车又开始下降。它突然向右拐了个弯，慢慢前行，车子靠着惯性又往前滑了一段，最后停了下来。人们在座位上坐立不安，但是监察官举起了一只手，默默地示意所有人待在原地。他用另一只手扶着耳机，眼睛盯着手表，好像在等什么似的。又过了一会儿，他抬起了头，看着大家。

"行了，准备好了，"他说，"记住，要照我说的做。遇到什么也不要停下来，别和任何人说话。往前走就好。"

后车门打开了，外面站着两名身穿空间局白制服的男子。他们迅速放下装卸尾板，然后迅速示意所有人下车。乘客们站起身来，开始拖着步子走下尾板。豪尔赫拿起他的包，背在了肩膀上，他回头看了一眼，想确认家人是不是也和他在一起。卡洛斯就在他身后，牵着玛丽的手，丽塔走在最后。

他们的车停在一间车库里。另一辆涂着空间局标志的白色卡车停在不远的地方，但整个地方都空荡荡的，在附近，只有两名帮他们从车子里出来的工作人员，还有一个人站在紧闭的大铁门前的台阶上。"快点，快点，"监察官厉声说道，"快点，伙计们，咱们没时间了！快，快，快……"

现在，他们朝着台阶上面的楼梯平台走了过去，台阶上的第三名工作人员正在那里等着他们。监察官小跑着从他们身边经过，来到队伍的最前面，他迅速回头看了一眼，然后朝工作人员点了点头，工人转身打开大门，走到一边扶住门扇。监察官把他们领进了一条狭窄的走廊。

一个穿着隔离服的孤独身影从走廊中间的一扇门里走出来。他和监察官互相打了个手势，然后监察官走到一边，拉开门，示意大家跟着刚出现的那个人继续走。人们从他身边经过的时候，他平静地强调着："不要停，继续走……"

又是一条不长的走廊，然后左转穿过气闸的对开门。豪尔赫穿过门，发现自己来到了一个长长的房间，房间里摆放着桌椅。淡黄色的薄雾弥漫在空气中，飘浮在瓷砖地板上方几英尺的地方，然而他最先注意到的并不是这个。

在房间里，穿着隔离服的大人和孩子们都四肢伸开，或是横躺在桌子上，或是瘫倒在椅子上，或是脸朝下倒在地板上。他们没有一个人戴着头盔。

豪尔赫惊恐地意识到，他们都中了毒气。不管投放到隔离设施的空气系统中的毒药是什么，这些人很快就被击倒了，他们根本来不及拿起放在附近的头盔。"亚拉巴马号"的移民团队——五十名共和军军官和他们的家人，在几秒钟内就被击倒在地。豪尔赫真心希望他们还活着。他们都一动不动的,很难判断……不对,呼吸还在,他能看到他们的胸部慢慢起伏,眼皮微微地抽动。

队伍最前面的那个人转过身来,挥手催促着后面的人:快点儿,快点儿,不要停,继续前进!豪尔赫跟着队伍穿过了中间的过道。他的面罩上起了一层雾,他还感到有些头晕目眩;他有一种想放下背包,转身冲向门口的冲动。太迟了。为了妻子和孩子,他必须继续前进……

房间的尽头是第二扇气闸门。排在队伍最前面的那个人停下来转动轮盘锁,然后迅速挥手示意身后的人拿起椅子挡住门扇,把门敞开。一股新鲜的空气穿过了两扇敞开的闸门,把黄色的雾气带向了第二处舱口。队伍又开始往前移动,朝出口走去。

前面是另一段短短的走廊,这条走廊通向另一扇对开门。一名共和军士兵脸朝下躺在门内。有人在他站岗的时候把他电晕了。领头的从后面找了个人把哨兵处理掉;那个人拖着士兵的胳膊,把它扔进了隔离室。那个领头的等到拖着士兵走的人回来了,才快速地扫了一眼,确定所有人都和他在一起,随后他转身打开了门。

炽热刺眼的阳光照在了走廊上,他们这群穿着隔离服的身影开始往外走。门外,人们的声音越来越高,相机快门咔嗒作响,还有响亮的掌声……

现在,他们排成一列,大步从密密麻麻的记者和摄影师面前走过,那些见证者们都聚集在一根红色天鹅绒绳子后面,注视着"亚拉巴马号"的移民团队从乘员训练中心走出来。

一切都显得那么不真实,豪尔赫觉得自己似乎进入了一场怪异的梦境,所有的恐惧都突然离他而去,取而代之的是一种奇怪的不协调感。不知何故,在他看来,事情就应该是这样的,也注定是这样的。镜头的另一边是无数双眼睛,正看着他开始自己的未来之旅。他仍然踩着和前面的人一样的步伐,但却控制不住自己……

豪尔赫抬起他的手，挥手告别，那群人紧紧抓住绳子咆哮着表示赞同。然后麦克风和照相机指向了他，他记起了自己的真实身份，还有他正在做什么。豪尔赫觉得自己的膝盖越来越软，他放下胳膊，转过头去，故意盯着停在几米之外的那辆白色卡车。

一名士兵站在卡车前，而那位帮他们来到这里的监察官站在他的身边。监察官怒视着走上斜坡的豪尔赫。豪尔赫觉得很尴尬，上车的时候根本不敢直视他愤怒的目光。

他在长椅上坐了下来，挪了挪，给卡洛斯让出了位置。透过面罩，他瞥见儿子的脸上露出一丝嘲弄的表情——爸爸，你这个白痴！然后他拿起袋子，塞到腿下面，玛丽和丽塔坐在他们旁边。

最后一个上车的是在隔离设施外面和他们会合的那个人。他转身向媒体挥了挥手，然后在车子后面坐了下来。监察官背对着他们，一名士兵把尾板推走了。后车门砰的一声关上了，几秒钟之后，卡车从车位升起，飞走了。

那个领着他们穿过训练设施的人低下头，摘下头盔。抬头看他们的时候，他的眼神冷静而坚定。

"先生们，女士们，"他平静地说，"我是罗伯特·E.李舰长，'亚拉巴马号'的指挥官。从现在开始，你们要彻底听从我的命令……"

星舰"亚拉巴马号" / 2070年7月5日 / 发射倒计时11小时15分41秒

温迪刚来到自己的铺位，父亲就找到了她。穿过C4D甲板如同迷宫般的通道简直太难了，还好有船员带着这群从"赫尔姆斯号"上下来的新乘客穿过飞船，来到居住舱。不过她还在适应这种自由落体的感觉，她感觉自己的胃就像玻璃一样脆弱，一转头，她就会觉得一阵恶心。在离开卡纳维拉尔角之前,她觉得饿极了;但现在,她很高兴自己从昨天起就没吃过东西了。不过就算一切都好,她也没有准备好与家人团聚,更何况是现在这种情况之下了。

"啊,你好,宝贝儿,"就在她努力想要打开床边的储物柜时,身后传来了一个声音,"看到你能来,我很高兴。"

温迪回过头,看到父亲正抓着天花板上的一处扶手,飘在她的身后。和上次见到埃里克·冈瑟的时候相比,他似乎变化很大——头发变短了,身材变瘦了,但这并不奇怪。很多时候,他们几个月都不会联系。

"嗨,爸爸,"她说完,就转身继续开始鼓捣储物柜,"等一下。"门闩应该挺容易打开的,但每次她去拧的时候,都只能让自己的身体转起来。她觉得很沮丧,低声嘟囔着:"该死!这东西到底是谁设计的?"

"来,我帮你一把。"她还没来得及反对,父亲就把手伸了过来,用右手抓住了门闩,"诀窍是,你必须把自己固定在某个东西上,"他一边说,一边抓住储物柜上方舱壁上的一个扶手,"这样自己就不会乱跑了……"

储物柜弹开了,露出的空间刚好可以放下她的行李袋。里面的架子上夹着一个塑料袋,袋子里装着一件叠好的连体衣。"你现在应该还不需要这个。"父亲一边说,一边抓住她行李袋的带子,把包从她肩膀上拽了下来,"不过有空的话,你还是应该把它换上……"

"我知道,我知道。"温迪从他手里接过行李袋,塞进储物柜,"来之前给我们讲过。"她从储物柜里拿出连体衣,然后移到了一边,给"赫尔姆斯号"上下来的另一个人让路。在他们周围,居住舱里大家说话的声音都混在了一起,还夹杂着储物柜开关的声音。

"抱歉。我应该想到的。"父女之间升起了一种令人不安的沉默。两个人一直都不是很亲密,而分开度过的岁月更是在他们之间建起了一堵看不见的墙。然而温迪知道，父亲希望自己能给他一个拥抱，所以她让步了，张开双臂抱住了他。父亲也回以一个似乎是在表达爱意的拥抱。她等待着，过了一会儿，父亲不情愿地放开了她。"所以……我是想问，飞上来的路上感觉怎么样？"

太可怕了。"还行吧，"她回答说，"我吐了一次，但挺过来了。"她低头看了一眼下铺，那里很窄，只有一个薄薄的垫子做床垫，但起码有一副可以保护隐私的窗帘，枕头旁边的墙上还有一个看起来像是计算机平板的东西。"这就是我住的地方？"

"嗯，我住在上面。"他拍了拍上铺，"真抱歉，地方这么小，但是……"

"我见过更糟的。舍夫利的女生宿舍要更拥挤……"看到对方脸上的表情，温迪没有继续说下去，"反正这里还不错。"

"是啊……至少我们把你救出来了"父亲勉强挤出一个微笑，"嘿，我说过我会回来找你的，对不对？我们现在都在这里了……接下来要去大熊座47……"

"嗯，要出发了。"爸爸，你只用了八年就把我从那个鬼地方救了出来。我洗盘子的时候，你在做什么？在跟共和军的人说，你不是那种把自己的孩子送进政府青年宿舍的浑蛋？

"谢谢，谢谢你带我来这里。"

他扭开头看向了别处，不敢直视她的眼睛。"嗯，我试过了，但是……"他摇摇头，"咱们可以之后再讨论这个问题。重点是，你来了，这才是最重要的。"又是一阵沉默，然后他转过身，"来吧。我带你去换衣服，然后咱们去军官休息室。你可以去那里看射前准备程序。我还有些工作要做。"

"好吧。"她一推储物柜，学着他的样子，伸手抓住了天花板上的扶手，"倒计时会准时开始吗？我是想问……你知道，会不会出现延误的情况？"

"不会。我觉得应该没有什么延误的理由。为什么这么问？"

她耸耸肩："我只是这么觉得而已,有几个共和军士兵上了船,他们可能会……"

"什么？士兵？"他突然停下了手里的动作,转身盯着她,"船上有共和军士兵？"

"嗯。舱外活动准备甲板上有五名士兵。我们从太空穿梭机上下来的时候,他们在那里等着我们,就好像要对我们每个人进行检查似的。"她凝视着父亲,"你的意思是你不……"

但是父亲已经没再理她了。他转过身去,敲了敲耳机上的话筒,用一只手捂住耳朵,低声说了些什么。接着,他听着耳机里传来的声音,又说了些什么,温迪没听到。随后,他转身朝最近的梯子飘了过去。"待在这儿！"他回头喊道,"哪儿也别去！"

现在,温迪又变成孤身一人了。她看着父亲消失在了视线之外,就和以前的无数次一样,父亲又一次离开了她。

"好的,爸爸,"她轻轻地说,"听你的。"

梅里特艾兰 / 2070年7月5日 / 发射倒计时11小时10分52秒

五十年前,如今的11号发射场叫作39-B发射台,这里曾是NASA第一代太空穿梭机的起航点。不过如今,巨大的发射塔和支撑结构早已被拆除,为不再需要这些设备的单级轨道运载器腾出空间。实际上,遗留下的只有围住平台的那圈高大的铁丝安全网和穿过周围沼泽地通往发射场的那条宽阔的混凝土路。

太空穿梭机"乔治·华莱士号"静静地停在三轮起落架上,六名负责维护的发射台技术员正等在机身下方伸出的舷梯附近。从这艘太空穿梭机的核燃料发动机排气口飘出的过冷氢气,绕着两片垂直稳定翼倾斜的边缘向上飘去。发射台上的工作人员看着卡车在两辆安保气垫车的护送下,穿过栅栏门,滑到了平台顶部。

车子停了下来,两名工人打开后门,拉出尾板。李舰长是第一个走出来的,他透过头盔凝视了一会儿"华莱士号",然后转身向聚在发射台附近的工作人员敬礼。他们咧嘴笑着,突然鼓起掌来。接着,他等在一边,看着移民小队走下车子,向太空穿梭机前进。

大多数乘客已经踏上了舷梯,这时李注意到几名发射台工作人员的视线从飞船上移开了。他转身看到一辆黑色小轿车从远处的发射控制中心沿着道路驶了过来。安保人员走过去迎接那辆穿过大门驶上山来的车子。车子在卡车旁边停下来,然后车门滑开了。

李看到那位在佐治亚州南部把DI们带出来的监察官之后,感到一阵不安。他不应该来这里才对啊。等看到罗兰·肖从车里走出来,李感觉有什么东西扼住了他的脖子。尽管天气炎热,国家安全局局长还是穿着他那件灰色的制服外套,戴着帽子。然而李却没有料到,轿车后面下来了一名穿着连帽旅行斗篷的女子。一时间,李竟没有认出她来,随后,她走了过来,放下了兜帽,他发现眼前的是自己最不想看到的那张脸:埃莉斯·罗谢尔·李。

李还盯着埃莉斯,这时肖和那名监察官走了过来。肖平静地说:"李舰长,很抱歉,我有一件极为重要的事情需要与你讨论。"

"我……我不明白。"李感到一阵口干舌燥,"出了什么问题吗?"

埃莉斯的脸上露出一丝冷容,但他这位前妻依然保持着沉默,双手藏在斗篷里,紧紧握在一起。"很抱歉,阁下,但恐怕,"监察官回答说,"我们现在必须和你谈谈。"

安保人员走近了一些,他们的手始终按在手枪上。技术员们困惑地在附近走来走去,彼此窃窃私语。最后几个要登上"华莱士号"的男女站在舷梯底部看着他们,李看不到他们的表情,但他知道,他们一定是吓坏了。"好的,当然可以。你们想谈什么?"

埃莉斯张开嘴，好像想要说些什么，但肖打断了她。"也许咱们应该私下谈。"他指了指卡车，"去那边？"

李点了点套在头盔里的头，监察官转身带着他们登上尾板，走进车子后部，还示意两名安保人员关好他们身后的门。等这几个人单独待在一起之后，肖看着李说："阁下，请把头盔摘下来，好吗？我认为我们已经把污染风险控制在了最低水平，这么聊会更容易一些。"

李不情愿地摘下头盔。他的头发被汗水浸透了，他一边用戴着手套的手把头盔推到后面，一边后退，想与其他人保持一臂的距离。"如果你们想要在最后一刻与我送别的话，这时机是……"

"抱歉，舰长，但是事情要更严重一些。"肖瞥了一眼埃莉斯，"你的妻子……"

"前妻，"埃莉斯打断道，"郑重声明，我们现在只在名义上维系着婚姻。"

"我们没有相关的记录，但我会努力记住这一点。"肖的眼睛完全没有从李身上移开，"李女士将某些……你的不当行为，通知了国家安全局。她说她发现了一封信……"

"你知道我说的是什么，对吧？"埃莉斯朝他露出了一副控诉的眼神，"你留在桌子上的那封信，我本来应该在'亚拉巴马号'发射之后才能找到它……"

"我写给你和你父亲的那封？"李缓缓地呼出一口气，"没错，是我的错。我以为你会等我走之后再把密码破解掉，看看我都留下了什么。"他忍不住笑了。"很抱歉，没有银行密码，我把所有钱都捐给了慈善机构。"

她的脸沉了下来："我父亲为你做了这么多……"

"参议员什么事情也没为我做，他都是为他自己，也许还为了共和国，不过即便有，也很少。"尽管非常害怕，但李还是朝她露出了挑衅般的微笑，"从我的角度看，我并不在乎什么共和国，也不在乎你父亲。"

埃莉斯瞪大了眼睛,她没想到他就这么招了。实际上,李也被自己说出的话吓了一跳。但他们如果已经读过了那封信,就应该已经知道了一切,否认也变得毫无意义了。肖走近了一些,把他的右手移到了外套前。"所以你承认你参与了劫持'亚拉巴马号'的阴谋,计划把DI偷运上船……"

"当然。信里写的都是真的。"李根本没有看肖,"实际上,他们已经登上了太空穿梭机。"他尽管正在和国安局局长说话,却还是直直地盯着埃莉斯。"而你也会知道,我不仅参与了这件事……这是我计划的,从一开始就计划好了。"

埃莉斯张大了嘴巴,她后退了几步,就好像被他打了一巴掌似的。"怎么……什么时候……"

"从我被选为任务指挥官的那一刻起。"李细细品味着她的恐惧,此时,他从眼角的余光里,看到罗兰·肖慢慢地从他的外套里抽出一支电击枪,"或许在那之前;或许是我还在学院的时候,看到'星间飞行'计划之后就有了这个想法;或许是在咱们结婚的时候,我在近距离观察你父亲和他的亲信是怎么毁了这个国家的。总之,我花了很长的时间去学习憎恨共和国……还有你。"

埃莉斯连话都说不出来了。李并没有对此感到惊讶,至少在他的记忆中,这是她第一次遇到身边的人发表反政府言论。现在他很清楚,她从未怀疑过他有过这样一项计划,甚至连在他们同床共枕的那些年里也是如此。又是一项证据,证明了他们的婚姻只是一场骗局。"但有一件事我必须感谢你。"他继续说道,"你父亲帮我建立了一些自己的关系。通过他,我认识了一些人,没有他们,这一切都不可能实现。"

然后他看着肖说:"都安排好了吗?"

"是的,舰长。"国家安全局局长点了点头,"只剩下最后一个细节了……"

埃莉斯转身盯着肖,"什么……"

肖扣动了扳机。压缩空气发出一声轻响,带电的飞镖击中了埃莉斯,然后她倒了下去,差点儿撞在车厢的侧板上,那名监察官抓住了她的肩膀,轻轻地把这位失去意识的女士放在了长椅上。

李长出了一口气。"运气真差。"他平静地说。一方面,他很庆幸肖使用了非致命武器,尽管他很鄙视那个女人,却并不想看到她死;另一方面,她知道的太多了。"你要拿她怎么办?"

"我们至少可以让她躺几个小时。"肖把电击枪塞回肩上的枪套里,"她醒了之后,人就已经在瓦尔多斯塔了,等待她的是一场指控叛乱的审判。别担心,我们会想办法把这件事坐实的,不用管他的父亲什么的。不过还有个问题……"

"让我猜猜,她告诉了国安局的其他人?"

"没……幸好她先给我打了电话。刚做完简报,我就收到了她的消息,那时她已经飞过来了。她想和你当面对质,我让她不要跟任何人说。"肖小心翼翼地瞥了一眼紧闭的后门,"但今天早些时候,有几个你们的人被逮捕了,显然事情发生在他们前往集合地点的过程中。其中一个在接受审讯的时候招了,我的人给海格特船坞报了信,现在你们的飞船上有一支共和军小队,他们会检查每个上船的人。很抱歉,罗伯特,我是在接到你妻子的电话之后才知道这件事的。"

"请不要称她为我的妻子。"李拿起了他的头盔,在手中耍弄了起来,"你不可能在不引起怀疑的情况下,命令那支小队离开,对吗?"

肖点了点头。"好吧。我会想办法处理的,请至少在起飞前掩护好我们。"

"这个我能做到。"肖看着那名监察官,"李女士被捕了。给她注射镇静剂,等她醒来之后不要让任何人看到她。我一会儿再处理这件事。"然后他抓住李的胳膊,领着他走向了舱口,"你刚刚和你亲爱的妻子,含泪进行了漫长的告别,现在要和我走出去……"

安全人员和发射台的工作人员静静地看着"亚拉巴马号"的指挥官和国家安全局局长从车厢后面走了出来,他们快速穿过发射场走向"华莱士号"。移民者们都已经登上了太空穿梭机,现在只需要等舰长走上舷梯就可以了。

其中一名发射台工人拿着一台相机。他用这台相机拍下了两个人在太空穿梭机舷梯底部互相敬礼的最后一张照片。许多年以后,历史学家们会研究这张照片,他们很好奇美利坚联合共和国有史以来最大的两个叛国者最后都说了些什么。

"祝你好运,舰长,"肖平静地说,"希望你能找到要找的东西。"

"谢谢你,局长先生。"李敬了一个礼,"也祝你好运。"

肖微微点了点头:"咱们都需要好运气。"

太空穿梭机"华莱士号" / 2070年7月5日 / **发射倒计时11小时00分00秒**

一声可怕的咆哮仿佛要将客舱撕成两半,随之而来的长时间震动几乎要把人们的牙抖掉,豪尔赫都快把脸皱到一起了。他脸上的肌肉绷得紧紧的,忍受着强大的噪声和震动,连玛丽那惊恐的尖叫声都快听不见了,不过他还是紧紧握住了女儿的手。

"没事的,"虽然明知道女儿根本听不到,他还是在不断念叨着,"这很正常……没事的……不会有问题的……"

后面的客舱里没有窗户,只有两排狭窄的缓冲座椅,他只能越过前面乘客的肩膀,透过驾驶舱网格状的圆形窗,看到前方的景象。豪尔赫最后一次看着佛罗里达一马平川的地表渐渐远去,随后无云的天空填满了窗户,他从未见过这样蔚蓝澄澈的天空。

客舱向后倾斜，把他往沙发的泡沫垫里压得更紧了。豪尔赫转过头，凝视着被安全带绑在旁边座位上的家人。丽塔紧闭着双眼，玛丽的脸因为恐惧而扭曲着，但是卡洛斯正在咧嘴大笑，他所有的恐惧都消失了，现在只是在享受飞船发射的整个过程。豪尔赫感觉到了一种作为父亲自豪。他的儿子……

然后主引擎轰鸣着启动了，豪尔赫只有一瞬间能把头再次转向前方，随后他的身体就被重重地向后抛去。重量压在他的身上，他的肺为每一次呼吸都花尽了力气。玛丽不再尖叫了，但是她小手上的指甲却深深地扎进了他的手掌。他想对女儿说些什么，但却说不出口。这重力加速度带来的压力简直大得不可思议，亨利，你这个浑蛋，你撒谎了……

天空变成深紫色，然后开始慢慢变黑。

星舰"亚拉巴马号" ／ 2070年7月5日 ／ **发射倒计时10小时47分12秒**

"'华莱士号'发来轨道通信讯号，长官。是李舰长。"

"谢谢你，吉利斯先生，我来处理。"夏皮罗转着指挥椅，离开了显示状态信息的屏幕，轻轻敲了敲自己的话筒，"'华莱士'，我是'亚拉巴马'，收到请回答。"

"收到，'亚拉巴马'。"通过轨道通信网，李的声音清晰地传了过来。利用这套卫星系统，各个航天器无需通过地面就可以互相进行无线电通信。"真抱歉，汤姆，我们晚了一会儿。路上有些颠簸，但我们清空了发射场，没遇到什么困难。我们正前往海格特交会点，预计到达时间14：30。"

夏皮罗松了口气，闭上了眼睛。很好。李提到自己时用的是"我们",也就是说他把所有人都弄上了"华莱士号"。然而,他还说"路上有些颠簸",这表明并不是一切都很顺利。"很遗憾你遇到了一些麻烦,长官。你可以把数据输入图形界面,这样我就可以更准确地得知你们的抵达时间。"

"收到,'亚拉巴马',非常感谢。"

"做好准备,'华莱士'。"夏皮罗解开安全带,推着自己穿过甲板来到通信站。还有其他几名舰桥船员聚在这间半圆形的舱室里,但并不是所有人都参与了计划,所以他必须谨言慎行。莱斯利·吉利斯打开轨道通信网的图形界面,回头看了一眼夏皮罗,这位通信官伸出了三根手指,然后收回了一根。夏皮罗点点头,然后又敲了一下他的耳机。"舰长,我们正在把图形界面接入OCN[1]-3频道。希望这不会引起什么问题。"

短暂的停顿。"收到,'亚拉巴马',"李说,"没问题。"

夏皮罗和吉利斯交换了一个会意的眼神:李明白这种含糊的说法。他们虽然会使用OCN-3频道来交换轨道坐标的数据,但同时也会接入OCN-2频道,通过这个很少使用的超低频通信频道,他们建立了秘密的文字通信。虽然休斯敦的飞行控制人员可能正在监视OCN-3频道,但他们不会关注OCN-2频道传输的超低频信号。至少这些阴谋家们希望如此。

莱斯利敲了敲键盘,他面前的小平板屏幕一分为二。上半部分描绘了地球的表面图,海格特船坞和"华莱士号"弯曲的航行轨迹投射在上面。太空穿梭机正经过印度洋上空的晨昏线,准备进入初始轨道;与此同时,在更高的轨道上,海格特船坞正在加利福尼亚北部海岸上空。地图右侧的数字显示了两艘飞船的精确坐标。一切都很正常。然而屏幕的下半部分显示了一条将"华莱士号"的超低频通信解

---

[1] OCN,指轨道通信网。

密得到的信息：

国安局抓到五个——一个招了——航天中心安全警报

夏皮罗低声咒骂了一句。如果卡纳维拉尔角发出了安全警报，那么能让"华莱士号"成功起飞，李舰长已经很幸运了。他双脚悬在半空中，斜靠在吉利斯身上，打出一个回答：

五名共和军在船上等——穿好制服戴好头盔

长时间的停顿。夏皮罗回头看了一眼，发现达娜·门罗正从工程部往这边看他。他低下头看向屏幕；达娜点点头，然后用力一推，朝他们飘了过来。等他再次把头回过来，李已经做出了回复：

照办——方案一取消——执行方案二

吉利斯倒吸了一口冷气。"他不是认真的吧？"他低声说道，夏皮罗都没太听清。

汤姆感觉到一只柔软的手抓住了他的肩膀。回头一看，发现达娜就在他身后。她看着屏幕，眼睛睁得大大的："哦，天哪……"

夏皮罗转过身来查看指示板。所有系统都显示着表示正常的绿色，燃料装载的最后阶段即将完成。透过甲板另一边的窗户，他可以看到停在主燃料箱下面的燃料驳船的尾部。等到14：00，也就是四十四分钟之后，用于主推进器的最后几吨氦-3和氘将抽上飞船。再过三十分钟，也就是14：30，"华莱士号"将与"亚拉巴马号"对接。之后……

"咱们能成功吗？"汤姆低声问道。达娜犹豫了一下，勉强地点了点头。"好。"他低声说，接着又敲了敲耳机。"我们收到了你的数据，'华莱士'，似乎不错。同意你们预计的到达时间。"

"收到，'亚拉巴马'，"李回答道，"'华莱士'完毕。"

夏皮罗叹了口气，然后看着吉利斯。"告诉其他人做好准备……看在上帝的分儿上，不要声张。"通信官脸色铁青，但还是点了点头。夏皮罗轻轻拍了拍他的后背，然后转头看着门罗。"你能做好快速启动的准备吗？"

"我……当然，没问题。我们会做好准备。"夏皮罗想把自己推走，但被门罗阻止了，"还有一个问题，那个锁定装置怎么办？"

"我不知道，"他低声说，"只能希望那个人上船了。"

太空穿梭机"华莱士号" / 2070年7月5日 / 发射倒计时9小时32分14秒

透过顶篷，李看到"亚拉巴马号"填满了驾驶舱的整个窗户。太空穿梭机固定架就在几米之外，他的双手灵活地操控着机体移动，偶尔瞥一眼仪表台，确保机身上部的舱口与对接环准确对齐。他慢慢驾驶着"华莱士号"，离那艘巨大的飞船越来越近，太空穿梭机模糊的影子落在了船体上。接触探测器发出刺耳的哔哔声，他松开了紧握着操纵杆的手。又过了一会儿，舱口发出沉重的撞击声，与对接环成功接合在了一起。

"'亚拉巴马'，我们已成功对接，"他说，"请固定太空穿梭机。"

"收到，'华莱士'。"汤姆·夏皮罗的声音传了进来，"执行官正在等你，他会帮你把乘客带上飞船。"

"很好，'亚拉巴马'，谢谢，"在关闭主系统的同时，他感觉到太空穿梭机轻轻地震动着，固定架包裹住了"华莱士号"，将它锁定到位。李迅速检查了一下操作台，确认引擎已经安全关闭，机翼也已经收好，于是，他耸耸肩，将安全带滑下去，然后拿起头盔。他推动身体离开座位，从狭窄的驾驶舱移动到了尾部的客舱。

一些能适应航天飞行的人已经解开了他们的安全带，但更多人仍然待在座位上，他们的脸色苍白，一副想吐的样子。空气中弥漫着呕吐物的气味，很多人在"华莱士"刚入轨时就吐了，而其中有些人没能及时找到呕吐袋。球状的胆汁在舱室里飘浮，但现在他们什么都做不了了。李用手指吹了声口哨，所有人都抬起头看着他。

"好，听着，"等把人们的注意力都吸引过来，他大声说道，"你们清楚现在的情况，所以在离开的时候一定要戴好头盔。不要停下来，直接往舱口去……我们安排了人在那里给你们指路。沿着梯子向上，直至到达H1甲板，跟着夏皮罗大副找到你们的铺位。明白了吗？"

人们低声表示同意，小心翼翼地点着头。李扫视机舱，看到几十张紧张的面孔。"大家都放轻松。"他尽力想让他们平静下来，补充道，"你们在地面上干得不错，在这里接着那么干就行，咱们肯定没问题。所以……豪尔赫·蒙特罗在船上吗？"

机舱里静了一下，然后一只手从右后方的倒数第三排举了起来。那是一名中年男子，和他坐在一起的是一名女子、一个年轻的女孩，还有一个十几岁的男孩。李努力想要掩饰自己松了一口气的表情：他没有被那些监察官带走。"豪尔赫，请跟我来。我们需要你。"

豪尔赫点点头，然后赶紧解开了女儿的安全带。从那苍白的脸色来看，她肯定是晕机了。他的儿子睁大了眼睛，难以置信地看着李，以为他们一家要被单独拉出来。"只有你，先生，"李迅速补充道，"很抱歉，但你的家人必须和其他人一起下机。"

豪尔赫有些犹豫。"好的，先生。当然。"他看了看妻子和孩子，对他们低声说了些什么，然后挣扎着把塞在座位下面的那个帆布行李袋拽了出来。李上前接住了袋子，防止它击中另一名乘客的后脑勺。

"你带来了？"他低声问道。豪尔赫又点点头，李看着他背后的孩子们，说道："我需要你们的父亲陪我一会儿，你们好好跟着母亲，她会带你们去要去的地方，好吗？"

妻子犹豫地看了丈夫一眼，但他的儿子笑得很开心。然而，小女孩的脸上却带着惊恐的表情。"我爸爸惹什么麻烦了吗？"她不确定地问道。

"完全不是，亲爱的。"豪尔赫朝她露出了微笑，"别担心。我很快就回来。"他从李手中接过袋子，把它背在了肩膀上。"我准备好了。出发吧。"

在他们身后，其他的乘客正在解身上的安全带，戴好头盔。在过去的十八个小时里，他们经历了很多；现在只能祈祷他们可以再坚持一会儿。

"祝大家好运。"说完，豪尔赫把自己推向天花板上的舱口。

星舰"亚拉巴马号" / 2070年7月5日 / 发射倒计时9小时28分04秒

随着嘶嘶的声音，内闸门打开了，李舰长推着自己穿过了舱门，他的鞋底差一点儿碰到豪尔赫的头盔面罩。豪尔赫想跟着他一起穿过舱口，但有什么东西从后面拉住了他。回头一看，他发现自己的行李袋卡在了舱口边缘。

豪尔赫低声咒骂着，猛地把袋子拽了出来，扛在肩膀上，一路爬过舱口。有一阵他感到自己仿佛迷失了方向——所有人似乎都站在墙上。等看到共和军士兵正站在那间狭窄的舱室里时，他被吓得面容失色。

什么也不说，什么也别做。李正朝着一位佩戴着上校军衔的高级军官敬礼，豪尔赫假装没有注意到这些士兵，从他们身边走了过去，在几米之外的甲板另一端，一个穿着联邦空间局连体衣的年轻人飘浮在天花板上的舱口附近。他朝豪尔赫焦急地挥着手，后者顺从地飘了过去……

"等等！"有人抓住了他的包，差点把包从他肩膀上扯下来。豪尔赫转过身来，看到其中一名士兵的手紧紧地抓着背带。他胸前的名牌上写着"卡拉瑟斯"。士兵的眼中充满了怀疑。"你在里面藏了什么?"

豪尔赫感觉自己的心都快跳出来了。在卡拉瑟斯身后,李舰长和那个名牌上标着"里斯上校"的军官转过身来盯住了他。"没什么……就是……只是……"

"把它打开。"卡拉瑟斯松开了袋子,但他的手还放在枪上。

李转头看着里斯:"吉尔,这没必要,我们已经迟到了……"

"让我的人好好干活。"里斯对卡拉瑟斯点了点头,"帮他打开。"

卡拉瑟斯的一只手仍放在武器上,他从豪尔赫身上接过袋子,将袋子悬在空中,用手拉开袋口。他凝视着里面的东西,然后抬头看着豪尔赫。"让我猜猜……科学家,对吧?"

豪尔赫点点头,他根本说不出话来。卡拉瑟斯拉上拉链,回头看着他的上司:"安全。"

里斯冲自己的手下微微点头示意,卡拉瑟斯把袋子还给了豪尔赫。豪尔赫的心脏仍然剧烈地跳着,他把袋子背回了肩膀上,朝着舱口继续前进。他回了下头,发现李舰长正跟在他身后,更多的乘客从飞船舱口飘了出来。其他人并没有碰到麻烦。

然而第三名士兵……他抬着右手,食指微微摆动。豪尔赫知道,他正在数有多少人从"华莱士号"出来。四,五,六……

他要是发现这里只有四十六名船员,比名单少了五个人,会怎么样做呢?

靠近舱口的船员默默地催他沿着梯子往上爬。豪尔赫抓住梯子最下面的踏板,把自己往上推进了主通道。他回头看到李舰长也爬上了梯子。"去指令舱,"他低声说,"在上面那层甲板。走,动作快!"

在H4甲板上,一男一女两名船员不省人事地飘浮在空中,他们的手臂耷拉在身体两侧,头向后仰。一名年轻女子在舱口附近盘旋,用一支电击枪直指豪尔赫,他下意识地举起双手。然后李出现在他身后,并平静地说:"退后,达娜,他是我们的人。"达娜放下武器,舰长看了一眼昏迷的船员："人都到齐了吗？"

"这个甲板上齐了，长官。我们的人正在处理剩下的事。在 H3 里遇到了一些阻力。两名低级军官……冈瑟和德赖弗斯……想要关闭维生系统，不过他们已经被击倒了。没有伤亡。"

"干得好，机头。"李转身看向另一名军官，指着昏迷的船员，"把他们放到醒来之后不会惹出麻烦的地方。附近的厕所就可以。"然后他回头看着达娜，"这就是咱们要找的那个人了。他知道该怎么办。"

"好的，舰长。"她把电击枪塞进腰带，朝豪尔赫一挥手，"这边请……你叫什么名字？"

"豪尔赫。豪尔赫·蒙特罗。"他抓住天花板上的扶手，跟着达娜穿过甲板来到主控制台前，"电气工程师……这个地方的电路是我设计的，当时我在……"

"好。你要找的维护面板在这下面。"她低下身子趴在地板上，把头和肩膀伸进了控制台底部，"你知道在哪儿吗？"

豪尔赫迅速扫了一眼那些复杂的按钮、开关、旋钮和数字读数，最后找到了一个盖着透明塑料盖的钥匙孔。"哈哈。主引擎点火系统在这里。也就是说锁定装置应该就在下面……"

"别跟我解释，只管干就好了。"达娜打开维护面板，不耐烦地把盖子推到一边，从控制台底下爬了出来，朝着被掀开的地方点点头，"反正你快点儿吧。"

"我知道。拿着这个。"豪尔赫把行李袋塞进达娜的怀里。他拉开拉链，把里面的东西拿了出来。达娜的眼睛瞪得大大的，因为包里面装的是书，很多都是二十世纪的书：《驯服荒野的技巧》《磷火丛书》《体面的生存》《巴特利特名言集》……

"你这是在干什么，把图书馆搬过来了吗？"达娜抓起一本快要飘走的、表面略有磨损的特大号平装书，瞥了一眼书名——《童子军手册》。

豪尔赫不由得咧嘴笑了起来。"算是吧。我挑了一些咱们可能会用得到的书……找到了！"这本J·布洛诺夫斯基的《人类的攀升》精装本已经有将近一个世纪的历史了，他花了好几年的时间才在亚特兰大郊外的一家古董书店里找到这本书。豪尔赫打开书的封底。"有刀吗？或者什么锋利的东西？"

达娜把手伸进裤子口袋，掏出一把小折刀。豪尔赫从她手里接过小刀，打开刀片，小心翼翼地把后环衬从封三的中间切了下来。她入神地看着豪尔赫慢慢地剥开粘在封三上的假环衬，露出了一个隐藏的口袋。藏在书里的是一张像纸一样薄的塑料片：一块光纤电路板。达娜带着发现新大陆一样的敬意对豪尔赫微笑着说："真狡猾。非常狡猾。"

"虽然没人提到过，但我估计会有人搜我的身。"豪尔赫从口袋里取出电路板，小心翼翼地抓住它的边缘，弯下腰来，看着打开的维护面板。"好的，看看里面，找到标记为2-304的电子设备舱。"

达娜拿出一支手电筒，从豪尔赫身边挤了过去。过了一会儿，她抽出一个细长的金属盒子。"把里面的电路板拿出来。"豪尔赫说。达娜从盒子里拿出了一张薄薄的纸。豪尔赫小心翼翼地把自己带来的那块电路板放进了盒子里。与此同时，他听到舱室的另一头传来了一个声音：

"舰长！廷斯利执行官报告说，里斯的人发现咱们人数不够！"

"廷斯利现在在哪儿？"

"H5外面的主通道！"声音顿了一下，"他把舱门关了，长官。所有乘客都上来了。"

"很好，让执行官待命，门罗机头，情况如何？"

豪尔赫把盒子推了进去，在那片狭窄的空间里转过身来，朝达娜竖起了大拇指。达娜把头伸到了控制台上面。"我们成功了，舰长！"然后她低头看着豪尔赫。"我希望这能成功。"她低声说。

"我们都一样。"他虽花了十个月的时间为主引擎点火系统设计了一个不需要通过地面授权的旁路,然而在此之前,他根本没办法来测试自己的设计是否能起作用。豪尔赫差点儿没来得及完全从控制台里爬出来,就被李舰长推开了。此时舰长已经脱下了隔离服,现在他猛地把铬合金发射钥匙从脖子上扯了下来,接着,毫不犹豫地掀开点火系统上的盖子,把钥匙塞进插槽,转了四分之一圈。

有那么半秒钟,什么也没发生,豪尔赫感觉自己的心跳漏了一拍。然后,控制台上的二极管从红色变成了绿色,控制台中央的平板显示屏亮了起来,上面显示着字母数字构成的代码。达娜扫了一眼屏幕,然后迅速在附近的键盘上输入一条指令。屏幕发生了变化,显示的正是"亚拉巴马号"核聚变反应堆的示意图。

"锁定解除!"她喊道,"我们控制了这艘飞船!"

指挥中心里的所有人都立刻喊了起来,豪尔赫感觉全身的力气都消失了,他喘着粗气,把头往后仰。成功了……哦,上帝,成功了……接着,透过笑声和掌声,他听到了指挥台另一边的声音:

"舰长!发射控制中心发来消息……"

星舰"亚拉巴马号" / 2070年7月5日 / 发射倒计时9小时10分32秒

"他们命令我们打开舱门!"

李舰长抓着天花板上的扶手,盯着插孔里转到一半的发射钥匙。在那几秒钟里,一切仿佛都凝固了,吉利斯的声音从遥远的地方传了过来。从眼角的余光,他看到达娜刚刚开始反应过来,她身边的豪尔赫·蒙特罗转头看了过来,恐惧开始从他的脸上浮现。

必须现在动手,他意识到,否则就没机会了。

"通知控制中心，说飞船上出现了紧急情况。"李迅速回过神来，"告诉他们……随便什么吧。比如中心舱的某个地方发生了电气火灾。给我们争取点时间。"他瞥了一眼控制台上方的天文钟，然后转头看着达娜："将所有系统上线，机头，五分钟后发射。"

达娜的表情变成了惊讶。一开始她似乎要抗议，但接着她迅速点头说："明白，长官。"她穿过甲板来到工程部，"佩因！杰瑟普！给液体燃料箱加压，开始主点火程序！将定时器设为五分钟倒计时。"

舰桥船员盯着他们，简直不敢相信自己的耳朵。"大家加油！"李大声喊道，"你们都知道该干什么吧！"这句话起了作用。突然间，所有人都动了起来，冲向自己负责的工作台，他们差点儿撞在一起。只剩下豪尔赫·蒙特罗还在困惑，他仍然待在控制台前，茫然地环顾着这间舱室，不知道该干什么。

"蒙特罗先生，出去吧。"李指着舱口，把自己推向指挥椅，"去找你的家人，让他们做好准备。"蒙特罗默默地点点头，然后朝主通道飘了过去。李敲了敲他的耳机："夏皮罗先生，你在哪儿？"

"C3B甲板，舰长。"李能听到背景里的声音，"出什么事了？"

"我们正在调整倒计时。归零调回五。让那些人系好安全带，然后回来。"没等他回答，李转向吉利斯，"莱斯利！帮我接通里斯上校！"

通信官在他的板子上按了几下按钮。过了一会儿，里斯愤怒的声音从李的耳机里传了出来，"舰长，你这是……"

"飞船发生了紧急情况，上校。"李试着保持平稳的语气，"H3甲板失火了，我们正在努力控制，但我要求你和你的手下必须马上离开'亚拉巴马号'。用储物柜里的舱外服……"

"李，没有火灾。主警报没有响。"里斯并不买账，李从他的声音就能听出这一点来，"我们跟你的执行官说，乘客少了五个，他就走了，现在他把舱门封死了。要么你让我们进去，要么我们开火冲出去。"

里斯在虚张声势。H5甲板通往主通道的舱门可以承受完全减压事故，而共和军所配的射镖枪的子弹经过特殊设计，无法穿透舱壁。士兵们不可能进入主通道。"里斯上校，"李平静地说，"请在四分钟内让你的手下下船。这是命令。"

"我接到的命令可不是这个。"长长的停顿后，"李……我知道你们打算做什么。我们不会让你们得逞的。投降吧，这样你们也许还能……"

"真抱歉，上校，我们干的事情远不止于此。"没必要再装下去，里斯已经知道真相了，"四分钟后，你们就是偷渡者了。你自己选。"

李刚刚切断通信，就又听到了吉利斯的声音："舰长，我收到了休斯敦的通信，他们……"

"吉利斯先生……"他深吸了一口气，"我允许你跟他们直接说，见鬼去吧。"

"是，长官！"

"辅助推进器加压，点火系统准备完毕。"达娜在她的工作站里，一边用低沉的语气报告情况，一边核对指令清单。李心不在焉地咬着指关节，看着她的手下们扳动各种开关，在键盘上输入命令。"主引擎反应堆准备就绪……导航界面检查完毕，准备就绪……"

"你确定都准备好了？"汤姆·夏皮罗已经回到了指令舱，李根本没注意到，他把手放在舰长的肩膀上，"还需要十分钟……"

"再等十分钟，他们可能就找到阻止咱们的办法了。"李摇了摇头，"要是现在出发，他们就什么办法都没有了。咱们可以等启航之后再完成仪表飞行程序[1]。"他抬头看着夏皮罗，"同意吗？"

大副犹豫了一下，慢慢地呼出一口气："是的，长官，明白。"

"所有乘客都系好安全带了吗？"夏皮罗不情愿地点点头，李指着

---

1. 飞行程序，这里指航天器发射前和发射过程中按规定要求设计的工作程序。

主控制台那里的空座位,"好,你来掌舵。我需要先找厄尔曼女士谈谈,在那之前,都由你领航。"

夏皮罗没有立即服从他的命令,而是在指挥椅旁转来转去,透过窗户凝视着周围的船坞。李抬头看着他,一时间,两个人都没说话。夏皮罗在等待那个他没有说出的问题的答案,但并没有等到,于是他长出一口气,走向舵台,系上安全带,在键盘上输入命令。"主导航系统已经上线。"他低声说,"主人工智能界面,绿色,可以启动……"

现在李只有自己了。耳机里的声音在不断提出问题,他用是或否进行回答,而眼睛一直盯着控制台上方显示状态信息的屏幕。最后这几分钟慢慢过去了。他用右手肘挎着扶手,感受着"亚拉巴马号"在他脚下颤抖:八万吨的金属、塑料、陶瓷合金和肉体,正等待着被发射到宇宙中。

"舰长?"吉利斯的声音有些犹豫,"康罗伊总统上线,他想和你通话。"

李察觉到有人在盯着他。每个人都在等着他说点什么。最后的谴责?对共和国的咒骂?或是傲慢的笑声?一位广受信赖的高级官员偷走了一个腐败政府的辉煌成就,还利用它来表达自由……

"关掉通信器,吉利斯先生。"李解开安全带,把自己推向主控制台,"我们已经做好了发射准备。"

然后他抓住银色的钥匙,把它扭向右边。一道绿光在上方开始闪烁。"解除系泊缆绳。"他说,"主推进器点火。"

星舰"亚拉巴马号" / **2070年7月5日** / **发射倒计时0小时00分00秒**

系泊缆绳被抛到了一边,耐热镍合金默默地沿着"亚拉巴马号"

的船体一路点燃，随后四台机动引擎点火，星舰开始缓慢前进。

就好像一头在大海深处的洞穴中觉醒的巨兽般沉重，这艘巨大的飞船从船坞中滑出，闪着红光的航行灯在海格特船坞的中央桁架上投出片片阴影。

但不幸的是，此时正好有一只维修舱从"亚拉巴马号"前方飞过，正绕着导向轴旋转着。它的控制火箭剧烈燃烧着，疯狂利用机动动作，阻止自己撞到冲压漏斗的那张巨口之中。舱内的驾驶员屏住了呼吸，透过座舱玻璃看着五百英尺长的星舰从他头顶飞过。

在舱外活动准备舱内，士兵们用双手紧紧抓住天花板上的扶手，双脚悬在半空中，大声喊着脏话。一支步枪掠过舱壁，砰的一声落在地板上。里斯上校松开手，跌在了甲板上，他的左脚踝扭到了，带来一阵剧痛。但他没有在意，而是努力往最近的航天服收纳柜爬了过去。然而，他知道这只不过是白费力气罢了，就算能穿上航天服，进入气闸舱，"亚拉巴马号"的推力也不会减小。在这种情况下逃离飞船，可能带来致命的后果。不管喜欢与否，他都要跟着飞船前往目的地了……

C4A甲板上，豪尔赫·蒙特罗俯卧在他的铺位上，过大的重力让他只能平躺在垫子上。在生活舱狭窄的空间里，他可以听到人们的欢呼声，大笑声，以及轻轻啜泣的声音。他转过头，扫了一眼同样狭窄的过道。丽塔看到他的眼睛，就把头扭开了。她很害怕：不是害怕他的眼神，而是害怕眼前的一切，

"再见，地球！"上铺的卡洛斯，对着不断吱嘎作响的舱壁，配着引擎单调空洞的响声，大声喊道，"再见，美利坚联合共和国！我们成了历史！"

豪尔赫咧嘴笑了，这孩子说得对，他们已经成为历史。

温迪·冈瑟感觉到飞船在她脚下移动。她听到整个甲板都充斥着恐惧的叫喊声，似乎没有人知道发生了什么，只是所有人都突然接到

命令要系好安全带，做好准备迎接所谓的"紧急发射"。她的储物柜嘎嘎作响，柜门也开了，里面的行李袋掉在了地板上。她抬头看着上面空荡荡的床铺。父亲在哪里？

李舰长半闭着眼睛，手脚放松，让身体靠在椅子的软膜上。他能听到指令舱里的机组人员们在彼此低声交谈，能听到手指在轻轻敲击键盘的声音，还能听到各种机器设备低沉的嗡鸣和发出的哔哔声。他关注着显示状态信息的屏幕，一切正常。"亚拉巴马号"拿出了它应有的表现，整个复杂系统运行良好，所有参数都在正常范围内。

每个人都默默地做着自己的工作，就像受到的训练一样。达娜回头盯住舰长的眼睛，朝他露出了一个微笑，无声地朝他竖起了大拇指。对方也同样竖起了大拇指，然后把视线转向了窗口。

再也看不到海格特船坞了。它已经被甩在了数英里之外，消失在了身后。几分钟后，他会下达命令，让主引擎点火，接下来，飞船将进入长达三个月的助推阶段，"亚拉巴马号"会在此期间逐渐加速到巡航速度。而在此之前，船上的所有人都将进入休眠，他们将在接下来的二又四分之一世纪中沉睡，保持一种近乎"不死"的状态，等醒来之后……

不，现在还不是说这个的时候。大熊座47可以再等一会儿。

李看着地球银蓝色的曲线优雅地从指令舱的窗前飘过。谁都没有说话，舰桥上的船员们最后一次望向自己的家园，所有人都保持着沉默。只有璀璨群星还在寂静地闪耀。

和平。独立。自由。

- 2 -
航程中的日子

离开地球三个月之后,星舰"亚拉巴马号"刚刚加速到巡航速度,这时候意外发生了——莱斯利·吉利斯醒了。

他慢慢地恢复了意识,就仿佛从一段漫长无梦的睡眠中醒来似的。他被脱光了毛发,赤裸着身体,漂浮在停滞舱内那蓝绿色的凝胶中。氧气面罩盖住了他的下半边脸,胳膊里插着很多根细细的塑料管。等视野清晰起来之后,吉利斯发现他这间停滞舱已经被放平了,玻璃纤维盖子也敞开着。休眠甲板的灯光很柔和,但他还是眨了几下眼睛才适应过来。

恢复清醒之后,他的第一个想法就是:感谢上帝,我成功了。

他感到身体虚弱,四肢僵硬。他想起飞行训练时接受的指导,小心翼翼地每次只稍微移动一点。吉利斯缓缓地活动着他的胳膊和腿,有些奇怪为什么没人来帮他。也许冈田医生正忙着帮其他人从生物停滞状态中恢复过来。然而除了电子设备的嗡鸣,他什么声音都听不到——没人说话,也没有动静。

他下一个念头是:出事了。

他的背很疼,胳膊感觉好像要从肩膀上掉下来似的,吉利斯抓住停滞舱的侧边,想要坐起来。花了一分多钟,他才从包裹着身体的那黏糊糊的减震液中挣扎出来,伴随着吸吮液体一般的声音,他终于撑起了身子,但胳膊上的管子也随之绷紧了。这时候他才想起来,离开前必须先把身上的管子拔掉。吉利斯咬紧牙关,用拇指和食指捏住管子,小心翼翼地把管子一根接着一根从胳膊上拔下来。他最后才摘掉氧气面罩。空气很冷,刺得喉咙和肺生疼,他痛苦地咳嗽着,咳得直抽搐,但还是用尽最后一点力气爬出了停滞舱。双腿根本无法支撑他的身体,就这样,他瘫倒在了冰冷的甲板上。

吉利斯双手缩在了腹股沟处,像婴儿一样蜷缩在地面上,就这样不知道待了多久。他并没有完全失去意识,但是在很长一段时间里,他都目光涣散地看着闪闪发光的金属地板,徘徊在半睡半醒之间。没过多久,寒冷就刺穿了他迟钝的感觉,减震液冻在了他裸露的皮肤上,他隐约觉得,如果再继续这样躺下去的话,他很快就会陷入体温过低的危险状态。

吉利斯翻过身,让后背着地,强迫自己坐起来。蓝绿色的凝胶顺着身体淌了下来,在他的周围聚成了浅浅的一摊液体。他抱着肩膀,摩擦着自己冰冷的皮肤,想让身子暖和起来。但他还是感到很奇怪,为什么没有人注意到他?没错,他只是个通信官,但是位于指挥等级更高位置的一些人现在应该已经醒过来了才对。在接受休眠药物注射之前,他见到的最后一个人是冈田邦子。作为医务长,冈田应该是最后一个进入生物停滞状态,也会第一个醒来。然后——吉利斯努力回想着具体细节——她会叫醒机电长达娜·门罗,让她确定"亚拉巴马号"的主要系统是否工作正常。如果飞船一切正常,接下来被唤醒的就应该是李舰长,紧接着是夏皮罗大副、廷斯利执行官、厄尔曼领航长,然后才是吉利斯。是的,正确的顺序应该是这样的。

那么其他人去哪里了呢?

还是先从最要紧的事情入手吧。他现在一丝不挂，浑身湿漉漉的，飞船的内部温度已经降到了50华氏度[1]，他必须找些衣服。吉利斯被冻得牙齿直打战，他摇摇晃晃地站起来，跌跌撞撞地穿过甲板跑到附近的储物柜旁。打开柜门，他发现了一叠干净的白毛巾和叠好的长袍。在用毛巾擦拭身上那些凝胶的过程中，他想起了当初邦子帮他做休眠准备时那尴尬的一幕。全身的毛发被剃光已经够让人觉得别扭了，更郁闷的是，就在她的电动剃刀落到他的身体时，吉利斯发现自己不由自主地在她的温柔触摸下起了反应。医生被他的反应逗乐了，朝他露出了母亲般的微笑。放轻松，她说，想想别的事情……

他转过身，看到其他停滞舱仍然竖立在自己的凹槽中，这是他第一次看到这样的景象。十三口白色玻璃纤维"棺材"，每一口都以四十五度角嵌在C2A甲板的舱壁内。盖子上的电泳屏幕发出温暖的琥珀色光芒，显示着里面的船员的状态。这是"亚拉巴马号"的指挥团队，就和他上次见到他们的时候一模一样：李、夏皮罗、廷斯利、冈田、门罗、厄尔曼……

所有人都还在沉睡，除了他。

吉利斯连忙披上一件长袍，穿过甲板来到最近的窗口处。窗子外面的遮光板关着，他按下按钮，向上收起了遮光板，却只能看到远处的星星在黑暗的太空中闪闪发亮。当然，透过这扇舷窗，他可能无法看到大熊座47。他要去一趟指挥中心，检查一下导航设备。

但刚从窗口转身离开，他就被一样东西吸引住了：是旁边的那间生物停滞舱上面的信息显示。因为胸中的不安，也因为身上的寒意，吉利斯浑身颤抖地靠了过去。根据屏幕上显示的信息，这间停滞舱里面沉睡着雷蒙德·B.科尔特斯，飞船维生系统的负责人，他所有的生命体征都十分正常。不过引起吉利斯注意的并不是这些，而是标在屏

---

1. 50华氏度约为10摄氏度。

幕左上角的时间：

进入：2070年7月8日，22：10：01 GMT[1]

2070年7月8日，也就是"亚拉巴马号"从海格特船坞出发三天之后，所有人都在这个时候进入了休眠状态。屏幕的右上角标着另一个时间：

现在：2070年10月3日，00：21：23 GMT

2070年10月3日，这是现在的日期和时间。

"亚拉巴马号"只航行了三个月。以百分之二十的光速，跨越四十六光年的距离，它需要二百三十年才能抵达终点。而现在只过了三个月。

接下来的几分钟显得无比漫长，吉利斯盯着那些数字，根本不愿相信自己亲眼所见的事实。随后，他转过身，穿过舱口，光脚踩在冰冷的金属踏板上，爬下梯子，来到休眠舱下面的那层甲板上。

这里还有十四间生物停滞舱，都安放在自己的凹槽里，没有一个盖子是敞开的。

吉利斯努力压抑着心中的恐慌，沿着梯子爬到C2C甲板。又是十四间关闭着的停滞舱。

抱着一丝模糊的希望，吉利斯迅速来到了C2D甲板，接着又匆忙回到梯子那里，穿过一条短隧道，前往"亚拉巴马号"的第二间休眠舱。等来到C1D甲板之后，他又把星舰上剩下的一百零三名乘客的停

---

1. GMT，即格林尼治标准时间，指位于英国伦敦郊区的皇家格林尼治天文台当地的平太阳时。

滞舱都检查了一遍，但他发现，所有停滞舱都关闭着。

他一屁股跌坐在了舱壁上，在恐惧中瑟瑟发抖，久久不能动弹。

只有他醒着。

过了一会儿，吉利斯才重新振作起来。好吧，显然是出问题了。控制生物停滞系统的计算机犯了一个严重的错误，提前将他从休眠中唤醒了。行，接下来，他需要做的就是把自己重新放回休眠系统中。

之前找到的那件长袍不是很暖和，于是他走进了连接飞船七间环形舱的环形通道，进入了C4舱。"亚拉巴马号"在抵达大熊座47星系后会开辟出两间居住舱，C4舱就是其中之一。他努力让自己忽略那一排排空荡荡的铺位，专心寻找着他放置个人物品的储物柜。他在三个月前留下的那件蓝色连体衣还挂在原来的位置上，旁边还有一件隔离服，是他离开金里奇航天中心前往海格特船坞时穿过的那件；一双高帮运动鞋放在上面的架子上，旁边有一个小纸箱，里面装着他获准随身携带的几件珍贵的纪念品。在穿连体衣的时候，吉利斯故意没去看那个盒子。他要等抵达了目的地后，才会去看里面的东西，而那是二百三十年之后的事情了……就算考虑时间膨胀效应，也是飞船上的二百二十六年呢。

指挥中心位于飞船圆柱形中心舱的H4甲板，这里又冷又黑，灯光都被调得很暗，沿着圆形船体排列的那些长方形的窗子也都关上了遮光板，只有控制面板发出的柔和的光线刺破了黑暗。吉利斯花了点儿时间打开了天花板上的灯。在发现环境控制台之后，他本想调节一下恒温器，让舱内暖和一些，但很快，他就打消了这个念头。他只接受过成为通信专家的训练，对"亚拉巴马号"的其他主要系统在技术上了解有限。因此，他可不愿自己的操作对飞船的运行状况造成什么影响。况且，他也不会在这里待很长时间，等回到生物停滞舱，低温就不会再对他造成影响了。

不过，检查飞船也是他的职责，于是他走到导航台前，拿掉了键

85

盘上的塑料保护盖，打开了显示"亚拉巴马号"当前位置的屏幕。桌子上方出现了一道明亮的光柱，光柱里是一艘小小的飞船全息模型。模型的尾部拉出了一根又长又弯的弦，弦的另一端直指代表太阳系主要行星轨道的三维圆环的中心。"亚拉巴马号"以1G的恒定推力前进，现在已经越过了海王星轨道，正从冥王星的倾斜轨道旁经过。几个星期后，它将穿过太阳风顶[1]，逃离太阳最后那一点儿微弱的引力，飞向星际空间。

如今，"亚拉巴马号"已成为离地球最远的载人航天器，此前只有几艘无人探测器曾到过这么远的地方。想到这里，吉利斯笑了起来，从地球出发航行到了这么远的地方，他现在成了唯一一个达成这一成就的活人，起码是唯一一个有意识的活人。这样的壮举值得他醒来，尽管……总之，他宁愿自己现在还在沉睡。

他来到工程部，打开控制台，调出了主引擎的示意图。发射前装载在球形主燃料箱内的氘和氦-3储备，在九十天的加速过程中已经基本消耗殆尽，不过现在飞船已经达到了巡航速度，巴萨德冲压发动机投射出磁场，正在飞船前方四千公里半径的星际空间中吸取那些离子化的氢和氦，为飞船尾部的聚变反应堆提供燃料，让飞船保持百分之二十光速的恒定速度。这个磁场微秒级的波动还能让它成为一面屏障，偏转星际尘埃，否则这些以相对论速度运动的尘埃很快就会撕碎"亚拉巴马号"的船体。吉利斯对飞船的推进系统了解有限，但像这样简单检查一下，也足以让他知道推进系统正以百分之九十的高效率运行着。

有什么东西在轻轻地拍打他身后的地板。

吉利斯被这突如其来的声音吓了一跳，他转过身来，凝视着那片

---

1. 太阳风顶，指太阳风（太阳射出的高速带电粒子流）扩散区域的外边界，也被认为是太阳系的边缘。

有些昏暗的空间。一开始，他什么也没看见，过了一会儿，导航台后面出现了一个小东西：一台蜘蛛形的自动维护机器人，它们会不断地在"亚拉巴马号"上巡逻，检查各间舱室的状况，完成简单的修理工作。出现在指令舱的吉利斯显然是吸引了这台机器人的注意，它将眼柄朝着吉利斯的方向稍微移动了一下，然后急忙逃走了。

行吧，这样也好。这个机器人并不比老鼠聪明多少，但它会把自己观察到的所有情况都报告给飞船的人工智能。既然飞船已经意识到其中一名乘客苏醒了过来，现在就轮到吉利斯来解决自己遇到的这个小问题了。

吉利斯穿过甲板，来到了自己在通信站的位子前。他坐在椅子上，掀开塑料保护盖，轻敲了几下键盘，控制台又亮了起来。看着熟悉的屏幕上面显示的读数，他感觉安心了一些。至少在这里，他知道自己在干什么。他输入命令，打开了"亚拉巴马号"基于DNA识别的人工智能的界面。

"莱斯利·吉利斯，中尉通信官。账号：86419-D。密码：Scotland。"

对方立即做出了回应：

"身份确认，密码正确。早上好，吉利斯先生，请问您需要帮助吗？"

吉利斯打字道：

"为什么我会被唤醒？"

短暂的停顿，接着：

"通信长莱斯利·吉利斯中尉，仍处于生物停滞状态。"

吉利斯张大了嘴巴：这到底是怎么回事……

"不对，我已经醒了，我在指挥中心，你也确认过了。"

这一次，人工智能的反应速度似乎慢了一点点：

"莱斯利·吉利斯中尉依然处于生物停滞状态，请重新输入您的

87

账号和密码以便重新确认身份。"

吉利斯不耐烦地打着字：

"账号：86419-D。密码：Scotland。"

人工智能立刻进行了回复：

"身份确认，您是通信长莱斯利·吉利斯中尉。"

"那么你同意我不再处于生物停滞状态中了。"

"不。莱斯利·吉利斯仍处于生物停滞状态，请重新输入您的账号和密码以便重新确认身份。"

吉利斯气得重重地敲了一下控制台，然后闭上眼睛，深吸了一口气，强迫自己尽量冷静下来好好思索一番。他正在和一个人工智能打交道，它可能更擅长回答用简单的词句提出的问题，毕竟它只是一台机器，是用机器的逻辑运行的。虽然必须按照它的规矩来和它打交道，但他还是得建立一套自己的规则。

"账号：86419-D。密码：Scotland。"

"身份确认，您是通信长莱斯利·吉利斯中尉。"

"请定位通信长莱斯利·吉利斯中尉。"

"通信长莱斯利·吉利斯中尉位于生物停滞舱C1A-07中。"

好吧，现在总算是有些进展了，不过这个回答明显有问题，问题还不止一处。C2舱的A甲板才是他之前躺的地方。

"生物停滞舱C2A-07的使用者是谁？"

"联邦空间局少尉埃里克·冈瑟。"

这个名字很陌生，但头衔表明他是联邦空间局的一名少尉。他是发射前才被送上"亚拉巴马号"的一名船员，但很可能并没有参与劫持飞船的阴谋。

吉利斯打字道：

"肯定是搞错了。埃里克·冈瑟不在C2A-07号停滞舱，我也不在C1A-07号停滞舱。你明白吗？"

这时人工智能停顿了一会儿：

"明白。使用辅助数据系统重新确认生物停滞舱分配情况。更正：C1A-07号停滞舱目前的使用者是埃里克·冈瑟。"

吉利斯心不在焉地啃着手指甲。为什么他会被换到了别的停滞舱呢？过了几分钟，他才想到了一种可能性。在"亚拉巴马号"逃离地球之前，李舰长和他的同谋把将近五十名DI偷运上船；由于他们全都不在飞船原来的乘员名单上，原本为那些还在地球上的原移民团成员准备的生物停滞舱就被分配给了这些DI。吉利斯只能认为，在一片混乱中，有人意外向控制生物停滞系统的计算机提供了错误数据。因此，他最初应该被分配到C1A-07，而冈瑟少尉应该在C2A-07，但是为他和冈瑟调换停滞舱的那个人疏忽了，忘记将相关信息从停滞舱的控制系统传送给飞船的人工智能了。说到底这只不过是替换一个数字而已……

不过，这并没有回答之前的那个问题：为什么他早早地从生物停滞舱中被唤醒？更确切地说，为什么冈瑟会被唤醒？

"为什么要唤醒C2A-07号停滞舱的使用者？"

"保密级别：绝密。国家安全局命令7812-DA。"

搞什么……为什么这里还会有国家安全局设置的访问限制？不过他可以绕过这层限制。

"安全措施解除AS-001001。通信长莱斯利·吉利斯中尉。密码：Scotland。重复问题：为什么要唤醒C2A-07号停滞舱的使用者？"

"保密级别：绝密。已解密。冈瑟少尉会通过安全通信频道确认总统的发射授权。由于飞船未能在2070年7月5日00:00确认授权，冈瑟少尉将在2070年10月3日00:00从生物停滞状态中苏醒，并获得是否终止任务的选择权。"

吉利斯久久注视着屏幕，思索着自己刚刚读到的文字，却不太敢相信自己的眼睛。这只能说明一件事：冈瑟是安插在"亚拉巴马号"

89

上的国安局间谍，他的任务是确保飞船不会在没有总统授权的情况下发射。然而因为李舰长命令吉利斯切断了任务控制中心和"亚拉巴马号"之间的所有通信频道，冈瑟一直没有办法向地球秘密发送消息。因此，人工智能按照之前的设置，在发射九十天后将他从生物停滞状态中唤醒。

不过已经这个时候了，冈瑟就算想要掉转船头，也不可能成功了。"亚拉巴马号"离地球太远，速度也太快，他不可能独自一人完成这样一项任务。所以，"终止任务"的意思也非常明确：冈瑟要摧毁"亚拉巴马号"。

一个忠诚的美利坚联合共和国公民甚至愿意为此而自杀。实际上，吉利斯毫不怀疑，共和国的官方新闻机构已经报道了"亚拉巴马号"失事的消息，联邦空间局发言人也肯定发表了声明，称飞船发生了一场灾难性事故。

飞船上的其他人并不知道冈瑟收到的命令，因此隐藏在人工智能中的相关程序也并没有从存储器中删除。往好处想，起码冈瑟的自杀式任务被阻止了；但另一方面，在接下来的二百三十年里，冈瑟将一直处于沉睡状态，而现在吉利斯却醒了。

很好。所以现在，他只需要让自己重新进入生物停滞状态就好了。等再次醒来，吉利斯就可以告诉李舰长他了解到的情况，让舰长来决定如何处置冈瑟少尉。

"这里出错了。我不应该在这个时候被唤醒。我必须马上回到生物停滞舱中。"

它顿了一下，接着显示出：

"这是不可能的，你无法回到生物停滞舱。"

吉利斯的心跳停了一拍。

"我重复一遍：出错了。你不需要把C2A-07号舱室里的人唤醒。我就是C2A-07号舱室的使用者，我需要马上重新进入生物停滞状态。"

"我了解目前的状况。船员名单已经根据新信息做出了修改。但你不可能重新进入生物停滞舱。"

他的手在键盘上颤抖着：

"为什么？"

"规程不允许C2A-07号舱室的使用者重新进入生物停滞状态。这间舱室已经被永久关闭，无法重新启用。"

吉利斯突然觉得好像被一条热毛巾捂住了脸，根本喘不过气。

"安全措施解除B-001001。通信长莱斯利·吉利斯中尉。密码：Scotland。立即删除规程。"

"密码正确，吉利斯中尉。没有总统发射授权的直接确认，无法删除规程，除了冈瑟少尉，任何人都不能撤销这一规程。"

愤怒此刻涌上了心头，他打字道：

"立刻唤醒冈瑟少尉，这是紧急情况。"

"在飞船抵达最终目的地前，除非出现事关任务成败的紧急情况，否则不得唤醒处于生物停滞状态的船员。目前所有系统运行正常，没有发生任何事关任务成败的紧急情况。"

埃里克·冈瑟。埃里克·冈瑟还睡在C1A甲板上。然而就算能把他从休眠中唤醒，强迫他坦白自己的身份，对于现在的情况，他也无能为力。"亚拉巴马号"在航迹中留下的那条长长的电离粒子带让它完全无法与地球进行无线电通信；聚变引擎点火之后，星舰接收或发送的任何信号都会变得模糊不清，而在未来二百三十年里，引擎将不断推着"亚拉巴马号"向目的地进发。

"如果我不能回到生物停滞舱中，就会死，这是紧急情况，你明白吗？"

"我理解您的处境，吉利斯先生，但这并不是事关任务成败的紧急情况，我为我出现的错误道歉。"

读到这里，吉利斯发现自己轻轻笑了起来。他笑得咧开了嘴巴，接着，他的笑声中开始带上了些许自嘲，最后这自嘲的苦笑变得歇斯底里起来。吉利斯已经意识到了自己目前这种处境是多么的讽刺。

他是星舰"亚拉巴马号"的通信长，现在他却因为无法通信而难逃一死。

吉利斯可以选择船上的任何一个铺位，包括李舰长的私人宿舍，但他还是选择了分配给自己的那张床，似乎这才是正确的选择。他把恒温器调到71华氏度[1]，然后花了很长时间洗了个热水澡。穿上连体衣之后，他回到自己的床铺上，躺了下来，想睡一觉。但每次闭上眼睛，都会有新的想法涌入他的脑海，很快他就会发现自己正睁着眼睛，盯着上面那层床铺。就这样，他双手交叉放在肚子上，在那里躺了很长时间，思考着自己的处境。

他不会因为窒息或是缺水而死亡。"亚拉巴马号"上的封闭式维生系统可以清除飞船空气中的二氧化碳，然后将它转化成可以呼吸的氧氮混合气，并在飞船中循环。他的尿液也会被净化，作为饮用水参与循环。他也不会在黑暗中冻死，聚变引擎能产生足够多的能量，让飞船内的电气系统运转起来，不用担心耗尽储能。他也不用担心会饿死，船上的口粮足够一百零四名船员吃上十二个月，也就是说，他一个人可以吃一个多世纪。

但他恐怕活不了那么久。在生物停滞舱中，其他船员的身体将得到不断地更新，他们的自然衰老过程会通过稳态干细胞再生、端粒酶治疗和重要器官的纳米修复得到遏制，而注入体细胞的药物会使他们处于一种类似昏迷的状态，从而无法进入潜意识的有梦睡眠状态。等抵达大熊座47星系之后，他们就会从休眠状态中醒来——不过"休

---

1. 71华氏度约等于21摄氏度。

眠"这个词也不是很合适，因为在停滞舱里，他们根本一动不动，醒来之后就和进入停滞舱前一模一样。

但他就不一样了。现在他已经脱离了生物停滞状态，会正常衰老——起码他衰老的速度会和其他以相对论速度旅行的人一样。如果他此时突然精神抖擞地回到了地球上，遇到了一名假设出的双胞胎兄弟（这种情况不可能发生，同船上的许多人一样，吉利斯也是独生子女），他会发现自己只比兄弟年轻了几个小时。不过二人之间的年龄差将会随着"亚拉巴马号"离地球越来越远而变得越来越大，就算是洛伦兹因子也无法挽救他的生命，因为飞船上的其他人都会以同样的速度衰老。唯一的区别是，他们的身体将永远年轻，而他的身体将逐渐老化……

不！吉利斯用力闭上了眼睛，努力不再去想这些。

但是他根本没有办法逃避：他已经被宣判了死刑，却还活着。然而，一个被关进单人牢房的死刑犯尚且能接触到别人，即使只能在食物被推进牢房时，匆匆瞥一眼狱警的手。但对吉利斯来说，连这种情景都不过是一种奢望。他再也听不到别人的声音，看不到别人的脸了。在地球上生活的二十八年间，他爱过一些人，也恨过一些人，还短暂地遇见过无数人。但现在，一切都成了过去，他永远无法再见到那些人了……

他猛地坐了起来，却一下子起得太猛了，头不小心撞到了上面的床铺。他低声咒骂着，摸了摸自己的头——脑袋上冒出了一个小肿包，仅此而已。随后，他把双腿摆到床铺一侧，站起身来，打开了储物柜。他的盒子还在之前的位置上，现在被他从架子上拿了下来，准备打开……

但他又停下了手中的动作。不，如果现在打开，看见盒子里面的东西只会让他更加痛苦。他的手指在盒盖上颤抖着。他现在不需要这东西，于是把盒子塞回储物柜，砰的一声关上了柜门。现在没什么事情好做，他决定要去走走。

他沿着环形走廊进入C7舱，然后爬下去来到了食堂，这里的舱壁都涂成了柔和的土褐色，还摆着空荡荡的长椅。再下面那层甲板就是厨房了，里面有镀铬的桌子、烹饪台面和空空的保温箱。他找到了咖啡机，但没找到咖啡，所以他沿着梯子继续向下探险，来到了船上的医务舱。这是一间一尘不染的白色舱室，检查床上覆盖着塑料布，柜子里装满了用玻璃纸裹好的手术器械、纱布和绷带，以及一排排贴着神秘标签的塑料瓶，瓶子里装着各种药品。他有些头痛，于是便在药瓶间翻找了一会儿，最后找到了几片布洛芬，他没喝水就吃下了药，躺了几分钟。

又过了一会儿，头痛消失了，于是他决定去底层的军官活动室看看。这间舱室里没几件家具，只在墙上的两块屏幕下面放了几对桌椅，还有一张沙发正对着盖着遮光板的舷窗。其中一张桌子被折叠了起来，露出了一块全息棋盘，他按下了一个标有骑士棋子的按钮，一副国际象棋出现在了眼前。十几岁的时候，他曾很刻苦地学习下棋，但随着年龄的增长，他渐渐对国际象棋失去了兴趣。或许现在，是时候重拾棋艺了……

不过他却来到了舷窗旁，打开了遮光板，凝视着窗外的太空。虽然天文学一直算是他的业余爱好，但他什么熟悉的星座也没有看到。飞船已经离地球太远了，恒星的位置都发生了很大变化，只有利用人工智能的导航子程序才能准确对它们进行定位。连星星都很陌生，这让他觉得更加孤独了，于是，他关上了遮光板。但在离开之前，他并没有关掉游戏桌。

沿着环形走廊漫步的时候，他遇到了一个机器人。吉利斯想靠过去，但它迅速地躲到了一边，于是吉利斯蹲了下来，用他的手指敲打着甲板，想要让它靠过来一些。机器人的眼柄朝他稍微扭动了一下，它似乎犹豫了一会儿，然后迅速转身，沿着环形通道向上跑走了。它根本没有必要和人类接触，就算想要让它来作伴，它也不会回应。吉利斯看着机器人消失在了天花板上，不情愿地站起身来，继续沿着走廊前进。

C5和C6这两间货舱又黑又冷，都是一层又一层、用不同颜色分类的储物柜和集装箱。C5A甲板上存放着船员们的口粮，他打开了其中一个冷藏柜，花了几分钟时间检查里面的东西，这些真空密封的塑料袋里面都装着冻干的食物，只有通过标签才能分辨出来里面到底是什么。这些东西看上去就让人没什么食欲，他随意拿出了一个袋子，里面深褐色的板状物可能是处理过的牛肉，也可能是巧克力蛋糕，总之什么可能性都有。他还不饿，所以便把它推了回去，砰的一声关上了柜子。

吉利斯又回到了环形走廊上，来到了通往主通道的舱口。打开舱门之后，他犹豫了一下才抓住主通道顶端的梯子踏板。他之前像这样沿着主通道往下爬过一次，那时候，他一心只想着赶紧去指令舱，根本没认出这是将近一百英尺深的窄井。"亚拉巴马号"停泊在海格特船坞时，以及零重力的时候，船上的所有人都把它当作一条隧道，但现在，这条水平的隧道变成了一口垂直的井。

他低头望去。往下数五层，是H5甲板坚硬的金属地板。如果他的手在梯子上一滑，如果他的脚没有安全地踩在踏板上，那他就有可能一路跌到井底。每次在竖井里爬上爬下都必须小心，因为如果发生了意外……

爬这种梯子，秘诀就是不要往下看。往下爬的时候，他有意只看着自己的双手。

吉利斯打算在H2和H3停一下，去看看工程部和维生中心的情况，但不知怎么的，他发现自己直到H5才停下来。

舱外活动准备甲板有三座气闸。位于他左右两侧的是通往"亚拉巴马号"上那两艘太空穿梭机"华莱士号"和"赫尔姆斯号"的舱门。吉利斯透过舷窗凝视着"赫尔姆斯号":太空穿梭机被牢牢安放在对接固定架里,三角形的机翼折叠在宽大的机体下方,泡状座舱罩上面盖着遮光板。一时间,吉利斯产生了一种疯狂的冲动,想偷走"赫尔姆斯号",飞回地球,但显然这是不可能的。太空穿梭机内的燃料和氧气储备只够进行轨道飞行。他甚至连海王星都飞不到,更不用说地球了。而且,他从未接受过驾驶太空穿梭机的训练。

从舷窗前离开,他转身看到了甲板对面的另一座气闸。这座气闸并不通向太空穿梭机对接环,而是通往飞船之外。

吉利斯不情愿地,几乎像违背着自己的意愿一样朝那边走了过去。他转动轮盘锁,解锁内闸门,然后拉开门走了进去。气闸是一间小小的白色舱室,大小只能容纳两个身穿舱外服的人。对面是涂着黄黑相间警示色的外闸门,旁边的舱壁上安装了一个小控制面板。面板上只有三个很大的按钮——"加压""减压"和"打开",按钮的上方有三盏灯,分别是绿色、橙色和红色。绿灯亮着,表示内闸门开着,气闸舱内处于安全加压的状态。

气闸里面很冷。飞船内的其他部分已经暖和起来了,但是在气闸里,吉利斯能感到一阵刺骨的寒意正在他的连体衣里蔓延,他能看到,每次呼出的气体都像幽灵一样在他的面前向上升起。他不知道自己在那里待了多久,但他一定盯着那三个按钮看了很长时间。

过了一会儿,他意识到肚子开始咕咕叫了,于是便退出了气闸舱。他小心翼翼地关上内闸门,在气闸外又逗留了一分钟左右,最后认定,自己并不会想常来这里。

于是他又沿着主通道爬了上去。

飞船上到处都有显示着格林尼治标准时和相对论飞船时的天文钟。在苏醒之后的第二天,吉利斯就觉得,他宁愿不知道现在是什么时候,于是他找到了一卷黑色的绝缘胶带,把整艘船上他能找到的所有时钟都贴上了。

船上没有自然的昼夜周期。他累了就睡，想起就起。过了一段时间，他发现自己在床上躺了无数个小时，什么都不做，什么都不想，只是盯着天花板发呆。这样不好，所以他为自己制定了一个有规律的日程安排。

他重新设置了飞船内部的照明系统，通过每十二个小时开关一次，制造出日出和日落的假象。他每天早晨都会在环形走廊上慢跑，一直跑到双腿酸痛，呼吸急促，然后加速跑完最后一圈。

接下来，他会洗个澡，然后整理一番仪表。胡子长出来后，他开始每天刮胡子；头发变得有点长了，他就用医务舱里找到的一把手术剪修剪头发，结果却把头发剪成了很短的板寸，但是只要头发不挡眼，不长过脖子，他就很满意。其他时候，他都会尽量避免仔细观察镜子里的自己。

等穿好衣服，他会去厨房做早餐：麦片、脱水蔬菜汁、几块压缩水果、一杯热咖啡。吃饭的时候，他喜欢打开舷窗，看着星星。

然后，他会来到下面的军官活动室，激活墙上的屏幕。他可以利用人工智能的图书馆子程序，花数不清的时间访问各种数据资料，但这些资料很少能用来消遣。他发现，其中大部分都是教程："亚拉巴马号"主操作系统的使用手册、农业、天体生物学、土地管理、地球移民地研究等等。尽管如此，他还是专心致志地学习着他能找到的一切内容。他仿佛又一次成为共和国学院的一年级新生，记住所有的知识，然后默默地在心里提问，看看是否能答对。也许这并没有什么意义，他根本没有必要去学习大豆的有机种植方法，但这却可以让他不至于觉得空虚。

尽管他学到了很多以前不知道的关于"亚拉巴马号"生物停滞系统的知识，但并没有找到任何能让他重新休眠的方法。有一段时间，他试着输入人工智能字典程序中的单词，想要找到正确的密码，但后

97

来还是沮丧地放弃了。最终,他回到了C2B甲板,关上了之前使用过的生物停滞舱,把它推回了凹槽里。在那之后,他尽量避免再去那间舱室,就和H5甲板上的舱外活动气闸一样,那是一个让他感到不舒服的地方。

要是学习学烦了,他会连续下好几个小时的象棋,与游戏系统比拼。结果总是注定的,因为计算机永远不会被打败,但是他逐渐学会了如何预测它的下一步,这样至少能把一盘棋的时间拖久一点儿。

飞船上的食物都很乏味,全是预先处理过的东西,还有肉类、水果和蔬菜的人造替代品,经过多年的冷冻储存后,这些东西仍然可以食用,但他还是尽力让晚餐变得更能入口一些。等学会如何解读包装上的标签日历,他选择了几种口粮,把它们拿到厨房。他花费了相当多的时间和精力,让每一顿饭都比一顿稍微强一点——至少与上一顿吃的不同;结果往往令人沮丧,但他偶尔也会设法做出一些自己不介意再吃一次的菜,比如宽意面加上炒鸡肉和菠萝的味道并不像他预想的那么奇怪。他可以把菜谱输入厨房的电脑,以备将来参考。

就当他在船上徘徊,寻找其他东西来转移注意力的过程中,他发现了一个帆布行李袋。这个袋子属于豪尔赫·蒙特罗,他是一名DI,曾帮助"亚拉巴马号"逃离地球。显然他带来了几本书,其中大部分是各种各样的荒野生存手册,但也有一些二十世纪的经典作品:J·布洛诺夫斯基的《人类的攀升》、肯尼斯·布劳尔的《太空船与独木舟》、弗兰克·赫伯特的《沙丘》。吉利斯把这些书带回了他的铺位,作为睡前读物放在床边。

他偶尔也会去指令舱。当他第三次去那边时,导航台显示,"亚拉巴马号"已经穿过了太阳风顶,飞船现在已经进入了星际空间,在黑暗中航行。冲压发动机挡住了视线,因此飞船上没有正对前方的窗子,但他学会了如何操作燃料箱上的摄像头,让它们显示船头正前方的实时影像。前方的星星就好像都聚集在一起似的,多普勒效应让这些星星带上了淡蓝色的彗星状短尾。然而,他转动镜头看着来时的方向,却看到一个形状不规则的黑洞出现在了"亚拉巴马号"后方,而太阳和它所有的行星,包括地球,都看不见了。

这件事同样让他感到非常不安,所以他很少启动外部摄像头。

就这样,他睡觉、慢跑、吃饭、学习、花很长时间去下赢不了的国际象棋。除此之外,他还努力尝试用各种方法打发时间。他时常会发现自己在自言自语,把自己当作同伴进行对话。每当发生这种情况,他就会有意识地闭上嘴巴。然而,无论如何努力逃离,他最终都只能回到寂静的走廊上,回到空旷的船舱中。

当时,他并不知道,他已经开始疯了。

他的连体衣开始变得破旧不堪。除了睡袍,他只穿连体衣,于是他检查了货物清单,发现衣服都放在C5C甲板。正是在找衣服的时候,他发现了酒。

"亚拉巴马号"上本来不应该有酒的,但还是有人想方设法偷偷带了两箱苏格兰威士忌、两箱伏特加和一箱香槟。很明显,这些酒是安全抵达大熊座47星系之后,船员们用来庆祝用的,吉利斯发现它们藏在备用衣物中。

他想尽量不去碰那些烈酒,他一直都不是个爱喝酒的人,也不想现在开始酗酒。但是几天之后,在又一次尝试做俄式炒牛肉,却只得到了一坨难吃的半熟面条和牛肉代用品的混合物之后,他发现自己再次回到了C5C甲板,拿出了一瓶苏格兰威士忌。他把酒带回了军官活动室,往玻璃杯里倒了几指高,又掺了一些水,然后坐下来下棋。喝完第二杯之后,他发现自己放松了下来。自从被唤醒之后,他从来没这么放松过。第二天晚饭的时候,他又喝了一些酒。

这就是他黑暗时期的开始。

"鸡尾酒时间"很快成为他一天中最重要的组成部分。过了一段时间,他发现根本没必要等到晚饭后再喝酒,于是便在下午下象棋的时候喝了他当天的第一杯酒。某天早上,他觉得跑完步之后来一杯香槟简直棒极了,所以在洗完澡刮完胡子之后,他开了一瓶香槟,随后的一天,他开始继续放纵。他发现柑橘汁粉很适合掺进伏特加里,于是他在早餐时会喝一些。不久之后,他走到哪里都会带一杯伏特加。他很想尽量控制一下喝酒的量,但每喝完一瓶酒,他都会非常沮丧,然后转头找到下一瓶酒,他又会松一口气。起初,他告诉自己,必须给其他人留一些——毕竟,这些酒是用于最后的庆祝的,但随着时间的推移,这个想法逐渐从他的脑海中消失,最终完全被遗忘了。

他经常醉醺醺地睡在军官活动室里,醒来后发现自己因为宿醉头疼得厉害,只好再来一杯驱散宿醉。他的衣服开始散发出一股酸腐的酒味儿,因为他很快就连衣服也懒得洗了,等衣服脏了就干脆再找一件连体衣穿上。没洗的盘子和炊具堆在厨房的水槽里,好像船上到处都是空的或者半空的杯子。过了一段时间,他也不再坚持每天慢跑了,但体重并没有增加多少,因为他现在已经没有胃口吃多少东西了。每天他都能找到新的理由来发脾气,比如灯光打开或关闭的时间不合适,舱内总是太热或是太冷,或者为什么他总是找不到自己需要的东西之类的。

有天晚上,他又输了一盘国际象棋,感到非常沮丧。他拎起自己的椅子,砰的一声砸穿了棋桌的玻璃面板。他一直盯着那张破烂的桌子,直到一个机器人过来检查。他忽然觉得有个机器人陪着总比什么都没有要强,于是他坐在地板上,想让它靠近一点,像小时候呼唤小狗似的叫着机器人。机器人完全无视了他,这让他更生气了。他找到了一个空的香槟酒瓶,用它砸坏了机器人。就算机器人已经变成了军官活动室地板上的一堆垃圾碎片,瓶子仍然完好无损,这让吉利斯吃了一惊;但更让人奇怪的是,当他把瓶子使劲扔到窗子上时,舷窗并没有碎。

他失去了知觉，完全不记得之后发生了什么。醒来之后，他只知道自己横躺在了气闸舱的地板上。

警报器传来刺耳的叮当声，仿佛要把他的头劈成两半。等知道自己躺在哪里之后，吉利斯大吃一惊。他笨拙地用胳膊肘支起身子，用肿胀的眼睛打量着周围的环境。他一丝不挂，连体衣就堆在关着的内闸门里。附近有一大摊呕吐物，但正如他不记得自己是怎么从军官活动室来到了这里，他也不记得自己曾经呕吐过。

小小的气闸舱里灯光闪烁。他翻了个身，凝视着外闸门旁的控制面板。中间的橙色按钮亮了起来，下方的红色按钮闪个不停。气闸已经准备好在没有事先减压的情况下打开，这就是警报响起的原因。

吉利斯根本不知道自己是怎么来到这里的，但很明显，他知道自己刚刚干了什么。他爬过气闸舱的地板，用手拍打着绿色的按钮，警报停了下来。随后他打开了内闸门，并没有理会丢在地上的连体衣，跟跟跄跄地走出了气闸。然而他根本无法保持平衡，随后便向前跌倒，四肢着地，又吐了起来。

然后他翻了个身，蜷缩着歇斯底里地哭了起来，一直哭到睡眠大发慈悲地降临到他身上。他赤身裸体，痛苦地昏倒在了舱外活动准备甲板的地面上。

第二天，吉利斯有条不紊地检查了整艘飞船，把剩下的几瓶酒收了起来，放回了之前发现它们的储物柜里。虽然他很想把它们扔进太空，但他不敢再回H5甲板了。另外，剩下的酒也不多了，除了两瓶苏格兰威士忌、一瓶伏特加和四瓶香槟，他在放纵豪饮之时喝掉了其他所有的酒。

透过镜子盯着自己的脸，吉利斯才发现他胡子拉碴，面容憔悴，眼睛周围布满了黑眼圈。不过他太累了，根本没有精力刮胡子，于是他用剪刀剪短了胡子，但没有修剪那头齐肩的长发。对他来说，这是一个全新的造型，他还不知道自己是否喜欢，但也无所谓了。

过了好几天，他才有一点胃口，甚至又过了一段时间，他才能睡个好觉。有好几次，他都想再喝一杯，但是在气闸舱里那段可怕的回忆让他再也不会碰酒了。

然而，他再也没有恢复自己之前的日程安排。他对学习失去了兴趣，一直在图书馆里看仅有的几部电影，一直看到能背出剧中人物的台词为止。游戏桌也修不好了，所以他再也没有下过棋。有时候，他会去慢跑，但这只会发生在没有其他事情可做的时候，而且也不会跑很久。

他长时间地躺在床铺上，凝视着自己记忆的最深处。他回忆起了自己的童年时代——和父母之间的小事，当初做过的趣事和蠢事，还对他长大成人过程中所犯的错误进行了长时间的深刻反省。他想起自己认识过的那些姑娘们，想象和之前的仇人再大吵一架，回忆与老朋友共度的欢乐时光，但最终，他总是会回到现实。

有时候他会去指令舱。他早就放弃了尝试与人工智能进行有意义的对话，人工智能只回答简单直接的问题，而且就算是回答，也只是敷衍了事。不过他会打开舷窗，瘫坐在李舰长的椅子上，盯着远处那些一动不动的星星。

有一天，他一时冲动，从椅子上站起来，走到最近的控制台旁。他犹豫了一会儿，然后弯下腰，轻轻地撕开他贴在天文钟上的黑色胶带。上面写着：

现在：2071年4月17日，18∶32∶06 GMT

2071年4月17日，他已经醒来六个多月了。

他觉得时间好像已经过了六年。

那天晚上，吉利斯特别用心地准备了晚餐。他挑选了储藏室里能找到的最好的一块加工牛肉，把它腌在他学着做出来的一种辣椒酱里，然后小心翼翼地把大蒜炒香，再把它放进土豆泥里。他一边用柠檬汁蒸芦笋，一边把牛肉烤到三分熟。下午的早些时候，他从放酒的地方挑了一瓶香槟，放在一边等其他东西准备好。他把军官活动室打扫了一遍，在对着舷窗的桌子上为自己准备了一套餐具。晚饭前，他调暗了天花板上的灯光。

他慢慢吃着，每一口都细细品味着，还时不时地闭上眼睛，让自己在脑中重温着他曾经享用过的那些高档餐厅：堪萨斯城中央的一家牛排馆，波士顿灯塔山附近的一家五星级意大利餐厅，圣西蒙岛上的一家海鲜餐厅，那里的龙虾是直接从码头运来的。他凝视着舷窗外，并没有去找什么星座，只是欣赏着寂静而庄严的星空。吃完晚饭后，他小心翼翼地把刀叉放在盘子上，往杯子里又倒满了香槟酒，然后走到沙发旁。他之前就在那里放了最后一样东西，来给这个完美的夜晚一个圆满的结局。

吉利斯之前故意没有打开放在储物柜里的盒子，就算在他最糟糕的日子里，在他放纵酗酒、陷入最低谷的时候，也有意没有去碰它。现在，是时候打开盒子，看看里面装的东西了。

他每次只拿出一张照片，认真地看着，他还记得这些照片都是在哪儿拍的，它们代表了他生命中经历过的岁月。这是他的父亲；这是他的母亲；这是七岁的他，站在当时北卡罗来纳州家中的后院里，骄傲地高举着一艘他生日那天得到的玩具宇宙飞船。这张是他爱过的第一个女孩的快照；这些是他在大烟山野营时拍的照片；这张是他在学院毕业典礼上穿着制服的照片；这张是他在得克萨斯州接受飞行训练的照片……这些照片，还有更多类似的照片，都是他从地球上带来的；这些照片代表他的过去，让他记住曾经去过的地方，提醒他不要忘记他认识和爱过的那些人。

他看着它们，尽量不去想自己接下来要做什么。他重置了恒温器，让飞船的内部温度在午夜降到50华氏度。他还告诉人工智能，取消他之前编写的人工昼夜循环程序。他在李舰长的房间里留下了一张纸条，告诉他埃里克·冈瑟的阴谋，还为消耗了其他船员的口粮和酒表示歉意。不过，他还是要把这瓶香槟喝完，没必要浪费它，要是喝醉了，按下那个红色按钮也许会变得容易一些。

他的生命就要结束了，再也没有什么可留恋的了。用短暂的痛苦来替换无数孤独悲惨的日子，这项交易很公平。

翻阅照片的时候，吉利斯偶然抬头看了一眼舷窗，就在这时，他注意到了一件奇怪的事情：其中一颗星星在移动。

一开始，他以为是自己喝醉了，或是眼角的泪水折射星光造出了一幅假象。他把注意力又放回到了父亲去世前不久拍摄的一张照片上。接着，他不情愿地再次抬起了头。

窗外挂满了星星，全都一动不动，只有一颗……

一个明亮的光点，简直太亮了，有可能是一颗行星，甚至是一颗彗星。然而，"亚拉巴马号"现在已经离太阳系太远了，而其他恒星距离也太过遥远，不可能显示出相对飞船的运动。然而那光点似乎正在沿着一条与飞船平行的轨迹前进。

吉利斯的好奇心被激了起来，他一直看着那遥远的光点穿过星空，观察得越久，就越觉得它好像有一条微弱的蓝白色尾巴——它可能是一颗彗星，但这样的话，它就正在朝错误的方向前进。甚至在他继续观察的过程中，光变得更亮了一些，而且行进方向也发生了些许变化，就好像……

他朝梯子冲了过去，照片掉落在了地上。

但等他抵达指令舱，那东西已经消失了。

接下来，吉利斯花了几个小时用导航望远镜在太空中搜索，想要再次捕捉到那个异常物体的踪迹。光学观测失败了，于是他来到了通信站，上下调整宽波段频谱，努力在空间背景噪声的干扰中定位一个不断重复的信号。他几乎没有注意到甲板上已经变得很冷了，天花板上的灯也已经熄灭。他忘记了先前的打算，也忘记了告诉人工智能，他已经改变了主意。

那个物体消失得也很突然，就和它出现的时候一样，不过他很确信自己曾看到过的景象。他敢肯定，那不是他的幻觉，他越想就越确信，那绝不是一个自然天体，而是一艘飞船。就在它经过"亚拉巴马号"的时候，吉利斯瞥见了它，但却不知道它们之间的距离有多远——一千公里？一万公里？还是一百万公里？

不过它究竟是从哪里来的呢？可以肯定，它并非来自地球。谁在那艘飞船上？它又要去哪里？洗碗的时候，他的脑海中浮现出无数可能性，接着，吉利斯又开始准备那顿他之前根本没想过会吃的早餐。为什么它没有靠过来？他躺在自己的铺位上，双手支在脑后，思考着这个问题。也许它没看到"亚拉巴马号"。他还能再见到它吗？不太可能……他最终认定，既然能看到一艘飞船，难道就不会再见到另一艘吗？

他意识到自己必须把这件事记下来，这样一来其他船员就会知道他观察到了什么。但等他回到了指令舱，开始往飞船日志中输入报告时，他发现自己什么都写不出来。面对一片空白的屏幕，他写的每一句话都显得空洞而毫无生气，没有任何东西能唤起他所观察到的那神秘的奇迹。这时候他才意识到，在生活在星舰上这漫长的六个月时光里，他从来没有想过要写日记。

但这里也并没有什么事情值得他记下来留给后人：他醒来，他吃饭，他慢跑，他学习，他喝醉了，他考虑自杀。然而，就在他准备走进气闸舱，闭上眼睛，把自己抛入虚空的前一天，一切似乎都突然改变了。现在，他觉得好像有人给了他一个活下去的新理由，但他只有留下一些东西（除了一张没有铺好的床铺和一只半空的香槟酒瓶），这个理由才有意义。

他没法把自己的话写在屏幕上，所以他在储物柜里翻找，最后找到了需要的东西：军需官用来记录物资分配情况的一些空白的分类账簿，还有一盒钢笔。令他惊讶的是，还发现了几本素描本，一些炭笔，一套丙烯颜料以及画笔；显然地球上的某个人很有远见，把好几公斤的配给用在了艺术用品上。

吉利斯把一本账簿和几支笔带回了军官活动室。虽然游戏桌已经被毁了，但是把桌面合上，它就变成了一张完美的桌子。他重新布置了陈设，让桌子对着舷窗。不知道为什么，他觉得手写会更舒服些。他把开头重写了几遍，但都觉得不满意，于是不耐烦地把它们划掉了。最后，他终于写下了一些东西，或多或少地描述了他前一天晚上看到的东西，又用了几页纸随便地猜测了一下它可能是什么。

等写完之后，他才发现自己因为在桌子前趴得久了导致背很疼，而且握笔的右手食指和中指之间的地方也隐隐作痛。虽然没有其他什么好说的了，但他还是觉得自己需要再写些东西，把文字写在纸上是一种不同以往的释放，这个过程仿佛能让他离开飞船，前往其他地方，虽然这种感觉相当短暂。他的身体很疲惫，但思想却非常活跃；虽然他精疲力竭，但还是有写字的冲动。

当时他还不知道，他的神智已经慢慢恢复了正常。

随着吉利斯逐渐恢复在黑暗时期之前制定的日程安排，他努力寻找着值得一写的事情。他想开始写日记，但那毫无意义，反而让他更加沮丧了。他浪费了几页纸想写一本自传，但随后便意识到把自己的经历写下来让他觉得很难为情。最后，他把那几页从账簿上撕下来扔掉了。他写的诗都很可笑，在重读一遍那些令人厌恶的打油诗之后，他都打算从气闸钻出去了。在绝望中,他草草记下了一系列他错过的事情,却发现这些事情不仅微不足道,而且比他的自传还要令人尴尬。这些东西最后也被扔进了垃圾桶。

他在临时拼凑的办公桌前坐了很长时间,一边漫无目的地涂鸦,画着自己在那个不平凡的夜晚看到的那颗希望之星,一边透过舷窗凝视。他忍不住想找一瓶苏格兰威士忌喝个酩酊大醉,然而回想起自己差点做出什么事情,他还是决定不要碰酒了。他无比渴望能写些东西,就算不为了其他人,也能让自己觉得有意义。但他的大脑似乎已经变成了一片毫无特色的荒原。灵感全都离他而去了。

接下来的某个早晨,灯还没亮的时候,他突然醒了过来,回忆起一个特别生动的梦。他做过的大多数梦都是关于地球的——关于他去过的地方,关于他认识的人。但这次不同,他不在地球上,也不在任何他曾去过的地方。

他记不起具体的细节了,脑海中只剩下了一个清晰的画面:一个年轻人站在一片陌生的土地上,凝视着蔚蓝的天空,大部分天空都被一颗带光环的巨大行星占据了。那个年轻人无助地看着一个明亮的光点朝远处飞驰而去,跃入深空——吉利斯认出,光点就是他看到的那艘飞船。

吉利斯想翻身继续睡,但最后还是坐起来,伸手拿过了睡袍。他洗了个澡,站在温热的水花下,用自己的想象力填补那些缺失的片段。梦中的年轻人是一位来自某个远离地球的世界的王子,实际上,这个故事甚至完全没有涉及地球的历史。他父亲的王国落入了一位暴虐者的手中,他被迫逃走,躲进了一艘星舰。这艘星舰本来是要驶往另一颗有人居住的星球,然而船员们却害怕惹怒新暴君,便把王子赶了出去,他放逐到了一颗可以居住的卫星上。那是一颗未知的星球,他完全没有补给,也缺乏陪伴……

吉利斯仍然沉浸在这个故事中,他穿好衣服,来到军官活动室,打开几盏灯，坐在书桌前，拿起了笔。他毫不犹豫地打开账簿，翻到了崭新的一页。恍惚间，他开始写了起来。

然后他就再也没有停笔。

可以肯定的是，吉利斯曾很多次放下了他的笔。他的体力有限，不可能无限期地待在桌子前面，一直坐到饥肠辘辘或是筋疲力尽。有时候，他会不知道接下来该怎么办；沮丧的时候，他会不耐烦地在地板上踱步，思索着下一个场景，甚至想着下一个词语。

然而过了一会儿，王子似乎比他更快知道自己该做什么。在探索这个新世界的过程中，王子遇到了许多生物，有些成了他的朋友，有些成了他的死敌。他还去了许多地方，这些地方考验着吉利斯不断涌现出的想象力。在写故事的过程中，吉利斯和鲁普特王子（他神奇地变成了吉利斯的另一个自我）发现，自己开始了一场超越他想象的大冒险。

吉利斯改变了他的日程安排，让一切都围绕在桌前写作的那段时间。他很早就起床，随后直接去写作，因为他感觉刚起床的时候头脑最清晰，此时只需要一杯咖啡来让自己变得更清醒一些。等到中午的时候，他会准备一顿简单的午餐，然后在环形走廊里散步锻炼——每周他都会巡视整艘飞船两三次，确定一切都运转正常。下午早些时候，他会回到办公桌前，继续刚才的工作，迫不及待地想知道接下来会发生什么。

主人公的第一次冒险还没结束，他就写满了一本账簿。他毫不犹豫地又翻开了一本，继续写下去。用完第一支钢笔之后，他想都没想就扔掉了它。右手中指的第二指关节和第三指关节之间长出了一层厚厚的老茧，但他都没注意到。等第二本账簿也被写满之后，他将它放在桌边第一本的上方。他很少读自己写的东西，除非需要重新确认某个人物的名字或某个地方的地址；过了一段时间，他学会了单独找一个本子记录,这样他就没必要回头阅读之前写完的部分了。

到了晚上,他会做一顿晚饭,读点书,花些时间凝视窗外。他时不时会到指令舱看一下导航台。终于,"亚拉巴马号"与地球的距离已经不止几光年,变得可以用秒差距[1]来衡量了,然而事情免不了会变成这样,而且随着时间的推移,这变得根本无关紧要。

吉利斯一直盖着天文钟,他再也不想知道时间过去了多久。他也不再穿衬衫和短裤了,只穿长袍;有时候,他会一丝不挂地坐在办公桌前,一整天都赤身裸体。他坚持修剪手指甲和脚指甲,并一直小心翼翼地注意着自己的牙齿,但已经不再刮胡子剪头发了。他每周只洗一两次澡。

不写作的时候,他就随手画一些素描,画出他创造的人物,以及他们看到过的奇怪的城市和风景。等他用王子的冒险故事填满四本账簿之后,单靠文字已经不足以表达他的想象力了。回货舱取新账簿和钢笔的时候,他找到了之前看到的丙烯颜料,并把它们带回了军官活动室。

从那天晚上开始,他开始在舱壁上作画。

一天早上,吉利斯照常起了床,洗了个澡,然后穿上他的袍子——袖口已经磨坏了,肘部也穿破了——走了很长一段路才来到军官活动室。最近,他觉得爬梯子变得越来越艰难了;关节似乎总在疼痛,服用布洛芬只能暂时起些缓解作用。他还发现了一些其他的变化。几天前,在收拾床铺的时候,他有些惊讶地发现枕头上有一根灰色的长发。

在穿过环形走廊的过程中,吉利斯不禁欣赏起了自己的作品。不

---

[1]. 秒差距(parsec,符号 pc)是一个长度单位,用于测量太阳系以外天体之间的距离。1秒差距约等于 3.26 光年,但于 2015 年时被重新定义为一个精确值:648 000/π 天文单位。

久前创作的那幅描绘森林的壁画就要完成了,这幅画从C1舱开始,都快延伸到C3舱了,虽然他还需要在树叶上添加一些细节,但现在的画面就已经非常不错了。继续完成这幅作品可能还需要一些时间,他最近用光了所有的丙烯颜料,所以必须浸泡旧衣服,用褪下来的颜色当颜料。

他吃了一顿简单的早餐,然后小心翼翼地从梯子上爬了下去,来到了工作室——他早就不再把那里当作军官活动室了。他的账簿敞开放在书桌上,笔就在前一天晚上放下的地方。鲁普特即将与南境之国的国王决斗,他很期待接下来的故事发展。

坐下来的时候,他放了个响屁,这逗得他微微一笑。接着他拿起了笔,读完了自己之前写的最后一段,划掉了几个似乎没什么必要的词语,然后抬起眼睛看着舷窗,给自己一点时间整理思绪。

一颗明亮的星星在太空中移动,比他这么久以来看到的所有星星都要亮。

他盯着它看了一会儿,然后慢慢地从桌子旁站了起来,他的双腿在长袍下颤抖,视线却始终没有离开过星星。他从窗口一小步一小步地退向了身后的梯子。

那颗星星又回来了。也许这是另一颗。总之,它看起来非常像他很久以前见过的那个神秘的东西。

他冲向梯子,钢笔从手中掉落。他不顾关节炎在手臂和双腿上带来的疼痛,匆忙爬上甲板顶层,然后沿着走廊向下冲去,来到通往中心舱的主通道口。这一次,他知道该怎么做了:回到他之前的工作站,在所有频率上发送一个清晰的声音信号……

差不多爬到一半的时候,他才意识到自己不知道该说些什么。简单的问候?友谊的宣示?好,这样应该没问题……但他要如何表明自己的身份呢?

在那一刻,他意识到,他想不起自己的名字了。

他愣愣的抓住梯子，被这个发现震惊了。他的名字，他肯定能想起自己的名字。

吉利斯。当然。他是吉利斯。莱斯利·吉利斯。通信长莱斯利·吉利斯中尉，在……没错，在"亚拉巴马号"上服役，没错。他微笑着往下爬了一级。他已经很久没有听到有人大声说出他的名字了，也许连他自己都说不出来了……

他能说出来吗？

吉利斯张开嘴，想强迫自己说点什么。但除了一声干巴巴的呻吟，他的喉咙没能发出一点儿声音。

不。他还能说话，只是生疏了。他要做的就是回到自己的岗位。如果能想起正确的指令，他也许还能在鲁普特王子的飞船飞出通信范围前给它发送信号。他只需要……

他的左脚没能踩到梯子的下一级，失去了平衡。他低下头，想看看哪里出了问题……然后他的右手也从梯子上滑了下来。突然，他发现自己正向后倒去，胳膊和腿无助地挥动着。坠落，坠落，坠落。

"哦，不。"他轻声说。

过了一会儿，他撞到了竖井的底部。脖子被摔断的瞬间，有一阵短暂的疼痛闪过，然后黑暗向他袭来，一切都结束了。

几个小时后，一台机器人发现了吉利斯的尸体。它戳了他几下，确认躺在H5甲板地板上的那个冰冷的有机体确实没有生命体征后，便向人工智能发出了询问。人工智能仔细思考了几分之一秒当前的情况，然后命令这只小蜘蛛将尸体抛出去。整个过程不到两分钟就完成了；吉利斯被弹出了星舰，旋转着消失在虚空中，成了消失在星间的另一片小小的残骸。

人工智能确定居住舱已经没必要保持在适合居住的状态了，所以它将恒温器调回到了50华氏度。一台机器人走遍了飞船，清理了吉利斯留下的东西。它没有动他已经写满的十三本账簿，还有摊开在桌子上的第十四本。它对C7舱墙上的油画和环形通道走廊上的油画也无能为力，便让它们留了下来。等机器人完成了任务，人工智能关上了吉利斯打开的遮光板，然后有条不紊地逐一关掉所有的灯。

现在是格林尼治标准时2102年2月25日。剩余的旅程一切顺利，没有发生任何事故。

— 3 —
抵达土狼星

星舰"亚拉巴马号"/ 2300年8月26日（飞船时2296年12月6日）/ 03：30 GMT

就在罗伯特·李被选为"亚拉巴马号"指挥官后不久，联邦空间局派他和其他十一名船员前往亚利桑那州接受生存训练。在为期两周的强化课程结束之后，整个团队都乘上飞机，伞降到了美墨边境东北部的索诺拉沙漠上。在这片贫瘠荒凉的土地上，他们每个人都只能带一把生存刀和半升水，没有口粮，没有通信设备，也没有指南针。在抵达三十英里外的集结点之前，他们必须自食其力，尽最大可能生存下去。

作为领导者，李要负责他手下这十一名队员的安全。着陆的时候，汤姆·夏皮罗扭伤了右膝，使本就困难的状况雪上加霜。当时的医务长罗林斯医生把降落伞的尼龙布撕成条，帮汤姆包扎了膝盖（后来罗林斯医生被淘汰出局，冈田医生接替了他的职务）；尤德·廷斯利砍了一截树枝给他当拐杖。但这样一来，他们穿越沙漠的行进速度就从预计的每天十英里降到了七英里以下。因此，李根本没时间欣赏索诺拉沙漠的壮美景色，只要醒着，他都要好好利用每一刻，奋力生存下去：确定方向，寻找食物和水，处理伤病，保持士气……周围犬牙交错的群山成了他们苦难的背景板，他没有时间欣赏那些高耸的烛台掌，对他来说，这些植物不过是一种贫瘠的水源而已。

在沙漠里的第二天晚上，所有人都又冷又饿地蜷缩在他们用降落伞临时做成的睡袋里。他们晚餐只吃了几条没烤熟的蜥蜴和一些杜松子浆果，太阳落山后，寒风开始在荒地上呜咽，他们已经晒伤的身体被冻得瑟瑟发抖。李筋疲力尽，双腿酸痛，超乎寻常的累，脚上还起了水泡，他用降落伞包住了身体，一直裹到头顶，防止蝎子爬进来。他闭上眼睛之前看到的最后一样东西，是逐渐熄灭的营火努力摇曳的光芒；他不敢抬头看星星，因为害怕自己会看到大熊座。虽然没有跟任何人提及，但李其实在暗自怀疑，自己是否真的有能力率领一支探险队前往大熊座47星系。实际上，此时他已经开始认真考虑回休斯敦之后就立刻辞职离开"星间飞行"计划。

他不知道自己睡了多久，但半夜的时候，他突然怀着一种不可思议的感觉被惊醒了，似乎自己正被监视着，尽管知道那东西就在附近，但他什么都看不见，什么都听不见。

他裹在降落伞里，双手夹在腋窝里取暖，一动不动，静静地听着最细微的动静。很长一段时间里，除了风声，什么也听不见。他差点就觉得这不过是一场梦罢了，可紧接着就听到有鹅卵石在轻轻地叮当作响，好像有什么重物压在了上面。这时，他才确信外面真的有某种东西。

心脏在胸腔里怦怦地跳着，李努力控制着自己的呼吸。他无法透过降落伞看到外面的情景，这时候，他才猛地意识到自己是多么脆弱。他又听到一个沉闷的声音，是小石子在滚动，但这次声音更近了。有什么东西走进了营地，而且离他很近。

李感觉有什么东西轻轻地戳了一下他的肩膀。他屏住了呼吸,那东西的爪子离他的脸只有几英寸,动物皮毛的恶臭钻进了他的鼻孔,入侵者嗅着他的气味,发出了一阵微弱的鼻息声。不管究竟是什么,总之它就站在李的正上方,注视着他。

他再也无法继续屏住呼吸了。犹豫了一下之后,他厉声说道:"滚出去……快滚!"

一声惊叫之后,那动物跑开了。李等了几秒钟,然后掀开降落伞,坐起身来,向营地四周张望。月亮已经升到了头顶,月光洒落在他身边的一个个蜷缩的人影身上,投下了银白色的光芒。入侵者已经离开了,而其他人并没有受到惊扰。

那天晚上,李没有睡着,而是一直仰望着星空。他并不认为自己有什么宗教信仰,但他知道,自己刚刚经历了一次觉醒般的宗教体验。等太阳从群山间升起,他认为,自己已经做好准备,带领他的队员离开沙漠,他再也不会怀疑自己的领导能力了。等一行人最终抵达集结点,所有关于辞职的想法都从他的脑海中烟消云散了。

无论是当时还是之后,他并没有和任何人讲过那天晚上究竟发生了什么。这只土狼的出现是注定为他,也只为他而准备的一场相遇。

现在,时间已经过去了二百三十二年,不知为什么,看着冈田邦子小心翼翼地把塑料管从他的胳膊上取下来,这段记忆又浮现在了自己的脑海里。凝胶状的蓝色液体从他赤裸的身体上淌下来,浸湿了缠在腰间的毛巾。李茫然地盯着自己之前躺过的生物停滞舱,刚刚从漫长而无梦的睡眠中醒来,现在他的大脑还是一片麻木。

冈田医生从李的前臂上拔掉了另一根管子,她的手还在颤抖。虽然是第一个醒来,但她还没有完全摆脱休眠药物的影响。李发现自己正凝视着她头皮上的一处凹陷;上次见到邦子的时候,她乌黑的头发还一直垂到肩膀,但和船上的其他人一样——当然也包括他自

115

己——在进入生物停滞状态前不久,她也剃光了头发。"亚拉巴马号"上的每个人现在都没了头发,他最好习惯这一点。

这间舱室的另一边,汤姆·夏皮罗正把胳膊肘撑在膝盖上,用纸杯喝水。这位大副抬头看着李,露出了一个疲惫的微笑:"之前想过会这么难受吗?"

李缓缓摇了摇头。他知道不管现在是什么感觉,都应该觉得庆幸。在此之前,根据马歇尔航天中心的实验,人类休眠的时长记录是十八个月,他们证明了长期处于生物停滞状态在理论上是可行的,然而谁也没法确定"亚拉巴马号"的船员是否能够在这种类似昏迷的状态下安全活上两百多年。李抬头看着邦子:"其他人也……熬过来了吗?"

"应该吧。我还没来得及检查所有人的情况,但是……"冈田拔出了最后一根管子,然后轻轻地在他手臂的伤口上缠了一块医用纱布,"我必须向您报告一件事情,舰长。我醒来的时候,发现有一间舱室是空的。有人在我醒来之前就已经醒了。"

"在你之前?"李一下子没能反应过来,"再跟我说一遍,你不是应该……"

"就是这个,舰长。"夏皮罗朝他身边那个棺材一样的舱室点了下头——和休眠舱里的其他舱室一样,它已经从凹槽里放了下来。"里面是干的,已经空置有段时间了。"

李轻轻地按摩着酸痛的胳膊,慢慢地站了起来。他的腿就像两根老化变硬的橡胶,不过他还是焦急地甩开了冈田,自己拖着步子穿过甲板去检查了那间舱室。玻璃纤维盖子关着,但透过观察窗,他看到里面是空的,减震液已经排干了,显示状态信息的屏幕一片空白,所以目前很难确定谁曾经躺在里面。不过汤姆说得很对,这间停滞舱已经很长时间没有人用过了。

"达娜下去了。"夏皮罗摇摇晃晃地站了起来,跌跌撞撞地来到一个储物柜前。他拿出一副耳机，戴在了头上，"我要让她去检查一下。"

"去吧。""亚拉巴马号"的指挥团队使用着C2A甲板上的十四个生物停滞舱。冈田医生会首先被人工智能唤醒，随后她会唤醒机电长达娜·门罗，让她去检查飞船的主要操作系统。随后被唤醒的是李和汤姆，再之后是尤德·廷斯利执行官和莎伦·厄尔曼领航长。李把整间舱室打量了一遍。廷斯利从他的停滞舱里坐了起来，双手抱着膝盖，吸进了醒来后的第一口新鲜空气。莎伦还戴着氧气面罩，泡在减震凝胶里。其他停滞舱都直立着，里面的人还要再睡一会儿。冈田邦子、达娜、汤姆、尤德、莎伦、他自己……那么这里的另外那个人会是谁呢？

"吉利斯，"冈田轻声说道，"我想起来了，那间舱室里是他。"

"对，没错，是莱斯利。"李努力想让自己的脑子清醒一些。通信长莱斯利·吉利斯……但为什么人工智能会在邦子之前把他唤醒呢？他刚想问，就看到夏皮罗正抬头看着他。

"舰长？达娜报告说飞船状况良好，我们正在预定航线上行驶，但是……"他听着耳机里传来的声音，"出了一些状况。"

"有麻烦了吗？"李变得有些警觉。

"倒也不是……起码不像是什么大问题。她……"夏皮罗边听边竖起一根手指，"她在环形走廊里发现了什么，咱们应该去看看。"

"我来跟她说。"夏皮罗摘下耳机，递给了李。李把耳机凑在耳边："机头，你发现了什么？"

"很难解释，长官。"门罗的声音细而尖锐，"也许您应该亲自来看看。就在环形走廊上，中心舱入口前面。我不知道这是怎么回事，也不知道为什么会这样，但是……"

"机头，我已经有一个谜要解了，别再让我猜了，你发现了什么？"

"是涂鸦，长官，有人在舱壁上涂鸦。"

达娜·门罗摸了一下耳机上的话筒，靠在工程部的控制台上，喘着粗气。尽管在减速过程中，"亚拉巴马号"的加速度会略低于1/4G，但她的肌肉已经完全不习惯任何运动了。她无法长时间站立，甚至连沿着主通道爬下来到指令舱都需要付出极大的努力。她有些后悔让舰长没做好准备就离开休眠舱，但没办法，飞船在漫长的航行途中发生了一些奇怪的事情，她有责任通知指挥官。

但目前她并不需要操心那些。她的主要职责是确保"亚拉巴马号"各主要系统工作正常，同时确定飞船没有受到任何严重的损伤。达娜坐在熟悉的位置上，一边在键盘上敲着指令，一边研究屏幕上的读数。根据目前的状况，一切似乎都很正常……甚至比她期望的还要好一些。燃料储备还剩17.3%，比预期差不多高出3%；冲压漏斗搜集到的分子氢肯定比之前理论计算得出的结果要多；主引擎已经在三个月前自动关闭；核聚变反应堆正在以中等能量模式运行，这足以为飞船的内部系统提供电力了；船体外部没有出现大的损伤，显然，缓冲场让飞船免受星际尘埃的冲击；载荷舱也没有出现泄漏的迹象；磁化帆在引擎关闭后不久便成功展开，现在，它就像一张巨大的减速伞，利用大熊座47的太阳风，让飞船逐渐从百分之二十的光速开始慢慢减速。而主维生系统呢……

"哇，"她嘟囔道，"这是怎么回事？"达娜放大了屏幕中的一部分，然后输入指令又检查了一下她看到的结果。不，并不是出错了——饮用水储量下降了20.4%，氧氮水平下降了21.9%。

她低声骂了一句。在看到环形走廊的舱壁时，她就想到了这种糟糕的情况——有人在"亚拉巴马号"行驶途中醒了过来。从那个人消耗的空气和水判断，他恐怕活了相当长的时间。

是一名偷渡者吗？不可能，除非他想自杀。这人还活着吗？不可能，没人能在停滞舱外活那么久。虽然还没找到那个人的尸体，但这艘飞船非常大,有很多地方可以让人悄悄死去……

她感到背后涌起一股寒意。现在她可不想去研究这个问题,等指挥团队的其他成员醒来,她要把自己的发现都告诉他们。事情要一件一件地做,现在只要庆幸自己还活着就够了。达娜观察着旁边的平板屏幕上映出的影子,对一位二百六十八岁的光头老太太来说,她的样子看起来还算不错……

她揉了揉眼皮,打了个哈欠。天啊,为什么这么累?又不是最近睡眠不足。这可能是她最后一次独占指挥中心了,等其他人都苏醒过来,这里会有超过一百个人拥挤着争夺空间。

达娜吃力地呻吟了一声,然后从椅子上站起来,抓着天花板上的扶手,穿过甲板来到了领航员的工作站。她弯下腰拉开塑料盖,随后停下了手中的动作。在从天花板上的荧光灯投下的昏暗光线中,她注意到半透明的盖子上布满了薄薄的棕色斑点。出于好奇,她轻轻地刮了刮其中一个,那个斑点很容易就掉了下来,粘在了她的指尖上。

是真菌。但是飞船在离开地球前接受过消毒净化,所以怎么可能出现……

回头再说吧。就像舰长说的:一次只解一个谜。达娜掀开导航台上的盖子,任它落到地板上。她在控制面板上寻找着,最后找到了舷窗遮光板的控制器。她按下按钮,看着矩形窗户外面的遮光板慢慢向上升起。真实的阳光透过厚厚的玻璃照了进来,她被强光晃到了,条件反射般地举起一只手挡在了眼前。随后,窗户进入了偏振模式。现在,在冲压漏斗投下的那长长的阴影后面,她看到了一颗明亮的白色球体。

是大熊座47。达娜放下手,眼中噙满了泪水。

"你好,亲爱的,"她从发紧的喉咙里挤出了声音,"你有伴儿了。"

白雪皑皑的山川之下,是一片禾草疯长的辽阔平原,一种很像是猫的六足动物在奇异又扭曲的树木间漫步。五颜六色的鸟儿在紫色的天空中翱翔,与高悬在地平线上方的一颗带光环的巨大行星相映成趣。远处,船只在蓝宝石般的海洋上航行,船帆被温暖的风吹得鼓鼓的。一种长得很像牛,浑身毛茸茸的生物拉着一队大篷车,沿大路缓缓行进,车上的三角旗在风中飘扬。在一座矮坡顶上,一位英俊的年轻人身着中世纪服饰,眺望着四周的景色。他身后站着许多人:战士、贵族、商人、一名美丽的女子和一个孩子。

将近六十英尺长的壁画几乎布满了整个环形走廊的舱壁,向内凹的墙体似乎让整幅画都变得立体了起来。这种错觉并非偶然,作画之人把较近的物体安排在舱壁的顶部和底部,而将远处的物体放在中央。他对画面细节的把握超乎寻常,鸟儿身上的每一根羽毛都被单独涂上了颜色,甚至连山脊和沟壑都明显地描绘了出来。

李着迷一般地盯着壁画看了很久。"莱斯利有很多时间。"最后,他非常平静地说道。

"三十二年。"夏皮罗用自己的平板访问着飞船日志。"他于2070年10月3日被唤醒,2102年2月25日去世。"他摇了摇头,"他最后肯定已经疯了。"

李朝壁画走了几步,用手指轻轻地触摸着墙面。是丙烯颜料。无疑来自货物中那一小批艺术用品。"上面有没有说他为什么会醒过来?"

夏皮罗摇摇头,"只能知道那是场意外。他的死因也同样是一场意外……人工智能报告说他的尸体是在主通道底部被发现的。不久之后,他就被抛入了太空。其他内容就没有什么新鲜的了……维护报告,导航更新,诸如此类。与吉利斯有关的记录很少,就好像他没在这里生活过一样。"

舰长把双手插在长袍的口袋里,慢慢地走到了壁画的尽头。这幅画还没有完成,后面只有用铅笔打的草稿,还没有上色。在去世之前,吉利斯可能还在这里创作。如果吉利斯离开生物停滞状态的时候才三十出头,并且在"亚拉巴马号"上独自生存了三十二年——这一点比他创作的艺术品还要令人难以置信——那他死的时候应该是六十多岁。若在地球上,他只不过是个中年人,但在这里,他只有自己,没有机会接受细胞再生……"这可怜的家伙可能从梯子上摔了下去,折断了脖子。"

"也许你说得对。"大副合上了平板,"四处找找,也许咱们能发现些日记或日志什么的。如果醒来的是我,肯定会去写点儿东西的。"

李点了点头,他还在研究壁画。这里没有阳光使颜料褪色,飞船内部温度也只有50华氏度,因此这幅画已经完好地保存了近两百年。不过他还是很好奇这幅画想表达什么。他画的是什么地方?这些人是谁?"四下看看吧,也许能找到什么解释。但刚才我担心的并不是这些。"

"你担心的是,他是怎么活下去的。"汤姆把脸沉了下来,"我正在思考这个问题。"

"嗯。要活下去,吉利斯必须得吃东西,但船上只有咱们的口粮。如果他找到了……"

"我知道。咱们可能遇到麻烦了。"夏皮罗转身沿着走廊往回走,"我去检查一下货舱,看看他对储备造成了多大的影响。"

"快去吧,把情况报告给我。"李思索了一会儿,抓住夏皮罗的肩膀,"还有,汤姆……别让其他人知道,至少现在别说出去。没必要让他们担心,除非……除非迫不得已。"

夏皮罗点了点头。在下面的C2A甲板上,冈田医生正忙着把指挥团队的其他成员唤醒。接下来几天,她会一直留在"亚拉巴马号"的休眠甲板上,帮助其他船员慢慢恢复过来。仅仅让他们再次学会行走就已经非常困难了;在那之后,他们还将接受为期两周的隔离。让他们知道飞船上的食物比离开地球的时候要少,这对谁都没好处。"明白,长官。"他平静地说。

"谢谢。去吧。"等夏皮罗消失在走廊的拐角处,李闭上眼睛,长出了一口气。"真该死,莱斯利。"他低声自言自语道,"你为什么不……"

不什么?自杀?为了在两个世纪之后从生物停滞状态中醒来的一百零三人放弃自己的生命?这可能确实是一种可敬的行为,但李也不能说自己在同样的处境中会选择牺牲自己。反而,他对这个能想方设法独自生存三十多年的人产生了一种敬意。他能活下去,但却不一定神智正常……

李又花了些时间研究壁画。可能孩子们会喜欢它吧,即便他们看不懂这幅画。随后,他沿着走廊继续前进,朝着主通道走了过去。是时候下去看看门罗有没有发现什么值得高兴的事情了。

星舰"亚拉巴马号"/ 2300年8月27日(飞船时2296年12月7日)/ 14:32GMT

豪尔赫·蒙特罗在食堂下面那层的C7D甲板上的军官活动室里找到了儿子。从生物停滞舱里出来之后,卡洛斯和妹妹玛丽的恢复速度比父母快得多,也许这就是年轻的优势吧。醒来之后,丽塔无力地躺在自己的铺位上,玛丽乖乖地留在了妈妈身边,而卡洛斯却跑了出去,没过多久他就找到了另一名同龄男孩。豪尔赫去给妻子拿水喝,只离开了几分钟,回来就发现卡洛斯不见了,只留下忐忑不安的丽塔和快要哭出来的玛丽。

豪尔赫在丽塔和玛丽身边待了一会儿,让她们冷静了下来,随后就去找儿子了。找到卡洛斯并不容易,蒙特罗一家在C4B甲板上被安排了的四个铺位,这里正好是"亚拉巴马号"其中一间居住舱的中央,而整个甲板就仿佛是由储物柜和上下铺组成的迷宫。现在几乎所有人都离开了生物停滞舱,似乎每一寸空间都是拥挤的人群。人们或是在狭窄的过道里挤来挤去,或是排队等着上厕所,或是盘腿坐在逼仄的铺位上,还或是在过道里彼此聊天。噪声到处都是:储物柜打开又狠狠关上,在金属地板上踩来踩去的脚步,人们彼此吵闹喧哗……离开地球的时候,飞船上似乎并没有这么多人。也许当时所有人都忙着为成功逃离过去而感到兴奋,休眠之前根本没空感到拥挤。

在穿过环形舱的时候,豪尔赫的怒气渐渐平息了下来。尽管这里有许多陌生人,他还是见到了一些老朋友……几乎都是在最后一刻被偷偷带上"亚拉巴马号"的异见者。他看到亨利·约翰逊正靠在通往C3舱的那条通道的舱口处;亨利转身的时候,豪尔赫发现他正在和伯尼·凯莱说话,凯莱也曾是他在马歇尔航天中心工作时的同事。难怪他一开始没有认出他们来,和豪尔赫一样,他们都被剃光了头发。他们三位朋友热情地拥抱在了一起,互相拍打着后背。虽然上次见面仿佛只是几个小时之前的事情,但三人都清楚,从进入生物停滞舱算起,时间已经过去了二百三十年——就算算上时间膨胀的因素,也已经有二百二十六年了。几分钟之后,豪尔赫爬上了前往C3A甲板的梯子,发现吉姆·莱文正和他的妻子茜茜坐在他们的铺位上。又是一次温馨的相聚,吉姆告诉豪尔赫,几分钟前,他看见卡洛斯正和一个他不认识的男孩在一起。茜茜也很心烦,因为他们的两个儿子克里斯和戴维也跟着卡洛斯跑走了,还有他们从没见过的一个男孩和一个女孩和他们在一起。豪尔赫向他们保证,等找到孩子们,就把他们的儿子送回来。到了现在,他已经不生气了,反而觉得挺有意思的。什么都没变,不管是在购物中心里,还是星际飞船上,这些十来岁的孩子们在哪儿都喜欢成群结队到处乱逛。

然而拐过一个弯,他脸上的笑容消失了,他看到四名男子坐在两张下铺上。他们几乎把膝盖贴到了一起,堵住了过道。就算剃了头发，没穿制服，他也立即认出了他们——是"亚拉巴马号"启航前不久登船的共和军士兵。飞船离开海格特的时候，他们都还没来得及离开。豪尔赫的视线中并没有看到他们的头子，此时这四个人正在悄悄嘀咕，看到豪尔赫走了过来，他们立刻安静了下来，转过头，用轻蔑的目光盯住了豪尔赫。他们根本懒得让开，所以豪尔赫也没法从他们中间穿过去。这些人知道他是个DI，但鄙视他，却不仅是因为他的DI身份，还因为他们陷入如今的境地，豪尔赫起了很大作用。他决定不要太逞能，于是转过身，依原路返了回去。他的背后传来了一阵粗鲁的嘲笑声。

和船上其他的地方一样，C7D甲板也很拥挤，沿着梯子前往军官活动室的时候，豪尔赫发现了卡洛斯。男孩正和他那群新朋友一起，站在这间圆形舱室的另一头，凝视着墙上的什么东西。一开始，卡洛斯并没有注意到他的父亲，直到豪尔赫拍了拍他的肩膀。男孩回过头，想看看站在身后的是谁，接着他的脸瞬间变得通红。

"啊……嗨，爸爸。"他低声说道。

"嗨，你好。"豪尔赫努力不让自己露出如释重负的表情，恶狠狠地瞪了儿子一眼，"我不是告诉你不要乱跑吗？"

"嗯，这个……"卡洛斯无奈地瞥了一眼他的朋友们，"我碰到了几个朋友，然后我们……"

"你好，蒙特罗先生"豪尔赫抬头一看，发现克里斯·莱文正朝他咧着嘴笑。克里斯和卡洛斯年龄相仿，只是个子高一些。他们两个从四岁起在托儿所里就是玩伴了。"希望您别生气，我们只是想看看船上的其他地方，还有……"

他装出了一副羞愧的表情，耸了耸肩，豪尔赫忍着没有说话。克里斯英俊潇洒、开朗友好，总有一群人聚在他身边，他是天生的领导者，甚至在应对大人的时候也得心应手。戴维则和他的哥哥完全不同，他生性害羞、沉默寡言。看到豪尔赫，他只是轻轻点了点头，脸上闪过一丝微笑。

"我没有不高兴,"豪尔赫对着克里斯和戴维这样说道,希望卡洛斯也在听,"但是你们的父母也和我一样,不喜欢你们这些孩子到处乱跑。"接着他转向自己的儿子。"如果你想去哪里,先告诉我或者妈妈……不要这样一声不吭就跑了,好吗?飞船这么大,要从这么多人中间找到你们是很难的。"

卡洛斯点点头。他知道父亲很生气,不过也很感激父亲没有在朋友面前惩罚他。从眼角的余光中,豪尔赫发现这里还有两个他不认识的孩子:一个十几岁的男孩,可能比卡洛斯和克里斯大一两岁,还有一个女孩,似乎和他们同龄。"需要把我介绍给你的朋友们吗?"他轻声问道。

"嗯……好吧。"卡洛斯转向那个年龄大一点儿的男孩,后者正不安地挪动着双脚,"这是……呃……我忘了……"

"我是巴里……巴里·德赖弗斯。"他上前一步,伸出手来,"真抱歉,蒙特罗先生。是我让卡洛斯跟过来的。没想到这会让他惹上麻烦。"

"很高兴认识你,巴里。"豪尔赫握住了这名少年的手,他惊讶地发现对方手上的力气很大。然而凑近观察了一下,他发现巴里可能也不比卡洛斯大多少,只不过长得壮一些。看起来他应该是个好孩子。"卡洛斯没惹麻烦,"他瞥了儿子一眼,补充道,"只要别再这样就好。"

"我是温迪。"女孩绕过了巴里,"很高兴认识您,蒙特罗先生。"

"我也很高兴认识你,温迪。"就在和温迪握手的时候,豪尔赫不禁注意到卡洛斯的脸又红了。他的儿子开始注意这个女孩了。这也不奇怪,温迪是个漂亮的小姑娘,身材苗条,长得也讨人喜欢。她不知在哪里找到了一顶带有"亚拉巴马号"任务徽章的帽子,戴在了自己的光头上。她可能只有十三四岁,但再过几年,男孩子们就该开始为

125

她争风吃醋了。也许这种竞争从现在就开始了。尽管卡洛斯很快把目光移到了一边,但豪尔赫还是可以看出,他刚刚一直盯着温迪……克里斯也一样,豪尔赫观察到,后者立即走了过来,站在了女孩和卡洛斯之间。

豪尔赫刚想问巴里和温迪他们的父母是谁,但顺着卡洛斯的目光看过去,他立刻就忘了这个问题。从屏幕边一直到矩形的舷窗处,舱壁上画着一幅长长的壁画。画面的主体是一名真人大小的年轻人,显然他只比正在观察他的这群孩子稍大一点儿;他的右手按在腰间剑鞘内的剑首处,脚下是一片高高的黄色野草。远处,一片白雪皑皑的群山上方,隐约可以看到一颗带光环的巨大行星;而画面近处则是银色的拱门、高高的塔楼和低矮的穹顶建筑,就好像一座城市,让人感到一种怪诞的熟悉感,但风格却全然不属于地球。

豪尔赫发现自己竟被这幅意外发现的艺术品迷住了。他之前只来过这个甲板一次,当时"亚拉巴马号"刚离开海格特船坞不久。他的记忆可能还有些模糊,但如果这幅壁画当时就在,他肯定会记住。"这……这是哪里来的?"

"环形通道上还有一幅这样的画,"克里斯说,"您没看见吗?"

豪尔赫摇摇头,他当时一心只想着赶紧找到卡洛斯,所以肯定错过了。孩子们难以置信地你看看我,我看看你,而卡洛斯则摆出了一副怜悯的表情看着他的父亲。"快醒醒吧,爸爸。"他低声说。

豪尔赫现在无比渴望知道这究竟是怎么回事:"这是谁画的?"

"咱们离开地球之后,有人先醒了。"戴维这样说道,这是克里斯的弟弟第一次选择开口,不过他还是一副不想出风头的样子,"那是场意外。有位船员告诉我们,他独自一人活了三十二年。"

"他们在那边发现了几本书。"温迪指着他们身后的游戏桌,豪尔赫注意到桌面的那层灰上留着两个长方形的痕迹,好像有什么东西在那里放了很久,最近才被拿走。"有几个人把书拿走了。他们说他写了一些东西,却不肯告诉我们里面的内容是什么。"

在"亚拉巴马号"上独自生活了三十二年。想到这里,豪尔赫不禁觉得一阵眩晕,他努力压抑着身体的颤抖。难怪他要在舱壁上画画,独自待了那么多年,他肯定是疯了。不过他却觉得有些好奇,画上的年轻人究竟是谁呢?也许这是一幅自画像?"我相信他们最终会告诉我们的。"他这样回应道。

"我可以问问我爸,"温迪说,"他是船员……在维生系统工作。"接着她低下头,看着地板,"不过他可能什么都不会跟你们说。"她低声补充道,"他对发生的事情很生气。"

听到她这么说,巴里也把视线移开了。豪尔赫突然意识到,他们的父母并没有参与劫持这艘飞船的阴谋。他想起之前听说有一小群船员曾在"亚拉巴马号"从海格特船坞出发之前,控制了维生甲板,其他人被迫使用武力制服了他们。他们的父亲应该就在其中。一阵令人尴尬的沉默。卡洛斯、克里斯和戴维来自DI家庭,他们不知道该说什么,而温迪却因为提起了这个话题觉得很过意不去。

看来该换个话题了。豪尔赫把视线从壁画上移开,注意到了墙上的屏幕显示着一张三维星图,是大熊座47星系的全息图。一颗小亮点正从最外层的行星轨道穿过。"嘿,那是咱们现在的位置吗?"他指着光点问道。

巴里瞥了那张星图一眼,"是的,先生,那是我们。"他走到了屏幕旁,"这是狼星,这个恒星系的第四颗行星。"他指着差不多位于"亚拉巴马号"当前位置和轨道远日点中间的一个圆点说,"也是一颗气态巨行星,但比熊星要小。距离它的恒星大概3.7 AU……"

"什么是AU?"温迪耸了耸肩,男孩们都目瞪口呆地看着她,"嘿,被你们发现了……我可不懂这些科学上的玩意儿。"

她不懂?这大大出乎了豪尔赫和孩子们的意料。大多数DI在被国家安全局列入黑名单之前,都曾作为科学家参与"星间飞行"计划。他们一般都会在自己孩子很小的时候，就教他们一些基本的航天学知识。在学会阅读之前，卡洛斯就已经记住了主要星座的名字；莱文家的孩子能够背诵卫星、行星和附近恒星的名字。从巴里的表情判断，豪尔赫认为他也毫无疑问懂得很多相关知识。那为什么温迪连这么简单的天文学术语都不懂呢？她的父亲应该也是联邦空间局的一位训练有素的航天员啊。

她姓什么来着？豪尔赫不记得她提过这件事了。

"是天文单位，"克里斯说，"指地球与太阳之间的平均距离，是……"

"一个距离单位，"此时，卡洛斯又悄悄来到了温迪身边，把她的注意力从克里斯身上吸引过去，"中间那颗是恒星，准确地说，就是大熊座47。"他指着离恒星最近的那颗行星，"这是狐星……它离大熊座47有0.4AU……后面那颗是渡鸦星，距离0.9AU。"

"它在宜居带上，"克里斯不甘示弱，指着渡鸦星说道，"但人们都觉得它并不适合生物生存……"

"我们其实也无法确定狐星是否真的是一颗行星，"卡洛斯迅速接茬道，"它太小了，所以可能只是一颗比较大的小行星。"

"这无所谓了。"克里斯冲卡洛斯板起了脸，卡洛斯却得意地露齿一笑作为回敬，接着他指着恒星系中的第三颗行星，"总之这就是熊星了……"

"大熊座47b，"温迪突然开口了，"咱们要去的就是那里……更确切地说，是它的第四颗卫星，土狼星，对吧？"

"嗯。它离熊星大概有一百七十万英里。"戴维的声音很小，他以为只有豪尔赫听到了，但温迪却朝着他灿烂一笑，戴维又害羞地低下了头。

"那是土狼星，没错，"卡洛斯说，"它们都是以美洲原住民的神灵命名的：犬、鹰、雕、土狼、山羊……"

"你把蛇忘了。"克里斯嘟囔道。

"你不说我也能想起来。"卡洛斯回答,克里斯瞪了他一眼,其他人都笑了。

豪尔赫意识到,这里并没有他的位置,于是他悄悄退到了一边。其实私下里,他很为卡洛斯感到高兴,因为儿子不仅见到了老朋友,还交到了新朋友。现在只希望飞船上的女孩不止温迪一个,否则男孩们恐怕会为了赢得她的笑容而自相残杀。还是要赶紧跟他聊聊风月之事了……

他穿过军官活动室来到舷窗旁。遮光板已经收了起来,几个大人聚在宽大的窗子前,窥视着太空中的景象。从这个角度看不见多少东西,大熊座47此时仍然是一个遥远的天体,虽然比其他星星都要亮,但它仍在数百亿英里之外。不过所有人都被这颗新的太阳吸引了。熊星位于飞船正前方,因此人们没法透过舷窗看到它,只有等"亚拉巴马号"再靠近一些,人们才能用肉眼看到它的卫星。

还有十二天。在接下来不到两周的时间里,飞船的速度会继续下降,最终进入熊星系统,之后,他们就能知道之前的资料是否正确了。大熊座47b有六颗主要卫星,这一点众所周知,然而,在对"萨根"类地行星搜索者收集的光谱数据进行分析之后,喷气推进实验室的科学家们相信,只有土狼星具有适合人类居住的环境。

但如果他们的估计是错的……

"爸爸,你还好吗?"

现在轮到豪尔赫吃惊了。卡洛斯离开了那群朋友,来到了他身边。"真的很抱歉我丢下了妈妈和玛丽。"他低声说道,"希望你别再生我的气了。"

"没……我没生气。"豪尔赫回头一看,发现其他孩子已经把注意力移回到了壁画上。他注意到温迪依旧是孩子们的中心,而克里斯站在她身边。"以后别再这么干了就好。我不反对你和朋友们一起玩,但是……现在情况不同了。你明白吗？"

卡洛斯点点头。他什么也没说，只是盯着窗外的大熊座47。豪尔赫顺着他的视线望去，却第一次发现了一样之前没有注意到的东西，厚厚的玻璃上出现了一层褐色薄膜，只有在星光射进来的时候才能看到它。他好奇地伸出手指，在舷窗上划了一下，玻璃上留下了一条小小的痕迹，而他的指尖上也出现了一个黑色的污点。真菌？但是怎么可能……

"爸爸？"卡洛斯又一次打断了他的思绪，"我能坦率地问你一个问题吗？"

豪尔赫在裤子上擦了擦手，"当然，你想问什么？"

卡洛斯犹豫了一下，然后压低声音仿佛是在耳语一般地问道："你害怕吗？"

他思索了一会儿。"不，一点也不怕，"他摇了摇头，撒谎道，"一切都会好起来的。"

有人在轻声敲门。在此之前，李一直在看本子上那些手写的文字，已经看了好几个小时了。听到敲门声，他揉了揉眼角。"请进。"他一边说，一边合上了折叠桌上的账簿。

折叠门滑开了。尤德·廷斯利正站在门口，他身后还跟着一个人。"里斯上校要见您，舰长。"执行官说。

"很好。"看到廷斯利从门口让开，李把桌子推到了一边。里斯挤满了整个狭窄的门洞，他立正站在那里，双手紧背在身后。李从他的铺位上站了起来："请进，上校。"

里斯走进舱内，立刻就占满了这间壁橱大小的小屋。李再一次提醒自己，拥有一间私人舱室并不会给他带来什么奢侈享受，他不过只有一张单人床和一面将他与其他人隔开的舱壁而已。这个狭小的空间最多只能装下三个人，还得是三位密友……但里斯显然不在此列。

"就这样吧,尤德。"李说,"你可以走了。"廷斯利不情愿地点点头,滑上了门。"真抱歉,我没法让你坐下,上校,但我只有这一张床……"

"我还是站着吧,长官。"里斯的姿势相当僵硬——双手放在身体两侧,双脚并拢,背部挺直,下巴内收,仿佛又回到了学院的检阅场上。和其他人一样,他也穿着一件蓝色连体衣,不过这衣服在他身上就仿佛一身军装。他没有直视李的眼睛,而是直直地盯着前方,凝视着舰长头顶上方的一处舱壁。

李叹了口气。"稍息,吉尔。我不是要审查你。"他伸手去按对讲机面板,"我正要联系厨房,让他们送杯咖啡过来。你要来一杯吗?"

里斯什么也没说,李把手从面板上拿开了:"随便你,上校。"

"谢谢,长官。"里斯连眼睛都没眨一下,不过有回应就已经很不错了。李坐回铺位上,双手交叉放在肚子上,默默地看着上校。里斯一直也没有往他这边看,李甚至觉得,如果他离开这间船舱,亲自下楼去取咖啡,回来的时候上校还会像这样站在这里。

也可能不会吧,而这种不确定性就是他需要解决的问题了。

"吉尔,你和我算是老相识了,"李开口说道,"咱们有很多共同之处。还记得吗?我刚进学院的时候,你已经是高年级学生了。"没有回应。"我记得,你会毫不留情地欺负我,把我的生活弄得一团糟。我虽然不喜欢被你那样对待,但从未记恨过你。实际上我很尊敬你,现在也一样。"

"谢谢,长官。"

李点点头。"我相当清楚感受是无法互换的。你可能会认为我是个叛徒……坦白讲,你是对的。我偷走了'亚拉巴马号',背叛了美利坚联合共和国。不过在进入生物停滞舱之前,我就和你说过,我效忠的对象……更确切地说,是曾经效忠的对象,并不是政府,而是一种更崇高的权力,是民主的理想。我认为它已经被自由党从美国人民手中偷走了。正因为如此，我……"

"请准许我说实话，长官。"

"批准，我想听听你要说什么。"

"我对你劫持这艘飞船的原因不感兴趣。现在你承认自己是共和国的叛徒，作为共和军的一名军官，我宣誓要忠于国家。因此，我们没有任何共同之处，长官。"

"我不同意。"李又坐直了身子，"现在咱们都在这艘船上。"

"这毫无意义，长官。"

"不，上校，这意味着一切。"李指了指他铺位上方的计算机面板，"看到上面的日期了吗？格林尼治标准时2300年8月27日……虽然按照飞船上的日历，今天是2296年12月7日。不管你怎么算，我们都在两个半世纪前离开了地球。如果'亚拉巴马号'是在美国独立宣言签署的那天发射的，那它要到2006年才能抵达这里。"

"你的意思是？"

李长叹一声："吉尔，我们离家，或者说过去称为家的地方，已经有四十六光年了……要理解这个距离究竟有多远简直太难了，所以让我用不那么抽象的词来给你解释一下。昨天，我让通信员向地球发送了一条信息，告诉接收到信息的人，'亚拉巴马号'已经安全抵达大熊座47星系。在接下来的四十六年里，没有人会收到这条消息……如果他们决定回应，那我们还要等将近一百年之后才能收到回复。"

第一次，里斯眨了眨眼睛。李继续说了起来。"上校，你宣誓效忠的共和国存在于二百三十年前的过去，离咱们有十四秒差距的距离。很难说共和国如今是否依然存在。虽然根据我们的主观感受，'亚拉巴马号'几天前才离开家，但对地球上的那些人来说，咱们已经是历史了。"

尽管里斯固执地维持着之前的姿势，李却注意到他已经把双手蜷缩成了拳头。"虽然你可能仍然认为夺回'亚拉巴马号'是你的责任。

如果我是你,可能也会这么想。毕竟飞船上还有你的四名手下,甚至可能还有一些忠于共和国的船员。"从里斯脸上的表情来看,李知道,这个想法确实曾在他的脑海中出现过。"就算你成功地煽动起了一场叛乱……虽然这不太可能……就算你能让这艘飞船掉头回家……不过这也不现实,因为'亚拉巴马号'是为单程航行设计的……就算你真的成功了,从出航算起,等你到家的时候,时间已经过去五百多年了。"他耸了耸肩。"我希望你没指望靠这个拿一枚勋章,因为你要在路上等很长时间。"

里斯不再像之前那样一直盯着墙了。他垂下了眼睛,与李对视。很难说清楚那双眼睛后面究竟藏着什么,但李还是能看出对方已经开始理解自己的处境了。"上校,你想要阻止我们,我不怪你。"他继续说道,"我再说一遍,如果是我站在你的位置上,可能也会这么做。你这是奉命行事,我很尊重这一点。我给过你们机会,但是你和你的手下拒绝离开'亚拉巴马号'……"

"所以我们成了你的犯人。"里斯的声音很是冰冷。

"现在不是了。"李摇摇头,"很抱歉我不得不把你放在停滞舱内,但是没有别的办法。我不能让你搭乘太空穿梭机返回海格特,因为等我们抵达土狼星之后,需要两艘太空穿梭机。我也不会把你从气闸舱里扔出去,因为那是谋杀。所以严格来说,你们是偷渡者。"他顿了一下,"但是,我希望你能接受现在的处境,加入我们……不管你愿不愿意。"

有那么一瞬间,里斯似乎决定要屈服了。他稍稍放松了一点,嘴角隐隐露出一丝微笑。发现这一点,李立刻从铺位上站起来,准备伸手表示友好。但随后,里斯的表情又变得冰冷,他把视线从李身上移开了。

"谢谢您的提议,舰长,"他说,"我会让我的手下考虑的。"

"这就够了,上校。"至少目前如此。

"是的，长官。还有别的事情吗，舰长？"

"还有一件事……"李低头看了一眼桌子上那张已经变脆了的便条纸。第一次进入房间之后不久，他就在桌子上发现了这张纸。和账簿一样，上面都是吉利斯的笔迹。"你认识飞船上一名叫作埃里克·冈瑟的低级军官吗？他是一名少尉。"

"不认识，长官。"没看出什么明显的异样，"我有什么应该认识他的理由吗？"

李犹豫了一下，"也许没有，我只是觉得你可能见过他。"

"我没听说过这个名字，我现在可以走了吗，长官？"

李点点头，他注意到里斯在转身离开之前并没有敬礼。也不是说李希望他向自己敬礼，上校已经了解了他和他手下那些士兵的立场，这就够了。他们合作与否，都是以后的事情了。

至于冈瑟少尉……情况还有待观察。

上校走了出去，随手关上了门。李松了口气，重新打开了里斯来之前他一直在研究的账簿。这是莱斯利·吉利斯在多年的孤独生活中写下的那部小说的第一卷。这位不幸的船员写满了十三本账簿，第十四本打开着放在他的临时书桌上，他的笔仍然摆在他离奇死亡前未完成的最后一个句子旁边。在其他人阅读账簿里的内容之前，李就先找了两名船员把它们带到了自己的房间。根据李浏览过的内容，吉利斯的作品是一部长篇奇幻史诗小说，讲述了主角鲁普特王子的冒险故事。舰长认为，在环形走廊和军官活动室绘制的壁画中出现的那个年轻人就是这位王子。

然而，他感兴趣的并不是这些。李又一次翻到第一卷的开头两页。与接下来的故事无关，这两页内容似乎是吉利斯以第一人称叙述的，他透过军官活动室的窗口发现了一个明亮的物体——"一颗移动的星星"，他这样描述道。

吉利斯没有给出发现这个异常现象的具体日期——实际上，他似乎煞费苦心地遮住了飞船上所有的天文钟,似乎根本不想知道时间已经过去了多久。但他提到,这件事情发生在他被唤醒后大概六个月的时候。也就是"亚拉巴马号"离开地球差不多九个月之后,那时飞船已经深入星际空间,远远越出了太阳系的最外层边界。

下面就是吉利斯亲手写下的信息:

我不是很确定,但觉得这种可能很大——非常大——我看到的是另一艘飞船。我不知道它从哪里来,也不知道它要到哪里去。我想与它取得联系的所有尝试都失败了,不过这件事不可能有其他解释。也许我很绝望,但那不可能是幻觉,也不可能是自然天体。我知道自己看到了什么。我敢肯定那是一艘星舰。

李又读了一遍,然后,他非常小心地捏住了账簿的前两页,把它们撕了下来。他又花了几分钟把撕纸时留下的纸屑碎片清理干净,然后把撕下来的两页纸对折起来,塞进了书架里,藏在两本操作手册的中间。

他会让其他人去读吉利斯写的奇幻小说,甚至会让人把它扫描进飞船的图书馆子系统。从他目前所读到的内容来看,这似乎并没有什么坏处——只是一位王子在一个陌生的世界里闯荡的故事。孩子们可能会喜欢,然而没有人知道,在孤独的折磨下,莱斯利都看到了什么——或者说他认为自己看到了什么。

目前的情况已经非常复杂了,他不需要这种事情来添乱。

星舰"亚拉巴马号"/ 2300年8月28日(飞船时2296年12月8日)/ 12:06GMT

"女士们,先生们,大家注意了……"

李耐心地等着大家安静下来,但似乎只有几个人听到了他的声音，于是他只好用指关节轻轻敲了敲桌子。"大家注意了，"他又说了一遍，这次声音更大了，"咱们开始吧。"

在人们渐渐把注意力集中到他身上之后，喧哗声逐渐平息了下来。食堂里的人数已经超出了这间舱室的容量，除了几个自愿留在指挥中心值班的船员，"亚拉巴马号"上所有的大人和孩子都出席了这次会议。房间中央的长凳上，所有位置都被占满了，还有一些人靠墙站着，一些人盘腿坐在地板上。有几个人坐在柜台上，还有一个人干脆站在了通往军官活动室的梯子上。没有人觉得这样舒服，毕竟飞船上的食堂根本就不是为将近一百个人同时使用而设计的。

"谢谢大家的到来。"等船舱里安静下来之后，李继续说道。他站在舱室一侧的桌子旁，背后的墙上就是屏幕。坐在两侧的是他的执行团队。"很抱歉，这里太挤了，但没办法。运气好的话，这将是我们最后一次像这样聚在一起……起码在飞船上是最后一次。下次召开全体大会的时候，我们就会有更多的活动余地[1]了。"

一阵阵笑声，还有稀稀拉拉的掌声传了出来。一个蹲在地板上的小女孩——如果他没记错的话，应该是玛丽·蒙特罗——抬头看着她的母亲，抱怨似的皱起了眉头。"他是什么意思？"她问道，"这有什么好笑的？"丽塔冲着女孩嘘了一声，然后把她抱起来，放在了膝盖上。李不禁注意到这位母亲并没有笑。

这里并不是只有她没被逗乐。靠在对面墙上的里斯上校，还有那群围在他身边的手下也都没笑。里斯面无表情地凝视着他，双臂交叉抱在胸前。李注意到，有的人戴上了印有"亚拉巴马号"徽章的棒球帽，不少女性还系上了头巾，几乎所有人都想办法遮住了他们的光头。而士兵们仍在戴着他们的军用贝雷帽。他还发现，平民们给他们

---

1. 活动余地，原文 Elbow room，是一个双关，既可以表示"充足的活动空间"，又可以表示"行动的自由"。

让出了很大一片空间，其中一名士兵将一只脚踩在了长凳上，傲慢地占据了本可以坐一个人的位置。

不行，不能任这种事情自由发展下去。"我看那边还有一个地方可以坐人，"说完，李转身看着站在梯子上的那名男子，指着那把士兵踩住的长凳。"那边还有一个位置，你可以坐到那边去。"然后他和士兵对视了一眼，"我相信没人会介意的。"

梯子上的人犹豫了一下，然后爬下来，朝空位走了过去。士兵瞪了李一眼，但里斯对他低声说了些什么，他不情愿地把脚从凳子上挪开了。那名男子在他面前坐了下来，小心翼翼地没去看他。房间里传来阵阵私语，但李假装没注意。

"我刚刚说过，"李继续说，"我希望这是我们最后一次像这样见面，起码在飞船上是最后一次。预计十二天之后，飞船将抵达目的地。届时，飞船上的时间是2296年12月19日，而地球上的时间则是2300年9月8日。因为我们一直参照飞船上的时间，所以将会采用第一个日期。如果在座各位的手表还在使用地球时间，那请你们重新调整日历。不过为了能准确计时，飞船上暂时还会继续使用格林尼治标准时。"

虽然船员们都点了点头，但许多平民还是面面相觑。李预料到了这一点，而这也正是他召开会议的原因。"很多事情可能都会像这样变得很奇怪，"他说，"只有船员接受了针对这次任务的专门培训，但许多平民……"——他巧妙地避开了那个颇具争议的词，DI——"并没有对可能发生的情况做好准备。"

李从胸前的口袋里掏出了一个遥控器。"这是我们现在所处的位置，"他身后的屏幕上出现了大熊座47星系的三维图像，一个小光点正在狼星的轨道内侧移动，"大约九天后，飞船最终将会接近大熊座47b。"

他又按了一下遥控器，屏幕上放大显示出了这个恒星系统中的第三颗行星,这颗"超级木星"的周围还有好几颗卫星。舰长解释了三颗较近的卫星和两颗较远的卫星的情况。他手下的船员和那些参与"星间飞行"计划的平民科学家肯定早就知道了,但是一些在场的家属和孩子们却未必清楚。

画面继续放大,这次显示出了第四颗卫星的特写。和其他卫星一样,它也是一颗没有什么表面特征的圆球。"这是大熊座47b4,也叫土狼星。截至今天早上,我们对它的面貌还知之甚少……之前了解到的所有信息都是通过红外干涉测量得出的。但几个小时前,我们终于能把导航望远镜对准土狼星了,这就是我们看到的景象。"

他转身面对屏幕,但依旧可以听到身后的反应:有人倒吸了一口冷气,有人吹起了口哨,还有人惊讶地嘟囔了起来。李不禁笑了,虽然画面很模糊,还有些失焦,但这足以激起人们的好奇心。

这是一颗颜色和地球有些类似的星球,就像一颗染成绿色和浅棕色的小球,细长的蓝色线条在球体表面上纵横交错。星球的两极有着明显的白色区域,北极的冰层面积略大于南极,一缕缕朦胧的云层遮蔽了赤道附近的那片区域。在一组延时摄影中,这颗星球正缓缓地绕着自转轴旋转,显露出环绕赤道的一条宽阔的蓝色带子。奇怪的是,这颗星球有点儿像二十世纪初火星表面的照片,正是这些照片使帕西瓦尔·洛厄尔[1]相信,那颗红色星球上居住着一个能够修建运河的智慧种族。

一个新世界。再次转身面对船员和乘客时,李小心翼翼地不让自己的情绪流露出来。

"就是这里,"他平静地说,"这就是咱们历尽艰辛想要寻找的新家园。"

---

1. 帕西瓦尔·洛厄尔(1855—1916),美国天文学家。洛厄尔进一步发展了火星表面存在运河的理论,提出火星上曾存在文明。他还参与组织了搜寻海王星外的大行星(即后来发现的冥王星)的计划。

没等他说完，就有人鼓起了掌，很快其他人也加入了进来。人们站起身来，疯狂鼓掌，竭力欢呼。李看着这间舱室，看到的只有感激、钦佩，甚至是奉承。李感觉脸上有些发热，他不习惯这种场景，也不希望被视为英雄，于是尴尬地移开了视线，却发现手下的高级船员们——夏皮罗、廷斯利、墨菲、冈田都站了起来。连没有参与劫船阴谋、在他们控制"亚拉巴马号"时被武力制服的莎伦·厄尔曼也加入了庆祝。

然而，就算是在这个胜利的时刻，他依然感到，一丝怀疑的声音纠缠着他。他又一次想起了在亚利桑那的那个夜晚，一只饥饿的土狼在他的降落伞做成的"睡袋"周围徘徊，而他被吓得浑身瘫软……

所以他谦卑地鞠了一躬，说了很多次谢谢，同时示意大家坐下。过了差不多一分钟，舱里才安静了下来。这一次，安静是出于尊重。他清了清嗓子，一时间不知道自己还能说些什么，便顺着刚才的话题继续说了下去。

"那就是土狼星。"他说。又有人想开始鼓掌，他举手示意他们安静。"它的直径约为6200英里，周长约19400英里，质量略大于地球质量的75%。所以它虽然是一颗卫星，但体积却非常大……比火星还大差不多30%。正因为如此，它能够维持大气层……"

"但是它能维持生命吗？"有人从舱室后面喊道。

"在过去的几天里，我们已经确认了之前的观测结果。"李摸索着遥控器，把一张参差不齐的条形图覆盖到用望远镜拍摄的图像上，"新取得的数据清楚地表明，这颗星球表面存在水蒸气，而且由于我们在……这里和这里，看到了吗……都得到了二氧化碳和臭氧的吸收峰，这表明大气中氧和氮的浓度可能会很高，因此这颗星球的表面存在产生叶绿素的过程。所以，没错，那里存在生命。这颗星球能够养活我们。"

更多人低声嘟哝着。有几个人闭上眼睛，肩膀放松了下来。坐在旁边的一名女子举起了手问道:"大气压力呢?咱们知道这方面的信息吗?"

"在抵达那里之前还不能确定,但是由于这颗卫星……看它这样子,总之还是把它当行星吧……它的质量和尺寸都比地球小,所以我们可以确信它表面的空气会更为稀薄,可能与地球上海拔较高的地区,比如落基山脉的气压大致相同。最开始,这可能会带来一些问题,起码在我们适应之前会是如此。"更多的人举起了手,但是李立刻摆手制止了他们。"先让我说完吧,然后你们再来提问题。"

他又在屏幕上打开了一个窗口,分栏显示出了更多的统计数据。"幸运的是,土狼星没有被潮汐锁定[1],轨道也距离熊星足够远,因此它能够自己绕轴自转。它的自转周期大约是27个小时,在昼夜交替过程中,它的东西两个半球都可以朝向主星。因为熊星距离恒星2.1天文单位,位于之前公认的宜居带之外,所以土狼星本应该无法维持生命。然而,熊星反射了足够的阳光可以使土狼星大气温度升高,导致温室效应,目前我们已经成功证实了这一理论。"

他指着屏幕说:"我们探测到一个强大的磁场,这表明它有一颗镍铁核……可能还存在地质构造活动,这是件好事。犬星、鹰星和雕星都位于熊星的辐射带内,但土狼星却位于辐射带外,它的磁场和大气层应该能保护我们免受电离辐射的伤害。不过另一方面,它距离熊星的距离也不是太远,因此主星可以吸引大部分流星或小行星,因此也不必担心较大天体的撞击。尽管土狼星绕熊星公转的轨道是圆形,但熊星绕大熊座47的轨道略呈椭圆形。因此土狼星上可能会存在规律的季节变化,再根据它的自转轴没有倾斜,可以推断北半球和南半球的季节应该相同。不过考虑到熊星的恒星周期……它的一年有1096

---

1. 潮汐锁定,指在潮汐力的作用下,一个天体的自转周期和公转周期相同,即这个天体会永远以同一面正对着另一个天体。如月球被地球潮汐锁定。

个地球日,也就是说每个季节都会非常长,平均大约有九个月。这对当地的生命形式会产生什么样的影响,我们还不清楚。"

房间里很安静。所有人都凝视着屏幕,努力理解着上面的内容。"地表引力大约是地球引力的68%。"李继续说道,指着另外一栏,"听起来可能还算不错,但由于那里的大气密度较小,所以我们也并不会因此变得更加强壮。'亚拉巴马号'目前正以0.45G的加速度减速,所以等落地之后,咱们可能会感觉身体变得沉重。我劝大家都按照冈田医生的建议,进行日常锻炼,否则到时候可能连走路都会觉得困难。"

他指着另一列数据。"不过我最担心的还是这个……地表温度。从目前的观测结果来看,赤道附近夜晚的平均温度只有大约40华氏度。"听众那边传来了低低的口哨声,还有几个人摇了摇头,"不过请记住,咱们看到的是土狼星的背面,也就是背对熊星的半球。正面白天的气温可能会暖和得多。此外,由于熊星已转过了整个恒星周期的大概五分之三,土狼星目前正在进入我们可以认为是夏末或秋初的季节。因此,尽管那里正在降温,但不会一直这么冷。"

李切回到最开始的那张图。"我们观察到水系也倾向于支持这一观点。这颗行星上似乎有一套纵横交错的河流系统,没有主要的海洋,只有众多的河流水道……也许有几十条,它们都彼此相连。"他指着环绕行星中心的那条形状不规则的蓝色带子,"所有河流似乎都汇入了赤道上的这条河,这条河在行星的一侧变宽……几乎变成了一片巨大的海洋。这同样需要靠近才能看到。"

他放下遥控器。"总之,这是个好消息。看上去土狼星是宜居的。到那里的时候可能会有点儿冷,但是我们已经为此做好了准备。储藏室里有大量御寒装备,在太阳能发电场建成之前,咱们还可以利用核能热机维持温度。当然,这并不容易,但是我们可以处理好。"

他瞥了一眼汤姆·夏皮罗。大副什么也没说,只是轻轻地点了点头。在他旁边，尤德·廷斯利正低头看着自己交叠的双手。接下来就是最困难的部分了……

"还有一条坏消息，"李的语气变得严肃了起来，"你们很多人可能已经知道了，在飞行过程中，飞船上发生了预料之外的……呃……事件。离开地球三个月之后，我们的一名船员，通信长莱斯利·吉利斯意外从生物停滞舱中苏醒。目前，我们还不清楚为什么会出现这种情况，只知道这是飞船人工智能出现故障导致的。"

在这件事上，他必须撒谎。李比船上的任何人都清楚吉利斯醒来的原因，甚至连夏皮罗和廷斯利都不知道事情的真相。但李并不想让别人知道这件事，起码现在还不想。"吉利斯先生无法再次进入休眠状态，"他继续说道，"他活了三十二年。环形走廊和军官活动室里的壁画都是他的杰作。你们可能也注意到了，一些物体表面，比如窗户上，长了一些真菌。他去世之后，厨房冰箱里留下的食物变质了，因此真菌开始在飞船的某些区域扩散开来。冈田医生向我保证它们没有危害，不过如果接触过它，你还是应该去洗洗手。"

不安的表情逐渐出现在了人们的脸上。流言已经传遍了整艘飞船，但现在，所有人都知道了真相。"在这么长的时间里，莱斯利……吉利斯先生必须生存下来，"李继续说道，"因此他消耗了一些口粮，这些口粮原本是用来让我们在土狼星上活过第一年的。"现在，不安变成了忧虑，甚至是愤怒。"我们清点了剩余的口粮，发现情况很糟糕……飞船上的食品储备下降了百分之三十多。所以剩下的食物并不够我们吃十二个月，可能只能撑八个月，也许更短。"

有人骂了句脏话，还有几个人用手使劲拍着长凳。所有人都在低声议论着。"水和空气呢？"有人问道，"还是说他把这些也都用光了？"

"'亚拉巴马号'的维生系统能够将他产生的废物回收到可供呼吸的空气和水中，不过储备依旧下降了百分之二十。在接下来这两周左右的时间里，空气和水还是够的，但是咱们能待在飞船上的时间大大减少了。总之飞船需要尽快着陆。"吉利斯消耗掉的其他用品：衣服、纸笔和艺术用品，以及汤姆不情愿地承认是他偷偷带上飞船的酒，已经没必要再去提了。"我们长期面临的主要问题还是食物短缺……"

"但是七八个月……"豪尔赫·蒙特罗耸耸肩，"应该够咱们过日子了，对不对？起码足够活过开始的这段时间了。"

"没错，食物能撑一段时间……但是等把它们都吃完，就已经是冬天了。我刚刚也说过，那里的季节有地球上的三倍那么长。就算定量配给，咱们仍然会面临严重的物资短缺。"李耸耸肩，"其实也没什么区别。就算那部分物资没有被消耗，食物的短缺也不可避免。定量配给只是一种预防措施。这一切都意味着咱们必须尽可能缩短勘察时间，把移民地建好之后就立即开始耕作，同时祈祷在冬天来临之前，天气足够温暖，能培育出足够的粮食。"

他又拿起遥控器，屏幕上显示出了"亚拉巴马号"的示意图。"根据飞船的设计，货舱和居住舱可以从飞船上投放到行星表面，"他指着围绕中心舱的七个圆柱体，"在接下来的十天里，我们会做好准备，将必要的物资转移到太空穿梭机上。等到第十一天，我们会先派出一支先遣队，乘坐其中一艘太空穿梭机前往土狼星。夏皮罗先生将领导这支小队。"

大副举了一下手，舰长朝他点点头，然后继续说道："他们这支队伍将负责寻找合适的着陆点，并确定这颗星球是否能供人类居住。到时候，'亚拉巴马号'将进入低轨道。如果一切顺利，第一批移民者将在第十二天启程，使用另一艘太空穿梭机与先遣队会合。等建立好大本营之后，第一艘太空穿梭机将返回'亚拉巴马号'接上第二批移民者。随后，第二艘太空穿梭机将返回'亚拉巴马号'，接上包括我在内的剩余船员。而在此之前，我们将会把那些舱室抛下去，驾驶飞船进入一条永久性的高轨道。"

"如果土狼星不适合呢?"一位女子问道,"我是想问,如果先遣队发现咱们没法在那儿居住,那该怎么办?"

"理论上,移民者们将重新进入生物停滞状态,而船员会继续研究其他选项……要么返回地球,要么前往其他恒星系,寻找可能适合生存的行星。"李犹豫了一下,最后决定说出真相,这对所有人来说都是最好的选择,"但是实际上,这两种选择都不可行。'亚拉巴马号'没有足够的储备燃料达到推进速度,如果没法加速到光速的百分之二十,聚变冲压发动机就无法以最高效率工作。我们没法回家,也不知道航程内是否有其他恒星系拥有适合人类生存的行星。换句话说,这是孤注一掷的机会。"

人们在座位上紧张地挪动着身体,迷茫地互相张望着。李等了一会儿,让人们充分消化他刚才说的每一句话,然后继续说道:"这意味着我们必须齐心协力取得成功。你可能有不同意见……但无论你是否曾积极参与夺取这艘飞船,无论你曾经是DI还是自由党党员……你都要把这些放在一边,把它们忘掉。那都是过去的事了。现在咱们都在同一条船上。"

他想再多说一些,但现在还不是时候。也许还是等登上土狼星再说吧……"好了,先就这样吧,"他说,"廷斯利先生会草拟第一支和第二支登陆小队的名单。两支小队要人数相同,但除非必要,我们不会把家人拆散,所以如果大家有什么具体需求,请去找他。如果有进一步的问题,来找我或夏皮罗先生。"他又等了一会儿,然后举起双手。"很好,散会。"

李离开了桌子旁,船员和平民们也都站了起来。在他周围,人们又聊了起来,声音越来越大。有些人往梯子那边去了,有些人过来找他和夏皮罗。有个人因为听到了一个没听过的笑话正放声大笑,其他几个人也跟着笑了起来:这是个好兆头,起码他希望如此。

舰长警惕地朝舱室对面看了一眼,瞥见了里斯上校。他的手下聚在他周围，看起来他们正在低声讨论。至于在讨论什么，李就不知道了，他只能祈祷里斯在跟他们讲道理。舰长拿起了遥控器，转身面对一名等着和他说话的女子。

就在那一瞬间，他感觉有道目光穿过人群直直地朝他射了过来。那是一名年轻的少尉，三十多岁，戴着"亚拉巴马号"的帽子。

是埃里克·冈瑟，李立刻认出了他。发现吉利斯在他房间留的那张纸条之后，舰长在船员记录中找到了这个人的资料。他加入联邦空间局没多久，发射前几个月才被分配到"亚拉巴马号"上，是维生团队的成员。在此之前，李只简短地见过他一两次。

在那一瞬间，他们四目相对，从对方眼中，李看到的只有厌恶和无情的仇恨。然后，冈瑟转过身，融入了人群。李再想找他时，却已经找不到了，有太多的人挡在了面前……当然，冈瑟也并不想被舰长找到。

李控制住忧虑，把注意力转向那个等着和他说话的女人。不过，他再次听到了一只爪子落在卵石上的声音。

星舰"亚拉巴马号"／2300年9月8日（飞船时2296年12月19日）／09∶12GMT

太空穿梭机在航程中安然无恙，这让所有人都松了一口气。过去的两天里，门罗机电长手下的工程师一直在检查"杰西·赫尔姆斯号"和"乔治·华莱士号"。他们进入太空穿梭机查看航电系统的状况，并进行舱外活动以确认机身完好。在"亚拉巴马号"离开地球之后不久，两艘太空穿梭机都排空了燃料；昨天，人们把氢燃料重新装进了燃料箱，还对机上的核引擎进行了试验。经过近四十八小时昼夜不停地准备，达娜报告说，太空穿梭机已经具备了安全飞行条件，做好了降落到土狼星上的准备。

汤姆·夏皮罗选择"赫尔姆斯号"执行这次勘测任务，之前他正是驾驶这艘太空穿梭机从梅里特艾兰飞往海格特船坞的。之所以选择它，不仅因为他对这艘太空穿梭机的操纵方式更为熟悉，还因为他希望再次驾驶它降落在一个新世界，为自己这趟旅程画上句号。在太空穿梭机通过门罗团队的检查之后，出发前一天晚上，汤姆在驾驶舱里待了几个小时，重新熟悉了控制装置，并演练了所有人都不希望派上用场的紧急程序。然而傍晚时分，他突然冒出了一个新的想法，却并没有和其他人说。

一直到"赫尔姆斯号"离开"亚拉巴马号"之前几分钟，李才终于知道汤姆的想法是什么。当时，他正在H5甲板上的舱外活动准备舱里和大副讨论最后的细节，一名船员出现在了通往主通道的舱口处。在过去的十一天里，"亚拉巴马号"已经几乎失去了全部前进速度，磁化帆已经瘪了下去，客舱甲板也已经恢复了微重力状态。那名船员头朝下滑进甲板的时候，李注意到他拖着一个尼龙袋，里面塞着什么东西。

汤姆把视线从他和李一直在查看的平板上移开，冲着那位把身体推向二人的机组成员微笑："啊哈，巴利斯先生……你找到了？"

"是的，长官。"巴利斯紧张地看了舰长一眼，把那个没有重量的袋子递给了夏皮罗，"真抱歉，我来晚了。它本来就在货舱里，但人们把里面的东西搬来搬去的，我没法……"

"没关系，能找到就好。谢谢。"夏皮罗接过袋子，转身把它递给另一名等候在对接环敞开的舱口旁的船员，"勒马尔先生，如果你能把它安全地放好……"

"等一下，汤姆。"李伸手拦住了袋子，"我很好奇，你让巴利斯先生帮你找什么去了。"

夏皮罗皱起了眉头，但也没做争辩，把袋子交了出去。从眼角的余光里,李可以看到夏皮罗领导的这支小队的全部成员——汤姆和副驾驶员金·纽厄尔中尉、伯纳德·凯莱博士以及詹姆斯·莱文博士,他们都身穿航天服,胳膊下面夹着头盔。几乎所有人都觉得他们在抵达地面之后并不需要这样的装备,但冈田邦子坚持要求他们遵守联邦空间局制订的首次着陆规程,作为医务长,她有最终决定权。穿着笨重的航天服,凯莱和莱文看上去不怎么舒服——作为普通的科学家,他们之前从来没有穿过这种装备,李注意到,他们也和纽厄尔中尉一样,对那个袋子大为迷惑。

夏皮罗耐心地等着舰长解开系带,检查里面的东西。李本就预料到自己可能会看到从酒水储备里拿出来的一瓶加州香槟,所以当发现自己的怀疑是正确时,他并没有觉得惊讶。大部分烈酒都被莱斯利·吉利斯喝光了,但带香槟上船本来就是汤姆的主意,所以大副从仅存的几瓶香槟中拿走了一瓶,李也不会有什么怨言。不过袋子里还有一个大金属罐,舰长把它拿了出来,仔细观察着:是半加仑[1]红色防水涂料,本来打算用来建设永久居住区的。袋子里还有一把四英寸宽的刷子。

李抬起头:"你是想在着陆点上画一个叉?"

"也许是吧,长官。"夏皮罗的表情并没有什么变化。

李又等了一会儿,希望听到对方更为合理的解释,但并没有等到。于是他把罐子塞回了袋子,拉紧系带。"走吧,出去吧。"他喃喃地说,"给我们剩下的人留点……我是说香槟。"

夏皮罗笑着从他手中接过袋子。"说真的,汤姆,"李补充道,"绝对不要冒险。如果遇到了什么麻烦,先保护好自己,然后呼叫我们,告知你遇到的状况。"

汤姆脸上的笑容消失了,他严肃地点了点头,"你知道我会的。"

---

1. 1加仑约等于3.785升。

然后他转身面向他的团队,"行啦,咱们走吧,有颗行星等着咱们呢。"

"这其实是一颗卫星。"凯莱看着夏皮罗进入对接环,低声嘟囔道。纽厄尔向舰长正式地敬了个礼,而李也在她跟着夏皮罗穿过狭窄的舱门前回了一个礼。尽管不想表现出来,李还是对她的动作充满了感激。和汤姆不同,金·纽厄尔并没有参与这起阴谋。李查看了她的档案,发现她其实是自由党党员。显然,为了这次探险,她决定抛开政治分歧。另外,她和汤姆曾经是学院的同学,这层关系可能也起了作用。

吉姆·莱文犹豫了一下,似乎还在重新考虑自己是否应该作为这支队伍的外星生物学家参与行动,随后他低下头,跟着纽厄尔冲进了舱口。凯莱等到他的朋友完全在视线中消失之后,才笨拙地先把脚伸了进去。他的头刚刚消失,勒马尔就关上了舱门,把它锁好了。

李把自己推向舷窗,凝视着停在固定架中的太空穿梭机。几分钟之后,他看到夏皮罗和纽厄尔出现在了弹头驾驶舱的玻璃罩里,舱内的灯亮了一会儿,然后又暗了下去。太空穿梭机的鸥形翼从对接位置展开,露出了安装在机身尾部上方的两台吸气式冲压发动机。李默默地从六十开始倒数。在还有十秒钟的时候,固定架放开了太空穿梭机。几秒钟后,机动推进器那里火焰一闪,"赫尔姆斯号"从固定架上腾空跃起,留下了一条由尘埃和固态氧构成的闪闪发光的尾迹。

太空穿梭机从"亚拉巴马号"上脱离开来。接下来的几秒钟里,它逐渐从人们的视野中消失。机身上的机动推进器还会不时地亮起火焰,最后主引擎点火,"赫尔姆斯号"飞走了,突然消失在了"亚拉巴马号"的船体下方。

李在舷窗旁又待了一会儿。随后,他不情愿地转过身,推着自己朝主通道前进。

太空穿梭机"杰西·赫尔姆斯号" / 2300年9月8日（飞船时2296年12月19日） / 10∶48GMT

太空穿梭机从黑暗中驶来，穿过晨昏线，在黎明中飞驰，最终出现在了这个新世界的上空。在降落的过程中，一条清晰的直线从弯曲的地平线上升起，仿佛一条直入太空的银丝；几分钟后，熊星进入了视野，那是一颗如同知更鸟蛋般蓝色的巨大球体，一道光环将这颗"超级木星"一分为二。

"你看到了吗？"纽厄尔低声说道，语气中带着敬畏，"这难道不是你见过的最不可思议的东西吗？"

"嗯，真漂亮。"夏皮罗几乎没有抬头，而是一直盯着左侧座位前方的控制台。土狼星和它的主星填满了驾驶舱的窗子，但是现在，他不能分心。他听到身后传来了莱文和凯莱的窃窃私语，这两位科学家也许有幸能够欣赏这幅壮美的景象，但他们并没有这么做。"低头，中尉。大约六十秒后我们就要进入大气层了。"

"是，长官。抱歉。"纽厄尔不情愿地把注意力转回了仪表台的数字显示器上。"高度四十万零五百英尺，时速一万七千英里。滚转角，零；偏航角，零；俯仰角，二十五度。"

"收到。"夏皮罗轻轻拉回操纵杆，将机头向上调整到适合下降的角度。他看了一眼飞行姿态指引指示器[1]，八号球处在正确的位置，十字线的水平线和垂直线正好交叉在黑色部分上方三十度的地方。他敲了敲耳机的麦克风，"'亚拉巴马'，我是'赫尔姆斯'。我们已经穿过

---

1. 飞行姿态指引指示器，飞机上用于向飞行员报告飞机相对地平线姿态的一种飞行仪表。它表明飞机的俯仰（前后倾斜）和偏转（向一侧倾斜）状况，是飞机在仪表气象条件下飞行的主要工具。阿波罗计划中的航天员给这种设备起了个昵称，叫作"八号球"。

晨昏线，准备进入大气层。四十五秒后信号丢失。完毕。"

过了一会儿，对方发来了一段简洁的回应："收到，'赫尔姆斯'。完毕。"再过几秒钟，太空穿梭机将进入土狼星的电离层，届时他们将失去无线电通信。当然，这也是预料之中的事情，不过夏皮罗仍然感到自己的胃抽搐了起来。"安全绳"就要消失了，接下来，他们只能靠自己。

现在，熊星几乎完全升上了土狼星的地平线，看起来仿佛宇宙中根本不可能有这么庞大的东西似的。夏皮罗故意移开了视线，把注意力集中在下方的行星上。地平线几乎完全变成了一条直线，透过云层的缝隙，他可以看到一片广阔的棕色大地在下方铺展开来，蓝色河道在上面错综复杂地交错着，还有一条宽阔的蓝色带子沿着大地中心蜿蜒前行。这里没有大洋，只有一些银蓝色的斑块，可能是内海或大湖，它们也都被迷宫般的河道连接着。这是一座河流世界。

"地面轨迹。"

"北一零，西北一六零。就在赤道上方。"纽厄尔研究着描绘土狼星表面的数字地图。这张地图是几天前利用雷达成像绘制的，虽然不是很详细，不过已经是他们手中最好的地图了，"高度三十八万英尺，速度……"

她的话突然被机身底部传来的撞击声打断了。夏皮罗听到凯莱发出了惊恐的尖叫。"你们把安全带系紧了吗？"他朝后喊道，但眼睛还是盯着仪表，"可能会很晃。"

"没事，"吉姆·莱文说，"别担心我们。"

"只是确认一下，"夏皮罗已经看到机头处开始出现一圈橙白色的光环——"赫尔姆斯号"正在进入大气层。又是一声巨响，然后是令人厌烦的突然坠落。根据八号球的指示，他们的降落轨道有点儿太陡了。为了弥补这一点，他继续拉动操纵杆，姿态指示器上的角度向上移动了不到三度。当太空穿梭机的翅膀切入稀薄的空气，他感觉到机身仿佛在上升,却丝毫不敢放松。下面的景色看起来很美,但要是撞出一个坑把它毁了就太可惜了……

就这样,他们继续向下落去,一层过热空气包裹住了机身,使得驾驶舱的窗户变得不透明了。机身的外壳在轻轻地嘎吱作响,纽厄尔每隔几秒钟就会喊出一个数字。夏皮罗一直抓着操纵杆,他感觉自己的手腕开始疼了。

过去的几分钟显得格外漫长,接着,橙色的阴霾渐渐消散,突然之间,他们进入了晴空之中:头顶上是一片深蓝色的天空,下面是一片辽阔的土地。他们和地面之间只有几片云,几片层积云,仅此而已。熊星重新出现了,它仍然高悬在天空中,但现在似乎显得没有那么近了,表面的蓝白色也被大气层淡化了一些。

"高度十八万英尺,"没等夏皮罗问,纽厄尔就报告说,"速度八千三百英里每小时。"

"切换到冲压发动机,"夏皮罗朝两人之间的控制面板伸出手,按下双排切换按钮。吸气式冲压发动机启动,太空穿梭机剧烈地晃动了一下。他转头望向左边,透过窗子向外张望。左侧主翼翼尖和尾翼拉出了白色的尾迹。他关掉了主引擎,瞥了一眼纽厄尔,她脸上已经没了血色,但还是冲他无力地笑了一下。

"'亚拉巴马',我是'赫尔姆斯',"他大声说,"能否收到?完毕。"

"收到,'赫尔姆斯',收到。"这次通信的声音很清晰,没什么杂音,"很高兴又听到了你们的声音。报告目前位置。完毕。"

纽厄尔查看着面板:"方位……啊,北一二度,西北一三八度。"

"所有系统正常,'亚拉巴马'。"他扫了一眼各种设备,"燃料剩余百分之五十一。"

"收到,地形如何?完毕。"

夏皮罗把手伸向通信面板,打开了机首摄像头。"亚拉巴马号"上的飞行团队现在应该能够接收到图像了，但是他们还是依赖于他的第一手判断，所以他透过驾驶舱的窗户向外张望。右手边是土狼星上那条蓝色的赤道河，河面非常宽阔，以至于在某些地方，河的南岸甚至都消失在了地平线外。正下方和左边是坚实的地面，他们似乎正在一块小小的大陆上方，一条参差不齐的山脉从河的北岸一直向西北延伸到了远方的群山之中。东边似乎有一片冲积平原，从山脉脚下延伸出去。不过，他并没有怎么注意那片高原。因为在那片区域，货舱从轨道上坠下来的时候，温暖的上升气流可能会造成麻烦。

"这边不怎么样，附近都很陡，我不……"

"长官？"纽厄尔指着前方，"看那儿……十一点钟方向。"

夏皮罗朝那个方向望了过去。在这片大陆的边缘，一条宽阔的河流注入了赤道河。不过，越过三角洲，他似乎看到了一片巨大的齿形大陆。那边没有山，至少从他们现在的高度看不到山，但是随着距离渐渐拉近，他只能看到另一条河从远方流过。那是一座岛，不过面积很大。他估计了一下，认为这座岛有几百英里长，最宽的地方宽度差不多是长度的一半。

"稍等，'亚拉巴马'。我们可能有所发现。接下来进行近距离观察。"他把驾驶杆向左转了几度，机头向前倾斜，降低高度，同时稍稍转向东北方向，地平线向一边倾斜；过了一会儿，太空穿梭机恢复水平，但还在继续下降，他把手伸向中央面板，抬起副翼。

现在，他们在五万五千英尺的高空，以每小时五百英里的空速前进。夏皮罗再次望向窗外，仔细观察着前方的小岛。正如他预料的一样，之前发现的两条河在小岛北端的一处狭窄的地点汇合，这让它与他们早些时候发现的大陆，以及东面和东北面的另外两块大陆分离开来，小岛的南边就是那条赤道河。

"'亚拉巴马'，你们看到了吗？"他问道。

"看到了，'赫尔姆斯'，"他听出了李的声音，舰长从通信官那里接过了麦克风,"把你看到的情况告诉我们。"

"这是一座岛,舰长……或者说是一片次大陆。我觉得它大概有七百英里长,中间有三四百英里宽。地形不错,看起来很平坦……没有山脉,没有火山……有四五条主要河流从西北向东南穿过,两端汇入西侧和东侧的主要河流。"

"听起来似乎还不错,其他成员怎么说?"

夏皮罗转过身去叫莱文和凯莱,却惊讶地发现两人已经解开了安全带,来到驾驶舱前,蹲在驾驶员和副驾驶员的座位之间。莱文摸着自己的麦克风说:"我同意夏皮罗指令长的判断,舰长。它是一座相对孤立的岛屿,但对咱们来说已经很大了。但愿河里都是淡水。"

"我觉得难说。"凯莱似乎持怀疑态度,"我们可以沿着河道干流继续向东飞行,看看还能发现什么。"

"咱们现在的方位是西九二,北一二,"纽厄尔研究着她的地图,"因为这里是赤道上方,差不多在西半球的中心。在零一零和零一一零的地方可能会有更多的岛屿,但我无法确定。"

夏皮罗检查了一下燃料表,发现燃料还剩百分之四十二。这些燃料还足够他们依照凯莱的建议继续飞行,而且"赫尔姆斯号"应该能利用大气中的氢来自己补充燃料。不过这样一来,就得让太空穿梭机先着陆。如果出于某种原因,机上的燃料转换器出了问题,他们恐怕就没有足够的燃料紧急返回"亚拉巴马号"了。

纽厄尔仿佛读出了他的想法,她指着地图,举起两根手指,然后握拳三次。"我不同意,舰长。"夏皮罗说,"我们离零一零还有两千英里,我不希望消耗过多的燃料。我赞成在这里着陆。"

当然,这只是他的想法,不过纽厄尔也点了点头,莱文竖起了大拇指。凯莱犹豫了一下,最后不情愿地点头同意了。"我们同意,'赫尔姆斯',"李回答道,"你们降落吧。我们会继续在轨道上展开调查。完毕。"

"收到,'亚拉巴马'。开始最后阶段的下降。完毕。"他关掉耳机,回头看着两位科学家,"系好安全带。咱们要降落了。"等到莱文和凯莱回到乘客舱,夏皮罗转头看着纽厄尔。"好吧,金,"他低声说,"假装我们还在模拟器里……不过这回没有第二次机会了。"

她咧嘴冲他一笑:"你是说,如果我能让咱们安全降落,没有坠毁,你就请我喝啤酒?"

"什么坠毁?"凯莱在他们后面问。

纽厄尔紧闭着眼睛,低声嘀咕了句什么。"没什么,伯尼,"夏皮罗回答,"一个糟糕的笑话。"

完成了最后一次系统检查之后,夏皮罗操纵飞机向右倾斜,然后把操纵杆向前推,让太空穿梭机绕着大圈盘旋着向下降落。机翼深深地切开了厚厚的空气;他听到风呼啸着掠过机身,感觉手中的操纵杆在颤抖。他有过几十次降落太空穿梭机的经验,但在此之前,他总是非常清楚要降落的具体位置:梅里特艾兰、加州南部或德州西部的机场跑道,那里总会有双排着陆信标,还有地面管制员那镇定的声音引导他着陆。

正因为如此,这次降落让他感觉如此不真实。夏皮罗几乎当了一辈子的驾驶员,他第一次飞行的时候只有十四岁,当时他爬到了他叔叔自制的超轻型飞机的操纵杆后面,驾驶着那架飞机。但他从未见过如此空旷的地方。大片的土地看起来像是广袤的草原,茂密的树林之间流淌着迷宫般的溪流,但地面上没有道路,也没有犁过的田地,更没有任何建筑。就算从地球上最偏远的沙漠上空飞过,也总能找到一些人类居住的迹象,哪怕只有一条土路。但这里什么都没有,只有一片荒野。他其实早就知道土狼星上根本无人居住,但亲眼看到这样的场景还是感觉很不一样。

在三千英尺的高度,他顺着一条朝东侧河道延伸的低矮山脊飞行,然后向西北方向转弯,沿着一条蜿蜒穿过沼泽的狭窄河流飞向内陆。纽厄尔原本正在向他报读着各种数据，却突然屏住了呼吸，就在那一瞬间，他们瞥见了一种看起来很像鸟的生物正从他们下方飞过。它长得完全不像地球上的鸟，更像是鹰和小翼龙杂交的品种。不一会儿，它就消失了，夏皮罗只能忍住不要伸长脖子去看它飞向了哪里。

"你看到了吗？"纽厄尔把眼睛瞪得大大的。

"嗯。"夏皮罗冲他的副驾驶员露齿一笑，然后朝控制台点点头，"行啦，注意你的控制台，否则你就得请我们喝酒了。"

他们现在已经向内陆飞行了近三十英里。这里地势非常平坦，连一座小山都没有，只有被河流分开的厚草地。"这地方看起来不错。"夏皮罗说，纽厄尔也点头表示赞同。于是，他摸了摸耳机上的麦克风说道："'亚拉巴马'，我是'赫尔姆斯'。准备着陆。完毕。"

"收到，'赫尔姆斯'，祝你们好运。完毕。"

夏皮罗把引擎节流阀调到最低，然后启动垂直起降发动机。太空穿梭机几乎停在了半空中，机身颤抖起来；接着机首向上一抬，然后回到了水平位置。他稍稍往前推了一下操纵杆，瞥了一眼八号球，发现它们处于完美的水平状态。"放起落架。"他说。纽厄尔伸手按下一排开关。伴随着一阵摩擦声，起落架从底舱展开了。"好，咱们慢慢来……"

太空穿梭机缓缓朝下面的草原下降。纽厄尔念着高度计的读数——1000、900、800、700——而夏皮罗把右手放松地搭在操纵杆上，随时准备去抓节流阀，一旦出现任何问题，就马上爬升回到更高的高度上。但是这种情况并没有发生。距地面400英尺，他加大了垂直推力；在200英尺的高度，他又把推力提高了一点。透过驾驶舱的窗户，他可以看到高高的草丛从身边伸展开来，它们都快被喷气式引擎喷出的气流压平了。

"100英尺……90英尺……80英尺……"

他感到嘴巴发干。夏皮罗舔了舔嘴唇，祈祷自己不要掉进沼泽

155

里。然而在草丛间,他看到了似乎是干燥的地面;这给了他信心,于是他操纵太空穿梭机继续下降。

"30……25……20……"

一丛丛的草和深棕色的泥土在驾驶舱周围飞起,杂乱无章地溅在玻璃上。有些看起来像是小蚱蜢的东西从前面的玻璃上掠过,然后从侧面滑了下来。就算在这个时候,夏皮罗还是不禁想到,肯定有许多代的外星生物学家愿意为了这样的经历出卖自己的灵魂。

"15……10……9……8……"

"好了,金,"他低声说,"接下来就交给我吧。"

仅仅靠着对太空穿梭机的感觉,他本能地把节流阀拉到了几乎垂直的位置上。强烈的轰鸣震动着座位里的他,接着是轮子碰到地面时发出的沉重的撞击声。

"落地。"他把节流阀稳稳地推进了锁定位置,"引擎熄火。"太空穿梭机在起落架上摇晃了一会儿,然后停了下来。"所有系统正常。"他一边说,一边查看着仪表板。"关闭引擎。"纽厄尔遵循他的指示,关掉了垂直起降发动机;她瞥了他一眼,微微点了点头。夏皮罗长出一口气,摸了一下麦克风。"'亚拉巴马',我们着陆了。"

等了几秒钟没有回应,这比收到"亚拉巴马号"声音通信传过来的时间要长。一时间,夏皮罗怀疑他们是否失去了信号,然后他听到身后传来凯莱和莱文声嘶力竭的欢呼声。飞船上肯定也是同样的反应,不过他只能想象指挥中心的情景,船上的其他人可能还不知道。

"'赫尔姆斯',我是'亚拉巴马'。"接着,他听到了李舰长的声音,不过声音很小,背景里还有很多噪声。"我们收到了你的信号,得知你们已安全着陆。谢谢你,汤姆。这里所有人都露出了笑脸。"

夏皮罗先是看了看纽厄尔,然后又看了看莱文和凯莱。"这里还有四个人呢,舰长。我想……"

他长时间的犹豫甚至引起了纽厄尔的注意。"我想那些清教徒们也会很高兴的。"他总结道,"我们会保持联系。'普利茅斯[1]',完毕。"

纽厄尔疑惑地看了他一眼,"普利茅斯?"

他关掉了无线电,没有回答。让她纳闷去吧……

根据联邦空间局制定的首次着陆任务规程,他们应该戴上头盔,给航天服加压,然后利用位于乘客舱后部的气闸舱离开。然而,就在他们准备下机时,只要看看人们的表情,夏皮罗就知道没有人喜欢这个主意。一方面,气闸舱一次只能容纳两个人,莱文和凯莱必须要在机上再多待十分钟,等待气闸舱完成空气循环,然后才能前往地表与他和纽厄尔会合。

其次,这是一颗有氧氮大气层的星球,他们还有穿舱外活动装备的必要吗?虽然吉姆·莱文指出,空气中可能充满了微生物,而他们对这些微生物没有天然免疫力,但一向谨慎的伯尼·凯莱却反驳说,他们这些移民者迟早要面对这种风险,所以最好先把微生物这个问题克服掉。

结果,夏皮罗作出了最后的决定:他们要赌一把,通过前舱口离开太空穿梭机。正如所料,没有人对此提出异议。于是,他们花了几分钟的时间费力地脱下了笨重的航天服,接着,纽厄尔转动着打开了地板上的舱口轮盘锁。

先是砰的一声响,紧接着,加压舱内的空气从敞开的舱口涌了出去,发出的嘶嘶声持续了很长时间。夏皮罗打开舱口上方涂着红白色警示条纹的面板,扳动一对开关,按下一个橙色按钮,随后登机坡道在气动千斤顶的作用下轰隆轰隆地展开了。人们面面相觑,犹豫不决,似乎在等着看谁要首当其冲去送死。

---

[1] 普利茅斯,位于美国马萨诸塞州的一座城市。1620年11月,"五月花号"带着一群受英国迫害的清教徒抵达普利茅斯,建立了移民地。

"来吧,"夏皮罗平静地说,"咱们去看看下面有什么。"

他带路走下了斜坡,靴子沉沉地踏在金属台阶上。机身发出轻轻地咔嗒声,散发着穿过大气层时积蓄的最后一丝热量,垂直起降发动机的气浪把周围的草丛压平了一大片。他观察到,前起落架已经陷入地面好几英寸,轮胎和轮箍支架上溅满了泥土。

夏皮罗在斜坡底部停下了脚步,转身看向其他人:"有什么能青史留名的句子吗?谁能想起什么来?"

"'这是我个人的一小步[1]……'。"伯尼刚开口,纽厄尔和莱文就都笑了起来。

"这句有人说过了。"不知道还能说些什么或是做些什么,夏皮罗走下了斜坡。

地面很是坚实,但潮湿而松软。又往前走了两步,他感觉自己的双脚都落在了地上。他慢慢地从机身下面走了出来,感受着脸上温暖的阳光。他深深地吸了一口气,空气很稀薄,一时间,他感到有些头晕,仿佛站在高山上似的。然而,他却能闻到属于夏季的那种浓郁气味:阳光炙烤下的草地,清晨的露水,还有新鲜的泥土。

他转过身,把一切都看在了眼里。黄褐色的草茂密丛生,一望无际,足有他肩膀那么高。成群的小昆虫聚集在草丛的上方,仿佛白色的尘埃。几十米之外,有一小簇棕色的植物,长得很像洋葱,却有健身实心球那么大。它们细长的茎秆尖端顶着鸢尾花一样的紫罗兰色花朵。远处,他可以看到一片树林:在扭曲的黑色树干上,粗大的黑色树枝向上向外伸展开来,树顶却是扁平的,就好像一大株日式盆景。

他回头望向太空穿梭机,却看到了熊星正悬在西边的地平线上,他不由得屏住了呼吸。那是一颗占据了半边天空的蓝色半球,比他见

---

1. 1969年7月20日,美国宇航员阿姆斯特朗(1930—2012)搭乘的"鹰号"着陆舱降落在月球表面,这是人类首次登月成功。这句话是当他踏上月球表面时所说的名言:这是我个人的一小步,却是人类的一大步。

过的任何一座山都要大。大熊座47比地球上的太阳要小，亮度也只有那颗太阳的一半，它从东方升起，在熊星的光环上投下银色的光晕，直到环的边缘消失在深蓝色的天空之中。

这里很安静，暑气还没完全退去，只有拂过草地的微风带来的一阵阵轻柔的沙沙声，带有节奏的颤音听起来就好像蝉鸣，只是音调更低。他又一次意识到，这个地方从来没有感受过人类的存在。刚刚有人提议他引用尼尔·阿姆斯特朗的名言，但其实那句话并不合适，因为那是在月球上说的，而月球一直在俯瞰着地球。虽然土狼星和他的家园有些许相似之处，但这里并不是地球……

突然传来啪的一声，跟着一句含糊的脏话。夏皮罗环顾四周，发现伯尼·凯莱正把他的手从脖子上拿开。"该死的蚊子！"然后他更加仔细地检查了一下自己的手，扬起了眉毛，"也许不是蚊子。你们应该看看这家伙的翅膀……"

第一类接触。夏皮罗笑了笑，但没说什么。

"我想现在应该把医药箱拿出来了。"莱文朝太空穿梭机走了回去。所有人都接种了疫苗，但冈田告诉他们，不要冒险。"你把它放在哪里了，指令长？"

"在后面的网子里，箱子上画着一个红色十字。"夏皮罗跟着莱文往太空穿梭机走去，却感觉到一只柔软的手紧紧抓住了他的手腕。他转过身，发现纽厄尔站在他身旁。也许她一直都在那里，只是他根本没有注意到。

"别担心。"她轻声说，"他能找到的。"接着，她把头向后仰，温暖的阳光照在她那黑色的短发上。已经不是第一次了，夏皮罗注意到金·纽厄尔非常漂亮。"哦，天啊，你敢相信吗？这里就像伊甸园一样……"

他差点儿大笑起来："无意冒犯，但要知道，这可是书中最糟糕的陈词滥调……"

"是吗?"她腼腆地笑了笑,"你说的是哪本书?"

当他还是个小孩的时候,就读过很多糟糕的故事。他刚想回答,又重新考虑了一下。"算了。我改天再告诉你。"他轻轻地把胳膊从她的手中抽出来,尽量让自己显得不是很无礼,"我想咱们最好先通知'亚拉巴马号',让他们知道我们很安全,然后看看哪里适合安营扎寨……中尉?"

"当然。"纽厄尔身上那股浪漫劲儿消失了,现在她又成了一名船员。她脸涨得通红,走到了一边:"抱歉,长官。我不是故意的……"

"别担心,"他差点让她不要再提这件事了,但又不想让她真的这么做,"咱们还是先去完成任务吧。"

"当然。"她犹豫了一下,"不过还有个问题。你与'亚拉巴马'结束通信的时候,报的身份是'普利茅斯',而不是'赫尔姆斯'。这是什么意思呢?"

夏皮罗耸了耸肩。"和你把这个地方叫作伊甸园一样。"她又露出了微笑,不过这一次她的眼中还有一丝迷惑。夏皮罗朝着太空穿梭机一歪头,"先把我带来的油漆罐拿过来,之后我再告诉你。"

星舰"亚拉巴马号"/ 2300年9月8日(飞船时2296年12月19日) / 17:32GMT

和"亚拉巴马号"上的其他地方一样,C4B甲板上也是一片混乱。到处都是用橡皮绳绑在地上的纸板箱,箱子里都装满了个人物品,床垫都被卷了起来,被人们一个个地接过去打算搬到货舱里。船员和乘客们正忙着将C4舱里的所有东西都拆下来;尤德·廷斯利费劲地在狭窄的过道中穿行,为了不撞到其他人,他只好每前进几英尺就得转个身。

执行官沿着固定在床架上的编号牌往前走着,躲开了一名正用电动螺丝刀拧下墙上接线端的船员。过了一会儿,他找到了C4B-12旁边的C4B-9铺位。一开始,他觉得那里没有人,却在刚要转身离开的时候突然听到有人在轻轻地敲键盘。廷斯利低下头,拉开下铺的帘子往里看了一眼。

一个十几岁的男孩头朝下悬在阴影中,双腿交叉,仿佛倒坐着似的。他手里拿着平板,正在阅读上面的内容,脸被屏幕发出的淡蓝色的光线照亮了。在床铺的另一边,一个小女孩像胎儿一样蜷缩在那儿,正抱着一个枕头睡觉。

"不好意思。"廷斯利轻声说道。男孩从平板上抬眼往上(或者应该说是往下)看了过来。"我在找豪尔赫·蒙特罗和丽塔·蒙特罗……你见过他们吗?"

"那是我父母。"孩子回答道。他看了女孩一眼,确定没有打扰到她。"他们没在外面吗?"

"没有。"廷斯利冲他露出了一个微笑,"所以我才来问你们的。你爸爸说想要和我谈谈人员安排的事情。"他一边说,一边打开了自己的平板,查看着乘员名单。这肯定是卡洛斯·蒙特罗和他妹妹玛丽·蒙特罗。

"哦,没错。我知道这件事。"卡洛斯用拇指拨弄着平板,给自己看到的位置加了个书签,"爸爸看到我们……就是我妈妈,我妹妹和我都在第一班太空穿梭机上,但他在第二班上,所以他想问问能不能和第一班太空穿梭机上的某个人换个座位,这样他就能和我们一起下去了。就是这样……长官。"

这个孩子朝他恭恭敬敬地敬了个礼,虽然这并没有什么必要。廷斯利笑着回了一个礼,"别担心,蒙特罗先生。让我看看。"这已经不是他处理的第一个类似的请求了,尽管李舰长承诺不会把家人拆散,但在安排座位的过程中,这项承诺有时很难遵守。就在执行官滚动屏幕查看花名册的时候，他发现男孩的注意力已经回到了他的平板上。"你在看什么？"

"《鲁普特王子传》。"卡洛斯没有抬头，"我刚看完他遇到朗方女公爵后大战莽鸟那段。"

那正是莱斯利·吉利斯写的长篇小说。几天前，李舰长下令将手写的书稿扫描到"亚拉巴马号"的图书馆系统中。廷斯利听说有些孩子已经把这本书下载到了他们的平板上，但这是他第一次看到真的有人在读这部书。"这书好看吗？"卡洛斯心不在焉地点了点头，完全被这个故事吸引了，"你觉得我会喜欢吗？"男孩不置可否地耸了耸肩，脸上闪过一丝愠怒。

执行官刚要问他读了多少，就突然听到有人沿着过道飘了过来。回头一看，他发现豪尔赫·蒙特罗正滑过一排空床铺往这边赶来。"嘿，我刚想找你来着。"廷斯利说道，"你儿子告诉我……"

"你看到他了？"蒙特罗越过他看向床铺，发现了自己的孩子，"我记得我让你去帮妈妈打包医疗设备啊。"

卡洛斯的脸白了。"她让我回来照顾玛丽。她当时很碍事，妈妈想让她离开，就叫我把她带回来，看着她……"

"当然了。"蒙特罗把自己向前一推，差点儿把廷斯利挤开，"我敢说你只是想继续看你的小说吧。"

卡洛斯正要反驳，廷斯利决定出面调解一下。"可能他确实很想看书，但他把这里照顾得很好。要是他没有告诉我你的想法，我可能已经不打算继续找你了。"

蒙特罗抬头看着他。"他已经告诉你了？"他问，尤德点点头。不知怎么的，在整个过程中，他的女儿一直在睡觉；要么她真的睡着了，要么就是她不想加入争吵所以在装睡。蒙特罗稍微冷静了一些，弯下腰看了看床铺："好吧，你快走吧，去帮妈妈。我会看着你妹妹的。"

卡洛斯合上平板，把它塞进了口袋，然后从铺位上爬了出来。他感激地朝廷斯利笑了一下，然后离开了，沿着过道滑行的过程中，他差点撞上一位船员。"别让我再抓到你偷懒了！"蒙特罗跟在他后面喊道，然后又对廷斯利抱歉地耸了耸肩，"这孩子……"

廷斯利想告诉蒙特罗，别对儿子这么严格。上次过来的时候，C7A甲板的情况已经正常了，冈田医生不再需要更多志愿者了。但这显然是家庭事务，与他无关。"是的，嗯……总之，他告诉我，你想和第一班太空穿梭机上的人换个座位，这样你们四个就可以待在一起了。"

"嗯。"蒙特罗转过身来，这样他就可以从身后看到廷斯利的平板了，"我不知道你们为什么把我们分开了，但现在情况就是这样。如果你能把其他人调到'赫尔姆斯'，那我就可以坐'华莱士'了。"

"我也不知道这是怎么回事，但这里还有一个问题，"廷斯利在"华莱士号"的旅客名单上向下滑动着光标，按照计划，在汤姆·夏皮罗团队报告土狼星适合移民之后，更确切地说，是如果他们发现土狼星确实适合移民，太空穿梭机会将第一批移民者送到星球表面，"我整天都在忙着重新安排座位，现在'华莱士号'上所有的座位都坐满了。有好几家人都想坐在一起，你们只是其中之一，你有两个孩子，人也不少了。我们觉得很难……"

"哦，行啦！"蒙特罗的暴脾气又上来了，"是谁帮你们在没有授权的情况下发射飞船的？你们不觉得欠我点什么吗？"

是的，那确实是你干的，廷斯利在心里默默地说，因为你的努力，你已经得到了回报，现在你们一家都已经安全离开了共和国，不用在政府的改造中心待半辈子了。所以请珍惜你的幸福吧……

"我会试试的，但无法做出保证。"廷斯利合上了他的平板，"如果你能找到有谁愿意和你换座位，我很乐意帮忙，但现在所有人都想尽快离开这艘飞船。"

"长官……不好意思？"

廷斯利回头一看,发现刚刚看到的那名船员正沿着过道往这边飘。他是个瘦瘦的年轻人,戴着"亚拉巴马号"的棒球帽,连体衣胸前口袋上带着名牌,上面写着"E.冈瑟"。

"冈瑟先生,有什么事吗?"廷斯利都没认出他来,毕竟他只是"亚拉巴马号"上的一名低级船员。

"抱歉我偷听了你们的谈话,长官,但是……"冈瑟犹豫了一下,"嗯,我觉得我能帮上忙。"

"哦?你有什么建议吗?"

"嗯……我在'华莱士号'的名单上,但是除了能帮忙搭建营地以外,我没有什么必要那么早下去。如果您不介意的话,长官,我可以和这位先生换座位。"

豪尔赫满怀希望地问:"你愿意吗?我会非常感激的。"

"这是个好主意,但……"廷斯利又打开了平板,重新检查人员清单,"但事情并没那么简单。我们希望将船员和移民者平均分成两组。要是让你上'赫尔姆斯',那'华莱士'上就会少一名船员。"

"我可以搭着'华莱士'再飞一次,"冈瑟耸耸肩,"返回这里帮忙完成收尾工作。"

廷斯利挑起了眉毛。一小队船员将在"亚拉巴马号"上一直留到最后,他们的工作是抛下货舱和居住舱,然后协助李舰长将飞船送入高轨道。几乎没有人自愿留在船上,现在已经离土狼星那么近了,所有人都渴望离开狭窄的飞船,再次呼吸新鲜空气。实际上,廷斯利招募的那几名船员也都怨声载道;最后一个离开飞船可能是船长的职责,但这并不意味着陪他一起留在上面的人也应该感到高兴。

"如果你不介意的话……"

"完全不介意。我相信舰长需要帮手。"冈瑟微笑着拍了拍舱壁,"我也想再看这老姑娘最后一眼。"

"随便你。"廷斯利弯着胳膊肘挎住舱壁上的扶手,好固定住自己。他把豪尔赫·蒙特罗的名字从'赫尔姆斯'移到了'华莱士'上，然后把埃里克·冈瑟的名字加入了收尾队伍的名单中。

"谢谢您，长官，"豪尔赫对他说，然后他又转身对冈瑟说，"也谢谢你。我欠你一个人情。"

冈瑟仍微笑着摇了摇头。"别客气。很高兴能帮到你。"然后他看了一眼廷斯利，"那我失陪了，长官……"

廷斯利点点头，看着冈瑟推着自己离开了。真是幸运啊，他来得正是时候……然而，奇怪的是，他不记得此人的名字，也对此人的长相没有印象。尤德以为，不管有没有参与阴谋，所有接受过飞行训练的人他都认识，但是他却对这位少尉很陌生。当然，飞船上有五十多名船员……

"很高兴咱们把这个问题解决了，"他合上了手中的平板，"我就不打扰你工作了。"他犹豫了一下，然后轻声补充道，"别对你儿子太严厉，好吗？咱们又不赶时间。"

蒙特罗尴尬地点点头，移开了视线。廷斯利拍了拍他的肩膀，然后一踢床铺的侧面，飘回了过道。又完成了一项工作，还有二十多项要做。也许军官活动室里还剩下些咖啡，除非这些东西也都被打包带走了……

耳机滴滴响了起来，他碰了碰麦克风："我是执行官。"

"德怀尔呼叫C6D货舱，有麻烦了，长官……"

"请讲，德怀尔先生，你发现了什么？"

"长官，我刚刚检查了轻武器柜，发现少了一件武器。"

廷斯利不是很确定自己刚刚听到了什么，他把手伸向天花板，抓住扶手想稳住自己。"请再说一遍？"

"一把枪，长官。我刚刚检查了军火库。货物清单上显示有十把点三八口径的帕拉贝鲁姆枪存放在C6D-13F箱子里，但几分钟之前我打开箱子，发现其中只有九把，第十把只剩下空包装袋了。我又检查了一下箱子里的弹药，发现弹夹也被人拿走了一个。"

廷斯利感到了一股寒意。"亚拉巴马号"携带了少量的步枪和手枪，作为求生装备，用来抵御土狼星上可能存在的敌对土著。所有人都觉得没必要把它们放在箱子锁起来；另一方面，也没有人相信除了忠诚的国民之外，还会有其他人上船；另外，持枪是宪法第二修正案保障的基本权利之一。想法倒是不错……但就像很多自由主义哲学观点一样，只有所有人都意见一致，没有人违反，这条规定才能发挥作用。共和国自然通过了只允许自由党党员持枪的法律，来确保没有人违反第二修正案。

"待在那儿别动，"廷斯利低声说，"不要把你的发现告诉其他人。我这就过去。"然后他咔嗒一声切断了通信，向附近的梯子蹿了过去。

土狼基地 / 2300年9月8日（飞船时2296年12月19日）/ 19：32GMT

"好消息，伙计们，"伯尼·凯莱一边从太空穿梭机的坡道上往下走，一边喊道，"我已经完成了植物样本的检验，咱们很幸运……是右旋氨基酸。"

他希望先遣队的其他队员能有所回应，但没有人理他。他站在坡道底部，环顾四周。大熊座47正要落下西方的地平线，在沼泽地上投下了一抹黄昏的光辉。熊星已经在深紫色的天空中高高升起，它的光环仿佛天空中一根银色的尖刺。电灯淡淡的光亮罩住了营地，刚搭好的圆顶帐篷在地面上投下了影子。现在"太阳"要下山了，风也刮起来了，晚上天气很凉，伯尼有些后悔把大衣留在了太空穿梭机里。

吉姆·莱文坐在一只储藏箱上，拿着一根棍子照料着营火。

金·纽厄尔站在几英尺外，双手插在大衣兜里，和吉姆一样，她也盯着太空穿梭机。看到她脸上愤怒的表情，伯尼从太空穿梭机下面走了出来，朝她凝视的方向看了过去。

汤姆·夏皮罗坐在太空穿梭机的左翼上，双腿悬在机翼外面。他身后的上舱口敞开着，旁边的机翼上放着另一盏灯。在灯光中，伯尼看到了夏皮罗的杰作。机身上的"杰西·赫尔姆斯号"和美利坚联合共和国的旗帜都被红漆涂掉了，在它的上面，夏皮罗写了一个单词："普利茅斯"。

注意到伯尼的出现，大副对着生物化学家咧嘴一笑。"喜欢吗？咱们不如在回去之前就把它当成这艘太空穿梭机的正式名称吧。"接着他看着副驾驶员，"还是说你希望历史把第一艘降落在土狼星上的太空穿梭机叫作'杰西·赫尔姆斯号'？"

纽厄尔沉着脸瞪了他一眼："好像我的意见很重要似的。"

"如果你打算把反对意见记录在官方日志上，那就去写吧。"夏皮罗重新封好油漆罐，然后把沾了漆的刷子扔到了地上，"但是我敢打赌，你不知道杰西·赫尔姆斯是谁。"

纽厄尔皱起了眉头，但什么都没有说，只是转过了身。伯尼抱着自己，跟着她来到了营地。他低声说："我也不知道他是谁，如果这么说能让你好受些。"

她打开了一箱食物，拿出一包口粮。上层舱口发出轻微的吱吱声，夏皮罗关上了身后的舱门。"这不是问题所在。我只是不喜欢看到国旗被涂掉。也许你们是 DI，但我从小接受的都是爱国教育……"

"我也是。"莱文没有抬头，依然看着营火，"但陪着我长大的那面旗帜上有五十颗星星，而不是只有一颗。"他犹豫了一下，然后补充道："我希望你以后不要叫我 DI。"

伯尼默默一笑。大家都还没有意识到，实际上，土狼星已经通过了一项微妙但至关重要的可居住性检验。如果对植物样本的检验显示,它们具有左旋遗传结构,那么任何移民土狼星的计划都注定会失败。因为这样一来,人们根本无法安全食用土狼星上的植物,地球上的任何作物也不可能成功从这里的土壤中培育出来。理论上,土狼星上的本土生命形式拥有右旋氨基酸的概率是百分之五十,但没有人能够提前预知这一点。宇宙已经掷出了对他们有利的骰子,在这样的幸运面前,政治微不足道。

"我不知道你们怎么想,但我觉得这是一个不错的定居点。"他把手伸进箱子,拿出了另一份口粮。压缩的棕色方块让人不怎么有胃口,但这是他们最接近食物的东西了。他用牙齿撕开塑料包装纸,挖出里面的水果棒。"土壤里满是氮气……看到它有多黑了吗?那边的小溪里也是淡水……"

"很适合种地。"莱文说。

伯尼点点头,"还认为咱们应该在别处着陆吗?"

"我没说咱们……"

"有什么吃的吗?"夏皮罗走下斜坡。让伯尼吃惊的是,他把大衣带过来了。"我觉得你可能需要这个,"他说着,把大衣扔给了伯尼,"可别着凉。"

"谢谢。"伯尼抓起大衣,披在肩上。暮色褪去,夜幕已经降临。除了最耀眼的恒星,熊星的光芒足以盖过其他所有星星,就仿佛地球上的秋月,只不过它要再亮上许多倍。他凝视着这颗"超级木星"。"在土狼星的第一晚,"他自言自语道,"该死。我还是不敢相信咱们真的来到了这里……"

"彼此彼此。"吉姆·莱文站了起来,打开他一直坐在屁股底下的箱子,"实际上,我觉得现在该庆祝一下了。"

"附议。"夏皮罗看着莱文拿出了香槟酒瓶,回答道。他在大衣口袋里摸出一把多功能小刀,"上面没有开瓶器,但你可以……"

突然,夜色中,某个地方传来了一声尖叫。

那声音在黑暗的沼泽地上回响,高亢的尖叫仿佛是什么动物被割开了喉咙。声音持续了一会儿,然后逐渐消失了,好像被高高的草丛吞噬了一样。

没人开口说话。一时间,所有人都愣在了原地,凝视着昏暗火光之外的黑暗。

"这他妈是什么……"纽厄尔开口了。

他们又听到了一声号叫,和之前那声一样疯狂,只不过这次声音更大、更近了……

"我只听过公鸡发出这样的声音。"莱文放下香槟酒瓶,拿起一盏灯,"也许是一只莽鸟。"

"什么鸟?"夏皮罗把刀放回了口袋……然后明显思索了一会儿,又把刀拿了出来,"如果是鸟的话,也肯定是只大鸟。"

"不是鸟……是莽鸟。"莱文高高举起灯,转身寻找声音的来源,"是《鲁普特王子》那本书里面的怪物……有点像一只巨型的鸡,不过很凶。我的孩子们一直在读那本书。"

又是一声奇怪的尖叫……不过这一次,没过一会儿他们就听到背后也传来了同样的叫声,仿佛回声一样,然而附近没有山丘反射声音。伯尼立刻就知道了,这片地区肯定还有另一只这样的生物。

他不是唯一得出这个结论的人。"不是鸡,我一点也不喜欢它。"夏皮罗转身面对其他人,打了个响指,"好了,各位,回到太空穿梭机上去。"

莱文看了他一眼:"你在开玩笑吧?这可能是咱们第一次有机会……"

"也可能是最后一次机会……把灯放下!灯光可能会吸引它们。"接着夏皮罗看向纽厄尔,"金,拿灭火器把火扑灭。伯尼,吉姆,拿上你们能拿的东西,搬到里面去。把帐篷留下……它们要花很长时间才能拆掉帐篷。动起来,快点。"

莱文不情愿地放下了灯，把它熄灭了："你是不是有点儿反应过度了？"

"如果你今晚想留在这里……不，忘了我这句话吧。我们不能冒这种险。"夏皮罗弯腰抓住了一个设备箱的提手，"这是命令，莱文博士。等上去之后就可以喝酒了。"

伯尼和莱文互相看了一眼，他们两个在科学上的好奇心都被挑了起来。在此之前，他们见到的土狼星生物只有短暂出现像鹰一样的飞行动物和很快消失在高高草丛中的棕色小动物。这是一个看到本土生物在其原生栖息地活动的机会，作为调查小组的生物学家，他们来这里就是为了发现和研究的。然而伯尼无法否认，刚刚听到的声音让他头皮上的短发都竖起来了。

吉姆耸耸肩，拿起了他一直坐在屁股底下的箱子："只要咱们今晚还能继续喝香槟就行。"

"别担心。你还会有机会的。"夏皮罗拖着箱子向"普利茅斯号"跑了过去，"不管有没有莽鸟，咱们都要留在这颗星球上。"

星舰"亚拉巴马号"/ 2300年9月8日（飞船时2296年12月19日）/ 20：18GMT

"不，我认为你做得对，"李说，"但你说你什么也没看见？"

"还没看见，舰长。"夏皮罗的声音从通信站上方的扬声器中传了过来，"我们扑灭了营火，但是莱文博士坚持要在外面留一盏灯，看看能不能把它引过来。但到目前为止还没有成功。不过安全起见，我安排了人值班。"

李不安地在椅子上挪动着，虽然没有说出来，但他有点想命令大副带着队伍回来。他非常清楚，他们没有武器，手中的装备无法抵挡潜在的危险生物。但这有什么意义呢？他提醒自己，就算"赫尔姆斯号"，或者说是"普利茅斯号"，在土狼星的其他地方着陆，情况恐怕也不会有什么区别。他们迟早要面对这颗行星上的一切。

"很好。"他说，"在太空穿梭机里待到明天早上，然后看看能不能找到足迹什么的……但是别远离太空穿梭机。"他看了一眼天文钟，"除非听到你们的不同意见，否则我们将继续按计划推进。'华莱士号'将于明天6：00发射，12：00抵达地面。我会让第一批人带上武器。"

"收到，长官。我们很期待与他们相见。"由于"亚拉巴马号"已经离开了土狼基地无线电的通信范围，信号变得越来越弱。"如果出现什么情况，我们会通知你们的。"

"很好，'普利茅斯'。'亚拉巴马'完毕。"李关掉了通信，然后朝着坐在他旁边的船员平静地说："待在这个岗位上，每次经过着陆点上空都要监控这个频道的情况。如果收到什么消息，立即通知我。明白了吗？"

"是，长官。"斯温森忍着哈欠调整了一下耳机，然后伸手拿过了固定在控制台上方的咖啡球。李拍了拍她的肩膀，然后解开座位上的安全带，离开了通信站。

指挥中心几乎空无一人。只有少数船员还留在自己的岗位上，其他人要么在帮第一批移民离开飞船做准备，要么在尝试多睡上几个小时。实际上，李自己也需要休息。他感觉自己的双眼已经变得有些模糊，伴随着轻微的头疼，太阳穴也在发紧。他已经工作了将近二十个小时，他知道，如果自己筋疲力尽，对谁都没有好处。不过他也清楚，如果调查任务出了问题，很可能会发生在头二十四小时。

另外，还有几件重要的事情需要解决……

舰长沿着天花板上的扶手来到了他的座位旁，主通道的舱门开着。李环顾四周，看到里斯上校在他的一名手下——如果他没记错的话，应该是施密特——的陪同下滑进了隔间。这是里斯第一次获准来到飞行甲板，但他却表现得好像自己才是指挥官一样。如果里斯能正常行走，现在肯定迈着趾高气扬的步子，可惜这里没有重力。李发现自己又被上校的傲慢冒犯了，不过，他小心翼翼地没有把这一点表现出来。

"你想见我，舰长？"里斯问。

"是的，感谢你这么快赶过来，"李抓住椅子扶手，转身坐了下来，"我想你和你的手下一直都很忙吧？"

"是的，长官。"里斯伸手抓住天花板的扶手，"我们一直在按照你的要求往'华莱士号'上装载货物。"

"谢谢。我相信我的执行官会对你们的帮助表示感谢的。"李从他胸前的口袋里掏出了平板，打开后触摸了一下屏幕。窗外，映入眼帘的是土狼星的阳面：一大片褐色的大地上交织着复杂的河流系统。景象蔚为壮观。但李在研究平板上的内容，根本没有注意到这些。"我发现你们计划在'普利茅斯号'从营地返回之后乘着它下去。"

"'普利茅斯号'？"里斯和施密特互相看了一眼，"你是说'赫尔姆斯号'，对吧？"

"不，我是说'普利茅斯号'。我的大副擅自给它重新命名了。我想廷斯利先生也会同样重新命名'华莱士号'。他很有幽默感，所以我猜他会把那艘太空穿梭机叫作'五月花'。"李苦笑了一下，"至少这是我的建议。"

"我猜你打算把这艘星舰改名叫'海盗旗'……"

"不。我对'亚拉巴马'这个名字倒是没有意见。"李没有抬头，依旧看着平板，"我要把你和你的手下从'普利茅斯'调到廷斯利先生那艘太空穿梭机上，不管他要怎么称呼它。你们如果没有异议的话，将陪同第一批移民者前往土狼星。"

沉默。即使没有抬头看对方，李也知道自己出其不意地吸引了上校的注意力。"另外，我指示巴利斯先生在你们抵达土狼基地后立即将武器交给你们，并且根据你们的要求提供任何其他武器。我希望你们一下太空穿梭机就做好充分准备。明白了吗，上校？"

一阵沉默中，李直视着里斯。虽然上校的脸色依然平静，但他的眼睛里却闪烁出了某种光芒。在他身后，施密特努力控制住得意的表情。"我明白了，"最后，里斯说道，"你们在下面发现了什么，对吧？"

"也许吧。我们还不清楚。调查小队听到了一些不对劲的声音，我不想冒险。"李将平板收好，放回了口袋，"我的人也许可以处理各种情况……他们大多也当过兵，所以都接受过武器训练……但我怀疑没有人在除了新兵训练营的射击场以外的地方扣过扳机。你们都是战场老兵，要保护人命的话，我还是希望让有经验的人去。"

"我明白你的意思。"里斯依然话不多，"好主意。"

李双手交叉放到了膝盖上，盯着他。"我知道你在想什么，上校。如果你的手下拿到了武器，你可以发动叛乱，从而控制土狼基地，在我登上最后一艘太空穿梭机之前下令让我投降。"里斯的表情没有变化，李摇了摇头，"就算真的这么干，你们也得不到什么好处。首先，你们无处可去……'亚拉巴马号'将被拆到只剩舱壁，我已经告诉过你们了，飞船上没有足够的燃料返航。第二，五个人无法长时间控制九十八个人。除非你打算射杀所有与你意见相左的人，这样的话，你可能得把所有人都杀了。"

施密特扭开了头。"继续，"里斯说，"我听着呢。"

"这次你有机会做点好事了。人们需要保护……我把这个机会交给你。现在我要告诉你，无论我们要在那里建立一个怎样的社会，它都不会和共和国一样……不过同样我也保证，如果你们愿意放下分歧，那里会有你们的一席之地。"

里斯深吸一口气。他凝视着窗外，若有所思地盯着下面那颗遥远的星球。在那短短的几分钟时间里，他看起来不像是一位军官，而更像是一个要下某种艰难决定的普通人，是选择坚持自己的政治理念还是选择更务实的生存。"不会……我的意思是，我们这些人不会被关起来受审，对吧？"

这就是他一直以来最担心的问题吗？"对，阁下，不会的。"李说，"他们又没有做错什么。在我看来，你们只是在服从命令。咱们要重新开始。"

"谢谢，长官。"有那么一瞬间，里斯几乎表现出很感激的模样。他回头看了看施密特。"中士，你都听到了吧。你怎么看？"

"咱们也没有其他选择了，就是……"士兵耸耸肩，"我想我们可以接受，长官。"

里斯点点头，转身对李说："那么我接受你的提议。如果你的人民不反对我们，我们不会对他们采取任何行动。"他犹豫了一下，然后伸出了手，"重新开始。"

李微笑着，握住了上校的手。这也许不是友谊，但至少也算是消除了敌意。"我很高兴咱们能解决这个问题。"李说，"不过我们还有一个问题需要处理。"

土狼基地 ／ 2300年9月9日（飞船时2296年12月21日） ／ 12∶32GMT

营地对面突然传来的引擎轰鸣声引起了豪尔赫的注意。他从帐篷桩上抬起头来，正好看到已经重新命名为"五月花号"的前"华莱士号"启动垂直起降发动机，升入午后的天空。一阵热浪席卷草地，在他周围，所有移民都停下了手中的活，用手捂住了耳朵，看着太空穿梭机升空，与"亚拉巴马号"进行最后的会合。

豪尔赫转身跪到了帐篷旁，用锤子又敲了两下，然后抓住半埋在地下的木桩，摇晃了一下，确定它已经牢固。上次露营已经是很多年前的事情了,他惊讶地发现自己竟然还记得这么多相关的知识。他又站了起来,拍掉膝盖上的土,然后慢慢地绕着这间红白相间的塑料圆顶屋走了一圈,确认所有的绳子都绷紧了。帐篷比他想象的要小,很难想象他们一家要怎样才能挤进去,但是在永久性住所建好之前,他们只能住在这种帐篷里。

他对自己的劳动成果很满意,转身望向了草地。为了清除齐胸高的杂草,人们对这片区域进行了有计划的焚烧,浓密的褐色烟雾从大地上升起,帐篷则围着"普利茅斯号"之前的着陆点密集地搭建了起来。几十米之外,有几个人正在营地中央准备营火,豪尔赫看到有个人停了下来,重重地倚靠在他的铁锹把手上,喘着粗气,赤裸的背上满是汗珠。大家还需要一段时间才能完全适应土狼星上稀薄的空气,他已经看到有些人因为过度劳累而犯恶心了。在更远的地方,靠近营地边缘,他能听到另一群人正在挖厕所。豪尔赫希望他们在周围竖起油布,否则他根本没法说服玛丽去上厕所……

想起女儿,他把锤子塞进腰带,离开帐篷去找她了。他最后见到她时,她和丽塔一起去拾柴火了。李舰长下达了明确的命令——任何人都不得在没有武装人员护送的情况下离开营地。因此,一支队伍在共和军下士布恩的带领下进入草原去搜寻有用的东西。然而那已经是几个小时以前的事了,尽管他看到许多小孩在帐篷周围玩捉迷藏,但玛丽并不在其中。

"嘿,爸爸……"

豪尔赫转身看见卡洛斯朝他走了过来。不出所料,温迪和克里斯也和他在一起。过去这几天,他们三人简直形影不离,你要找到其中一个,另外两个肯定就在不远处。戴维和巴里也是这个小团体的一员,但他们似乎总会被巧妙地边缘化,在孩子们建立的社会等级中扮演从属角色。

"莱文博士想问问你有没有搭完帐篷?"卡洛斯指着豪尔赫腰带

上别着的锤子,"他还想问问……"

"我可以去帮他搭帐篷。"豪尔赫擦去额头上的汗水,咧嘴一笑。他认识吉姆这么长时间了,当然知道他向来都不怎么喜欢户外活动。"我去看看他需不需要帮忙。"他看着克里斯,"你怎么不去帮帮你老爸呢?"

克里斯立刻耸了耸肩。"我当时和他们在一起。"他这样说道,就好像能把问题解释清楚似的。

豪尔赫回头看着卡洛斯问道:"你在干什么?我以为你去打水了。"

"我们已经打完水了。"

太好了。这群孩子只会寻欢作乐。接下来他要做的,是给儿子定个宵禁时间。不过现在他更担心玛丽和丽塔的下落。"你看见你妈妈和你妹妹了吗?"

"当然了。她们就在那边,正在堆木头。"卡洛斯指着"普利茅斯"的方向,"我听说等今晚李舰长来了之后,咱们要举办营火晚会。"

这是豪尔赫第一次听说这个计划。下午晚些时候,"亚拉巴马号"上的货舱和居住舱将按计划空投到营地上;实际上,它们随时都可能落下来。傍晚时分,"五月花号"将返回土狼基地,把李舰长和最后一批船员带下来。没人提过晚会的事情,但举办一场庆祝活动也挺合理:这是"亚拉巴马号"上的所有人齐聚新世界的第一个晚上。也许他们终于能把剩下的酒喝完了……

"也许吧,但这并不意味着你们没有活要干。"豪尔赫充分发挥了作为父亲的权威,"咱们越早扎完营,就能越早休息。"

受到责备的卡洛斯低头看着地面,克里斯咬着嘴唇。只有温迪看起来很镇定,她心不在焉地看着周围的营地,好像什么工作都不关心似的。豪尔赫又开始对她感到好奇了。距第一次见到她已经快两个星期了,他仍然没有见到她的父母。

"那么,温迪,"他问,"你的家人呢?"

"我爸爸?"她冲他笑了笑,"他在上面,在飞船上。"

"真的?"他依稀记得她曾经说过,她的父亲是"亚拉巴马号"的船员——一名维生工程师。可能是最后一批离开飞船的成员。"那你妈妈……"她皱起眉头,扭开了头。豪尔赫决定不再追问下去,"那他叫什么?我想找个时间见见他。"

"埃里克·冈瑟。"温迪又对他笑了笑,"等和舰长忙完之后,今天晚上他就会过来。"

星舰"亚拉巴马号" / 2300年9月10日(飞船时2296年12月21日) / 17:59GMT

李将手放在标着"C7发射"的开关上,看着天文钟上的倒计时走过了最后几秒钟。时间到了18:00,他猛地按下了开关。

头顶上方突然传来一声沉重的巨响,他迅速朝窗外望去,看到C7舱从飞船的环上脱离开来。被抛掉的舱室离开了"亚拉巴马号",留下一条磷光闪闪的碎片尾迹,准备进入大气层,隐藏式推进器在内部导航系统的校准下发出了微弱的光芒。在更远的地方,他只能辨认出C6舱和C5舱,它们就像朝着下面那颗星球滑行的小圆柱。C4舱和C3舱应该在几分钟后就会进入大气制动状态,不过此时他看不到它们。运气好的话,所有五间舱室都会安全进入土狼星的大气层,就算没有落在营地里,它们也会打开降落伞在营地附近软着陆。

"这是最后一个了。"李对着耳机说。

"收到,舰长。"廷斯利回答,"我们已经做好出发的准备了。"

"再等我一会儿。我还有些事情要处理。"李笑道,"别把我一个人丢在这里。"

对方大笑了一声。执行官和其他负责收尾工作的船员都在下面的H5舱，等待登上"五月花号"。"绝对不会的，长官。要记得，今晚咱们还有一场酒会呢。"

"我没忘。"李切断了通信，然后推着自己来到了另一个控制台前。他按下一排按钮，窗户上的遮光板缓缓降下，挡住了那颗行星。他把一个塑料盖罩在控制台上，然后转身打量着这间舱室。

指令舱里空无一人，只有天花板上的一盏荧光灯和旁边的几盏灯还亮着；所有的控制台都被盖上了，导航台上没有显示任何全息图像。等人工智能探测到"五月花号"离开了对接固定架，它就会启动飞船的二级引擎，自动驾驶飞船进入更高的轨道，在那里，它将仅仅作为一颗气象和通信卫星继续发挥作用。只有休眠舱没被抛下去，舱里面还存着装有动物胚胎的生物停滞瓶，其中有绵羊、山羊、鸡、鹅，甚至还有一些猫猫狗狗。李认为，在移民地建立起来之前，把这些牲畜留在轨道上更安全，等时机成熟，他们会派一艘太空穿梭机返回这里，把这些动物带到土狼星上。

等人们都离开之后，飞船还将执行另一项任务。李来到了船舵前，掀开盖子，在键盘上敲入了一段密码，激活了他写入太空子系统的一个程序。他注视着屏幕，看着飞船上的望远镜向后旋转，指向了群星。随后他满意地关闭了控制台，盖上盖子。这只是一项额外的保险，其他人不需要知道……

现在该下去了。作为指挥官，他履行了自己的职责，成了最后一个离开飞船的人。但李却滑向了椅子，坐了上去。现在，还有最后一件事要做。

李独自一人在黑暗中等待着，就像多年前的那个夜晚，他清醒地躺在沙漠中，等待土狼向他走来。

他听到身后某处传来金属的嘎吱声，舱门被推开了。即便已经察觉到有人走进了这层甲板，他也没有转身。

"你好，冈瑟先生，"他说，"我一直在等你。"

李把椅子转了过来。埃里克·冈瑟正飘在导航台前，左手抓着天花板上的扶手。虽然李看不太清，但仪表板发出的光芒还是反射在了他右手那把点三八自动手枪的枪管上。

冈瑟看起来很惊讶："你知道了？"

"你最终肯定能想出个让咱俩独处的办法……不在这里，就是在下面。"李顿了一下，"我希望你能改变主意，但有一把枪不见了，我知道肯定是你拿走的。看到你自愿参与收尾工作，我决定让这次会面变得舒服一些。"

"我不明白，你怎么会……"

"是吉利斯先生先发现的。"李将双手放在扶手上，保证冈瑟看得见它们，"他临死前给我留了一张字条，告诉我，安全起见，国家安全局把你安排在了飞船上。你的任务是在飞船被劫持后将它摧毁，但这项任务并没有被执行，在发射三个月之后，从休眠中苏醒的是吉利斯，而不是你。当时发生了一个错误，你俩的停滞舱被调换了。是有人搞错了……起码吉利斯是这么认为的。"

李接着缓缓地摇了摇头："但这不是错误，对不对？在最后一刻，是你亲手给自己调换了停滞舱，对吧？"

冈瑟的困惑渐渐变成了愤怒，枪口慢慢向上移动。"这不重要！你犯了叛国罪……"

"哦，但这很重要。"李将双手合十，"找到他的字条之后，我问人工智能为什么他的舱室……也就是你原来的舱室……设定在发射三个月之后打开。那时候，我发现了你收到的命令：如果发射没有得到总统的授权，就摧毁'亚拉巴马号'。吉利斯在我之前就发现了这一点，但他忘了问是谁调换了舱室分配。他以为这是场意外……但事实并非如此。"

他指着冈瑟。"根据你的船员档案,你曾参与过'亚拉巴马号'的船员遴选,但第一轮就被刷了。我猜,国安局最终把这项任务交给你,而你也接受了,是因为这可以让你重新踏上这趟旅程。实际上,你甚至让自己的女儿温迪作为移民者被带上飞船。你并不认为自己会在那时候被唤醒,但既然不想冒险……"

"别把她牵扯进来。"

"那就不提她了。"李轻轻点着头,"反正既然无法删除人工智能程序,你就只能随机挑选一名船员,让他替你待在那个被修改的舱室里。作为维生团队的一员,你可以改变舱室安排。所以莱斯利才是倒霉的那个,而你……"他耸耸肩,"嗯,现在来到了这里。"

"来到了这里,"现在枪口正对着他,"但你背叛了美利坚联合共和国……"

"我猜这才是让你恼怒的原因。"尽管盯着枪管后面的冈瑟,李还是一副平静的声音,"我承认自己犯了叛国罪……但如果我是叛徒,那么你也是。你接受了直接的命令——摧毁这艘被劫持的飞船。不过你故意违抗命令,现在又想通过杀掉我来证明你对共和国的忠诚。这有点太迟了,是不是?"

少尉脸上的表情告诉李,他触到了对方的痛处,这肯定就是点燃冈瑟怒火的原因了。然而枪口仍然直指着他,冈瑟的眼中充满了愤怒和仇恨。"我……"

他身后的某个地方轻轻地传来了一声金属撞击声。冈瑟把眼睛睁得大大的,因为他认出了那是步枪打开保险栓的声音。

"谢谢你,吉尔,"李平静地说,"我想我能把这件事处理好。"

"既然你这么说,那好吧,舰长。"里斯低沉的声音从冈瑟身后的阴影中传了出来。

李朝他的方向点点头,然后转头看向冈瑟:"里斯上校就站在你身后八英尺的地方。要是你开枪,他也会开枪,就算你不开枪,我想上校也能把你打倒。"

枪在冈瑟的手中颤抖着。他目光紧张地游移着，从李身上转向了那个他看不见的身后人："里斯上校，你是军人。你是我们这边的。你不能……"

"很抱歉，孩子。"里斯仍然没有现身，"情况已经变了。"

"里斯上校仍然忠于共和国，"李说，"但他已经接受了现实。共和国距离这里四十六光年。不管是他的，你的，我的，还是其他哪个人的，政府的命令都不再适用了……"他张开双手，"你想把我当叛徒处死吗？罪名成立。但杀了我又有什么用呢？"

枪晃了晃，不再瞄准李了。但现在，冈瑟的眼中充满了绝望，他已经失去了自己曾相信的一切，只能毫无意义地选择逃避。枪口慢慢地移向了他自己的头……

"别这样，埃里克。"李的声音低沉而稳重，"想想温迪，她会需要你的。"

冈瑟迅速地眨了眨眼睛："要是她……要是她发现……我是说，吉利斯……"

"她没必要知道，"李摇摇头，"对其他人来说，莱斯利的苏醒是个意外。我们现在说的这些话都不会传出去。从现在开始，咱们要重新开始……"

他伸出手，示意少尉把枪给他："来吧，埃里克。咱们只有一百零三人。我们需要所有……"

枪口一抖，对准了李，枪管直指他的眼睛："共和国万岁！上帝保佑……"

李还没听到里斯手中那把装了消声器的步枪击发的声音，冈瑟的身体就被向前击飞了。冈瑟的手臂向外张开，他的手指抽搐着扣动了扳机。一声枪响，李身后某个地方的玻璃碎了。一时间，李还以为子弹击中了舷窗。然而减压警报没有响，冈瑟的身体朝他倒了过去，红色的血珠从他的背部向上喷出。

李将这位船员抱在了怀里。冈瑟抬头看着他,呼吸急促。从眼角的余光里,李看到他的枪翻滚着飘走了。

冈瑟抬头看着他,嘴巴因为痛苦而扭曲着,但那充满仇恨的眼睛暗了下去。

里斯从阴影中走出来时,李还抱着他。他默默地看着两个人,然后拆开步枪,弹出了下一发箭弹。"很抱歉,"他平静地说,"没有别的办法了。"

李没有回答。他等待着,一直等冈瑟的身体在他的怀中软了下去。"这是个意外,"他说,"收尾工作过程中出了点儿问题。"

他抬头看着里斯:"这样说更好吧,你觉得呢?"

土狼基地 ／ 2300年9月10日(飞船时2296年12月21日) ／ 22:18GMT

"我们根本没有办法救他。他当时在环形走廊里,想要关掉C6的内舱门。没人知道他还在那儿。他是主动回去检查船舱的。所以C6要被抛下去的时候,他……好吧,我们甚至没能取回他的尸体。"

烧焦的黑色木头嘶嘶作响,然后啪的一声折断了,火花被高高地抛向寒冷的夜空。他的周围一片寂静,男男女女都蜷缩在大衣里,戴着帽子,围着营火或站或坐。今晚本该是一场庆祝活动,现在却成了一场守灵仪式。李曾想象过在新世界的第一天结束时可能发生的各种情况,但这并不是其中之一。

里斯从营火对面看着他。自从"五月花号"登陆以来,上校几乎没说过什么话,舰长在讲述埃里克·冈瑟在执行任务时英勇牺牲的故事时,他一直保持沉默。他只需要张开嘴,宣布李所说的一切都是谎言,移民地就会……好吧,也许不会被摧毁,但至少会被削弱,因为如果没有了对领袖的信任,移民地就会在忠诚和背叛之间挣扎分裂。对里斯来说,这么做无比容易,就是说几句话而已……

然而里斯只是轻轻地点了点头,没人注意到这两个男人之间的眼神交换。温迪·冈瑟坐在帐篷里,她的朋友和几个成年人安慰着她,她永远不需要知道真相。

黑暗中的某个地方,在营地周围灯光照亮的区域之外,一声可怕的尖叫回荡在草原上。有几个人朝那个方向看了一眼,其他人明显哆嗦了起来。人们没有亲眼见过莽鸟,却在软泥中发现过它们的足迹:这种三趾鸟的脚印将近十八英寸长,相互之间相距几英尺,这表明它是某种不会飞的大鸟。里斯的人在营地周围设置了自动机枪,把它们设定成对所有进入红外线运动探测器范围内的东西开火。汤姆·夏皮罗报告说,这些机枪在前一天晚上短暂地开了几次火。那些莽鸟在那之后就一直保持着距离,但士兵们还在继续巡逻。

等莽鸟安静下来,李才继续说道:"我们今晚本应该开酒会的,但……也许现在不太合适。"人们纷纷附和。"根据船时,四天后就是圣诞节。也许咱们应该等到那时候,但我想讲几句之前为此刻准备的话。"

说话间,李解开了他的大衣纽扣:"就在我们离开地球之前,在我登上飞往'亚拉巴马号'的太空穿梭机之前,我和金里奇航天中心发射主管本·奥尔德里奇见了最后一面。本代表他的团队把一些他想带到这里的东西拿给了我。我虽然不想要,但还是接受了,在做好登上'五月花号'的准备之前,我一直把它放在自己的船舱里。"

李从衣服内侧的口袋里拿出了一个用塑料袋包裹住的东西:一面美利坚联合共和国国旗,透过透明的袋子,人们可以看到它的一颗星星。把旗子掏出来的时候,他观察着聚集在火堆周围的人们的反应:厌恶、尊重、好奇、恐惧、蔑视……但没有骄傲,也没有热爱。

"直到几个小时前,我还打算利用这个机会把它烧了。"有人在后面发出了尖锐的嘘声,"和你们许多人一样,我曾经效忠美利坚联合共和国;和你们中的许多人一样,我被政府背叛了。我憎恨我的国家那时候变成的样子,而且……"

他闭上了嘴巴,摇了摇头。"不,我从来没有恨过我的国家,也没有恨过生活在这个国家里的人。我只是鄙视那些自私的人所做的摧毁美国的那些事情。然而,在过去的几天里,我开始意识到,我并不应该只考虑自己的观点。你们中还有许多人仍然尊重这面象征旗帜,如果把它烧了,有人会觉得受到了冒犯……但把它升到旗杆顶端,就不仅侮辱了所有和我有同样感受的人,也背叛了所有牺牲了自由,甚至生命才让我们来到这里的战友们。"

他停在了这里,让人们思考他刚刚说过的话。旗帜在手中沉甸甸的,他的手腕只需轻轻一抖,就可以轻易地将旗帜扔进火里。这面旗帜已经有两百多年的历史了,它的布料随着时间的流逝而变得非常脆弱,大火会在几秒钟内将它烧毁。他们中的一些人会欢呼,而其他人……

"所以这两种方法,我都不会选。我打算把它保留下来,用来提醒我们记住过去,无论它是好是坏。我不会把它烧掉,不会把它埋葬,也不会把它藏起来,但我同样不会让它在移民地上空飘扬。它是历史的一部分,那就把它像这样一直保持下去吧。"

"衷心赞成。"有人说。尽管有几个人摇了摇头,但大多数人都轻声表示同意。透过火焰,李看到了吉尔·里斯转过身,从他周围的人身边走过,悄悄地离开了会场。李又一次意识到,尽管他和里斯已经放下了分歧,但他们永远不会成为朋友。

"出于同样的原因,我考虑了一下我们应该把这座移民地叫作什么。"

人群再次安静下来。作为探险队的领袖,这是他的特权。"我想起了美国的由来，想起了谁应该对美国的没落负责任。那些人选择了一个伟大的词汇，一个美好的词汇，却破坏了它所代表的意义，让它成了一种完全不同的东西。今晚，我要收回它。"

他犹豫了一下，深吸了一口气，说道："自由镇。这个地方叫作自由镇。"

— 4 —
自由镇日记

摘自詹姆斯·莱文博士的日记：
2296年12月24日

今天是平安夜，但人们却失去了庆祝的理由，因为今天有两个人遇难。

"亚拉巴马号"上的货舱和居住舱大多都在离开轨道之后按计划降落到了地面上，但C4舱的降落伞绳缠到了一起，它坠落到了自由镇东北方两英里外的沼泽之中。坠毁后，舱体四分五裂，碎片散落了一地，有些掉进了小溪里，还有些散落在了沼泽中。感谢上帝，C4舱并不是货舱，否则我们就有大麻烦了，但这仍然造成了损失，我们本来打算把舱体和舱壁拆开，改造成临时住所。

李舰长派人前去搜索，希望把能找到的东西回收利用。他不愿冒险，每次有人离开营地，都会有两名士兵护送。里斯上校手下的士兵把共和军制服的袖子剪了下来，套在衬衫外面，因此我们开始管他们叫"蓝衬衫"，不过他们似乎并不介意。在他们的保护下，我们没有受到莽鸟的侵害……至少我们是这么觉得的。

青草比豪尔赫想象的要高,仿佛一堵茂密的绿墙,他都快看不见走在前面的士兵了。他用一根树枝把草打倒,在沼泽地中开辟出了一条路,还时不时地停下来拍打沼泽中滋生的大量长翅昆虫。他暗自发誓,这是自己最后一次作为志愿者参加活动。

"看在上帝的分儿上,我是一名工程师,"他嘟囔着,"我才不想干这种活儿呢。"

"什么?"在他身后,传来丽塔紧张的声音,"你说什么?"

"没什么,只是在自言自语。"

他现在开始后悔让妻子参加这支打捞队了,应该让她留在营地里照顾孩子才对。但她最近变得太自闭了,在社区厨房工作时几乎不和其他人说话。她害怕这个地方,晚上,她很少离开营火,每次听到黑暗中有莽鸟在尖叫,她都会抽搐。是时候让她适应这里的生活了,现在,土狼星就是他们的家,亨茨维尔的舒适生活已经是二百三十年前的事情了。但也许把她拖进沼泽并不是一个好主意。

"我在想,"她开口了,"也许回去之后,我们可以问问卡洛斯,他会不会介意……"

"降落伞在那儿!"一名士兵喊道,"我找到降落伞了!"

豪尔赫抬起头,看到高高的草丛上方伸出了一只手,正抓着一大块红白相间的布料。"这样的布这边还有很多!"布恩大声喊道,"到处都是!"

前方十几英尺处,吉尔·里斯转身对后面的平民说:"我们找到了坠机地点。大家都到前面来。"然后他消失在了草丛中,朝着下士声音传来的方向跑了过去。

"是的,长官。马上,长官。"在丽塔身后的某个地方,豪尔赫听到了杰克·德赖斯的声音。这位推进系统工程师从草丛中走了出来,贝丝·奥尔跟在他身后,和豪尔赫一样,杰克也拿着一根棍子敲打着草丛。他停下了脚步,擦了擦额头上的汗水,冲着豪尔赫和丽塔咧嘴一笑:"玩得开心吗?"

"很开心。"豪尔赫也回以微笑。当初,杰克可能不愿让李舰长等人接管"亚拉巴马号",但现在,他们已经默默接受了现况,把分歧留在了过去。卡洛斯和他的儿子巴里还在飞船上时就成了好朋友;而现在,他们的父母也顺理成章地成了朋友。"最好赶紧跟上,不然里斯会……"

"打捞队!到前面来!"

"晚了,他又来了。"从杰克身边经过的时候,贝丝停下来仔细地看了看丽塔,"你还好吗?"

丽塔有些上气不接下气,脸上满是汗水,头发上还粘着些草屑。但她摇了摇头,"还好……我没事。"她深吸一口气,看了丈夫一眼,"赶紧把事办完,咱们就离开这里吧。"

"这才是我的好姑娘。"豪尔赫搂住妻子,在她的额头上轻轻吻了一下。丽塔回应了他一个苍白的微笑,然后勇敢地点了点头。豪尔赫转身沿着被压倒的草地继续前进,妻子跟在他身后。

他们来到了一小片不规则的空地上。一条浅浅的小溪蜿蜒穿过沼泽,地面柔软泥泞,空中满是蚊子。小溪对面有一片黑檀林,它们宽阔的树冠在空地上投下了阴影。沼泽地里零星散落着一块块人造物碎片:弯曲的舱体残骸以各种奇怪的角度插在泥浆地里,到处都是被撕裂的舱壁碎片。玻璃在豪尔赫的靴子下嘎吱作响,低头一看,他发现自己正站在一面破碎的舷窗上。

"没有多少值得带回去的东西了。"杰克嘟囔着。

"足够了。"里斯上校看着布恩发现的降落伞碎片,"这是一间居住舱……也就是说舱里会有床铺、储物柜、梯子之类的东西。从这里多搬走一件,我们要从头开始亲手制作的东西就少一件。"

"上校……恕我直言,这就是个垃圾场。"豪尔赫指了指周围的沼泽,"要是努力去找的话,也许咱们能找到几根电线或几块电路板,但是……"

"那就只能去找了,对不对,蒙特罗先生?"里斯转过身,吹了一声口哨。望着自己的长官,布恩不再继续卷手里的降落伞。"比尔,让这些人接手吧。我需要你去站岗。"

"站岗……"杰克·德赖弗斯盯着上校,"我以为你会帮我们呢。"

里斯摇了摇头:"我们的工作是把你们带到这里,然后保护你们。你们的工作是回收这里能找到的所有东西。这是李舰长的命令。"他卸下了肩膀上的射镖枪,把它抱在怀里,"有异议吗?"

杰克什么也没说。他和贝丝互相看了一眼,然后拖着沉重的步子走到了布恩丢下降落伞碎片的地方。豪尔赫没有动。

"如果你认为事情就应该这样,"他平静地说,"那你就大错特错了。"

里斯没有回答。这两个男人鄙视地对视了一会儿,然后豪尔赫握住了丽塔的手:"走吧……咱们去看看都能找到些什么。"

杰克是对的,这里根本没有多少能用的东西。居住舱在撞击地面的时候几乎已经解体了,舱内的东西几乎都毁坏了,而那些幸免于难的东西也只能用作边角料。但这足以让他们暂时摆脱里斯,于是他们开始在沼泽地里小心翼翼地穿行,豪尔赫从泥里取出了些小零碎,扔进丽塔带来的塑料袋里。干活的时候,丽塔一直在聊着那些需要做的事情——为他们一家建一座小屋,怎么让玛丽和卡洛斯继续学业,挖一处他们私人用的厕所……但豪尔赫并没有注意听,私下里他仍然在为刚才和里斯发生的冲突感到愤怒。等回到营地之后,他会去找李舰长谈谈,告诉他……

就在几米之外,高高的草丛中,有什么东西在动。

正弯腰捡电线的豪尔赫愣住了。可能是风吧……但下午三点钟左右，连空气都静止了，几乎一丝风都没有。他突然意识到，除了远处传来的其他人的声音，沼泽里一片寂静。

这时，他意识到他们离小队中的其他人太远了。不过，他们好像并不孤单。

莽鸟是夜行性动物。至少吉姆·莱文是这么认为的，前一天，他也是这么告诉豪尔赫的。然而，除了在营地防线外发现的一些似乎是这种巨大鸟类留下的三趾爪印外，还没有人亲眼见过这种生物。可能吉姆弄错了……

"所以我认为咱们会找到……"丽塔闭上了嘴巴，盯着他，"怎么了？你看到什么了吗？"

"亲爱的，"他非常平静地说，"别动，别说话……"

就在这个时候，莽鸟发动了袭击。豪尔赫最后听到的声音就是妻子的尖叫。

他们把豪尔赫和丽塔带回了自由镇，然后我跟着里斯和布恩回到了他们射杀莽鸟的地方。莽鸟的身上已经布满了河蟹，但里斯把它们踢开了，让我检查那个生物。它看起来就像是从噩梦里走出来的——喙就足有两英尺长，末端弯成一个锋利的钩子，而且它有着非常完美的伪装，羽毛的颜色和草一模一样。

到处都是血，大部分是豪尔赫和丽塔留下的。我跑到草丛里面大吐特吐。然后，我想起了自己是为什么而来的，于是我做了笔记，拍了照片。我就知道这里免不了会有这样的动物，就像是丛林里的老虎，或是森林中的狼。

我不得不去认为这可能是我的错。因为在此之前，我们只在晚上听到过莽鸟的声音，只在清晨或傍晚看到过它们，所以我认为它们是夜行生物。我昨天也是这么告诉豪尔赫的。我是自由镇的常驻外星生物学家，于是这些人接受了我的判断。我不应该在没有太多证据的情况下妄下结论。

他们现在正点着火炬，在营地边缘为蒙特罗夫妇挖着坟墓。茜茜在照顾卡洛斯和玛丽，克里斯和戴维陪着他们。我没看到温迪·冈瑟。她和卡洛斯是朋友，也刚刚在三天前失去了父亲。她父亲是在帮李舰长完成"亚拉巴马号"上的收尾工作时去世的。也许她还没能接受这个事实。这不能怪她。我也无法接受。

我们才在土狼星上待了四天，就已经多了三名孤儿。我们来到这里到底都干了些什么？

摘自温迪·冈瑟的日记：
2296年12月25日

今天是圣诞节，哈，万岁！我很痛苦。

以这样一个契机开始写日记的感觉真是太糟糕了。是冈田医生建议我写的，她还想让我叫她邦子，因为她收留了我。她从她的存货里面找出了一台备用平板送给了我，甚至还用医用胶带在上面绑了一个小蝴蝶结，让它看起来就像是一份圣诞礼物。其他孩子都没有收到礼物，因为根本没什么可送的，所以我想我应该心存感激。但爸爸死了，今天是圣诞节，我讨厌这个地方……

温迪盘腿坐在她和冈田医生共住的帐篷里，从她的平板上抬起头来。透过打开的帐帘，她可以看到几名移民者正在附近的营火旁堆起木材；再远一点，便携式发电机正在嗡嗡作响，为某个人建造什么东西所使用的电动工具提供动力。有人在低声交谈，还传来了某种东西敲击地面的声音。现在已经是傍晚了，天气正变得越来越冷。她拉上了大衣的拉链，继续写了起来。

但后来，情况变得更糟了。卡洛斯和玛丽昨天失去了他们的父母，他们在沼泽里被一只莽鸟杀死了。一开始我们觉得用《鲁普特王子传》书中的巨鸟来命名它还挺可爱的，但现在不一样了。我想我应该多陪陪卡洛斯的妹妹，因为他是我的朋友，但我自己还一直在哭呢，又怎么去帮助一个小女孩呢……

"哦，删了这句吧。"她低声嘟囔着，要知道，你已经两天没哭了。你和你父亲一点儿都不熟悉，他几乎只算个陌生人而已。既然要写日记的话，起码要对自己诚实一点儿。

父母下定决心把我们带到这里的时候，是怎么想的呢？

也许我能理解爸爸为什么要这么做。妈妈去世后，他被招募入伍，然后把我放在政府开办的一家青年宿舍住了八年。后来，当他问我愿不愿意加入探险队的时候，我简直太高兴了，因为能和他一起去。但我从没有想过要前往另一颗星球，我只想离开舍夫利。我是想说，你可以选择在生物停滞舱里待上二百三十年，醒来之后来到离地球四十六光年的地方；或者是在宿舍里度过余生，在毯子下面藏着一根棒球棒，以防某位想要侵犯你的辅导员。真是个艰难的选择。

但是卡洛斯、克里斯和戴维的家人……他们疯了吗？卡洛斯告诉我，他们都要被送到布坎南营，和其他"异见知识分子"一起被关在那里。天啊，我讨厌这个词，政府正忙着围捕他们。但为什么让他们认为偷走"亚拉巴马号"可以解决这个问题呢？没错，也许陆地边境被封锁了，欧洲航运也停了，但还是有人设法逃到了新英格兰或者太平洋国。这里的大多数人都没有接受过生存训练，一点儿都没有。也许我在舍夫利过得很艰难，但至少学会了如何搭帐

193

篷，如何生营火。我觉得有很多人在这之前甚至没有在户外过夜的经验……

不远处，她听到了从营地的某个地方传来的笑声，然后是一阵断断续续的欢呼声。温迪抬起头，凝视着帐篷外面。她看不到引起骚动的源头，但突然，她听到了一个新的声音，一种和谐的声音，唱着《第一首圣诞颂》。仿佛在这样一个时刻，所有人都有权利唱响圣诞颂歌。她摇了摇头，继续在平板上写着日记。

我想我知道他们为什么要这么做了。仅仅逃离美利坚联合共和国是不够的，他们想把这样一个事实糊在他们脸上——政府花费了数千亿美元，完全摧毁了经济，让最底层的三分之一人口住在窝棚里，只是为了给自己建一座纪念碑——第一艘星际飞船。爸爸相信了那些鬼话，他是自由党的正式党员，所以这也就说得通了。但李舰长和其他组织这次阴谋的军官……他们怀着深仇大恨。

所以我们来到了这片富饶的乐土，付出了四条性命的代价，包括我父亲。现在，我蹲在一个下雨时还会漏水的帐篷里。我已经一个星期没洗澡了，脖子和胳膊上到处都是虫咬的痕迹——他们把那种虫子叫作蚊子，因为它们长着巨大的翅膀，被咬到的话会疼得要命。明天我们就要清理土地开始种庄稼了。

"温迪？"外面传来了脚步声，接着帐篷的帘子被掀开了，冈田邦子弯腰往里面看着，"在干什么？"

"写东西，我在写日记。"温迪都没有从平板上抬起头，"现在有点忙。"

"好吧……嗯，你能写日记，我很高兴。"邦子犹豫了一下，"嘿，我们正在举办一场类似圣诞派对的活动，你的朋友们也在，你愿不愿意……"

"当然。一会儿就去。"温迪依旧盯着平板。邦子见状放弃了，离开了帐篷。温迪松了一口气，她的思绪被打断了，不过也没什么可写的了。

这感觉一点儿都不像圣诞节。
我讨厌土狼星，我想爸爸，我想回家。

温迪把日记保存在了一个加密文件里，然后关闭平板，把它合了起来，放在了睡袋下面。她长出了一口气，摇了摇头，然后不情愿地爬出帐篷，伸了个懒腰，慢悠悠地往人群走了过去。那群人正努力回忆着《圣诞节的十二天》的歌词。

移民日志：
2296年12月29日（星舰"亚拉巴马号"大副汤姆·夏皮罗记录）

一、今天又开垦了三英亩[1]农田。在小镇东北方向约五百米，距离沙溪约五十米处进行了有计划的焚烧清理，方便在必要的时候引水灌溉。到目前为止，十五英亩土地已经清理完毕，还有十英亩计划中的农业用地有待清理。凯莱博士和伯兰特博士进行的土壤检验依旧表明，这片土地适合耕种。已经安排了二十人在之前的三英亩土地上进行翻土作业；其他人则在卢·吉尔里和卡丽·吉尔里夫妇的指导下负责设置育苗盘。如果天气能保持晴好，几天内应该就可以开始种植作物。

---

1. 1英亩等于4046.86平方米。

二、由保罗·德怀尔少尉率领的十名伐木工勘查了附近的树林，确定并命名了两类主要树种：一种是黑檀，它很像巨大的日式盆景，不过深深的根部结构却很像柏树；第二种是赝桦，这种树高度较矮，树皮会呈片状剥落，与桦树非常相似。黑檀很难砍伐，但似乎适用于建造永久性住所。保罗报告说，两个人花了将近一个小时才锯下一根黑檀低矮的树枝；赝桦就容易砍伐得多，但是木材质地比较柔软，不适合建筑用途，不过从树上落下来的树枝很适合做柴火。保罗相信还可以用它们来造纸、制作家具和器皿什么的。

赝桦数量繁多，但伯尼和卢认为，黑檀可能树龄更老，也许都有几百年了，他们担心砍伐黑檀会破坏当地的生态系统。我提醒他们，我们的首要任务是建立一个自给自足的移民地，因为帐篷和预制板无法帮我们度过冬天。现在已经是夏末了，如果不在天气变冷之前搭起温暖的住所，那么我们就可能会因为担忧环境而付出失去生命的代价。

三、泰德·勒马尔少尉向我和李舰长展示了他业余时间一直在进行的一项研究工作——土狼星历法，这让我们大吃了一惊。显然，自"亚拉巴马号"进入大熊座47星系以来，他就根据相关的天文数据进行计算，一直在主动跟进这项工作。不过这套历法还没有完全完成，而它比地球的历法更加复杂，泰德声称，人们依靠它能可靠地预测季节的变化。

为了完成这项工作，舰长暂时把泰德从挖井之类的琐碎工作中解放了出来，他希望两天之后，就能把这套新历法准备好，这样人们就可以在2297年1月1日（地球时间2300年10月7日）之前，用它取代旧日历了。

四、李舰长已将卡洛斯·蒙特罗和玛丽·蒙特罗兄妹暂时交由纽厄尔代为监护。之前他们和莱文一家住在一起，莱文夫妇是蒙特罗夫妇的好友，但是吉姆和茜茜已经有两个儿子了；就算他们把蒙特罗家的帐篷搬到了附近，照顾好三个十几岁的男孩再加上一个小女孩也是不可能的。温迪·冈瑟目前仍由冈田医生监护，她们似乎很高兴能住在一起，但舰长认为，需要制定一个长期方案，解决照顾孤儿的问题。

这再次提醒我们，"亚拉巴马号"上的军事指挥结构并不适合管理平民移民地。我们需要尽快设计出一种民主政府体系。

摘自西奥多[1]·勒马尔少尉的笔记：
土狼星元年，乌列尔月57日（2296年12月30日）

土狼星历法是由熊星的恒星年，即它绕大熊座47公转完整一周需要的时间确定的。这样一个周期需要一千零九十六天，其中每天大约相当于地球标准的二十七个小时。

虽然土狼星绕熊星公转的轨道是圆形的，但熊星绕大熊座47公转的轨道略呈椭圆形。此外，土狼星的自转轴没有倾斜。因此，我们可以认为这里存在类似地球的季节循环，只不过北半球和南半球在同一时间季节相同。因此，人们无法使用地球上的公历来精确计时和预测季节变化。

土狼历分为十二个月，每月十周，每周九天。除了每个季节的第三个月是九十二天以外，其余月份每月九十一天。所以每一季有三个月，平均约二百七十四天。

我决定以基督教诺斯替派中大天使的名字来为月份和日期命名，其中，土狼星的月份是用地球上各个月份的十二位守护天使来命名的。从新年开始，一年的十二个月依次命名如下：

---

1. 泰德为西奥多的昵称。

冬季的三个月分别叫作加百列（91天）、巴其尔（91天）、马基达尔（92天）。

春季的三个月分别叫作阿斯莫德（91天）、安比尔（91天）、穆里尔（92天）。

夏季的三个月分别叫作凡基尔（91天）、哈玛利尔（91天）、乌列尔（92天）。

秋季的三个月分别叫作阿德那基尔（91天）、巴比尔（91天）、汉尼尔（92天）。

一周中的九天同样以太阳系七大行星的守护天使命名（根据亚里士多德的宇宙论）。它们依次是：拉斐尔日、亚纳尔日、米伽勒日、泽斐尔日、卡夫其尔日、萨麦尔日、卡麦尔日、查麦尔日和犹菲勒日，也就是星期一到星期九。确实念起来有些拗口，所以可以简称为：拉斐、亚纳、米伽、泽斐、卡夫、萨麦、卡麦、查麦和犹菲。

这套历法的第一年就是人类第一次登陆土狼星的那年，也就是土狼星元年，或记为C.Y.1（地球时间2300年；相对论飞船时2296年）。第一次着陆的日期是土狼星元年乌列尔月五十日，亚纳尔日（相对论飞船时2296年12月19日；地球时间2300年9月8日）。人们可以很容易将换算历法的算法放进平板里，计算机也同样重新进行编程就可以了。

个人标注：我不是在自欺欺人——肯定有很多人不想用这套立法系统，起码一开始不想用。我们已经习惯了基于公历看待时间的流逝，这已经成了我们脑中的一种常识。如果今天是12月30日，那么明天就是跨年夜了，是时候打开一瓶酒，唱那首没人记得的德国歌曲了[1]。而在我的日历上，这一天只是夏末某一周的一个星期四

---

1. 这里是勒马尔搞错了。应该指苏格兰诗人罗伯特·彭斯（1759—1796）作词的低地苏格兰语歌曲《Auld Lang Syne》，歌名原意为"逝去已久的日子"，人们会用它在跨年夜和去年告别。这首歌曾被改编成中文歌曲《友谊地久天长》。

（或说泽斐尔日）。

不过，舰长对此很感兴趣，所以我会问问他是怎么想的。也许最终，这套历法会被称为"勒马尔历法"……那就好玩了！

摘自詹姆斯·莱文博士的日记：
土狼星元年，乌列尔月63日

我还在努力适应这套该死的历法。我知道，它比那套旧历法更合适，但我还是觉得今天是2297年1月3日。泰德正在修复这个程序里的漏洞，等他把问题解决，我们就可以把它安装到我们的平板上了，但在那之前，我只能依靠昨天营地会议上手写的笔记。

这套新历法提醒我们，夏天的最后一个月已经过去了三分之二。我们没有太多时间种出足够的食物来度过冬天了，我们也不知道在第一场霜冻降临之前，这种天气还能持续多久。我们已经种了七英亩地，为了让作物的抗寒性更强，种子都是经过基因改造的，而且这里已经连续下了好几天雨，应该也有助于作物生长吧。但是晚上天气很凉，就算是白天，上星期的平均气温也已经下降了好几度。李舰长指示施工人员尽快建造一座温室。达娜·门罗说，她的手下也许可以从船舱上卸下窗户，用足够多的玻璃来建一座小温室。舰长还让伯尼和我去看看当地是否有可以食用的植物。

我们已经对沼泽地中大量生长的青草（即"两耳草"）进行了检验。实际上，在这里能发现草已经相当令人惊讶了——在地球上，草是一种相对较晚进化出来的物种。这同时能证明生物在其他星球上也会以同样的步骤进行进化。这种植物没有太多营养，等我们抽出时间来把"亚拉巴马号"上的牲畜胚胎弄下来，没准能用它当牧草。但这可能得等到明年夏天，现在已经太晚了，否则我们就得操心冬天怎么喂它们了。不过，这种植物的根茎可是有用得很，经过适当的发酵，它们可以制成我们的饮料，甚至可能拿来做啤酒！

沼泽的大部分区域都滋生着大片大片的圆叶贴地藤蔓（即"苜蓿草"）。它们与两耳草互为竞争关系，会在争夺资源的过程中频繁地杀死对手。苜蓿草不可食用，但坚固防水，已经作为可能建造屋顶材料被推荐给达娜了。

还有一种球状植物……

"我觉得你会想看看这个，"茜茜·莱文边说，边穿过北面玉米地边缘的马唐草地，"我的意思是，这件事困扰你很久了。"

"我没有觉得困扰，"吉姆回答道，"只是……"

"很好奇。没错。"茜茜罕见地露出了笑容，宠着她的丈夫，"得了吧，我还不知道你啊。"接着她不耐烦地把高高的草丛推到一边，仿佛那是一块窗帘，继续穿过了沼泽，"就在那边……好，咱们到了。"

吉姆停下了脚步，凝视着草丛中孤独地挺立着的球状植物。和在自由镇附近看到的这种植物一样，它是个巨大的球体，直径超过两英尺，有点像倒着长的野洋葱。球体中心向上抽出了一根长长的茎，长茎的顶端长着一片紫罗兰色的花瓣，有些人觉得它有点儿像叶鞘。他们发现，这种球状植物大多都成簇生长，但这里却只有这一株扎根，附近完全没有其他同种植物。

"够近了。"确实，他们已经离这株植物太近了。这种球状植物周围一般都会围着一大群拟蜂——移民者们给一种类似大黄蜂的昆虫起了这样一个名字，这种昆虫喜欢聚在球状植物周围，还会在附近的地上筑巢，为植株顶端的花朵授粉。拟蜂会攻击所有靠近它们的巢穴或球状植物的人；它们蜇人非常疼，但更糟糕的是，它们携带的毒液还会带来醉意。

前几天，戴维就因为离一株球状植物太近了，被拟蜂蜇了一下。

不久之后，一名"蓝衬衫"发现了这个小男孩，他无精打采地在营地周围走来走去，自顾自地唱着歌，还不知对着什么咯咯傻笑。起初，安东尼奥·卢凯西还以为这男孩偷了一瓶首次着陆派对上剩下的伏特加，但随后注意到了他脖子后面的疖子，便直接带他去找冈田医生了。邦子给他做了检查，在他的伤口处涂了抗生素。半个小时后，戴维清醒了过来。拟蜂叮咬显然是为了让猎物失去行动能力，但对大型哺乳动物来说，效果不那么明显，很幸运，这种毒素并不致命。在那之后，所有人都收到了警告，要远离这种球状植物。

"没事的，"茜茜说，"真的……没什么好担心的。"还没等吉姆阻止她，她就朝那株植物走了过去，还轻轻地踢了它一脚。它发出了轻柔的沙沙声，茎杆轻轻地摇晃着。"看到了吗？它死了。所以周围才没有拟蜂呢。"

吉姆仍然非常谨慎，他从高高的草丛中走了出来，向那株球状植物走了过去。走近了一些之后，他发现这株植物确实已经开始干枯了，它的叶子变成了深棕色，茎上的花朵也蔫了。茜茜说得对，这株植物已经死了。现在是近距离研究它的绝佳时机。

他掏出折叠刀，跪在植物旁边。它的叶片粗糙而坚韧，他费了很大的劲儿才把球切开，拉开切下来的部分时，球里冒出了一股恶臭。他感到一阵恶心，连忙往后退了几步，用手捂住嘴巴和鼻子；在他身后，茜茜也发出了恶心的声音。吉姆等了一会儿，待空气清新之后，他收起刀子，捏紧鼻子，拨开叶子往里面看去。

和他想象的一样，球里面是空的，一时间他还以为里面什么都没有，不过仔细一看，他发现球体底部有一个已经失去生命的小东西——一具沼泽鼠干瘪的残骸，它蜷缩成了胎儿的样子，卧在植物体内长出来的类似毛发一样细小的卷须之间。过了一会儿，他才意识到自己看到的是什么。

"这是一种食肉植物，"他说，"它从沼泽鼠的身体里汲取营养，把它们吸干了。有点像地球上的猪笼草。"然后他又坐到了地上,抬头看着茜茜。"但我还是不懂。"

过去几天我一直在观察这种球状植物,我注意到沼泽鼠往往会与它们保持距离。实际上,就算球体顶端盛开着花朵,它们也会避免接触球状结构。而且这些植物上的球体一直闭合着,拟蜂会阻止所有想要靠近它的东西。究竟是什么把沼泽鼠吸引进来的呢?

没道理啊……至少以地球的标准来看很不合情理。此时,我又想起了自己正在研究的是一个外星生态系统。我觉得自己好像发现了一些类似地球生物的东西,但就在这时,我又找到了一些完全陌生的物种。

查尔斯·达尔文一定会喜欢这个世界,不过这个世界也可能把他逼疯。

摘自温迪·冈瑟的日记:
土狼星元年,乌列尔月69日

我把大部分时间都花在了农场里。那里的工作很辛苦,我的手上长满了老茧,因为经常铲土,我的背也很疼。邦子抱怨说我用了太多的防晒乳,这东西要是用完了就没了。不过我还是很喜欢种地,因为这能让我不再去想爸爸的事情。

有些大人觉得我不该这样。一个十四岁的女孩不应该从事这么艰苦的劳动。他们可能觉得我应该穿一身黑,整天号啕大哭。虽然我很想爸爸,但经历了过去那几周,我才开始意识到自己真的不怎么了解他。我必须多打听一些他的事情,不过这需要时间。

待在这里也能让我离卡洛斯远一些。我非常喜欢他,真的,超喜欢！但他刚刚失去了父母，肯定比我更无法接受。我自己的问题已经够多了，没法再费心去帮他。他是伐木工，玛丽在厨房帮忙，我一天也见不到他俩几次。

昨晚和邦子两个人待在帐篷里的时候，我们聊到了这个问题。（邦，如果你破解了我的密码，别看！这不是给你看的！）我把卡洛斯的事情和她说了，她同样认为现在这个时候不适合交男朋友。我说卡洛斯总是在晚餐的时候过来找我，她笑了，"没有什么比十四岁的男孩更可怜了。"她说得真是太对了……

（而且还有克里斯·莱文，他不可爱吗？）

我最近还一直在研究扑鹰……

在地球上，她从来没怎么注意过鸟，基本只见过会在舍夫利营地附近的树上筑巢的知更鸟和鹪鹩。但是，扑鹰却完全不同：它们比鹰稍大一些，同样都长着钩状喙和长爪子，但翅膀却有老鹰的两倍那么长，这样一来，它们飞行的时候看着就有点像翼龙了。这种鸟清晨就会出来，天刚亮，就能看到它们从黑檀林的巢穴中起飞，在自由镇附近的沼泽地里盘旋一整天。莱文博士说它们"乘着热气流"，靠从地面升起的热空气停留在高空。就算没人跟她说，温迪也知道，它们在上面可不是为了表演，而是在狩猎，正因为如此，她才觉得它们相当迷人。

温迪独自一人在镇郊一块新开垦的田里用锄头翻着土，正在这时，她发现一只沼泽鼠从大约十五英尺外的草丛中溜了出来。她一动不动地站在那里，看着这只沼泽鼠走近了一株她一直躲着的那种球状植物。它停下来，在那株植物的底部嗅了嗅——有意思，因为莱文博士认为沼泽鼠不会待在这些球附近，他说自己曾在其中一个球里发现过一具沼泽鼠的干尸。温迪等待着，想看看球状植物会怎么抓住这只沼泽鼠，这时，一道阴影从地面上掠过。

她抬起头来，正好看到一只扑鹰从天空俯冲而下。

它把翅膀收了起来，紧贴在身侧，直到最后一刻才张开翅膀来了个急刹车。沼泽鼠根本没有意识到即将到来的攻击，扑鹰用爪子抓住了它——一声尖锐而凄厉的惨叫！这啮齿类动物的脖子瞬间就断了。而那只猛禽拍打着巨大的翅膀，重新起飞，其间都没有接触过地面。

温迪丢下了锄头。她屏住呼吸，看着扑鹰抓起死去的沼泽鼠，朝距离营地几英里的一片黑檀林飞了过去。

这是一个万里无云的晴朗下午，天空蔚蓝，纯洁得如同一个纯真的少年。突然她产生了一种前所未有的体验，一种感官上的觉醒，她觉得自己与周围世界产生了直接的联系。她意识到，自己离大自然并不遥远，甚至是它不可或缺的一部分。

就在这一瞬间，温迪真正踏上了土狼星。

人们会抱怨在这里生活有多么艰难，他们说得对——我们的口粮有限，如果冬天之前没有一份好收成，到时候就可能会挨饿。我们有很多工具，但要是它们坏了或者旧了，要么造新的，要么就没得用了。沼泽里有很多莽鸟，这样想来，我以前一个人待在外面真是太蠢了。我们这些人，明天谁都可能会死。

但你知道吗？我爱这个地方。我从来没像现在这样，感受到自己生命中的活力。

自由镇每月会议纪要：
土狼星元年，阿德那基尔月2日
代理秘书汤姆·夏皮罗记录

一、晚八时，代理主席R·E.李宣布会议开始。清点人数，实到八十二人，缺席十八人。

二、第一项议程是正式投票表决《移民地宪章》。宪章草案副本已于两周前分发给所有公民。

里斯先生公开反对宪章第2款和第3款。其中第2款要求建立一个民主选举产生的政府，第3款要求废除所有原共和军军衔。他声称，移民地应该继续无限期地在军队的管理下运行，并且应该允许所有共和军军官保留军衔。

夏皮罗先生代表宪章委员会发言反驳，民选政府将允许所有移民者推选代表，在移民地管理事务中行驶发言权。议会将由普选产生的七名成员组成，议员任期不应超过（土狼星历法的）一年。

纽厄尔女士原则上同意，但同时表示她和其他共和军官兵反对放弃他们的军衔与特权。德赖弗斯先生认为，应允许共和军官兵非正式地保留原有的军衔，但他也指出，如果建立民选政府的目的是在平等的基础上对待所有移民地的公民，正式保留军衔将意味着"一些公民将比其他公民更平等"。

经过一个小时的辩论，李先生要求对宪章进行表决。动议以71比11获得通过。随后，李先生宣布进行正式批准宪章启用投票表决。投票结果是58票赞成，22票反对，2票弃权。

《移民地宪章》因此以多数票通过。

三、李先生宣布对议会议员进行提名。根据《移民地宪章》第5款（a）条，任何（公历2300年或土狼星元年前）年满十八岁的公民都有资格参加竞选。所有候选人必须公开宣布他们计划参与竞选，或由他人提名参与竞选，所有提名必须获得至少一名其他成年人的支持。共有十一名成员被提名为议会议员，其中十名成员获得他人支持。

李先生随后宣布正式选举议会议员。投票以举手方式进行，廷斯利先生和吉尔里女士负责计票。当选者为：R·E.李先生、汤姆·夏皮罗先生、莎伦·厄尔曼女士、保罗·德怀尔先生、塞西莉娅·"茜茜"·莱文女士、亨利·约翰逊博士、冯达·凯莱女士。

其中德怀尔先生和里斯先生得票数相同。李先生宣布进行第二轮投票。最终，德怀尔先生以两票优势击败里斯先生。

李先生随后宣布选举议会主席。李先生当选主席，凯莱女士当选副主席。

四、李先生宣布提名监察官。监察官将负责执行议会根据《移民地宪章》制定并通过的移民地法。共有八人获得提名，其中有七人获得他人支持。

李先生宣布正式选举监察官。投票以举手方式进行，夏皮罗先生和凯莱女士负责计票。当选者为：吉尔伯特·"吉尔"·里斯先生，罗恩·施密特先生，威廉·布恩先生，安东尼奥·"托尼"·卢凯西先生，约翰·卡拉瑟斯先生，迈克尔·盖萨尔先生，埃勒里·巴利斯先生。

五、李先生要求各常务委员会提交报告。

德怀尔先生（伐木小组）报告说，他的小组已经对自由镇周边三英里范围内的可用木材进行了评估，并且正在砍伐附近的黑檀和赝桦。首先要搜集足够的木材，完成农业温室的搭建。

雅各布斯女士询问何时建造永久性住所，德怀尔先生回答说，温室建成之后就可以开始。

门罗女士（建筑小组）指出，木屋在进入冬天后依然可以搭建，但温室必须尽快完工。她还表示，她的小组目前人手不足，人们都在超负荷工作，同时还请求更多人志愿加入伐木小组。

吉尔里先生（农业小组）报告已经清理和耕种了二十五英亩土地。不过他担心收成可能会低于预期。逐渐寒冷的天气并不是唯一的问题，最近，沼泽鼠发现了作物幼苗，尽管扑鹰抓走了许多在田里觅食的沼泽鼠，还是有大量庄稼被吃掉了。由于还没有设计出合适的陷阱，他请求监察官在田里巡视，射杀看到的所有沼泽鼠。里斯先生同意了这个请求。

六、李先生宣布开始讨论其他事项。

冈田医生报告说,医疗用品仍然有剩余,但也无法大量供应了。为了应对漫长的冬季,她会将大部分抗生素和抗病毒药物储备起来。她告诫所有人,要避免接触拟蜂,它们的叮咬会使人中毒;还有要警惕沼泽鼠,被它们咬伤可能会感染某种病毒,造成体温过高,暂时瘫痪等症状,皮肤上还会出现环形斑点。

夏皮罗先生警告大家,在天黑后前往厕所和堆肥池时要格外小心谨慎。有人曾目击一种被命名为"溪猫"的夜行动物会潜伏在这些地方,它们有点像暹罗猫,体型却大得多,和边境牧羊犬相仿。虽然有人靠近时,它们往往会逃跑,但还是有孩子会用剩下的食物喂它们。

德赖弗斯女士询问移民地的学校什么时候才能开学。李先生说,议会将在第一次正式会议上讨论这一问题,同时他也指出,年幼的孩子需要再等几个月才能开始接受初等教育。目前所有人都必须努力工作,让移民地在入冬之前实现自给自足。

下一次市民大会定于十一月三日召开。本次会议于晚上11:26结束。

摘自詹姆斯·莱文博士的日记:
土狼星元年,阿德那基尔月38日

贝丝·奥尔抱怨说堆肥池正散发出一股恶臭,那气味闻着像腐肉。很难想象会有人把吃的扔掉,我们的口粮实行着严格的配给,每个人吃饭的时候都会把盘子里的东西吃得一干二净。因为李舰长(我仍然会这样称呼他,其他人也一样)要求我担任负责健康和环境的官员,所以我就跑到堆肥池那边去看了看。

结果我发现了十几只溪猫,都是被近距离射杀的,被从头到脚剥了皮。只有监察官的手里有枪,所以我知道该去哪儿问了……

吉尔·里斯站在搭了一半的小屋门口,伸开胳膊挡住了吉姆·莱文的去路。"你想问什么?"他装出一副惊讶的样子,"死猫?"

小屋里有人在闷声笑着。阳光斜射进屋顶还没有铺好苜蓿草的部分,露出了里面一张粗糙的桌子和旁边坐着的几个"蓝衬衫"。他们正在做什么,吉姆看不太清楚。

"没错,"他回答道,"溪猫。我在堆肥池里发现了它们的尸体,皮都被剥了。"里斯不置可否地耸了耸肩。"它们身上都有弹孔,只有你们手里有枪。我猜有人在深夜射杀了它们,把它们剥了皮,然后把尸体扔进了池子里。"

对方又耸耸肩,"所以呢?"

"能告诉我是怎么回事吗?"吉姆顿了一下,"还是说我把这件事告诉我的妻子,让她和其他议员来处理?你们对公众健康造成了危害。"

笑声消失了,里斯怒视着他。他把胳膊从门上放了下来,走到了一边,让莱文进了屋子。"好吧,你进来看看吧。我们没做什么违法的事情。"

小屋里有股动物尸体的气味。桌子旁边的地板上有一个水桶,水桶里有一只溪猫,它裸露的肉呈粉红色,上面都是刀痕。另一只猫躺在桌子上,布恩和卢凯西正在小心翼翼地剥它的皮。在他们身后还有几张兽皮被绷紧钉在木墙上。两个"蓝衬衫"就像在分赃现场被抓现行的盗墓贼,紧张地盯着莱文。

看着这一幕,莱文慢慢地点了点头:"那么,你们是怎么做到的?它们完全没中我们设下的所有陷阱。"

"不用陷阱。"里斯说,"我们用传统的方法。我们射杀了一些沼泽鼠,把尸体丢在田里,然后等溪猫过来拖走尸体就可以了。沼泽鼠不能吃,猫也一样——我们都尝过了,就算煮熟了也很难吃,但它的皮非常有用。"

"它的毛很软,"布恩连忙辩解道,"皮有点儿像软革,还能防水。施密特已经用一只猫皮做了一双不错的软帮鞋。我现在正在缝一件冬天穿的皮夹克,已经弄好一半了。"

吉姆点点头,看了看那些用钉子钉起来的兽皮:"很高兴听到这些。干得好。"然后他回头看了看里斯,"等你们忙完之后,把这些兽皮带给李舰长看看吧。你们发现了对移民地有用的东西,我相信他会很高兴的。"

里斯什么也没说,其他人也都保持沉默。因为没有什么要说的了,吉姆打算转身离开。然后他发现小屋里还有另一个他之前没有注意到的身影:卡洛斯·蒙特罗正坐在角落里的凳子上,静静地看着这一切。卡洛斯也盯着吉姆,两人都没说话。过了一会儿,吉姆离开了小屋。

我不介意他们射杀溪猫获取兽皮。让我不安的是,里斯他们没把这件事告诉其他人。这可以帮助自由镇的所有居民,但他们却打算保守这个小秘密。

我觉得里斯还是想当老大,随着时间的推移,他会给我们带来麻烦。

摘自温迪·冈瑟的日记：

土狼星元年，阿德那基尔月72日

秋天来了。现在，天气已经不像月初时那么暖和了，有时一整天都非常寒冷。这周降雨量很大，风向也发生了变化，冷空气从西北方向吹了过来。我们已经开始白天穿毛衣，晚上裹大衣了。

吉尔里先生说可能很快就得开始收庄稼了。第一场霜冻虽然还没来，但他担心如果现在不把作物从地里收上来，寒冷的天气可能会它们都冻死。土豆和胡萝卜已经成熟了，尽管个头还有点儿小——我倒是想让它们再长几个星期，但可能没机会了。西红柿都完了，第一场寒流过去之后，我们只剩下几蒲式耳[1]西红柿；尽管玉米也要收了，但玉米秆却只有我这么高。很高兴我们把温室搭好了，虽然不大，但已经可以让我们在冬天吃上新鲜的蔬菜了。

提前收割的另一个原因是扑鹰开始迁徙了。你可能以为自由镇已经很靠南了，它们会在这里过冬，但这些动物似乎有自己的想法。我看到它们成群结队地朝东南方向飞去，那是大赤道河的方向。我很想知道它们要去哪里，但是从"亚拉巴马号"上下载的卫星照片并没有为我们提供什么线索。

总之，扑鹰都搬走了，沼泽鼠开始在农场里越发肆虐。没有了天敌，又快到冬天了，这群小怪物开起了宴会。它们会吃光能找到的所有食物，其中胡萝卜特别受欢迎。达娜设计了一种陷阱，用旧箱子做成有盖的盒子，在里面放一小块胡萝卜；沼泽鼠进去之后，

---

1. 蒲式耳，又称英斗，英制的容量及重量单位，主要用于量度干活，尤其是农产品的重量。1英制蒲式耳约等于36.37升。

就会触动地板上的杠杆装置，让盒盖自动关闭，它们太蠢了，每次都会上当。一旦发现自己被抓了，它们就会暴跳如雷，这时候你只能跑过去找一个"蓝衬衫"，让他过来开一枪。一开始，我都不忍心看，但现在已经习惯了。这确实很残忍，但还有什么其他办法吗？

昨天是我十五岁的生日——起码是我在家那边（我是说地球）的生日。我还是不知道怎么不用平板将公历转换为勒马尔历法，我甚至不愿意去想我在家那边有多大了。（十五加二百三十？没门！）我只把这件事告诉了邦子，还让她不要告诉其他人，但是……

当时她正在农场，跪在芜菁地里拔苜蓿草，这时候有人拍了拍她的肩膀。"温迪？你有空吗？"

是卢·吉尔里，可能在检查她的工作吧。"哦，嗨，吉尔里先生，您这是……"

接着她回头一看，发现自己身后已经站了一小群人。其实，似乎整个移民地一半的人都突然出现在了那里：邦子、莱文博士和他的妻子茜茜、吉尔里夫妇、泰德·勒马尔、纽厄尔女士、里斯上校和他手下的几个"蓝衬衫"，甚至还有李舰长。克里斯、戴维、巴里和卡洛斯站在这群人的中间。她的朋友们想要装出一副若无其事的样子，但她脸上的表情让他们彻底放弃了。

"哦，我的天啊！"温迪低声说。随后，人们参差不齐地唱起了生日快乐歌，她蹲在泥地里，感到很害羞，还觉得自己很蠢。

那天晚上，晚餐结束后，有人在营火旁为她举办了一场派对。所有人都说，这是土狼星上的第一场生日派对，不过她后来得知，之前那几个月，已经有几个大人过过生日了。但显然，当人变老了，生日就不那么特别了，所有人似乎都认为她值得拥有一个这样的生日。吉尔里女士送给她一个小纸杯蛋糕，是在社区厨房烤的，上面还有巧克力。温迪对巧克力过敏，但她小心地并没有把这件事说出来，而且巧克力是一种稀缺物品，所以她知道自己最好心存感激。有人打开了倒数第二瓶香槟，还让她喝了一小杯（她差点把酒吐出来，为什么大人们这么喜欢酒呢？）。李舰长做了一段简短的发言，说她是多么出色，在农场做了多少工作之类的，都是些好话。到这个时候，温迪才知道这些人真的很喜欢她，而不仅仅是把她当作一个需要他们照顾的可怜孤儿。

不过她注意到没人提起她的父亲，甚至连李舰长也没提。好像所有人都不想谈起他似的。难道没人认识他吗？还是有别的什么原因？

时候不早了，四周也逐渐安静了下来。熊星已经出现在地平线上，平常到了这时候，人们都会回帐篷。今天发生了这么多事情，温迪也觉得很累。就在她准备进帐篷的时候，卡洛斯凑了过来。

"温迪……你有空吗？"

"啊……有，当然有。"她已经好几个星期没和卡洛斯说话了，他们上次单独见面是在沙溪边。他当时想要吻她，她也同意了，感觉很好。但后来，他想把一只手伸进她的衬衫里面，虽然她有点儿希望他这么做，但在舍夫利营地的记忆仍然清晰，所以她把他推开，然后站起来逃走了。从那以后，她就躲着他，一直都不确定自己是否想和他说话。"怎么了？"

"没什么，我只是……"卡洛斯似乎不敢直视她的眼睛，他把右手背在身后，好像拿着什么不想让她看见的东西。"那个，我真的很抱歉。"他用很小的声音说道，"那样不对，我……我是说，我不该……你知道……我还是想和你做朋友，如果你……"

"没关系。我原谅你了。"温迪朝卡洛斯露出了笑容。卡洛斯终于抬起了头，温迪却发现对方的脸很红，而且依旧把手背在身后。"那……你一直在藏什么呢？"

他环顾四周，似乎想看看周围有没有人在看他们。没有人注意这边，不过温迪看到在他身后，克里斯·莱文坐在营火的对面。他貌似在全神贯注地盯着火焰,但温迪知道他正时刻关注着这里的情况。"是为你做的,"卡洛斯把那个东西从背后拿了出来,"我知道你的生日快到了,所以……"

一个用纸裹着的小包。在这里不应该这么浪费纸。温迪从他手中接了过来,小心地打开了纸包,没把纸撕破。接着,她看到了包在里面的东西……

一双手套。手工制作的手套,是用沼泽鼠皮缝成的,内衬是溪猫毛。我原以为它会有点大,但后来试戴了一下,发现它非常合适,既舒服又暖和。不用问也知道,这是他自己做的,缝得有点粗糙,左手拇指根部还有一根线松了,邦子把它打了个结。

我不知道该说什么,所以就把他拉到德赖弗斯的帐篷后面,独处的时候,我吻了他。这次只是一个吻,他的手没有乱动。但这吻太美好了,他说我尝起来有香槟的味道。

我还没准备好交男朋友,但如果克里斯·莱文想和卡洛斯竞争的话,他得给我一整张毯子,我才会让他亲我的手而已!

移民日志:
土狼星元年,阿德那基尔月5日
自由镇议会秘书汤姆·夏皮罗记录

一、今天早上,地面上结了一层霜,日出后又过了一小时才融化。气象站记录当地夜间的最低气温为二十七华氏度,风向在北到东北之间,风速为每小时十到十五英里。根据"亚拉巴马号"发来的卫星照片,北纬四十度线以北刮起了暴风雪,大赤道河以北的河岸开始结冰。南纬五十度线以南也出现了降雪,南方冰川周围的苔原上、河道内也出现了结冰现象。

二、野生动物正从新佛罗里达迅速消失。扑鹰继续向东南方向迁徙，白天观测到莽鸟的次数开始减少。沙溪沿岸的足迹表明，它们正在向南沿小溪朝西峡河移动。尽管在小镇附近仍然可以看到溪猫，但沼泽鼠已相当少见，人们认为它们可能已经开始冬眠。

三、门罗建议对粮仓舱壁进行隔热处理，防止农产品因极端寒冷而遭到破坏。李舰长检查了粮仓，认为这是一个明智的建议，虽然粮仓是原"亚拉巴马"的货舱，但进入大气层和着陆时，这些容器在压力的作用下产生了裂缝，冷空气因此得以渗入。苜蓿草混合沙子是不错的密封材料。

四、目前的主要工作是建造永久性住房。几乎每天都举行"建房派对"——二十多人一起把黑檀梁柱立起来。搭建一所带石头壁炉的一居室小屋大概要花两天，搭建一所三居室的家庭住宅大概要花四天。主街两旁已经建起了十八栋小木屋，每栋都带厕所。还有一块地被预留了下来，准备用于建造会堂。

五、"普利茅斯号"和"五月花号"已被封存。虽然舰载核电池仍然被用来提供电力，但燃料箱中的推进剂已经被排干了，人们把帐篷当作防水布绑在了太空穿梭机上，以免机身在天气影响下发生损坏。许多人赞成拆除其中一艘太空穿梭机的电子部件和家具，我们已经收到了索要客座沙发的申请，但李舰长坚持要求让两艘太空穿梭机保持在紧急情况下可以起飞的状态。然而，它们在短期内是否会再次起飞还是个未知数。

摘自詹姆斯·莱文博士的日记：
土狼星元年，阿德那基尔月23日

今天，一个谜团得以解开。实际上是两个谜团——我们知道了沼泽鼠都去了哪里，还知道了那些球状植物的生物功能。

平心而论，我必须把这归功于温迪·冈瑟，而不是我。当时，她和卡洛斯·蒙特罗都在田里，他们自称在收集作为屋顶制作材料的玉米秸秆，但我对此表示怀疑。温迪注意到一群沼泽鼠正待在那种球状植物附近。由于最近很少见到沼泽鼠，这引发了她的好奇，所以她和卡洛斯小心地从较远的地方观察着，看到那些沼泽鼠都爬到了球体的顶部。它们一个接一个地从叶片间的一个狭窄的洞口钻进了球里，最后所有的沼泽鼠都消失了。

温迪冲到我家，把她看到的情景都告诉了我，我跟着她和卡洛斯回到了那株植物旁。附近的拟蜂全都死掉了，所以接近那株植物也没有危险，而且那颗球并没有完全密封，于是我轻轻地剥开其中一片叶子，向里面望去。

我数了一下，在这株植物里面有八只沼泽鼠，它们都半睡半醒地蜷在一起。我让这颗球自行合拢，随后便退开了，还让温迪和卡洛斯保证不把我们的发现告诉其他人。我不想让其他人——也就是那些"蓝衬衫"们——偷走正在冬眠的沼泽鼠身上的皮。至少现在，这是只属于我们的秘密。

我的假设：这可能是一种植物与动物的共生形式。在土狼星漫长的冬季里，这些球状植物为沼泽鼠提供了冬眠的庇护所。不过可能会有一两只沼泽鼠在冬眠期间不可避免地死亡，特别是其中的老弱病残。它们的尸体会依然留在球里。等到了春天，沼泽鼠从球里爬出来，留在里面的尸体就是给植物提供的食物。

这里可能确实存在和地球上的生命外表相似的生物，例如沼泽鼠和雪貂就颇有相似之处。但那是因为大自然倾向于选择完美的（即适应性强的）进行设计并复制。然而，土狼星并不是地球，虽然它与地球很相似，但这里依旧是一个不同的世界——更年轻、更冷、季节更长、大气密度更小、重力更小。所以肯定会有明显的不同。

又一个谜团解开了……但未解之谜还有很多。

随着时间的推移，通过对这个世界的持续观察，我们也许能够证明（或者推翻）盖亚假说：行星不仅仅是供生命在自然环境中进化的一块石头，而且还是一种自给自足的生命形式，它们的生态系统生死勾连，相互支撑。我们来到土狼星是为了逃离暴政，但我们的未来也许会更伟大。

我不是一个信仰宗教的人——茜茜和我很少去教堂，为克里斯举办成人礼[1]也仅仅由于他祖父母的坚持，（我们离开的时候，戴维还没过十三岁生日）尽管如此，我一直认为自己是一个有信仰的人。我坐在小木屋里，在灯光下写作，壁炉里的火焰噼啪作响。我的妻子和儿子睡在用居住舱的床铺和废弃的集装箱拼凑成的小床上，我不由自主地怀疑，宇宙中是否存在着某种更强大的力量，也许我们的角色就是探究被创造出来的错综复杂的世间万物。

今晚，凛冬已至。我能听到冻雨拍打着百叶窗，北风掠过屋檐。上帝的手落在我们头上。愿我们足够强大，能够挺过他的愤怒；愿我们足够睿智，能理解他的心意。

---

1. 犹太男孩会在十三岁接受成人礼。

第二卷

未知的海岸

我们已经发现，在科学的最前沿，人类从自然界中得到的只是之前投入自然界的那些想法。

我们在未知的海岸上发现了一个奇怪的脚印，便开始一个接一个地提出各种深奥的理论，来解释它的来源。最后，我们成功构想出了这个留下脚印的生物。瞧！这脚印是我们的。

——亚瑟·斯坦利·爱丁顿爵士[1]《空间、时间和引力》

---

[1] 亚瑟·斯坦利·爱丁顿（1882—1944），英国天文学家、物理学家、数学家，率先把相对论介绍到了英语世界。

- 5 -
捕猎莽鸟

同很多事情一样，捕猎莽鸟的行动也始于一场争论，但后来争论逐渐升级，演变成了一场严重得多的事情。等一切结束之后，有两个人死了，第三个人也永远地改变了。

那是土狼星二年，也就是公元2303年的春天，尽管人类只在土狼星上生活了不到一土狼星年，但这座移民地已经有超过两个地球年的历史了。自由镇度过了第一个漫长的冬天，覆盖在新佛罗里达草原上的积雪已经融化，那迷宫般密布的溪水河流上的冰面也已然消失。现在是雨季，灰色的云层遮住了这座岛屿上方蔚蓝的天空，有时连续好几天，人们都看不到熊星，冰冷的雨水不断地降在自由镇，小镇附近刚种的庄稼时刻面临着被洪水冲走的危险。持续的倾盆大雨让人们都跑去喝酒说疯话了，而这件令人遗憾的事情就这样拉开了帷幕。

卢·吉尔里在小镇的一头建了一座黑檀小屋。根据移民地法，居民不能经营酒馆，只有餐馆能在菜单上供应酒精饮料，不过卢在他的酒馆里提供了鸡肉三明治和炖河蟹，绕过了这项规定。只是鸡肉太稀缺了，人们一周顶多能吃到一次，而且除非饿极了，否则谁都不会自愿去吃河蟹的。菜单只是一个幌子,为的是不让监察官们来检查,但酒馆里还是经常会出现"蓝衬衫",他们会在巡逻结束之后悄悄地来喝一两品脱[1]啤酒。甚至李舰长也会亲自拜访这里,只不过次数不多,他会点一碗那种恶心的炖河蟹来做做样子,再向卢要一品脱马唐草酒。就这样,没人来找过这家小酒馆的麻烦,只要顾客们循规蹈矩,人们就能容忍它的存在。

那是一个晚春的雨夜,大约有十几名男女挤在那两间棚屋里,他们有的坐在桌子旁,有的靠在卢当作吧台的一块木板上。空气相当潮湿,微微的暖意让一切都变得黏糊糊的。雨水啪嗒啪嗒地落在苜蓿草搭的屋顶上,顺着门外的屋檐滴了下来,形成了一个浅浅的水坑,所有进出酒馆的人都得从水坑上跨过去。无论是屋里还是屋外,没有人身上是干的。有个人把斗篷和帽子挂在了门边的挂钩上,却发现靴子上还粘着红棕色的泥巴,自己的头发和胡子也都能拧出水来。要不是能在酒馆里多喝点儿酒的话,他应该待在家里的。

那天晚上在场的所有人几乎都是农民。自由镇里很少有人曾打算要当一名农民,毕竟离开地球的时候,他们是科学家、工程师、医生、维生专家、航天员和生物学家。然而移民地的生存依赖于农业,因此,人们放下了电脑和书本,拿起了锄头和铁锹,克服困难,反复试验,设法了解土狼星,起码是新佛罗里达的生态系统,种出了足够的食物,活过了在这里的第一个冬天。不过自由镇有一百多张嘴要吃饭,在长达二百七十天的寒冷冬季里,秋季获得的收成严重不足,所有人最终都知道了勒紧裤腰带是一种怎样的感觉。春天带来了温暖的天气,但他们不是在奋力将泛滥的溪水从田里抽出,就是在与当地想要吃光庄稼的昆虫和小动物打一场消耗战。种地从来都不是一项简单的工作,而在一颗还没被人们彻底了解的星球上种地就更困难了。土狼星或许

---

1. 品脱,容积单位。

很像地球，但它并不是地球。

就在亨利·约翰逊把酒喝到第三品脱的时候，吉尔·里斯说起了那些好吃的。

"我想起了……"吉尔凝视着陶制啤酒杯的杯底，仿佛在深情地回忆着自己很久以前失去的爱人的面容，"我想起了牛排。"他终于说完了这句话。"堪萨斯城的上等肋排，有一英寸厚。"他把拇指和食指分开了一英寸半，比画着，"七分熟，往上浇些酱汁，配上蘑菇和洋葱切片一起烤，边上再烤些土豆。"

"等土豆长出来之后，那东西咱们要多少有多少。"吉姆·莱文坐在吉尔旁边的木凳上，"要是咱们能把扑鹰和囤草雀都赶走的话，西红柿也一样。"他看着伯尼·凯莱，"顺便问一下，你的新型杀虫剂研究得怎么样了？有什么新发现吗？"

伯尼绝望地耸了耸肩，"快了，但是我……"

"我说的不是土豆！天啊！"吉尔猛地一巴掌拍在了吧台上，所有人的杯子都抖了起来，"我说的是牛排……是肉，看在上帝的分儿上！"

就算在吉尔清醒的时候，亨利也不太喜欢这位前共和军上校。在度过了漫长的寒冬之后，吉尔被迫接受了这样一个事实：他对美利坚联合共和国的忠诚已经变得没有意义了。虽然现在，他成了监察长，但在内心深处，他仍然是一名共和军军官。不过约翰逊博士不喜欢他的原因也不在于此。作为爱国青年被招入共和国学院的时候，吉尔还只是一名冷漠敏感的年轻人，但他却逐渐被敲打成了一个卑鄙无耻、自我为中心的浑蛋。R·E.李也是学院的毕业生，吉尔·里斯上高年级的时候，他还是个一年级的光头仔，但不知怎的，李并没有变得铁石心肠。一些移民者认为他们是同一类人，但亨利知道其中的不同：李会寻找解决方案，而里斯只寻找问题。

伯尼假装观察着雨水滴进卢放在吧台上的盘子里。卢一个人站在吧台后面，洗着妻子卡丽用社区窑炉做的马克杯。"上校，渴望你无法得到的东西是没有意义的。"自由镇里还有些人会用里斯以前的军衔称呼他，不过这只是出于礼貌，"据我回忆，就算在那时候，堪萨斯城的上等肋排也很少见了。"

卢说得有道理，但吉尔并没有因此冷静下来。"你没抓住重点。我说的是那些真正的好吃的，伙计，能让你一口咬下去的好东西。"他指了指对面壁炉里炖着的那锅东西，"我说的不是河蟹，伙计……有时候我都觉得，要是再吃一碗那玩意儿，我就要吐了。"

"那就别吃。"卢转过身去，把干净的杯子放在啤酒桶上方的架子上，"我可不打算收拾你吐出来的脏东西。"

酒馆里传出了零星的笑声。卢觉得自己受到了冒犯，亨利可没法怪他，毕竟这种炖菜的菜谱是他妻子搞出来的。"别说啦，吉尔。"他说，"最近的牛排也在四十六光年之外呢。他说得对，你没必要为了根本得不到的东西抱怨。"

说错话了。里斯转过身瞪了他一眼，"我不是抱怨。"他声音低沉，充满了威胁的意味，"我只是说出自己的想法而已。你有意见吗？"

亨利对这观点本身并没有什么意见，只是对那个表达观点的恶霸有意见。不过，吉尔是一名受过战斗训练的士兵，体重至少比他重三十磅，而亨利是一名天体物理学家——准确地说，是一名失业的天体物理学家，从小就没打过架。从眼角的余光中，他看到伯尼和吉姆悄悄躲到了一边。吉尔喝醉了，正想打一架，亨利却错误地给了他一个机会。

"没意见，上校，"他说，"我只是觉得……你这是在为一件咱们都无能为力的事情抱怨，仅此而已。"

吉尔怒视着他，但没有回应。不管喜不喜欢，亨利所说的都是冰冷的事实。尽管"亚拉巴马号"从地球上带来了禽畜——家鸡、火鸡、山羊、绵羊、猪还有猫狗，但任务的设计者们特意决定不带牛，因为它们需要太多的饲料，还需要放牧的场地，为它们劳心费力很不值得。此外，大多数牲畜仍然还在生物停滞瓶中处于胚胎状态。目前为止，人们只培育了少量的鸡、狗和猪，在议会确定能把禽畜安全地带到地面上之前，其余胚胎仍然会留在轨道上的"亚拉巴马号"里。事实证明，他们的决定相当正确，有不少猪死于环斑病，而且在移民者们把狗训练好，让它们在夜间看守围栏之前，扑鹰和溪猫已经把大部分鸡都杀死了。

然而吉尔并不打算就此罢休。"你错了，约翰逊。"他用自己毫无幽默感的棕色眼睛表示反对，"咱们可以为此做些什么……咱们可以去打猎。"

"那你建议打什么？"

里斯拿起他的杯子，一口气喝光了最后那点儿啤酒："莽鸟……我们可以去打莽鸟。"

所有人的视线都集中到了他的身上，莫名的沉寂笼罩着整个小酒馆。巧合的是，就在这时，前门吱呀一声开了，卡洛斯·蒙特罗正好走了进来。

很久之后，在一切都已经结束之后，回想起当时的情景，亨利认为，要是他知道接下来会发生什么，肯定会抓住卡洛斯的领子，把他拖回雨夜之中；要是他有足够的勇气，甚至可以拿起啤酒杯砸在吉尔头上，虽然等上校醒来之后，他会为此付出沉重的代价——起码会因为袭击监察官而在监狱里关一个星期，但这样做会让很多人免受痛苦。不过约翰逊博士既无法预测未来，也不是特别勇敢，所以他什么都没有做。

对一个按地球的算法只有十五岁的少年来说，卡洛斯长得很高，他四肢修长，肌肉发达，但仍然保留着孩童那种腼腆的不成熟感。就像他下巴和上唇刚长出的胡须一样，他走路的时候也总会显出一种莫名的招摇——一个正派的孩子正努力成为一个男人。到目前为止,他都干得不错,尽管和家人一起逃离地球登上"亚拉巴马号"的时候,他只有十三岁,但在移民地的第一年,他不仅挺过了父母双亡的悲剧,还成了家里的顶梁柱,在照顾妹妹的同时与其他伐木工人一起工作。由于议会还没有对饮酒的最低年龄做出限制,最近卢开始让他进酒馆了。和自由镇里的很多人一样,他也把年轻的蒙特罗先生看作是自己的儿子。

在一片沉默之中,所有人都看着他在地板上跺着脚,摘下湿透的帽子。卡洛斯也明显察觉到众人把注意力都放在了他的身上。"我是不是错过了什么?"他一边问,一边脱下被雨水淋湿的雨披,把它挂在了门边,"出了什么事吗?"

"没事。"卢从架子上取下一只杯子,放在啤酒桶的龙头底下。移民地最终会重新发行货币,但是现在,货币就是额头上的汗水。你付出多少,就会得到多少。"我们……"

"卢!"亨利轻声打断,卢立刻闭上了嘴。太晚了,他想起了豪尔赫和丽塔夫妇是怎么死去的。

"我们刚刚在聊打猎比赛的事情。"吉尔半转身面对卡洛斯,一只手拿着啤酒杯,另一只手塞在了他旧制服的腰带里,"我觉得我们食物里面的肉太少了,现在是时候开始靠这片土地生活了。"

"要我说,咱们已经在这么干了。"吉姆把他的杯子推过吧台,卢用手势询问他要不要续杯,他摇了摇头,"上次市民大会上,罗伯特·李说,等搞清楚怎么处理扑鹰,咱们就可以把剩下的牲畜带下来了。"

"我只是想说,岛上有那么多野味,咱们还没尝过呢。"吉尔回头看了卢一眼,指了指自己的杯子,竖起了一根手指,"它们正在往这里迁徙,但到目前为止,我们只会抓河蟹……我不知道你们怎么想,但我已经不想继续从牙缝里剔骨头了。"

小屋里又响起了阵阵的笑声，但这次点头赞同的人更多了。在给卡洛斯的杯子倒满酒之后，卢依然保持着沉默。随后，他把酒杯放在了吧台上，上校挪到了一边，给卡洛斯腾出个位置。"坐这儿吧，孩子，"他把杯子推近一些，"一口闷了它，钱算在军队账上。"

军队。听到这个词，亨利不由得抽搐了一下。毕竟，豪尔赫·蒙特罗等左翼知识分子不赞同国家改革计划的严厉措施，共和军曾抓捕过他们。然而，卡洛斯要么已经忘记父母的痛苦经历，要么就已经把那些事情当作过去给忽略了……亨利注意到，这孩子最近变得对里斯上校相当尊敬。他父亲如果还活着的话，可能会觉得难过吧……但他父母在土狼星上待了不到三天就被杀害了。

"谢谢你，先生。"卡洛斯挤在他和吉尔之间。那里没有空着的凳子，所以他只能靠在吧台上。卡洛斯端起杯子，试探性地喝了一口，注意到上校观察的目光，他又喝了一大口，吉尔几乎无法察觉地点了点头表示赞同。"那你打算打什么？溪猫吗？"

哦，不，亨利想，别再说了……

里斯耸了耸肩，"嗯，我想这也是一种选择吧。它们的皮毛还是有点儿用的，但是肉就有点儿太柴了。"他顿了一下，然后直视着卡洛斯的眼睛，"我其实想去打莽鸟。"

没人说话，但房间里的所有人似乎都望向了卡洛斯。

卡洛斯盯着上校看了一会儿，然后低头望向了吧台："你凭什么觉得应该去打莽鸟？它们身上除了羽毛和爪子，什么也没有。"

"要是这么看的话，鸡不是也一样，"吉尔说，"但是羽毛底下有很多肉，爪子上也肯定有些肌肉。我曾经仔细观察过一只……"

"杀死他父母的那只？"亨利问。

卡洛斯僵住了，亨利立刻就为自己说的话感到后悔，但是里斯没管他。"既然你问了，约翰逊博士，就是那只没错，"他虽然叫着亨利，但同时也是在和卡洛斯说话，"我提醒你一下，是我射杀了它。相信我，它们不是刀枪不入。"

"只要有足够的子弹……"

"子弹，没错……不过还需要勇气。咱们在小镇周围设置了警戒机枪，所以它们不会靠近。但要是深夜醒来躺在床上，你会听到什么？为什么想进入树林必须至少凑三个人……三个人还都得拿着枪？"

"因为它们是优势物种。"卢不情愿地把里斯的杯子推过吧台，他又倒了一杯酒，但似乎这样做只是怕麻烦；要是其他人在这里发牢骚，基本上都会被他打断。

"这你就错了。"吉尔带着一种优越感冲着卢露出了微笑，"我们到这儿就是想留在这儿。越早让那些……那些大个的鸵鸟明白这一点，我们这些人就能过得越好。"他拿起杯子，转头看向卡洛斯，"我认为你也应该让它们血债血偿。"他补充道，"你加入吗？"

"卡洛斯……"亨利开口了。

"让他自己作决定吧，他已经是个男人了。"

亨利看到卡洛斯那严肃的深棕色眼睛里闪过了一丝恐惧。有人正向他发出挑战，还是在酒馆里的所有人面前向他挑战，而他也希望从挑战者那里得到尊重。亨利意识到，如果卡洛斯拒绝，他就再也不能走进这间酒馆了……起码在走进来的时候，他就不算个男人了。吉尔默默地等待着他的回答。

"我加入。"卡洛斯迎上了里斯直视的目光，举起酒杯，"见鬼去吧，我当然要加入。"

房间里的人们在嘟囔着什么。几个男人拍手表示赞同。吉尔咧嘴一笑，用自己的杯子碰了碰卡洛斯的杯子，然后转身看看其他人："还有其他想加入的吗？欢迎你们一起来。人越多越好。"然后他回头看了一眼，"那么，博士……你来不来呢？"

事后回想起来，亨利还是不确定吉尔为什么邀请他加入。亨利不喜欢吉尔，吉尔也不喜欢亨利。吉尔根本没有理由要亨利加入他的探险队。也许上校只是喝醉了，或是他认为亨利会因胆小而拒绝，这样他就可以趁机羞辱一番。总之，他现在把亨利逼到了绝境上。

"好，我和你一起去。"他满意地看到吉尔的眼中闪过一丝惊讶。他告诉自己，这只是为了照顾卡洛斯，但实际上，他也要维护自己的尊严。"咱们什么时候出发？"

"明天早上。"吉尔转身看着其他人，"如果想来的话，咱们可以在会堂碰头。到时候要沿着沙溪往南走，所以要带上过夜的装备……铺盖，手电筒，还有两天的口粮。出发之前我们要先检查一下枪支和小艇。还有问题吗？"

"如果发现了莽鸟要怎么办？"卢问道。

"你来吗？"里斯问。看到卢摇了摇头，他笑出了声："那就准备点儿烧烤酱吧，等我们把晚饭带回来。"

一个多小时之后，亨利离开小酒馆，踏上了回家的路。他刚刚喝了很多酒，现在正走在主街上。他用靴子踩着地上的泥水，摇摇晃晃地经过街边漆黑的窗户和上了闩的门。在小镇的另一头，他依稀可以看到"亚拉巴马号"白色的筒形货舱，去年夏末从轨道上落下来之后，它们就一直留在那里。但现在，它们变成了水箱和谷仓。

他忘记把手电筒从口袋里拿出来了，但是不用手电筒，他也能看到自己要去的地方。雨已经停了好几个小时，云也散开了。大熊座47b那巨大的半球高悬在地平线上，光环直插天空。

他站在街上，停下来欣赏了一会儿这幅风景。他很想小便，但自己的房子在几百英尺之外，不过附近根本没有监察官，而且街上又有这么多泥，在这里方便也不会引起注意的，于是他拉开了裤子拉链。陌生的星座和新世界的光辉在夜空中闪烁。带光环的狼星正从东方升起，他可以辨认出和土狼星同为卫星的三个伙伴——犬星、鹰星和雕星。要是再等一会儿，他甚至可能看到"亚拉巴马号"从空中飞过。正在寻找轨道上的那艘飞船时，亨利的思绪被一声尖叫打断了。

想象一下疯人院里的疯子。想象一下西班牙宗教裁判所地牢里备受折磨的受害者。想象一下在午夜啼叫的发疯公鸡。

那是莽鸟求偶的叫声。

亨利愣住了，等待着尖叫再次响起，祈祷着它不要靠近。在漆黑的街道上，有人急忙打开窗户关上了防风遮板。警戒机枪总能探测到接近自由镇的莽鸟，所以莽鸟很快就学会了保持距离。尽管如此，依旧没有人敢为此冒险。

莽鸟又叫了起来。这次声音似乎没有那么近，离小镇远了一些。然而，夜晚并非那么宁静，群星也不那么和善。

第二天清晨，六个男人在会堂前碰头……更确切地说，是五个男人和一个想成为男人的男孩。

亨利预料到吉姆和伯尼也会露面。虽然之前他对此持怀疑态度，但吉姆一开始就加入了这支狩猎小队，而无论吉姆走到哪里，伯尼都会跟着。亨利到的时候，这二人正帮卡洛斯把猫皮小艇从会堂后面的船库里拖出来；吉尔在会堂里，刚从军械库里取出六支半自动步枪。看到卢也背着背包夹着铺盖走了过来，他感到非常惊讶。卡丽也和他一起来了，但她似乎对丈夫在最后一刻改变主意不太高兴。卡丽瞪着吉尔，卢难为情地解释说，如果要在他的小酒馆里煮点儿什么的话，他宁愿亲手宰杀并加工。亨利也不知道这话是真是假，还是说卢只是想去冒险，不过小艇都是双座的，也没有其他的志愿者，所以他们也欢迎他加入。卡丽抱了抱卢，和他吻别，然后悄悄转身离开了。

他们又花了半个小时把装备装进岸边的小艇里。这时，码头上已经聚了一小群人。吉姆和伯尼的妻子来为丈夫送行，卡洛斯把他的妹妹玛丽交给茜茜·莱文照顾。亨利没有妻子，也没有家人，所以他站在一旁，一边和朋友们聊天，一边等其他人与亲人告别。他们刚要出发，李舰长带着一脸怒容出现了，显然他直到最后才听说有人要出门打猎。他和里斯一起走进了会堂，其他人并没有听到他们的争论，不过正当亨利开始觉得（并暗自希望）舰长会叫停这次行动的时候，两个人从会堂里走了出来。里斯露出了得意的笑容，他走到了小艇前，拿起了一对桨，向所有人宣布，他们准备出发。舰长什么也没说，双臂交叉抱在胸前，沉默地看着船员们把小艇推进溪水。

那天早上天气很好。雨云已经散了，温暖的阳光洒在沙溪狭窄的河岸上。出发之前，他们就已经脱掉外套，撸起了袖子，但很快，天气变得非常热，不久之后，他们又脱掉了衬衫。亨利和卢共乘一艘小艇，他从船尾向后看去，发现自由镇的屋顶已经远远地消失在了身后，甚至连气象站的杆子也看不见了。往下游走了不到两英里，就根本看不出土狼星上有人类生活的迹象了。

沙溪蜿蜒地穿过长满青草、灌木和大树的沼泽。亨利一直在左右左右地不断把桨插进温热的棕色溪水里，肩膀和胳膊疼痛不已。直到他的肺终于习惯了在这样稀薄的空气中努力工作，这时他才找到了划桨的节奏。一对好奇的扑鹰在小艇周围盘旋了一会儿，它们刺耳的尖叫声在河岸上回荡，后来，它们也渐渐失去兴趣，双双飞走了，这片单调的风景再次变得寂静无声。

不过吉尔·里斯还在说话。他坚持要走在其他人的前面，每当吉姆和伯尼快要追上来时，他就会让卡洛斯使劲划桨，就好像他们在比赛似的。卢和亨利走在最后面，并不急着赶路，但就算隔了三十英尺，他们还是能听到里斯的声音，而其他人都没有说话。他正在讲自己在学院接受基础训练（"……在我们班是第二名……"）、划独木舟穿过整条萨旺尼河（"……从奥克弗诺基沼泽一直划到墨西哥湾……"）、在犹他州的荒地上攀岩（"……我就在那里，紧紧贴着佩斯托峰的斜坡……"）和第一次经历太空穿梭机发射（"……于是我抓住了操纵杆……")。过了一会儿，故事变成了一段冗长的独白。吉尔伯特·里斯上校的一生，他是男人中的男人。

"海明威肯定会喜欢这个家伙的。"卢转身低声说道。

"海明威个头啊，"亨利回答，"伊索吧。"

这期间卡洛斯一直保持着沉默。起初，他还会时不时问个问题或插句评论——"然后怎么了？""真的吗？""那他……"最后他也完全闭上了嘴，仍然做着里斯的听众，视线却在他们周围的大草原上游弋着。亨利不知道他是真的在听还是装出来的，但他的沉默却莫名其妙地让亨利觉得很不安。

刚过中午，他们来到了一处分岔口，沙溪在这里分出了一条支流。现在天气已经非常热了，而这几个人已经划了四个多小时的桨，于是他们把船绑在一起，在附近抛下了锚。一起吃卡丽做的三明治的时候，吉姆翻出了一张新佛罗里达的卫星地图，把它铺在了两边的船舷之间。研究了一番后，他们发现那条支流从这里分开，之后向东南方向延伸了大约二十英里，然后又向西蜿蜒而行，最后在两条河道之间的狭长沙洲南面重新汇入了沙溪。过了汇流处，这条小溪逐渐变宽，接着汇入了环绕新佛罗里达的那两条主要河流之一的东峡河，最终流入大赤道河。

还没有人曾探索过这条支流，地图上甚至没有标出它的名字。也许正因为如此，里斯才坚持要沿着这条河前进，而不是继续顺沙溪而下，要知道，这样可是会让他们离自由镇更远。一行人依旧没有发现任何莽鸟的踪迹，因此里斯争辩说，这更说明他们应该去探索那条支流，但亨利认为他还有其他动机。他也许仅仅是好奇，也许是想满足自己的虚荣心，用他的名字来为一条小溪命名。

"那我们试试吧，"卡洛斯说，"如果什么都没找到的话，可以划回一开始的地方，对吧？"

这是他第一次说这么多话。在连续听里斯说了四个小时自己的事之后，人们都认为他想好好聊聊天。但与此相反，他安静地坐在小艇的船头，弓着身子压着桨，盯着周围的草地。肯定是让阳光给晒傻了，亨利想，要么就是他后悔决定跟来了。亨利知道自己肯定是后悔了。

"不，不。"吉尔一边嚼着土豆沙拉三明治，一边摇头，"要是往那边走的话，我可不想没走到头就回来。"他擦掉了手上的面包屑，伸出一根手指戳了戳地图，"如果有必要的话，咱们可以停下来扎营过夜，但我想看看这条河会把咱们带到哪里。"

亨利还是觉得纳闷，吉尔怎么成了这次探险的实际领导者？可能是因为他太习惯干这种指挥工作了，所以只要一有机会，就自然而然地做了起来。因为没当选议员，所以这就成了他表现自己的一种方式。伯尼嘟囔着要在日落前回家，但吉姆点了点头，似乎是听天由命了。卢和亨利都没有说话。无论结果如何，这都是里斯的行动，其他人只是跟着而已。

这条支流和沙溪干流不同。划了一英里之后，河道就变得非常窄了，他们只得排成一列纵队前进。水非常浅，桨很容易就能碰到河底。密密麻麻、像一堵墙一样的蜘蛛灌木，从四面八方向小艇挤了过来，它们的根像血管一样伸进水里，枝干横跨过头顶，就仿佛虬结的天棚，在水面上投下棱角分明的阴影。他们进入了一片沼泽，这里比身后阳光明媚的草原更加阴暗险恶，没过多久，亨利就非常确定，他们不应该拐进这里的。

然而，就算伯尼和卢都在恳求吉尔重新考虑一下，他仍然坚持要继续前进。现在，他已经不再吹嘘曾经的光辉事迹了，而是让自己的视线在河岸上不断徘徊。亨利注意到吉尔把枪放在两膝之间，以便更快做好准备随时开火。不过很快，亨利发现自己也同样做好了射击的准备。

往下游前进了大约三英里，他们发现左边的岸上出现了一小块空地，蜘蛛灌木在那儿分开了，仿佛形成了一处入口。在亨利和卡洛斯又划近了一些之后，吉尔突然举起一只手，然后默默地指着河岸。卢和亨利互相看了一眼，然后慢慢地朝另外两艘小艇划了过去，小心翼翼地把船停在了吉姆和伯尼旁边。

空地上生长着马唐草，然而它们却都趴在了地上，仿佛有什么巨大的物体刚从此处经过，把它们朝小溪的方向推倒了。吉尔用他的桨指着水边，亨利看到他发现了什么：泥地上有个明显的三趾爪印。

"就是这儿了，"吉尔低声说，"我们会在这里找到它们的。"

等把小艇拖到岸上，带好步枪，这队猎人步行穿过了蜘蛛灌木的缺口，沿着由莽鸟踩倒的草构成的足迹向前追踪。他们离开了灌木丛，来到了一片开阔的草地上，周围是一片黑檀和赝桦。在狭窄的小路两边，马唐草长得齐肩高，茂密得让人根本看不清对面。在下午三点的阳光下，草丛很潮湿，热得像火炉，这里安静得像幅画。

他们两两并排沿着小路前进，把枪抵在胸前，尽量保持安静。但这并不容易，每走一步，靴子下面的草都会发出轻柔的吱嘎声，伯尼的水壶叮叮当当地敲在皮带上，吉尔不耐烦地让他把水壶拿下来丢在后面。吉尔和吉姆走在前面，卡洛斯和伯尼紧随其后，和以前一样，卢和亨利跟在最后——这并不是一个令人羡慕的位置，因为他们知道，莽鸟有时会从后面发动攻击。亨利经常回头，想尽量把草地的每个角落都收入眼中。

很快他们就看不清小溪了，甚至连小路似乎都消失在了他们的身后。温暖的微风吹过草地，草叶摇晃着，似乎在暗示着什么。汗水从亨利的额头上流下来，刺痛了他的眼角，又流进了他的嘴里，这汗有股酸味儿。但他们差不多已经走过了一半草地，他祈祷着，如果一行人能抵达草地的尽头，吉尔也许就会放弃，他们就可以安全地回到小艇上了。

他瞥了卢一眼，不用问也知道，他的伙伴也抱着同样的想法。就在这时,他突然发现一切都太安静了。没有扑鹰,没有沼泽鼠,也没有溪猫……一切都静止在了那里,除了风。

还除了他们。

突然,里斯停下了脚步。他举起一只手,示意队伍站住,然后蹲下身子,研究着他在小路上发现的东西。吉姆环顾四周,然后弯下腰也去看那东西了。尽管亨利看不到那是什么,但凭直觉也知道他们发现了一堆莽鸟的粪便。有时,人们也会在小镇外看到这种黏稠的棕色粪便。刚才风向变了,亨利闻到了一股浓浓的臭味儿。这一堆粪便还很新鲜。

他还感觉到了别的什么,但他又说不上来是什么。亨利再次环顾四周,寻找草地上出现的动静。一切都静止了下来,连风都停了,现在已经没什么来拨动高高的草帘了,然而他却感到脖子后面一阵刺痛。一种原始的直觉告诉他,有什么东西正在看着他……

里斯站起来,示意他们继续前进。就在他和吉姆重新开始前进的时候,卡洛斯回头看了亨利一眼,他的脸上带着孩子气的笑容,但亨利从他的眼中看到了恐惧,就在这时,莽鸟发动了攻击。

这只莽鸟就潜伏在几米之外,它屏住呼吸,一动不动,完美地隐藏在了高高的草丛中。也许他们刚走进草地时,它就一直在跟踪他们。一看到他们放松了警惕,尽管只有一瞬间,它便主动出击,杀了过来。

吉姆·莱文还没反应过来就死了。他只听到右边传来迅速的移动声,接着伯尼大叫了出来,他猛地转过身,那怪物已经来到了他身边。在它长长的脖子上,橘黄色的巨喙突然向前刺出,咬住之后啪的一扭。亨利瞥见一个什么东西飞进了高高的草丛中,等到那东西掉在地上,他才意识到那是吉姆的脑袋。

接下来的几秒钟时间仿佛有几分钟那么长,似乎时间本身发生了膨胀。在这段时间里,亨利目睹了:

小路中间的那只莽鸟——一只不会飞的大鸟,像是淡黄色的鸵鸟和小恐龙的杂交产物——伸直了向后弯曲的长腿,笔直地站着,仍然用它那形似翅膀的纤细手臂抱着吉姆的那具无头尸体。六英尺高,二百磅重,宛若死神。

不知何时,里斯已经转到了莽鸟身后,来到了一个绝佳的开火位置上。但此刻他却站在原地一动不动,盯着那怪物,步枪仿佛冻在了他的手上。

伯尼四肢着地,跪在那里,拼命寻找着他掉在地上的枪。莽鸟丢下了他朋友的尸体,把那双巨大的眼睛转向了他,伯尼惊恐地尖叫起来。

卡洛斯站在路中央,举起了他的步枪,把枪托架在肩膀上,开了一枪,却射偏了。

莽鸟被枪声和闪光吓了一跳,在冲锋途中停了下来,它张开了那张沾满鲜血的大嘴,好像被吓呆了。

伯尼还在尖叫,亨利刚要举起自己的枪,卡洛斯就又开火了。两枪,三枪,四枪……至少有两枪没打中,但亨利看到橙色的骨头碎片从莽鸟的喙上炸开,小片的羽毛也从它身上飞溅开来。

莽鸟跟跟跄跄地向后退去,发出了亨利前一天晚上听到过的那种可怕的尖叫声。

就在他身后,卢开枪了,他的枪离亨利的右耳太近了,把亨利的耳朵都震聋了。亨利不知道他是打中了还是射偏了,但这成功让莽鸟改变了主意。

它抛下了吉姆的尸体,转过身沿着小路往回跑……

直奔吉尔而去。

里斯看到了奔来的莽鸟。此时他至少还在十二英尺开外,他把枪半举到了肩膀上。莽鸟正全力向前冲去,但它受了伤,而且惊慌失措。他有足够的时间在这种近距离,把弹匣里的子弹全部打进这个怪物的身体。

但是他没有那么做。

他仍然站在原地,张着嘴,甚至在莽鸟扑到身上的时候,他也一动不动。

在这漫长过程的最后一刻,卡洛斯放低了他的枪口。

"开枪!"亨利喊道,"卡洛斯,开枪……"

莽鸟低下头,将长喙戳入了吉尔的身体。里斯立刻惨叫了起来,但他那可怕的哀嚎只持续了半秒钟就戛然而止,那怪物拖着他的尸体,重新钻回了高高的草丛中。

就和它出现的时候一样突然,那只莽鸟消失了。

日落后几个小时,这支狩猎队回到了自由镇。乌云又聚了起来,在一场阴冷的细雨中,他们沿着沙溪划过了最后几英里的距离。亨利这辈子最欣喜的时刻就是绕过最后一处河湾之后,他终于看到了镇里的灯火,但即便如此,一行人依旧没有放慢划桨的速度。在他们身后,莽鸟正发出夜间的号叫,似乎又在强调它们的领地不可侵犯。

在靠近小镇的过程中,有人发现了小艇。原来,有一小群人正站在码头那边等着他们。他们全都一言不发,目瞪口呆地看着吉姆·莱文的遗体被裹在了血迹斑斑的睡袋里,从伯尼的小艇船头上抬了下来。卡洛斯一个人站在那里,一只手提着步枪。亨利看到温迪·冈瑟挤过人群,冲过来抱住了卡洛斯。亨利转过身去,他和伯尼还有卢要一起去莱文家,把情况告诉吉姆的妻子和孩子们。

至少吉姆还算幸运,他会有一座坟墓。他的同伴们虽然想方设法把莱文的遗体带回了自由镇,但却一直也没找到吉尔的遗体——莽鸟把受害者带到了草丛里。然而,自由镇里没有什么人会对他的死亡感到同情。所有人都清楚,里斯是个恶霸。他一直缠着其他人,让他们去狩猎,但到了需要他行动的时候,他却变成了懦夫。土狼星是一个

235

残酷的世界，人类以一种半神半人来为它命名，而你不能在欺骗神灵之后，还指望能活下去。

亨利一度相信，卡洛斯学到了这个教训。

那天，吉尔·里斯打算让卡洛斯成为一个男人，也许这个男孩朝那个方向迈出了一步。虽然之后亨利还会经常和卡洛斯一起在酒馆里喝酒，但他从来没有问过，为什么在莱文溪边的那个关键时刻，他放低了枪口。

他从来没有问过，卡洛斯也没和他说过。

– 6 –
穿越东分水岭
（摘自温迪·冈瑟的回忆录）

很久很久以前，那时候我既年轻又愚蠢，我和我的朋友们离家出走了。其中的原因在当时看起来很合理，但实际上却非常自私。我们偷了两条独木舟，不知道要去哪里，也不知道会碰到什么，就出发去探索这个世界了。那是我这辈子经历过的最伟大的冒险，但代价却是某个人的生命，为此我永远都不会原谅自己。

没有人会忘记我们当时都做了什么，就和"亚拉巴马号"逃离地球，或者莱斯利·吉利斯在孤独中煎熬，甚至首次着陆日一样，它已经成了移民地历史的一部分。现在，我已经老了很多——前几天我发现了自己的第一根白头发，没等爱人看到，我就把它拔了，不过我发现自己仍然在继续讲这个故事。差不多每年都会有老师邀请我去她的课堂上讲一讲。李舰长很久以前就去世了，虽然最初的那支探险队里有些成员还活着，但孩子们总会很想听我在比他们现在大不了多少的时候经历的那场冒险。有时我会纠正一下他们之前听说的传闻，但我从没把整件事情都从头到尾地讲过一遍，这不仅是因为照顾到听众们都是少年，还因为真相实在太伤人了。

因此，虚构填补了未讲出的事实留下的空白。其中一些虚构的内容相当有趣——比如鲶鲸把我整个吞了下去，然后又吐了出来，因为它没法把我消化掉。要是这些编出来的荒诞故事比实际情况更加有趣的话，我可能不会去纠正。但上次讲这个故事的时候，一个比当时的我小不了多少的女孩举起了手，非常害羞，带着些许尴尬地问我，旅途中是否真的有一个婴儿诞生，那孩子是不是我的？

我把真相告诉了她，但同时我也撒了谎，总之我撑过了接下来的那一个小时，没有把自己的情绪表露出来。讲完之后，学生们都鼓起了掌，他们的老师感谢我能挤出时间来到他们的课堂上。我点点头，拿起了披肩和帽子，离开了教室。但刚走出校舍，我就瘫倒在了门前的台阶上，泪流满面。

我以为没人看到我，但教室的窗户没关，我抬头碰巧看到那个问问题的女孩正盯着我。她的头发是棕色的，而我的头发是浅黄色的。按照勒马尔历法，她四岁半，而当时的我刚过五岁——按照公历，分别是十四岁和十六岁。不过她仍然可以成为当时告诉卡洛斯自己已经准备逃离自由镇的那个我的翻版。而且她知道我在撒谎，就在她转过身之前，我从她的眼神中看出了这一点。

不该再有人重蹈我的覆辙了。不管是那个女孩，还是卡洛斯、克里斯、戴维和巴里这些无辜的男孩。我已经把这个秘密保守太久了，如果无法把它大声说出来，那起码我应该还可以把它们写在纸上的。

这是我们的故事，这一切是从我知道自己怀孕那天开始的。

我以为自己得了流感。

所有流感的症状都有：高烧，关节乏力、肌肉绵软、食欲缺乏，而且每顿饭后都会呕吐，还一直想尿尿。虽然没有鼻塞或是咳痰，但这也没有什么奇怪的。虽然所有人在登上"亚拉巴马号"之前都接种过地球上的疫苗，但我们大部分时间都待在户外，因此迟早会生病。

奇怪的是，我是移民地里第一个感染流感的，这种病毒并不自然存在于土狼星上，而且"亚拉巴马号"在离开地球之前已经接受了消毒净化，所以我们也不太可能把病毒带过来。

邦子给我注射了抗病毒药物，让我躺在床上休息，还让吉尔里夫妇给我放几天假，不用去农场干活。有个医生当养母就有这样一个好处，她总会优先考虑你。不幸的是，这个身份同样也有弊端；药物显然没什么用，于是邦子给我做了一次彻底的体检。她担心我感染了某种未知病毒，因为已经有几名移民地居民在被沼泽鼠咬伤后，患上了环斑病。作为移民地的医务长，她一直生活在恐惧之中，总在担心有什么无法治愈的传染病席卷整个自由镇。所以她给我做了全面的取样，包括尿检，接着便消失在我们共用的四室木屋后面由她搭建起的医务室里。

虽然我把早餐都吐了，但邦子来我房间的时候，我已经开始想吃午饭了——而且不知是出于什么该死的原因，我特别想吃炖河蟹。除非快饿死了，否则没有哪个正常人会想吃那种东西的。她关上房门，检查了一下窗户，坐在了我的床头，我知道，肯定出事了。好消息是我没有生病，坏消息是这些症状会持续七到八个地球月。

"噢。"当时我只能这么说。我的大脑仿佛是一台平板，有人刚刚清空了屏幕上的内容，只剩一片空白，"嗯……你确定？"

真是个蠢问题。"哦，嗯……我确实可能会搞错。对了，我有没有跟你说过，我是靠作弊才从医学院毕业的？"她的眼里没有一丝笑意——这次不是开玩笑，"该死，温迪……"

"真抱歉。"我愣在了那里，低头看着铺在地上的那些粗糙的木板，"我不知道……我是说，我没想到会……哦，天哪……"

"除非这是圣灵怀胎[1]，否则你最好找个人负责。"她叹了口气，

---

1. 又称圣母无原罪始胎、始孕无玷，是天主教有关圣母玛利亚的教义之一。

"谁是孩子的父亲？"

我没有回答，但是不由自主地攥紧了拳头，拧着身上穿的T恤。对我来说，这件衣服太大了，我只有在床上才会穿着它。T恤原来是卡洛斯的，但我趁他不注意从船库里把它偷了出来。我从来没洗过这件衣服，所以上面有他的气味，穿着它睡觉感觉就像是躺在他怀里。邦子虽然知道这不是我的T恤，却从来没有问过我是从哪儿弄来的。她可能早就知道了，但现在无疑感到非常自责，因为她给了我太多的自由。

她等了一会儿，然后点点头。"好吧，好吧，我觉得我能猜到。看在上帝的分儿上，你们应该更小心一点儿。要是你来找我，我可以给你开片事后避孕药，起码也会给你个安全套让他……"

"不是那样的，就是……事情发生得太突然了……"

她把脸沉了下来："是他强迫你的吗？"

"没有！"我抬头看着她，"我想……我是说，那是我的……我想说的是……"

"嘘。放松。"邦子抓住我的手，轻轻地握了一下，"我不是在责怪你……或是责怪他。"她这样补充道，但不是很有说服力，"有时候确实会发生这种事。我只是希望你能聪明一点儿。"

比起害怕，现在我更觉得羞愧。邦子不仅是我的养母，至少在移民地的大人里面，她也是我最好的朋友。在其他人不能或是不愿意收留我的时候，她做了我的监护人……尽管自由镇遭遇了食物和高科技设备部件的短缺，但我们还是有一样东西过剩，那就是孤儿。

就在"亚拉巴马号"抵达土狼星之后，我父亲死于飞船上的一场所谓的事故，当时他正跟着李舰长的团队在飞船上完成最后的收尾工作，准备把它停在永久轨道上。我一直认为，爸爸不太可能待在那样一个危险的地方——有可能让自己从打开的舱口被吹进太空。但那只是一连串死亡的开始。几天后，卡洛斯的父母去回收坠毁在移民地附近的生活舱残骸时，被一只莽鸟杀死。去年春天，克里斯和戴维在一场沙溪探险中失去了他们的父亲；巧合的是，卡洛斯也在吉尔·里斯带领的那支深入荒野捕猎莽鸟的队伍中。

里斯上校同样没能从那次探险中幸存下来，但很少有人因为他的死感到悲痛；他是一个只受共和军战友尊敬的恶霸，甚至没人真的去努力寻找他的遗体。克里斯和戴维失去了父亲，这让我更加难过了，我经常会待在他们家，为茜茜·莱文做饭，帮助因为看见爸爸躺在血迹斑斑的睡袋里被拉回来而陷入惊恐的戴维恢复过来。

但是在那个可怕的夜晚，没能坐满的小艇归来之时，我朝卡洛斯跑了过去，热泪盈眶地抱住了他。在那之前，他还只是个孩子，只是我青春期一时迷恋的男孩。我把初吻给了他。夜幕降临后，"蓝衬衫"们在小酒馆里酩酊大醉，我们在会堂后面搂搂抱抱，但我不能真诚地说我爱他，起码当时不能。不过在前往沙溪之前，他只是一个上唇刚长出绒毛的少年，而回来的时候，他已经成了一个男人。在那只杀死了莱文博士和里斯上校的莽鸟转而攻击其他人的时候，他没有退缩。在市民大会上，当亨利·约翰逊讲述这段经历时，我望着对面，看到卡洛斯正坐在长凳上，低头盯着自己的脚，在那一刻，我意识到我爱上了他。

然后我做了一件蠢事……

"所以，"邦子给了我一些时间独处，茶壶在炉子上咕噜咕噜地响着，她正在客厅里，手工研磨着一周前烘焙的咖啡豆，"你想什么时候做？"

"嗯……什么？你说什么？"

"温迪……"她一直背对着我，把咖啡倒进几个手工制作的杯子上方的滤网中，"别装傻。你知道我在说什么。"她顿了一下。"今天不行，因为我有几个预约的病人，但是明天……"

"你凭什么认为我想做？"

她停下了手中的动作,回头看着我。"你在开玩笑吧?"她说,我也盯着她,"你不是在开玩笑。天啊,我希望你是在开玩笑。"

我咽了口唾沫,摇了摇头,"不是开玩笑,我一直在想这件事……"

"什么?你想了有五分钟?"水开了,水壶响了起来,邦子不耐烦地把它从炉子上拿下来,放在台子上,然后转身看着我,"你看,你自己实际上也只是个孩子,除此之外……"

"我不是孩子!"

"抱歉……"她犹豫了一下,"但你也不应该生孩子。"我刚要开口反对,她就竖起了一根手指,"第二,这点更重要……议会制定了一项规定,要求一年内暂时禁止生育。记得吗?要等下个乌列尔月的首次着陆日之后才能生育……还有两个月。"

她说的两个月是勒马尔历法的两个月。现在是凡基尔月的中旬,也就是土狼星夏天的第一个月;四十五天之后进入哈玛利尔月,哈玛利尔月有九十一天,然后才是乌列尔月。首次着陆日是乌列尔月四十七日,同时也是我们移民地建立一周年的纪念日,按照公历来算,这座移民地已经有将近三年的历史了。

我迅速心算了一下:"按地球时间,大概六个月。如果我还有八个月才生……"

"七到八个月,可能多一点,也可能少一点,现在下定论还为时过早。"

"好吧,总之……这就表示我会在生育禁止期结束之后生下孩子。"我冲她咧嘴一笑,"看到了吗?这是合法的。"

"嗯。"邦子交叉双臂,抱在胸前,"但等你的肚子显出来的时候,我该怎么跟议会交代呢?说我对你区别对待?该死,我是这里的医生……你知道这样会显得我有多不负责任吗?"

当时的我并不明白邦子的处境,但现在我懂了。"亚拉巴马号"离开地球的时候，船上有一百零四名男女老幼。减去死亡人数之后，自由镇目前的人口是九十八人：勉强能够维持一个移民地的长期存在，但在实现自给自足之前，我们只能养活这么多人。我们度过了第一个漫长的冬天，没有人被饿死，但这只是因为我们在温室里种了足够的新鲜蔬菜，作为对炖河蟹的补充。抵达土狼星的时候，我们这群人里并没有多少胖子，但等到冰雪消融之后，少数的那几个胖子也变得和其他人一样瘦了。

第一个春天刚开始的时候，李舰长和几名船员乘坐一艘太空穿梭机前往"亚拉巴马号"，从生物停滞瓶中取回了一些禽畜胚胎：三十六只鸡、二十四头猪和十二条狗。虽然人们成功地在诺亚保育室里将它们培养了出来，但在把狗训练成能赶走捕食者之前，扑鹰和溪猫杀死了十几只鸡，还有一半的猪死于沼泽鼠带来的环斑病。刚开始尝试种植农作物的时候，我们学到了很多东西，同样，将地球上的动物引入土狼星在很大程度上也是一个不断试错的过程。

于是议会投票决定，等到我们学会了怎样保护禽畜之后，再把剩余的从轨道上带下来。如果涉及抚养孩子这个问题，他们也会有着同样的担忧。没错，我们需要增加人口，而且越快越好……但是扑鹰能够带走一只成年公鸡，要是它盯上了被母亲丢在一边的婴儿该怎么办？要是一个蹒跚学步的孩子发现了一只溪猫，好奇地想去摸摸它，又怎么办呢？除此之外，我们还能多养一个人吗？会有人愿意冒着因营养不良而失去孩子的风险，坚持生育吗？

还有一个漫长的夏天正等着我们：二百七十天，要是按公历来算，差不多整整一年。我们完全可以利用这段时间驯服这片土地，起码要驯服我们声称属于移民地的这几百英亩土地。如果夏天的收成足以让我们度过整个冬天，如果我们知道该怎么在避免大量损失的情况下养殖禽畜，那么夏天结束之前，我们也许可以考虑让移民者们生孩子……而在此之前，每一个有责任心的成年人都不愿意接受生育孩子这种冒险的提议。

我曾亲眼看见邦子给人堕胎。无论我多么爱她，多么信任她，都不愿意去接受那种手术。说实话，我也不是真的想要孩子，只是害怕药物流产而已。这种方法可能比手术更容易，也不会那么疼，但看上去显然不会减少创伤。

但我不是这么跟她说的。

"我知道。"我呼出一口气，继续低头看着地板，"你说得对。对不起。必须做了。"

"我知道这很困难。真的，我知道。"她犹豫了一下，"如果这样告诉你能让你感觉好一点的话……其实我自己也做过。"

我又抬起头来看着她。"是吗？多久之前……"

"大概四年前吧。"她摇摇头，"抱歉，我搞错了。主观时间的四年，我说的是离开地球的两年之前。"

那是在2068年。不考虑时间膨胀因素的话，是二百三十多年前了。对于我们中的任何一个人来说，仍然很难意识到，所有人都在生物停滞舱里待了两个多世纪。在美利坚联合共和国，堕胎是非法的；修订后的宪法第四修正案将生命定义为从受孕开始，并认定在任何情况下都要保护生命；随后的裁决将堕胎定为刑事犯罪，对实施堕胎的病人和医生都会被判处无期徒刑。邦子要是堕过胎，那当时肯定冒了很大的风险。

"对不起，邦子，我没有……"

"不用道歉。"她摇摇头，"我不介意。你之前不知道。"她拿起水壶，小心翼翼地把热水倒进滤网里。新鲜咖啡的香味充满了整个房间。"但你没有选择的余地。我也不希望现在这种情况，但是……"

"对。"我从床上爬了起来，脱掉睡衣，来到了衣帽箱前，"嗯……我要出去走走，考虑一下这件事，可以吧？"

她回头看着我："你不会告诉……"

"不不不。我只是需要好好考虑一下。"我勉强挤出一个笑容,"你说得对,必须做掉。也许……我不知道……后天吧?再给我点时间?"

她点点头:"当然可以。我可以把日程空出来。"

"好。这样对我也好。"我穿上一条猫皮裙,系上吊带,把脚塞进了靴子,"我很快就回来。"

"好的。"邦子忘记她刚刚给我煮了咖啡,看着我走到了前门,"温迪……你不会……"

"不会告诉任何人的,我保证。"

这当然是谎言。在关上门之前,我就知道了。她可能也知道。

不上学而且没在农场做工的时候,我会和朋友们在船库附近闲逛。那是沙溪旁的一间小屋,里面存放着独木舟和小艇,自由镇的孩子们都喜欢聚在这里。我们会在码头不远处游泳,或者用假鱼饵钓鲑鱼,或是干脆坐在后门廊上,聊着我们有多无聊。像卡洛斯的妹妹玛丽这样小一些的孩子,在大约五十英尺外的浅滩上有一座自己的游泳池,只要我们不惹麻烦,大人就默许我们这帮大一些的孩子在船库这边玩。偶尔会有个"蓝衬衫"过来看看我们有没有偷小酒馆里的马唐草酒,除此之外,这里基本上只属于我们。

这是个策划阴谋的好地方。

我沿着会堂后面的小路快步前进,一声尖利的犬吠向其他人通知了我的到来。我刚看到船库,门廊上那只黑褐色的小杂种狗就开始冲我大叫,努力把自己装成一只凶猛的看门狗。他叫星星。相信他吧,他很擅长暗杀沼泽鼠,就连溪猫也知道最好不要和他纠缠。但是每次看到人类,他那白尖的小尾巴就开始疯狂摇摆,而在它耳朵后面轻轻一挠,它就会变成一只个头太大的狗崽。星星咧开嘴,打了个哈欠,接受了他应得的奖励,护送着我来到门前,穿过大门。

正如我所料,卡洛斯在里面忙他的项目。不幸的是,他并非独自一人,克里斯和巴里正帮他给"猎户座号"的接缝处抹东西,而戴维则搅拌着壁炉上面挂着的陶罐。小屋里散发着一股酸臭味,我一打开门就开始喘不上气了。

"有什么东西死在这儿了吗?开窗户啊!"

"什么,你闻到了什么?"克里斯瞥了其他人一眼,"我什么也没闻到。"

巴里笑着摇了摇头,但戴维用两根手指捏着鼻子,眼睛也变得水汪汪的。把溪猫身上的脂肪组织放进锅里,高温熔化,变硬之后就是完美的防水材料了,比目前正处于短缺状态的聚合物树脂还好用。不少小屋的窗户和屋顶都是用这种材料来防水的。但是,天啊,怎么这么臭……

房间里有一艘独木舟,是将溪猫皮贴在用赝桦雕成的框架上做出来的。卡洛斯把这艘十四英尺长的小船翻了过来,正弯腰用一把沼泽鼠毛刷,将一种粉红色的黏液涂在他们亲手缝在一起的溪猫皮上。他的注意力完全集中在工作上,根本没发现我的到来。"关上门。"他没有抬头,一边干活,一边平静地说,"我可不希望没等涂上去,这东西就冷却了。"

小屋里已经够热的了,戴维脱掉了衬衫,其他人也卷起了袖子,但我还是把门敞开了一会儿,等星星进来才关上门。

"你还难受吗?"克里斯站在卡洛斯身边,隔着独木舟看着我,"但我觉得你看上去还好,就是……"

"啊,你好点儿了吗?"卡洛斯放下了刷子,在裤子上擦了擦手,"你应该回去躺在床上。"

"我很好,非常好。"紧闭的窗户旁边放着一张凳子,我坐了上去。尽管屋子里很热,我还是费尽全力才止住一个冷战。"邦子说只是热伤风,她给我开了一些药。"

"你看上去好多了。"卡洛斯笑了,"我觉得肯定是药起了效果。"他看了一眼克里斯的进度。"嘿,注意一点儿。别涂太厚,否则会起泡的。"

该死。我真的很需要和卡洛斯单独谈谈,但克里斯、戴维和巴里也在这儿。可是如果告诉他,我想和他单独聊聊,只会引起其他人的注意;当然,卡洛斯会和我一起出去,但等他一回来,朋友们肯定会追问。他们四个关系很好,特别是克里斯和卡洛斯,他们从小就认识,就算我让卡洛斯发誓保密,他们也迟早会把真相从他嘴里套出来。这几个男孩子们就是这样,他们不可能守口如瓶。

而且我还不知道该跟卡洛斯说什么,甚至怎么说。"我怀孕了"这四个字简直太难说出口了;而且我还考虑留下这个孩子,这就更糟糕了。我可能愿意成为一名母亲,但是他不可能已经做好准备成为一个孩子的爸爸了。而且就算他也像我爱他一样爱着我——我时常会怀疑这一点——我也不知道他是不是真的计划和我结婚。

于是我安静地坐在那里,看着他们工作。"猎户座号"是他们建造的第二艘船;他们的第一艘船"昴星团号"正倒挂在椽子上。卡洛斯用《鲁普特王子传》里的大帆船对它们进行了命名,这名字很合适,因为这两艘独木舟都是为探险而设计的。船尾装着用缆绳控制的方向舵,中间是帆板,每艘船可以载三个人——一个在船头,一个在船尾,中间能容纳一名乘客,还能放下长途旅行所需的足够的物资。

建造独木舟是卡洛斯的主意。他花心思研究了已故的父亲从地球带来的野外生存书籍。在冬天时,大人们造了几艘双人皮艇,打算划船在新佛罗里达迷宫般的小溪河流间捕鱼,他也过去帮忙了,并且掌握了造船的手艺。我认为他其实暗地里希望效仿鲁普特王子,出去冒险。我们几个都读过莱斯利·吉利斯独自生活在"亚拉巴马"时写的这本书,但卡洛斯被这位流亡国外的王位继承人乘船环游戈尔贡星的英勇事迹迷住了。有人可能会认为,吉尔·里斯组织的那场命运多舛的探险会在他的雄心壮志上浇一盆冷水，但其实那更吊起了他的胃口。我这位男朋友不想安定下来组建家庭，他想穿过东分水岭，沿着东峡河前往大赤道河，他的朋友们都被他的梦想吸引了。

唯一的问题是议会不允许。

他们觉得让孩子们建造几艘独木舟没什么问题。实际上，他们投票赞成为制造"猎户座号"和"昴星团号"提供所有必要的物资。但是李舰长告诉年轻的蒙特罗先生，移民地要是做好了准备，打算穿越东分水岭，肯定不会派几个孩子去冒险的。没有人愿意重蹈里斯探险队的覆辙，下一次从自由镇出发探索土狼星的队伍，将由接受过联邦空间局生存训练的科学家和航天员组成。这是男人们的工作，并不属于哈克·费恩和汤姆·索亚[1]。

议会也许是对的，也许不对。但反正贝琪·撒切尔[2]没有发言权。我坐在那里，看着我的朋友们在一艘他们自己无法使用的船上做最后的收尾工作，突然想到了一个解决困境的办法。

"伙计们，"我说，"我觉得咱们应该离开这里。"

没人说话。卡洛斯、克里斯和巴里继续在独木舟的船腹涂着那种油腻的粉红色物质，戴维搅拌着锅子里的东西。他们都一言不发，我以为他们根本没听到我刚才说的话。

我去检查了一下，确定窗子是关着的，然后又说了一遍。"我说真的，咱们应该自己出发去探险。如果要去……你们知道吧，探索赤道地区什么的……咱们可以自己去，不需要等议会批准。明白我的意思了吗？"

---

1. 哈克·费恩和汤姆·索亚分别是美国作家马克·吐温的长篇小说《哈克贝利·费恩历险记》和《汤姆·索亚历险记》的小主人公。这两个小男孩机智、勇敢又善良，幻想成就一番英雄事业。
2. 贝琪·撒切尔，《汤姆·索亚历险记》中汤姆·索亚的恋人。

沉默。这群人一句话也没说。是不是他们在这里待的时间太长了，脑子被那种恶心的气味熏坏了？"你们听到我刚刚说的……"

"我们听到了，"巴里的声音非常低，"你凭什么认为我们想离开？"

巴里一直都很文静。他比其他人都高，手大肩宽，会让大人们误以为他是个傻大个。但实际上，他比看起来要聪明得多，只是会用沉默隐藏自己的才智而已。实际情况要更复杂，他的父亲是一名自由党党员，曾在"亚拉巴马号"上担任推进系统工程师，所以巴里只得被迫接受这样一个事实：飞船被人们从海格特船坞偷走的时候，他们必须制服他的父亲。所以他似乎被夹在了两个世界之间：他的父母仍然顽固地对美利坚联合共和国保持着忠诚；而他的朋友们都来自DI家庭，李舰长帮助他们从共和军手下逃脱。我父亲也是自由党党员，所以我知道他这是怎么回事，不过有的时候他还是让人捉摸不透。

"你们还在造这些船，对不对？"我朝着"猎户座号"点点头。"我是说，我知道你们很无聊，但如果真认为自己根本没机会用到这些船，你们就不会把它们造出来，对吧？"

"也许我们不那么认为。"戴维用他的木勺轻轻地敲打着沸腾的锅边。"要么在这儿造船，要么去喂鸡。"他看了一眼其他人，"嘿，喂鸡可能也挺好玩的。要不咱们停手去鸡舍吧？"

"好啊，你先去吧。"克里斯嘟囔着，"我们一会儿就去。"他的弟弟皱起了眉头，待在原地。

在这群人里面，戴维年纪最小。在此之前，他似乎和巴里一样沉默寡言，但在过去的一个月里，他的性格发生了变化，而且是变糟了。父亲的死对他打击很大，他有将近三天不吃不睡，等最终振作起来之后，他开始对一切事物都冷嘲热讽的，这可不怎么讨人喜欢。克里斯可能会忍受戴维的挖苦和旁敲侧击，但相当勉强。他们经常吵架，有一次我看到克里斯把他揍了一顿，因为他正嘀咕着关于我的什么事。

然后是克里斯……"可能你说得对。"他小心翼翼地糊住了独木舟的龙骨,避开了我的视线,"我们这么做不是为了好玩。实际上,我们有计划……"

卡洛斯狠狠地瞪了他一眼——闭上你的臭嘴!但克里斯回瞪了他一眼,然后摇了摇头。"我们之前准备告诉你的,"他继续道,"但是……要知道……"

"你们不知道能不能信任我。"

"不。不是这样的。"卡洛斯放下了刷子,直视着我,"温迪,我们相信你,你是我们的一员。但是我们前几天才真正下定决心,医生一直把你留在……"

"你没法把这件事告诉我。"感觉像是在撒谎,但我没打算揭发他,因为我自己都没打算完全说实话,"当然,我理解。"

卡洛斯喜欢我,他露出了笑容,这让他的表情变得柔和了一些,我喜欢的那个颇具男子气概的男孩变成了一个傻孩子。克里斯皱起了眉头,但是他注意到我正在看他,于是勉强露出了一个微笑。这就是卡洛斯和克里斯的不同之处。

在我认识他们之前,他俩早就已经是最好的朋友了。两个人一起在亨茨维尔长大,他们的父亲在因为政治原因被解雇之前一起在联邦空间局参与了"星间飞行"计划。蒙特罗一家和莱文一家加入了偷走"亚拉巴马号"的阴谋,很重要的一个原因是他们希望自己的孩子在成长的过程中,不用担心会有监察官破门而入,把他们送进政府改造营。在这两个人从生物停滞舱中醒来之前,他们之间基本差别不大。

但现在他们成了竞争对手,竞争对象是……我。

在自由镇仅有的几个孩子里面,我是这个年龄段中唯一的女孩,所以这群人中的两个最出色的男孩才会为吸引我的注意力而互相竞争。最初,我的确被克里斯吸引了。他聪明、英俊、有才干,但对某些事物的态度却很让我讨厌——他努力地想成为一个并非他自己的人。卡洛斯却没有任何伪装，他就是他。克里斯总想扮演学校里最酷的家伙；卡洛斯却似乎不在乎别人怎么看他。克里斯容忍着他的弟弟；而卡洛斯显然很爱他的妹妹玛丽，尽管她是个爱哭鬼。我们单独在一起的时候，克里斯的手一刻也不老实；和卡洛斯在一起的时候，初吻……至少那个对我们俩都有意义的初吻，是我主动的。

所以我选择了卡洛斯，但在此之前，我给过克里斯机会。我们曾经在一起过，但是没有成功，这也在很大程度上解决了这个问题。在我成为卡洛斯的女朋友之后，克里斯尽全力表现出自己输得起的样子。然而有时候，他的眼神还是让我觉得不安，他永远不会忘记我们曾是一对。

"你说得对。我们要出发了。"卡洛斯拿起一块抹布，擦了擦手，"'猎户座'完成了……应该说，等我们弄完这里，很快就要完成了。几天前，巴里和戴维把帆缝好了。今晚我们打算回到这里把船推进水里，看看它能不能浮起来。"

"它肯定能浮起来的。"巴里用手拍了拍船底，"这宝贝儿滴水不漏。我们已经测试过'昴星团'了。它也准备好了。"

"你们已经计划好了？"我质问道，卡洛斯严肃地点了点头，"你却没有告诉我？"

他看了一眼其他人："我本来要告诉你的，我发誓……"

"该死，卡洛斯！"我从凳子上腾地站起来，气势汹汹地大步朝他走过去，"你们要是敢丢下我……"

他放下抹布，一边后退，一边举起双手护住自己："不，不，我没打算……"

"哇！哇！怕老婆！"戴维咯咯地笑着，"老兄！你怕老婆……"

"闭嘴！"克里斯把他的刷子扔了过去。他弟弟一边咧嘴笑着，一边低头寻找掩护；刷子从墙上弹了回来，差点击中星星。那条狗往后退了一步，然后踱回到刷子旁边，开始舔刷毛上凝结的脂肪。

现在我已经把卡洛斯逼到了墙角。为了不撞到"昴星团",他低下了头,我趁机把他挤到了墙上:"如果你要丢下我……"

"我没有!我向上帝发誓,我没有!"卡洛斯想用笑容避开这个话题,随后却意识到我是认真的。他越过我,瞥了一眼其他人:"我们本来是要告诉你的!对吧?"

透过眼角的余光,我可以看到克里斯、巴里和戴维你看看我,我看看你。"啊,是的,"克里斯不情愿地说,"他说得对……你和我们是一伙的。自始至终。"

"啊,天哪……"戴维开口了。

但我没有留给他们反悔的机会。"好吧"我仍然直视着卡洛斯的眼睛,平静地说,"那这件事我也有份。自始至终。对吧?"

卡洛斯意识到了我在说什么,他脸上的笑容消失了。他在用眼神乞求我原谅,乞求我放过他。这本该是一次只有男孩子参加的冒险,他早已想象我会扮演被他留下的那个女孩的角色。但我不想在爱人出海之后,一个人站在草原上为他担心。他不知道该怎样阻止我。

"是的,"他说,"嗯,没问题。"

"那就好。"我松开他的胳膊,"告诉我,你们要去哪儿?"

卡洛斯凝视着我的眼睛。过了一会儿,他终于又露出了笑容:"我来告诉你。"

他走到房间角落的一个架子前,伸手从一排油漆罐后面抽出了一张卷起来的纸:新佛罗里达的卫星照片,上面像地图一样打上了网格。巴里拿起了保罗·德怀尔在他十六岁生日时送给他的手工吉他;卡洛斯在"猎户座"的船首展开了那张地图,巴里坐在凳子上,悠闲地拨弄着他的乐器。戴维站在窗边,关注着有没有人靠近。

"我们要顺沙溪而下,一路前往东分水岭。"在巴里的吉他声的掩护下,他轻声说道,"穿过夏皮罗山口之后,咱们就能抵达东峡河。"他的手指划过了这条将新佛罗里达和中央大陆分隔开来的宽阔河流,

"我们要做的就是沿着这条大河前往岛屿的最南端,接着进入大赤道河。"

这趟旅程至少有两百英里。等抵达新佛罗里达东南角,我们就来到土狼星的赤道以南了。"你们打算一路划过去吗?"

"不,根本不需要。"克里斯来在了我们身后,"进入东峡河之后,就可以扬起帆,让风带着我们沿河岸继续前进。走完这段路,连一个星期都用不了。"

"这就是这场旅程的美妙之处了,"卡洛斯指着东峡河和大赤道河交汇处的一片辽阔的三角洲,"等越过赤道之后,就可以乘上东风。"他用手指划过新佛罗里达的南端。"它会沿着赤道一直把我们带到西峡河。之后我们将再次回到赤道北侧,那里,风向将再次改变,向东吹去。"

"只要把帆调整到合适的角度,风就能带着我们直达西峡河。"克里斯指着把新佛罗里达和位于西边的大达科他分开的那条河,接着又把他的手指沿着西峡河划到了新佛罗里达的西北角的尖端,"这是沙溪的河口。接下来我们只需要经过莽鸟溪……"

"然后,我们就回来了。"卡洛斯敲了敲代表移民地的叉号,"这一路上,我们已经差不多绕了新佛罗里达大半圈了。"

我研究着地图:"至少有七……八百英里……"

"从头到尾,八百六十英里,"巴里弹着吉他,随口说唱着罗伯特·约翰逊[1]的一首老歌,"差不多这样吧。"

"我们会是第一批成功完成这段旅程的人。"卡洛斯深情地凝视着地图,"这将是一段漫长的旅程,但我们将看到从未有人见过的东西。我们将创造历史……"

---

1. 罗伯特·约翰逊(1911—1938),美国蓝调歌手和词曲作者。下文中的《十字路口蓝调》就是他的代表作之一。

"要多久？"我问。

他抬起眼睛，盯着其他人。"五个星期，也许六个星期。我想咱们应该能在哈玛利尔月回来。"

大概要半个土狼星月，也许更久。到那时就太晚了，我知道邦子会再三考虑，不会强迫我接受中期堕胎手术的。如果我在首次着陆日前几周到家，就没有人能阻止我生孩子了……

"听上去不错，"我说，"咱们什么时候出发？"

卡洛斯盯着我，我暗中祈祷他并没有意识到我也有自己的计划。克里斯叹了口气，走到了一边。戴维继续凝视着窗外。巴里一如既往地保持着他慎重的态度，继续弹奏着《十字路口蓝调》，假装没有听到我们的对话。我把手放在了卡洛斯的手里，用一种虚伪的微笑看着他，我知道他无法拒绝我。

"后天，"他这样说道，几乎像是耳语一般，"咱们要早点出发，黎明前。你觉得你能来吗？"

"当然，"我说，"我又没有什么别的事。"

第二天，自由镇内，各种东西都开始神秘地消失了。

消失的都是那些不会被立刻发现的东西，起码要等到犯人离开很久之后，人们才会注意到——这里一个手电筒，那里一个电子罗盘。我们假装一切照旧，但每个人手里都有一张自己的"购物"清单，找到机会之后，某样东西就会消失在我们的衬衫底下或是裤子里。幸运的是，今天轮到我在午饭后为社区食堂打扫卫生，等厨师们离开厨房，去食品储藏室搜刮就很容易了。我往一个粮食袋子里面装满咸肉和腌菜，还放了一些盘子、杯子和炊具。

我感到非常内疚，但又必须这么做。我们不能只穿上衣服就出发去荒野，我们需要这些东西。我提醒自己，现在所做的事情，并不比劫持"亚拉巴马号"这样一艘价值数千亿美元的星际飞船更糟，借此安慰自己。如果被抓住了，我们还可以责怪长辈们为我们树立了一个坏榜样。

最困难的任务是获得武器。军械库位于农场内一个上锁的壁橱里，只有监察官和几名议员有钥匙，每次取出武器都必须要有军需官埃勒里·巴里斯签字确认。但卡洛斯已经想出了一个解决方案，卢·吉尔里现在已经允许他去那家小酒馆了，作为一名常客，他知道其中一名"蓝衬衫"迈克尔·盖萨尔会经常在下班之后来喝一杯。于是卡洛斯陪迈克尔一起泡在酒馆里，跟他干了几杯，等他喝得不省人事之后，卡洛斯就扶着他摇摇晃晃地回家，就在这期间，卡洛斯趁机巧妙地偷走了他的钥匙。这也是另一个他们需要消失几个月的原因：等迈克尔发现发生了什么，他可能会用卡洛斯喂猪。

而我呢，我需要尽量装出一副若无其事的样子，但这并不容易。邦子整个晚上都对我宠爱有加，一开始，她就为我做了一顿特别的晚餐。此时，鸡肉还和芯片备件一样，是严格限量供应的物资，非常珍贵，但她还是用掉了四个星期的食物配额，从禽畜栏那里换来了一只刚刚宰杀，清理干净的鸡。当她把一整只烤鸡放在桌子上的时候，我就知道她的打算是什么了——这只鸡是她逼我明天去堕胎的补偿。我不饿，因为那项计划让我太紧张了，所以我只能勉强吃几口，然后把盘子推到一边。邦子以为我是在担心堕胎的事情，洗盘子的时候，她又跟我说，整个过程很简单，完全不需要担心，而且也没有人会知道这件事。我安静地听着，等她洗完了盘子，我就找理由回房间了。

大约一个小时之后，她过来看我，当时我正蜷在床上看《鲁普特王子传》。她问我感觉怎么样，我抬起头，看到了她眼中的爱意。我都不怎么记得母亲的样子了，父亲对我来说也像是个陌生人，我只和他一起零零散散地生活过几个月。冈田邦子是这辈子最像我家人的人。偷点儿吃的对我来说不算什么，但是背叛邦子的信任就好像让我在她背后捅一刀。一时间，我很想把那项计划告诉她，但那显然是不可能的,所以我告诉她我没事,只是有点累。邦子犹豫了一会儿,然后向我道了晚安,关上门离开了。

过了一会儿,我合上了平板,熄灭床边的油灯。门下的缝隙漏进了一道细细的光。邦子在屋子里转了一会儿,软帮鞋踩在地板上发出轻微的嘎吱声,然后光线消失了。她卧室的门打开了,接着又砰的一声关上了。随后整个房子都陷入了沉寂。

我努力想让自己睡着。我需要尽量多休息,但却没能成功,一整晚都一直清醒地躺在黑暗中,透过窗户凝视着夜空。熊星高悬在天空之中,那是一颗淡蓝色的天体,大小是月亮的四倍,光环反射着大熊座47的光芒。我想起了在政府青年宿舍度过的那些漫漫长夜,当时也是清醒地躺在狭窄的床铺上,一只手放在床单下面藏着的那根锯短的棒球棍上,以防某个图谋不轨的辅导员。那时候,我只想要自由。最终,我得到了这样的机会……它却把我吓坏了。

我肯定是睡着了,因为平板的铃声把我从睡梦中惊醒。我在黑暗中摸索着找到了它,关掉了铃声,静静地躺了一会儿。房子里依然很安静,我没有听到任何动静,于是推开了被子,伸手去拿我放在床下的衣服。没有时间犹豫了,如果不马上动身,那就太晚了。

我已经用腰带打好了铺盖卷,还在里面塞了一套衣服。我小心翼翼地打开窗户,把铺盖卷扔到了外面。这样一来,如果邦子刚好起来看到我出去,我就可以说是要去厕所。

我蹑手蹑脚地穿过小木屋,发现她房间的门依然关着。一瞬间,我有一种冲动,想给她留张纸条,解释我要去做什么,还有这么做的原因,但那些男孩可能已经到船库了,我担心他们丢下我离开。所以我轻轻地关上了前门,尽量不去多想我正在干什么。

我匆匆走过主街时,第一缕阳光把天空染成了紫色。街上一个人也没有,我经过的那些小屋的窗户还都是黑的,但是公鸡已经开始打鸣了,再过一会儿,自由镇就会开始苏醒。邦子喜欢睡懒觉,但不久之后，茜茜·莱文或是德赖弗斯夫妇就会发现他们的儿子不在床上，随后玛丽·蒙特罗会告诉金·纽厄尔，她的哥哥不见了。

通往船库的小路上，一切都很安静，只有一些囤草雀在叽叽喳喳地叫着。不过在靠近的时候，我能听到有人在压低声音说话。这一次，星星没有跑出来迎接我——卡洛斯肯定是决定不带狗走。一时间，我还以为自己听到有人站在身后，但转过头，我谁也没有看到。

戴维站在门廊上望风，看到我的时候，他似乎显得很失望。"你怎么这么晚才来？"看到我小跑着上台阶，他低声问道，"忘带你的泰迪熊了？"

"别废话。"我没心情和这个小屁孩争论，低声说道。独木舟已经被拖到了水里，绑在码头两边。巴里和克里斯正在把最后的物资装到船上，他们小心翼翼地把东西分别放到两艘船的中部，再盖上防水布。不像戴维，他们见到我很高兴，我走上码头的时候，他们都笑了。

"早上好，先生们，"我压低声音说，"能让我上船吗？"

"好的，女士。看到你能来，我们很高兴。"巴里从我怀里接过了铺盖，"有人看到你吗？"

"没。邦子还在床上。"我的目光从这艘独木舟扫向另一艘，两艘船都装得满满的，"嗯……我应该坐哪艘？"

克里斯和巴里两个人不确定地互相看了一眼，然后克里斯犹豫地指了指"昴星团"，"我可以带你坐我的……"

"你跟我坐一起。"

卡洛斯从船库的后门走了出来。他两手各拿着一把自动步枪，穿着一件猫皮背心，头发绑在后面，看上去就好像十九世纪拓荒小说里的英雄，土狼星的纳蒂·班波，詹姆斯·费尼莫尔·库珀[1]肯定会喜欢

---

1. 詹姆斯·费尼莫尔·库柏（1789—1851），美国著名作家，创作了大量描写美国拓荒时代边疆生活的作品。纳蒂·班波就是其系列作品《皮袜子故事集》中的主人公。

257

这个形象的。他似乎对自己的样子很难为情，朝我露出了一个尴尬的微笑。"如果你不介意的话。"他补充道。

没错。就好像我会拒绝似的。可能现在我不应该这么做，但我还是跳了过去，用胳膊搂住了他。他两手都拿着枪，没法抱我，但我不在乎，也不在意克里斯阴沉的眼神或是戴维脸上厌恶的表情。只有巴里似乎并不介意，他走上前去接过了卡洛斯的枪，然后礼貌地扭开视线，转过身去，将一把枪递给克里斯。

"你能来，我真的很高兴。"卡洛斯低声说道。现在他的双手都空着，可以回应我的拥抱了，"要是没有你，我根本无法成功。"

"我也是。"但其实你什么都不知道，我在心里默默补充道。

我们抱在一起，直到巴里清了清嗓子。"嗯……这样真的很温馨，但咱们得快点……"

"啊，当然。你说得对。"卡洛斯拍了拍我的屁股，放开了我，他指着"猎户座"。"我们在帆板后面给你留了个位置。可能会有点挤，但你可以坐在你的包上。"

"别担心。我没事的。"巴里已经把我的铺盖卷塞进了水平木板后面的缝里，之后这块木板上会安装一支桅杆。那里本来就很狭窄，但我觉得等上路之后，我可以向后靠，把腿伸开。"你想让我划船还是……"

"不用，坐在那里就好……暂时先这样吧。"卡洛斯把手放在我的腰上，领着我来到了独木舟旁，"如果巴里累了，你可以在船头帮忙划桨，也可以在穿过分水岭之后帮忙操作船帆，但现在你只需要……"

"那么你们就是想去那里了。"邦子说。

我回头一看，发现她站在那里。

在这种事情上，母亲们总能吓你一跳，即便我只是被领养的。要是自己的孩子出了什么事，她们体内的雷达就会启动，有时候，她们会表现出惊人的心灵感应能力。你以为自己已经摆脱了她们，但很快你就会发现，她们一直在跟踪着你。

我母亲在我很小的时候就去世了，但是邦子已经成为一个合格的替身，所以我根本不必问她是怎么知道我打算和男朋友一起私奔的。唯一令人惊讶的是，她竟然在我没有察觉的情况下，跟着我来到了船库。然而在看到她的那一刻，我就知道她可能整夜都没睡，一直在等着我行动，她眼睛下方的黑眼圈足以证明她睡眠不足。

男孩们目瞪口呆地看着她。巴里和克里斯僵在原地，手里还拿着步枪。戴维低头看着码头，低声地骂了一句。卡洛斯脸涨得通红，迅速把手从我身上滑开了，就好像他是个被抓了现行的小偷。

"我们只是要去钓鱼……"他开口了。

"得了吧。"邦子瞪了他一眼，让他闭上了嘴，"别对我撒谎，这比你们干的其他任何事情都要糟糕。"接着，看到那些枪，她眯起了眼睛。"好吧，还有更糟糕的。你们闯进军械库，把这些东西拿了出来，对不对？"没有人回答。"我就知道。"她嘟囔着，"你们会为此受到惩罚的。"

邦子走到了码头上。戴维挡在了她的面前，看了一眼她的脸，他赶紧闪到了一边。邦子看了下装满东西的独木舟，摇了摇头。"我就知道事情会是这样的。我整天听人们抱怨说丢了东西，不久之后，我开始明白了。"她看了眼巴里，又看了看克里斯，"你们昨天都去了医务室，那么是谁把我的备用急救包拿走了？"

两个人都没说话。"是我，女士。"随后巴里平静地说，"如果您想把它要回来，我可以去找找。"

邦子瞪了他一眼，没有回答。接着她却看向了卡洛斯，"一般你都是那个带头的，所以我觉得这是你的主意。对吧？"对方点了点头。"所以是什么让你认为这是一个好计划的呢？"

"我……我不……我是说……"

"哦，没关系。你已经证明了自己既是个小偷，又是个骗子，这样一来你也许就不能算是个聪明人了。"她沉默了一会儿，"要知道，现在我只需要跑回镇里大声呼救。五分钟内，就能叫来二十个人。就算你们跑了，也跑不远。"

卡洛斯张了张嘴，又合上了。看起来他知道，邦子是对的。船库里有三艘双人小艇，但使用这些小艇的人不会像我们一样带这么多装备。就算我们现在出发，顺流跑出几英里，他们也能很快追上我们。看起来目前的情况就是这样……

"是的，女士。"他承认，"我知道。那你为什么不……"

"我没说我会，我也没说我不会。所以放聪明点，先闭嘴。"然后她又看向了我，"来吧。我想和你谈谈。"

我的脸上火辣辣的。在走出男孩们的听力范围之前，她什么都没有说。随后她打开后门，把我领进了船库，砰的一声关上了门。

"你都跟他说什么了？"她的声音很低，脸离我只有几英寸远。

"我……我……"

"该死，温迪，你都跟他说什么了？"

眼泪从我的眼角溢了出来，"我……我没有说……他还不知道。"

"你确定？你还没说？"

"没有！邦子，我发誓，我什么都没告诉他……"

"嘘！小声点。"她使劲摇了摇我，"好吧，我相信你。下一个问题……你想要这个孩子吗？我是说，你真的想就这么跑出去吗？"

"是的。"我直视着她的眼睛，"是的，我想。"

这是个谎言。至少不完全是事实。真正的情况是，我只是不想堕胎而已，其他事情并没有想清楚，但连我自己也不敢承认这一点。

不过我知道，如果我回避这个问题，邦子就会兑现她的威胁，跑进镇里，通知监察官们。这样我们就丢脸丢大了，那些男孩会因为偷窃而受审，可能会在监狱里度过一段难熬的时光，而我怀孕的真相也不可避免地会被揭露出来。就算议会违反移民地法，准许我生下孩子，我也无疑会被其他人排斥。卡洛斯的名誉一定全都毁了，人们再也不会相信克里斯、戴维或是巴里了。

我撒谎是为了保护我的朋友，因为我爱他们，起码我是这么告诉自己的，甚至我可能自己都相信了。

邦子打量了我一会儿，似乎想判断一下我是不是在说实话。最后她点了点头。"那好吧。我想我别无选择。"

她走到前门。一时间我还以为她要回到镇里警告那些"蓝衬衫"，我抬手想要阻止她，随后却停了下来，因为我看到她打开门，伸手拿起了她放在码头上的背包，包上还绑着一套铺盖卷。她关上门，转身再次看向我。

"你没有告诉其他人，"她平静地说，"那就得有个人去照顾你。"

"邦子……"

她摇了摇头。"很抱歉，孩子。必须得这么做。"她没再继续看我，把包背在了肩上，从我身边朝着后门走了过去，"咱们去告诉你男朋友，他又多了一名乘客。"

不用说，卡洛斯很不高兴。不管他想象的是一场怎样伟大的冒险，其中都不会包括一名女性监护人。他和邦子对峙了一会儿，想要说服对方不要加入，但邦子完全不为所动——要么她和我们一起去，要么我和她一起回镇里，同时她去通知监察官。同和我交涉的时候一样，她完全没有给他选择的余地。

这时候，大熊座47已经升起来了。我们的时间不多了。卡洛斯生气地瞪了我一眼，然后转头看着邦子。"行啦，就这样吧。"他一边嘟囔，一边不耐烦地指着"昴星团号"，"你跟克里斯还有戴维坐一起。"

"谢谢。"邦子把她的包递给戴维,戴维不情愿地接过来,把包塞进了独木舟,和其他的东西放在了一块儿。克里斯已经坐在了船尾处,他并没有帮忙把邦子拉上船。在一条狭窄的小船上,一名成年女子挤在两个男孩之间,这让她显得有些格格不入,不过她依旧努力让自己显得不失尊严。

卡洛斯看都没看我一眼,就爬进了"猎户座"船尾,伸手解开了船后面那根绑在码头上的绳子,船头的巴里也同时松开缆绳。"出发。"他用桨柄把独木舟推离了码头。

慢慢地,"猎户座"漂进了浅浅的溪水中。卡洛斯让长长的独木舟向右转,然后把桨浸入了棕色的水里,推着小船顺流前进。经过码头的时候,"昴星团"落在了我们身后,戴维和克里斯摇着他们的桨,皱着眉头,但我惊讶地发现邦子的脸上露出了灿烂的笑容。她注意到我在看她,还向我眨了眨眼。

"她最好自己也划划船,"卡洛斯平静地说,"否则我就把她扔下船,让她自己走回去。"

"噢,不行,你不能这么做。"我回过头,用自己最冷酷的眼神盯着他。

这让他闭上了嘴。巴里一如既往地背对着我们,保持着沉默。

我动了动,想将我麻木的双腿摆成不影响血液循环的姿势,然后把双手夹在腋下,抵御清晨的寒意。笼罩着沙溪的那层薄雾在温暖的阳光照到水面时消散了。在右手边,我可以看到镇里房子的屋顶。几分钟后,它们也消失在一丛蜘蛛灌木后面,现在只剩下我们了。

我们已经离开了自由镇,前方只有一片荒野。

男孩们急着想尽可能远的与移民地拉开距离。他们不停地划着桨,几乎不给自己时间休息。巴里的父母或是克里斯和戴维的母亲迟早会发现,他们的儿子离家出走了。金·纽厄尔也会毫不犹豫地立刻拉响警报；虽然卡洛斯之前没有跟我们说过，但他把这项计划告诉了他的妹妹，还让她发誓在我们走远之前闭紧嘴巴。

就这样一直到中午，他们完全没有休息，此时，我们已经来到了沙溪和莱文溪分岔处的那片浅沙洲旁，这也是人类在从自由镇出发向南探险的过程中抵达的最远处。我们如果选择沿着那条狭窄的支流继续前进，很快就能到达克里斯和戴维的父亲被杀害的地方。兄弟俩并没有对要去那边感到害怕，但卡洛斯决定在这里抛锚，让我们尽快吃一顿午餐。

天气变得又热又潮，戴维和巴里早就脱掉了他们被汗水浸湿的衬衫，卡洛斯和克里斯也趁这个时候脱掉了衣服。我脱掉了毛衣，还热得想一直脱到背心，但又感觉那样太别扭了。邦子肯定注意到了我的想法，她一言不发地解开了衬衫扣子，把它脱了下来，露出里面的比基尼胸罩。克里斯、巴里和卡洛斯都装出了一副若无其事的样子，但是戴维色眯眯地斜眼看着她。她瞪了回去，结果戴维脸红了，转开了头。邦子朝我露出了微笑，鼓励着我，我也不再觉得害羞了，把衬衫脱了下来，戴维朝我抛了个媚眼，巴里用桨甩了他一身水。

吃完饭之后，所有人开始收拾食品包装，但卡洛斯想出了一个主意。他把这些垃圾收集起来，然后走下了独木舟，涉水上岸，把它们扔在莱文溪畔。"要是有人发现了这些东西，"他一边说，一边穿过浅滩往回走，"肯定以为咱们往那边走了。"

看到他这机智的想法，其他人都很佩服，但邦子摇了摇头。"想法不错，但你凭什么认为他们会沿水路来追咱们？"她用手帕擦了擦嘴，其他人脸上的笑容都消失了。"他们只需要发射一艘太空穿梭机，跟着咱们顺流而下就可以了。"她漫不经心的朝自由镇的方向看了一眼，"其实，我觉得咱们应该很快就能看到他们了。"

"你就希望事情会那样发展，对不对？"卡洛斯站在两艘独木舟之间，"你费了这么大劲，只是为了让我们被抓住后脖颈拎回去。"

邦子没有回答，不过我注意到了戴维脸上的得意表情。"太空穿梭机要是飞不起来，恐怕他们就很难来抓咱们了。"

邦子疑惑地看了他一眼。"我们从驾驶舱里拆走了一样东西。"卡洛斯解释说，"从两艘太空穿梭机上各拿走了一个小硬件。这样一来，如果他们启动引擎，电脑就会立刻把引擎关掉。"

"你们这些傻瓜。"邦子惊恐地看着他，"你们知道自己干了些什么吗？"

我也不敢相信他们竟然做了这种事。"五月花号"和"普利茅斯号"不仅是移民地仅有的远程运输工具，也是人们返回"亚拉巴马号"的唯一途径。如果它们没法起飞，人们就无法从生物停滞瓶中取回剩下的禽畜胚胎了。这些地球制造的部件也没有备用品，正因为如此，人们才很少使用太空穿梭机。

"你当我傻吗？"看到邦子伸手去拿她的背包，戴维回答道，"别担心……它们没坏。"

"绝对安全，我保证。"不过卡洛斯脸上的笑容已经消失了，"你要找什么？"

邦子呆住了，她的手还放在书包半开的盖子上，"不关你的事。"

卡洛斯叹了口气，摇了摇头。他走到了邦子跟前，"把它交出来。"

"我不知道你要……"

"卡洛斯，"我说，"别……"

"温迪，别闹了……"卡洛斯依旧盯着邦子，"行啦，医生。你有事瞒着我们。"他冲着克里斯和戴维使了个眼色；就等他一句话，那两兄弟就会从独木舟里出来了。他伸出手，"交出来。"

邦子瞪了他一眼，然后垂下了脑袋。她把右手伸进了背包，过了一会儿，掏出了一个小塑料袋——一台卫星电话，要是展开它的抛物面天线，就能在"亚拉巴马号"经过上空的时候发送一个信号，与自由镇取得联系。移民地只有十几台卫星电话,作为医务长,邦子得到了其中一台。

她非常不情愿地把这台设备交给了卡洛斯。卡洛斯打开电话,但没有展开天线。"我必须得带着它。"她说,"这是我的工作。我是个医生。"

"好吧……"卡洛斯关上了卫星电话,"你带了急救箱,对吧?"邦子点了点头。"所以你不需要这个。"

"卡洛斯,别……"

接着,卡洛斯把胳膊向后扬起,然后向前一甩,把卫星电话扔得远远的。

小小的设备飞了出去,在沙溪上空划出一道弧线,然后坠入了几十米外的水中,消失时溅起的水花可能惊动了几条鱼。

"耶!"戴维挥着拳头,"为了自由,再次出击!"克里斯露出一副难以捉摸的笑容。巴里像往常一样没有说话,只是将目光移开了。

我以为邦子会对他大吼。但她却用一种同情的眼神看向了卡洛斯,甚至毫不在意对方把卫星电话扔到了哪边。"谢谢。"她平静地说,对方盯着她,"我管你们叫傻瓜,而你刚刚证明了我说得对。现在对你来说,我比以前更有价值了。"

还没等对方问为什么,她就转过了身。"午餐时间结束了,咱们该出发了。"

我们顺着蜿蜒的沙溪穿过了沼泽地,有时候划桨,有时候随波逐流。好奇的扑鹰时不时会跟上来,在高空中监视我们,然后又展开它们宽大的翅膀飞走了。有一次,我们发现一只小溪猫半藏在蜘蛛灌木中,保持着喝水的姿势僵在原地,用琥珀色的眼睛盯着我们。我们又经过了几条支流后,小溪渐渐变宽了,两岸之间的距离也变得越来越远。

傍晚之前，我们来到了小溪中央一个灌木丛生的小岛上。卡洛斯对克里斯喊话，问他愿不愿意停船上岸过夜。他似乎并不想休息，但所有人都筋疲力尽了；划着一艘没载客的独木舟前进已经算是一项艰苦的工作了，更何况他们这两艘沉重的小船都坐满了人。这座岛是个露营的好地方，它四面环水，这样莽鸟就没法轻易靠近了。我们把独木舟停在了岛屿的一端，然后涉水上岸，在船上坐了那么久，我们的腿都麻了。

我们带了两顶帐篷，每顶帐篷可以容纳三个人。巴里、邦子和我搭起了帐篷，戴维去捡柴火。卡洛斯和克里斯卸下了我们今晚需要的物资，然后打开了地图，想要研究一下我们现在在哪里。地图上没有太多的细节，而我们也是第一批沿着沙溪走了这么远的人。据他们推测，我们走了大约二十英里，前往东分水岭的路，已经走过一半了。

在第一天能有这样的进度，还算不错。但克里斯认为，等抵达夏皮罗山口之后，我们可能会遇到浅滩激流，在那边可能更适合划小艇，而满载的独木舟很难穿过浅滩。卡洛斯反驳说，如果情况将变得非常糟糕，我们可以上岸，卸下独木舟上的东西，拖着它们穿过陆地，来避开激流。

不过，这是明天的问题了，我们当时都太累了，根本没有精力去考虑那些问题。大熊座47下山的时候，戴维点燃了他捡来的一小堆浮木，我们烤了一些咸猪肉和土豆；晚饭后，巴里拿出吉他，卡洛斯拿出一瓶用溪猫皮包裹着的马唐草酒，在几个人之间传着喝了起来。肚子已经填满了，啤酒让我们变得有些微醺，过了一会儿，我们松懈了下来，聊起了一些琐事。夜空很是晴朗，很快星星就出来了，彼时我们还看不到熊星，但它的光环上缘已经升到了地平线上方。我们可以听到远处传来的莽鸟叫声，不过它们一直都待在比较远的地方。这样一来，假装我们这是在露营就很容易了，谁也没去担心我们之后将会面对什么。

这期间，我们几个只发生了一次不愉快。当时我们正准备上床睡觉，巴里取来了水，准备把火浇灭，邦子正在收拾炊具，卡洛斯站起身来，伸了个懒腰，宣布他要和我一起住左边的帐篷。和其他人一样，这对我来说也是个新闻。克里斯和戴维互相看了一眼，然后看了看巴里，又看了看邦子。难道他们四个挤在一间帐篷里，而我和卡洛斯却要住进蜜月套房？不过卡洛斯似乎觉得我也很想这样安排，他牵起了我的手，没向其他人说晚安，就拉着我往帐篷那边走了过去。

卡洛斯已经铺好了他的铺盖，刚拉上帐篷帘，他就开始脱衣服。现在我都快睁不开眼了，真的只想睡觉。但是很快他就半裸着跪在那里，开始抚摸我的后背，而我此时还没有解开铺盖。回想起来，我觉得在好几个月的时间里，他一直幻想这样的情景：他和我，独自待在我们自己的小岛上，待在帐篷里……

要是在几天前，我可能也会这样幻想。但现在，这里并不是只有我们，而且他那样对邦子也让我很生气。我要想个办法，在不伤害到他的前提下拒绝他。这时候，有人掀开了帐篷帘。

我一转头，看到邦子拽着她的铺盖爬了进来。她什么也没说，只是冷冷地瞪了卡洛斯一眼，于是卡洛斯从我身边离开了。接着，她一言不发地扔下了铺盖，铺在了我们中间。

在外面，我听到莱文兄弟在捂着嘴笑，巴里低声嘟囔着什么。但很快，他们就都闭上了嘴。卡洛斯生气了，但他仍然一言不发，他肯定知道，争论根本没有意义。不管他喜不喜欢，邦子都要和我们睡在一起。我用略带歉意的笑容安慰了他一下，他皱着眉头穿上衣服。邦子要么是没注意到，要么是假装没注意；她脱下了靴子，放在了身后，然后铺好毯子，伸直身体，用自己的身体把卡洛斯和我隔开了。

我们就是这样睡觉的，不仅仅是那天晚上，之后很多天也一直是这样的。说实话，我更喜欢这样。

一直到很久之后，我才知道自由镇当时都发生了什么。

我们消失的这件事并没有很快被人注意到，所以我们跑出的距离要比之前想象的远得多。茜茜·莱文醒来之后发现克里斯和戴维不在家，还以为他们只是早起去钓鱼了，一直到上午十点左右金·纽厄尔才顺路过来问她有没有见过卡洛斯。茜茜和金与其说是惊慌，倒不如说是迷惑，她们找到了玛丽·蒙特罗，问她哥哥去哪儿了。虽然卡洛斯让他的妹妹发誓要保密，但小女孩不费吹灰之力就哭了出来，把她知道的一切都告诉了大人们。

与此同时，迈克尔·盖萨尔刚从宿醉中醒来，他这时候才发现自己不知把钥匙放到了哪里。埃勒里·巴利斯拿着钥匙来到他房间的时候，他还在小屋里找呢。军械库里有两支步枪不见了，军需官想知道为什么迈克尔的钥匙插在锁上。这个倒霉的"蓝衬衫"不停地发誓说，前天晚上轮班结束以后，他就再也没去过会堂，也不知道钥匙是怎么丢的。

埃勒里要和迈克尔一起去见李舰长，两支步枪失窃这种事相当严重。他们正沿着主街往市长家里跑，结果就被茜茜和金碰见了。克里斯、戴维和卡洛斯都不见了，两位妇女都快慌神了，这时候迈克尔才想起昨晚是卡洛斯扶着他摇摇晃晃地从酒馆回家的。

其实李舰长已经知道孩子们失踪了，杰克和丽莎发现了巴里留在床上的一张便条。纸条上提到了我的名字，所以人们一起来到了邦子家。当然，这时候我俩早就走了，但是邦子留下了一封信。罗伯特·李在她的诊疗台上发现了它，他迅速扫过，然后把信折起来放进了口袋，没让其他人看到。

那时候，自由镇还只是一个小小的定居点，所以消息毫不意外地迅速传开了。根据后来我们了解到的情况，追捕我们是迈克尔的主意，对于自己这么容易就被骗了，他感到非常愤怒，于是他召集了另外三名监察官,一起去了船库,打算沿着沙溪追捕我们。然而他们刚把几只小艇拖进水里,船就漏水了,有人在船体上整齐地钻了一圈小洞。一直到将近中午,才有人想到要发射太空穿梭机来寻找我们,又过了一个小时,尤德·廷斯利才发现"五月花号"和"普利茅斯号"都遭到了破坏。

差不多就在我们停靠莱文溪附近吃午饭的时候,议会召开了紧急会议。李舰长尽力让大家保持冷静,他报告了独木舟、枪支和各种物资的失窃情况,也提到邦子的卫星电话不见了。冈田医生并没有选择揭发,而决定加入我们,这引起了很多猜测。随后李拿出了他找到的那封信,大声地读了出来。接着他表示,在找到失踪的太空穿梭机部件之前,他们根本无法追踪我们;另一方面,知道有一个负责任的大人与我们在一起,而且她也有能力与自由镇取得联系,这在一定程度上让大家稍稍放下了心。

那时候卫星电话已经沉到了沙溪河底,但是他们不可能知道这件事。人们只知道五名少年和一个大人一起自行离开了自由镇。经过长时间的讨论,议会认定人们并不需要为此担心。这显然是一起青春期叛逆事件。我们只是一些想干荒唐事的疯孩子,几天之后,等我们厌倦了这场小冒险,就会自己回来了。

没什么好担心的,压根儿就没有。

天刚蒙蒙亮,我们就起床了,早晨的天气还很凉,银色的薄雾笼罩着整座岛屿。我们飞快地吃了些冷麦片和咖啡当作早餐,然后拔营起寨上了船。我替下了"猎户座"船头的巴里,昨天他把右肩拉伤了,很疼,而且我也厌倦了一直当乘客。卡洛斯虽然没有对我多说什么,但也没有表示反对——他仍然对前一天晚上的事耿耿于怀。邦子主动提出要替下"昴星团"船头的戴维,但是他无礼地坚持表示自己没问题。当大熊座47从东方升起的时候,我们起航了,熊星高悬在我们的头顶,这是一个晴朗的早晨,天空中看不到一丝云彩。

沙溪正变得越来越宽,几个小时之后,我们就看不到河底了。我轻松地适应了划独木舟的工作,水流开始变得湍急,所以我可以时不时地休息一下。我们也没有了前一天的那种紧迫感;如果自由镇的人在追我们,那应该早就追上来了。所以我们在不慌不忙中前进,到了临近中午的时候,我们已经能看到东分水岭了。

新佛罗里达的大部分地势都很平坦,这片淡水湿地仅仅比土狼星的海平面高出几英尺。东分水岭是唯一的例外,这条又长又陡的石灰岩山脉仿佛一堵墙,耸立在草原之上,它是很久以前东峡河下方的地质断层构造而成的。经过了无数年的时间,这条小溪在"石墙"上侵蚀出了一条狭窄的峡谷。我们在穿过了这处夏皮罗山口之后,就将离开内陆地区。

我发现一对扑鹰正停在一棵黑檀的树枝上。我一直对扑鹰很着迷,既然现在正朝着它们秋末迁徙的方向前进,我希望能发现它们在哪里过冬。但是现在,它们从树上盯着我们,一点儿也不像是猛禽,更像是在等待下一顿美餐的秃鹫。我感到一股寒意,于是从腰间解下了毛衣,又把它穿上了。

刚过中午,就在即将进入夏皮罗山口的时候,我们划着独木舟进入了一处浅浅的河湾,准备去吃午饭。我们吃了些干果和饼干,想轻松地聊一会儿天,但显然所有人都被激流弄得紧张起来。巴里提出接下来由他在船头划桨,我没有反对,确实需要经验丰富的人来帮我们通过这处水道。

邦子爬出"昴星团",涉水来到了独木舟的前面。"你也是,"她捡起了搭在船舷上的桨,对戴维说,"这里交给我吧。"

戴维没有动,一边啃着饼干,一边直视前方:"没门,泼妇……"

她扇了他一巴掌。

并没有很用力,但足以把他嘴里吃了一半的饼干打掉在地。"首先,不准再那么叫我,"她的语气似乎很漫不经心,但还是带了一丝尖刻,"如果你不叫我'女士'或'冈田医生',我会用非外科手术方式拔掉你的牙齿。听清楚了吗,戴维?"

戴维怒视着她。他的下巴在颤抖,脸被她打得通红,一滴眼泪慢慢滑了下来。所有人都安静了下来,我们可以听到蚊子在周围嗡嗡叫着,溪水拍打着独木舟的侧舷。

"是……是的……女士。"他低声说。

"很好。其次……我接手划桨的原因是……你才多大?我三十六岁了,所以我比你更强壮。如果你不相信,咱们可以上岸,我来继续给你上一堂礼仪课。你相信吗,戴维?"

"相信,女士。"声音很小,没有一丝反对的意思。

"不错。你做得很好,但我们现在需要更强壮的肌肉,而你没有。所以请坐到后面去。"

戴维犹豫了一下。他回头看了克里斯一眼,克里斯那样子看上去似乎希望自己的弟弟是领养的,于是他不情愿地让出了船头的座位,低着头,晃晃悠悠地朝船中央走去。"谢谢你,戴维。"邦子等他回到船上之后才爬上船。她拿起船桨,看了看其他人。"大家都休息好了吗?吃饱了吗?还有要上厕所的吗?"

我本来是要在树林里再蹲一会儿的,但刚才的邦子比激流更吓人。和其他人一样,我默默地点了点头。"很好。"她说,"那么咱们出发吧。时候不早了。"

她把桨柄猛地插入水中,往前一推,然后把桨翻过来,开始逆桨划船,把"昴星团"划离了岸边。等巴里把"猎户座"撑开的时候,她的船已经开始掉头了。她没有注意我,但是卡洛斯的脸上却露出了一副刻薄的表情。

"她以为她是谁?上帝吗?"他嘟囔着。

"我不知道。"我思考了一会儿,"可能比起你,上帝更宠爱她。"

271

他不喜欢这句话，但又不知道该怎么反驳我。巴里回头看了看我，脸上露出了一丝微笑。这一刻，他悄悄表现出了对我的理解，随后他转过身，继续开始划桨。

一个小时后，我们进入了东分水岭的阴影之下，正逐渐接近夏皮罗山口。

这时候，水流开始变得很急，它把我们带进了一处深深的峡谷，巨大的石灰岩峭壁耸立在我们头顶，仿佛白色的城垛一般。河道两边到处都是突出水面的巨石，河水汹涌，在岩石周围荡起团团泡沫。我们再也感觉不到温暖的阳光了，一股微风穿过山口，不停地把冰冷的水雾喷到我们的脸上。低沉的咆哮声从前面不远的地方传来。

我们划在"昴星团"前面，卡洛斯回头朝着身后的独木舟大喊，告诉他们留在小溪的中间，那里比较深，我们可以穿过这些巨石。但其实那里的水也没有深多少，我看了看周围，看到河床上的沙砾从我们身边疾驰而过。如果船翻了，水下的逆流不会让我们有机会游到安全的地方，而是会将所有人拖进河底。突然间，我意识到大家都没穿救生衣。

我回头看了看卡洛斯。他注意到了我的视线，冲我露出了微笑。"别担心。"他平静地说，"以前我老爸经常和我去河里漂流。这会是……"

"激流，"巴里喊道，"我们来啦！"

我想越过他看看前面的情况，但坐在中间，我什么都看不见。过了一会儿，船底被猛地撞了一下，龙骨擦过了一块看不见的大石头。"猎户座"前后摇晃着，我抓住了船舷，看着巴里急忙把桨从右面换到左面，把它深深地插入水中，灵巧地避开了岩石。

我听到身后传来一声大叫。"昴星团"离我们只有五六米远，它的船头跃出了水面，然后又重重地拍了下去。克里斯像个疯子一样咧着嘴笑,享受着旅程中的每一刻,但是戴维却把脑袋靠在了膝盖之间,闭着眼睛,一副很想吐的样子。船头上,邦子却是一副严肃的表情,她一边用力划着桨,一边在前方翻腾的水面中寻找着,警惕着河底的壶穴[1]。也许对克里斯来说,这只是一场游戏,但她知道,我们正处于危险之中。

"嘿!"巴里喊道,"有东西在动……在右前方的石头上!"

我转过头,四下寻找着。一时间我没搞明白他在说什么。接着,一个瘦骨嶙峋的高大身影掠过了小溪和崖底之间那片狭窄的河岸。它转过头来看着我们,突然,我瞥见了一个巨大的鸟喙……

"莽鸟!"卡洛斯喊道。

仿佛有一只冰冷的手伸进我的胸膛。他说得对,这种不会飞的大鸟在草原上神出鬼没,而这只竟然来到了山口这边。也许它冒险来这里是为了捕猎小动物,但不管出于什么原因,它就在那里,几秒钟之后我们离它就只有几米远了。

"别担心!"克里斯喊道,"它在岸上!不可能……"

仿佛是为了否定他,那只莽鸟发出了一声可怕的尖叫,叫声在峭壁之间回荡着。接着,它迅速跳上了溪水中的一块巨石,抬起它那钩状的前爪,又跳到了另一块更靠近溪水中央的石头上。这只莽鸟已经看到了我们,看来不管有没有激流,它都绝不会让一顿潜在的美餐在眼前溜走。

"把枪给我!"卡洛斯松开了桨上的一只手,开始在我身后摸索着他放在桅杆旁边的那把自动步枪。

"小心!"邦子喊道,"打左舵!"

片刻之后,"猎户座"的船头擦过了一块巨石,要是卡洛斯刚刚在

---

1. 壶穴,又称瓯穴。指基岩河床上形成的近似壶形的凹坑,是急流旋涡夹带砾石磨蚀河床而成。壶穴集中分布在瀑布、跌水的陡崖下方及坡度较陡的急滩上。

驾船，我们本可以避开这块巨石的。独木舟向右倾斜，冰冷的溪水翻过了船舷，在那可怕的一瞬间，我还以为小船要翻了，不过接着龙骨又一次拍在了水面上。暂时安全了，然而这种状态不会持续太久，因为我们现在正被困在激流中，直奔莽鸟而去。

我的脑中突然浮现出一种想法，这也许是生存的本能，也许只是常识，但在自己还没有反应过来之前，步枪已经被我握在手里了。

"枪！"卡洛斯喊道，"温迪，给我枪！"

我没理他。我把保险栓拉开，打开红外测距仪，举起步枪，把枪托靠在右肩上。我的右眼前方几英寸处出现了一幅全息图像，我把枪口向左移动，想要瞄准正前方巨石上的那只莽鸟，准星从蓝色变成了红色。

独木舟又擦过了另一块大石头，这让我失去了平衡。我再次稳住枪身，顺着枪管往前望着。巴里挡在了中间，我没法射击。莽鸟向后弯曲着长腿，俯下身子，准备扑向独木舟。

"巴里，趴下！"

他猛地向前趴在了船头的甲板上，手中的桨差点儿飞出去。我瞄准了莽鸟那鹦鹉一样的双眼上方，那里正好有一丛冠毛。准星闪烁了起来。

我深吸了一口气，拿稳了步枪，然后轻轻扣动扳机。后坐力很小，枪只在我手中抖了一下。

一声巨响，莽鸟的脑袋炸开了花。

鲜血和软骨飞溅在了石头上。它垂下了喙，仿佛相当惊讶，身体一阵一阵地抽搐着。接着，它侧身从大石头上倒了下去，咕咚一声跌进了水里，一时间水花四溅。水流吞噬了它的尸体，把它卷走了。

我放下了枪。巴里又坐了起来，他震惊地张大了嘴巴，却没有说出话来，接着，他想起了现在的状况，用桨柄猛地敲向了那块石头，在我们撞上它之前把船推开了。

我听到一阵欢呼，转头一看，"昴星团"从旁边飞驰而去，克里斯冲我咧嘴笑着，戴维挥舞着拳头。我瞥见了邦子的脸，她脸色苍白，但还是冲我露出了笑容。

卡洛斯什么都没说。我回头一看，发现他似乎不愿看我，此时正努力想把小船划回小溪中央。我刚想说些什么，独木舟却撞上了另一处壶穴。

一大团冷水直面扑了过来，我紧紧抓住了帆板。等独木舟重新稳定下来后，我合上了步枪的保险栓，然后把它夹在两腿之间，继续紧紧抓着帆板。我们还得和激流搏斗，根本没时间聊天。

我们沿着峡谷继续奋力朝下游前进，独木舟不停地左扭右转，来避开溪中的石头。溪水被高高抛向空中，然后像倾盆大雨一样落回来，把我们淋得浑身湿透。邦子和克里斯、巴里和卡洛斯一边咒骂着溪水，一边彼此咒骂，努力防止小船倾覆或是撞毁，而戴维和我则紧紧抓住能抓的任何东西。我的脖子因为来回不停地晃动而疼痛不已，耳朵也快被溪水不断的咆哮声震聋了，我盯着自己的膝盖，祈祷死亡的降临就算不会毫无痛苦，也最好快一点儿。

接着，仿佛只过了一瞬间，一切都结束了。

突然之间，猛烈的晃动消失了，拍打独木舟的巨浪也不见了……小船平稳而缓慢地前进着，温暖的阳光照在我的脸上，我小心翼翼地抬起头。

大石头消失了，现在我们面前只有一大片蓝色的水域，仿佛太阳底下的一面镜子。地平线上，我可以分辨出一条细细的黑线，那是几英里外的一处遥远的河岸。

突如其来的寂静令人心生不安，我把湿漉漉的头发从眼前拨开，回头凝视着。东分水岭耸立在我们的头顶上方，仿佛一座荒废的石灰岩堡垒，只在夏皮罗山口处留有一条狭窄的裂缝，而我们刚刚正是从那里逃出来的。

"昴星团"在几十米外漂浮着,邦子和克里斯瘫在座位上,盯着岩壁。巴里轻轻地呻吟了一声,然后靠在了身后的行李上。我转身看着卡洛斯,他浑身湿透,胸膛随着呼吸而上下起伏,疲惫的双眼注视着崎岖的悬崖。

总之,我们克服了重重困难,取得了成功,现在我们终于驶进了东峡河。

穿越东分水岭本该是旅程中最困难的部分,但事实并非如此。我们当时并不清楚,麻烦才刚刚开始。

那天,我们并没有沿着东峡河划出多远。激流已经把我们的体力消耗殆尽,大概一个小时之后,所有人都同意,现在最好在河边过夜。于是我们开始沿着悬崖继续划行,最后找到了一处可供我们停泊独木舟、安营扎寨的狭窄沙滩。戴维收集了不少浮木,生了一堆小火,然后我们煎了一些猪肉和豆子,早早地吃了一顿晚餐。所有人都浑身酸痛、疲惫不堪,大熊座47一落山,一阵强风吹过河道,我们都觉得又冷又难受。这不是一个讨论严肃问题的好时机,因为在这种情况下,就算一个无关紧要的问题也会引发争吵。当时也正好发生了那种事。

就在我们聊那只莽鸟的时候,巴里推了推我的胳膊肘。"嘿,刚才那枪打得不错。我以为那怪物要跳上船了。你是在哪里学会用枪的?"

我吞了一口豆子,"密苏里州的舍夫利营地。那里要求我们接受准军事训练,为服役做准备什么的。我在靶场上表现得很好。"

巴里会意地点点头——他的父母都是党员,所以他对政府青年宿舍有些了解——但其他人却都一脸茫然地看着我。他们都来自富裕的家庭,就算是DI,也没人会真的建议把他们送进青年宿舍。父母一方去世,另一方在军队服役,那地方是为我这种流浪儿童准备的。他们对它仅有的了解都来自政府电视网的宣传,在那些材料里,青年宿舍里面都是身穿制服,光鲜亮丽的青少年,他们会快乐地在科罗拉多的落基山中行军,从来不会在拥挤的宿舍里过夜,不会被辅导员殴打,也不会在淋浴间被侵犯。

"幸好当时你拿到了枪,"他说,"我们都忙得不可开交的。"

"我本来是能拿到枪的。"营火对面,卡洛斯狠狠瞪了他一眼,"我刚要伸手拿,她就……"

"我知道,接着你就失去了对船的控制。"巴里耸了耸肩,"我猜我应该在你射击的时候掌舵吧。"

"你这是什么意思?"

"没什么意思,我就是很高兴你女朋友能和咱们在一起。"

卡洛斯放下盘子,打算起身。"哇,别着急,"邦子说,"冷静点,他没别的意思。"她瞥了巴里一眼。"对吧?"

两个人谁也没说话,但巴里首先移开了视线。过了一会儿,卡洛斯拿起盘子继续吃了起来。沉默持续了很长时间。我的豆子已经凉了,但我还是把它吃完了,不能浪费食物。但是,天哪,我真的特别想吃点儿有咸味的东西……

"你知道吗?"戴维说,"有件事我一直搞不明白。"他隔着营火盯着卡洛斯,"你要是枪法这么好,当时怎么没打死杀了我爸爸的那只莽鸟?"

卡洛斯慢慢抬起了眼睛:"你说什么?"

"我就是一直想知道这是为什么。"戴维的语气依然很冷淡,就好像是平常的谈话,仿佛在聊天气一样,"就是……你刚刚说,就算正忙着划独木舟,你也可以把今天看到的那只莽鸟打死。之前你也有机会杀死那只杀了我爸爸的莽鸟,但就算在陆地上,你也没能成功。"他耸耸肩。"我就是想问问。你自己慢慢想吧。"

我从来没有见过卡洛斯这么冷酷的表情。营火周围的寂静仿佛开始变得危险起来。"小弟,"克里斯的声音非常低,"别管这件事儿了,

277

要是我……"

戴维没有理会他的哥哥:"你没必要生气。我就是很好奇而已,因为据我所知,你放低了枪口……"

卡洛斯腿上的盘子落在了地上,他朝戴维猛扑了过去。克里斯坐在他们中间,他跳起来想要阻止卡洛斯,但是卡洛斯把他撞到了一边,继续向戴维冲去。那个小男孩尖叫着想要跑开,但卡洛斯像个橄榄球线卫[1]一样扑倒了他。戴维倒在地上,用胳膊护着脸,卡洛斯用拳头冲他猛击。

这算不上是一场真正的斗殴,也没有持续多久。巴里从后面拽住了卡洛斯,把他从戴维身上拉开了。戴维脸上的眼泪混着从鼻子里流下的鲜血,简直一团糟,他还想还击,但是邦子挤进中间,把他们推开了。看到弟弟脸上的血,克里斯转向了卡洛斯,但赶在另一场争吵爆发之前,我赶紧开始调解。

大家都说了很多,最后终于都冷静下来了。邦子让男孩子们握手言和,他们非常不情愿地照做了,然后她把戴维带到我们的帐篷里去清洗。克里斯狠狠地盯着卡洛斯,盯了很久,然后甩手地走开了。发现已经无事可做了,巴里开始收拾炊具,本来这次不该他洗碗,但戴维显然不会再来干活了。

因此,只有我和卡洛斯被留了下来。实际上,当时我真的不想待在他身边。可能确实是戴维先挑起了争端,但先动手的是卡洛斯。尽管我对我们之间的关系有些犹豫,但我仍然是他的女朋友,如果他有需要,我就应该照顾他。所以我拉着他的胳膊,走向岸边。

我们刚离开营地,就坐在了水边的一块石头上。我们看着熊星从河面上升起,听着潮水拍打河岸。我抚摸着他的头发,想让他平静下

---

[1] 线卫,美式橄榄球队伍中的主要防守球员,在比赛中需要擒抱对方锋线球员,阻拦对方达阵得分。

来,过了一会儿,他用一只手搂住了我,颤抖着呼出了一口气,然后终于开口了。

"他说得对,"他的声音非常轻,"我是说捕猎莽鸟那件事。"

"什么……不,他不对。"我在黑暗中凝视着他,"那次会议我也在场,记得吗?我听约翰逊博士说了,人们都还没来得及开枪,那只莽鸟就杀死了莱文博士,接着它又朝你们扑了过去……"

"亨利没有说出全部真相。"他咽了一口唾沫,把视线从我身上移开了,"吉姆·莱文死了,我们谁也没反应过来,没错,它刚开始发动攻击,我就开火了,但是……"

他停了很长时间。"继续。"我低声说。

"它开始去追吉尔·里斯的时候,我放低了枪口,我本可以救他的,但是……"

"那为什么没救他呢?"

"因为……"卡洛斯犹豫了,"我不知道。也许是因为他本该保护我的父母,却没有救下他们。也许是因为他只会吹牛,还威胁其他人跟他一起去打猎。也许只是因为我想看看在面对莽鸟时,如果没有人帮他,他会怎么做。"他低下了头。"正因为如此,我才希望你把枪给我。这是另外一次机会……"

他的声音越来越小,直到这时候,我才意识到为什么我们要来这里。卡洛斯因为自己的不作为,害死了一个人。也许那个人是吉尔·里斯,不是吉姆·莱文,是戴维搞错了,也许人们可以认为里斯是罪有应得,来为他的死找个合理的借口。然而这并不是问题所在。卡洛斯所面对的不仅是自然的力量,还有自己的灵魂,他输了,现在又想再试一次。只是这一次,他需要有人来帮他:他所有的朋友,包括他的女朋友。但如果她的枪法更好,或是有人让他想起他为什么要这么做……

"卡洛斯……"我等着他看向我。他半闭着眼睛,应该是希望我能吻他。这让我更生气了。

"咱们之间结束了。"我最后这样说道。

"什么……"他吃惊地盯着我,"温迪,什么?"

"你听到我说的话了,我们结束了,结束了。"我推开了他。

"温迪,天啊……"他咧开了嘴巴,拉着我的手,"别这样,我很抱歉。要是你因为枪的事生气……"

"枪的事,没错。还有卫星电话,还有你竟然那样对待邦子,还有……很多其他的事情。"我本想把其他事情也告诉他的,但我站了起来,"你不是我想象中的那个男人,我也不觉得我是你想象中的那个女孩。"

"温迪!你搞什么鬼……"

"别烦我,我不想再说了。"然后我转身朝营地走了过去。

等回到了帐篷,我收拾好他的铺盖,放在了外面。邦子看着我,然后走到了正在洗盘子的巴里那里,悄悄邀请他和我们一起住。他把铺盖搬进了我们的帐篷,很识趣地没有问为什么要改变床位安排。

过了很久我才睡着,不过我没有哭,至少当时没有。

第二天早上,我们沿着东峡河继续着这趟旅程。

在离岸出发之前,我们竖起了桅杆,等把独木舟划进河道,我们就可以展开船帆,收起桨了。那天从东边吹来了一阵持续的微风,风吹鼓了帆,很快我们就开始以大约五节[1]的速度开始向前航行。"猎户座"的船头划破深蓝色的水面,我靠在帆具上,仰望着东分水岭那高高的悬崖。

卡洛斯和我彼此很少说话,尽管独木舟靠得很近,但船员之间也没有太多交谈。前一天晚上发生的事情让所有人都背上了沉重的负

---

[1] 节,速度单位,定义为每小时1海里,相当于1.852公里/小时(海里的标准)。

担，我们都有很多事情要去思考。戴维抽出一根鱼竿，把一块剩下的猪肉挂在鱼钩上，扔过"昴星团"的右舷，然后把鱼竿架在两膝之间，拉低帽子遮住眼睛，开始打瞌睡。巴里坐在"猎户座"的船头，拿出了吉他，漫不经心地拨弄着琴弦。

快到中午的时候，戴维的鱼线绷紧了。鱼竿线轮上的线档突然跳了一下，把他彻底惊醒了。他双手抓住鱼竿，不知道钓到了什么就开始拉鱼线。戴维也许相当自以为是，但说起钓鱼，他可算是经验丰富，那个猎物挣扎了一会儿，就耗尽了体力。但他从水里捞出来的那东西看上去可不怎么可口：一只丑陋的扁平状生物，张着大嘴，好像魟鱼和微型鲨鱼杂交的产物。戴维小心地把它从鱼钩上解下，没有被咬到。接着，他给这怪物起了一个名字——怪鱼——很是贴切。仔细检查了怪鱼一番之后，戴维宣布它无法食用，接着把它扔到了水里。然而这件事却为我们打破了坚冰，上岸吃午饭的时候，戴维抓到的鱼成了我们聊天的主要话题。等到了晚上，我们又开始互相说话了。

这决定了接下来五天的生活模式。我们会在悬崖下那条狭窄的河岸上扎营，小心翼翼地在高水位线外搭起帐篷，清晨早早起床，拔营起寨，继续沿着东峡河航行，同时让东分水岭一直保持在我们的视线之内。我们会航行一整天，然后在大熊座47开始下山的时候把独木舟拖上岸，再次扎营。简单吃一顿晚餐之后，我们会围着营火闲聊几句，然后就去睡觉。

几天之后，我让卡洛斯回到了我的帐篷。他已经接受了邦子睡在我和他之间的事实。然而我还是对他很冷淡，他和邦子也没有真的和好。我们只是住在一起，仅此而已。

等到了第六天傍晚，在抓上来无数条怪鱼之后，戴维终于钓到了一条类似大嘴鲈的家伙。原来只需要换一下钓饵就行了，他刚用面包换掉了肉，就头一次钓到了这种阔嘴鱼，个大，肉多，有点儿像鲈鱼。那天晚上，戴维把它收拾干净，然后做熟了。我们都尝了尝，发现它很美味。这样也好,因为我们的口粮已经所剩不多了,从那以后,他和克里斯总会支起鱼竿,巴里和邦子有时候也会去钓一会儿鱼,过了一段时间,连我也会去试一试了。钓阔嘴鱼并不那么难:只要把鱼饵抛向左舷那边,让它落到远离悬崖的深水中,然后慢慢地收线就可以了。不过要注意,你得在怪鱼出手之前把它从水里拉出来,有时候,钓上来的阔嘴鱼已经被怪鱼吞下一半了。

能吃到新鲜的鱼在很多层面上都是一件好事,我对海鲜的渴望都快变成强迫症了。尽管还没有表现出明显的怀孕迹象,但我注意到,自己的乳房变得更丰满,更柔软了。我开始晨吐,几乎一起床,我就得找个借口赶紧溜走,把肚子里的东西都吐出来。邦子知道这是怎么回事,会帮我打掩护。男孩子们以为我只是要去厕所,起码卡洛斯和莱文兄弟被骗到了,但我不止一次注意到了巴里脸上好奇的表情。不过就算知道是怎么回事,他也一定会守口如瓶的。

到了第九天早晨,我们已经看不到中央大陆了,这条河的对岸已经消失在地平线之外。前一天晚上我们去睡觉的时候,厚厚的云层已经开始聚集,等我们醒来,天空中灰色的云层翻滚起伏着。出发之后,狂风吹得水面波涛汹涌。没过多久,大雨就倾盆落了下来,很快水中就翻起了白浪。克里斯和卡洛斯想要继续前进,但远方的雷声让他们放弃了这个想法。我们收起船帆,放倒桅杆,在暴风雨袭来之前匆匆回到了岸边。

幸运的是,我们躲雨的地方正好是东分水岭的另一处山口,这处山口与夏皮罗山口相似,但更宽一些,两侧的崖壁也没那么陡峭。卡洛斯在罗盘的帮助下研究了一下地图,发现这是另一条内陆河流李河的河口。激流汹涌地穿过这处山口后,我们幸运地在悬崖下面找到了一个可以躲避风雨的地方。

我们把独木舟推上河岸,扣在了地上,然后在石灰岩峭壁下搭起帐篷,在那里躲了很长时间。雨水冲击着我们的帐篷,把留在外面的所有东西都淋湿了。几个小时之后，暴风雨逐渐停了下来。但大家并没有着急离开，卡洛斯把自己裹在睡袋里，睡了一会儿。我也去隔壁的帐篷看了一下那边的情况，发现克里斯同样在睡觉，而巴里和戴维在用饼干当赌注玩21点。可能我们确实需要一个雨天。已经航行了整整一个土狼周，现在是时候休息一下了。

我们还需要淡水。邦子和我拿了几个空瓶子，把步枪背在肩上，朝那个没有名字的山口出发了。在光滑的岩石上爬了大概一个小时之后，我们踏上了一条一直延伸到悬崖边的崎岖小路。这条小路可能是自然侵蚀形成的，也可能是被溪猫踩出来的，总之似乎并不难爬。现在离日落还有几个小时，我们也没什么其他事情可做，于是决定去探索一下。

这条小路实际上要比看起来难走，双手和膝盖被光秃秃的石灰岩擦破了，走到一半的时候，我们开始考虑放弃，想掉头回去。但我们之间有一个默契，那就是谁都不会退缩，大约一个小时后，我们终于来到了小路的尽头。

一切的努力都是值得的，因为此时，我们站上了东分水岭的山顶。赝桦把它们的根扎进了岩石缝里，在遥远的下方，新佛罗里达那辽阔而荒芜的沼泽地一直延伸到西边的地平线上，好像一片一望无际的青草海洋，上面密布着众多狭窄的水道，李河像一条蓝色的蛇蜿蜒穿过草原。云开始散了，傍晚的金色阳光照在岛上，透过薄雾，一颗茕茕孑立的黑檀上方划过了一道华丽的彩虹。整个世界似乎都成了一幅只为我们描绘的画卷，美得令人心碎，我们只能坐在一块大石头上出神地望着这片美景，一句话也不敢说，唯恐破坏了它的魔力。

过了一会儿，我转头看向另一边。东峡河上空乌云密布，在冰冷的河水上投下了一片黯淡的阴影。接着，我看到了一样新东西出现在了遥远的南方，一片辽阔的深色大地与天相接，形成了一道窄窄的细线。那是大赤道河，我们还有两天的路程。

"就是它了。"邦子的声音很平静,她也凝视着那个方向,"咱们大老远跑来,就是要去那儿。"她顿了一下。"你觉得你准备好了吗?"

这可能是一句反问,也可能不是,但我发现自己感到了一种前所未有的恐慌。在此之前我从来没有过这样的感觉,包括与父亲道别的那天,在舍夫利度过的第一个晚上,甚至留在地球上等着太空穿梭机把我送上"亚拉巴马号"的那段时间。在那一瞬间,比起我穿越四十六光年的距离来到这个地方,大赤道河显得更加令人生畏,因为来土狼星的路上我睡着了。如果死在停滞舱里,那我死亡的过程其实毫不费力,也没有痛苦,但面对摆在我面前的那种不确定的命运,我却无法说出同样的话。

"没有,"我低声说,"我没准备好。"我看着邦子。"咱们……我想说咱们没必要去那边的,是不是?"

"你说什么?"

"我是说,我们可以从这里下去。"我站了起来,绝望地在悬崖顶端四处扫视着,最后,我发现了一个似乎通向下面的斜坡。"你看,"我指着那边,声音在颤抖,"我们可以往那边走,从另一边下去。"我指了指李河。"接下来只需要沿着河走就可以了……我看过地图,它通向北边的亚拉巴马河,接着咱们就到莽鸟溪了。沿着莽鸟溪再走一段时间,它就会汇入北溪。从交汇处继续徒步向东,就能回到自由镇了。"

"温迪……"

"好吧,好吧,我知道,距离很远……但我告诉你,咱们可以做到的。"

虽然嘴上这么说着,我还是意识到这个想法简直太荒谬了。只有两个女人,仅仅带着几把枪,背着衣服,靠着对新佛罗里达河流系统模糊的认识来辨认方向,就要徒步穿越数百英里未知的荒野。

"温迪……"邦子的声音很温柔,耐心得就好像在对孩子说话。

"啊,好吧,这太蠢了。"我的脑子里突然又冒出了一个想法,"那我们可以摆脱掉其他人,带走一艘独木舟,拿上我们需要的东西,沿着李河继续前进。我们只花了一个星期就到了这里,对吧?也就是说我们可以……"

"温迪……我们没法逆流而上穿过激流。"

"我们可以去试试,对不对?"

"不对。"

"啊,去你的吧!"

我不记得接下来都发生了什么,脑海中只剩下了我想要打她的那一瞬间画面,也许她成功地阻止了我,也许她没有。总之等恢复了理智之后,我已经蜷在了她的怀里,啜泣着,颤抖着,而她轻轻地抚摸着我的头发,告诉我一切都会好起来的,一切都会顺利的,我们总能渡过难关。

过了一会儿,我终于平静了下来。邦子擦干了我的眼泪,吻了吻我的脸颊,然后扶着我站了起来。我们最后回头看了一眼,然后沿着那条小路开始往回走。

我们必须快点,白天很快就会过去,夜晚正在降临。

还好我们休息了一段时间,两天之后,我们进入了大赤道河。在新佛罗里达的最南端,东分水岭逐渐沉入了赤道以南的温暖水域,形成了一个短短的半岛。风把我们带出了东峡河,我们挥起拳头庆祝着胜利,用尽全力大喊大叫着。卡洛斯拿出地图,用笔在上面做了个标记,非正式地将两河交汇的这个地方命名为蒙特罗三角洲。后来,他声称这个名字是为了纪念他的父母,但只有我们这些当时和他在一起的人更清楚实情。

大赤道河只在名义上是一条河,实际上就是一片拉长了的大海。它绕土狼星转了一圈,在赤道两侧有数十条江河溪流汇入其中。它最宽的地方有将近一千一百英里,但在新佛罗里达和南半球之间相对较窄,只有四百一十英里。

同卡洛斯预测的一样,穿过赤道之后,风向发生了改变。东风沿着新佛罗里达南岸那标志性的又长又浅的河湾,把我们送向了西边。为了让身后一直有东风吹来,我们必须尽量多地待在赤道南边,这就意味着会离陆地远一些。要是想靠近河岸,我们只能把帆放下来,靠手中的桨,与风和水流斗争。毕竟西峡河的河口还在四百多英里以外,谁都不愿意划桨,因此我们毫不犹豫地沿着大赤道河出发了。

我们把独木舟并排靠在一起,然后绑好,组成了一艘双体船。现在船体更重了,但船帆的面积也增加了一倍。我们盘点了剩下的物资,发现只要不刷牙,少吃点,就能有足够的食物和水撑过接下来的九天时间,抵达西峡河。不过我们可以钓鱼,如果有必要的话,还可以靠岸去寻找淡水。否则,我们会一直待在河里,晚上轮流睡觉,这样就一直有人能醒着掌舵了。这段旅程不会很容易,但我们总能渡过难关。

至少理论上是这样。但是卡洛斯和克里斯是在舒适的船库里制定计划的,在那里,一顿热饭和一张舒适的床只有几步之遥,我认为他们谁都没有意识到乘独木舟前往四百英里之外,途中不踏上陆地,要付出怎样的代价。

我们正离新佛罗里达越来越远,我背靠桅杆坐着,看着河岸渐渐消失在了地平线之下。一群扑鹰跟着我们来到了水面上,一边在独木舟上方盘旋,一边用它们嘶哑的叫声嘲弄着我们,但最终,它们还是转身朝陆地飞了回去。在那一刻,我甚至乐意付出我的灵魂和它们一起离开。

不过我还是双手抱着膝盖,尽量不去看卡洛斯。他正在拉舵上的缆绳,衬衫只系了一半扣子,露出了晒成古铜色的肩膀,微风把他披在肩上的头发吹到后面,仿佛一位英雄;我可以看出,他也知道这一点。几个星期前，看到这一幕，我可能会心动，但此时，我只会蔑视这个假装成男人的男孩。

尽管把独木舟绑在一起可以让它们更稳定一些，但是在波浪间，它们还是在不断地摇晃，每个人都至少晕了一次船。白天很热，但晚上又特别冷。除了船帆投下的那层薄薄的影子和毯子，我们没有任何遮蔽。虽然有足够的地方展开身体睡上一觉，却没有什么隐私，仿佛六个人共享一间没有隔断的狭窄房间。我宁愿不去描述我们是怎么方便的，因为能用的词只有肮脏、难受和尴尬。

戴维和克里斯一直在钓鱼，但是却没有什么鱼上钩……除了一次，那是在第三天的时候，克里斯那条二十四磅的钓线好像一根蚕丝一样被扯断了。过了一会儿，船底滑过了一道巨大的阴影，大概一百多米之外，一面巨大的鱼鳍破开了水面，随后很快就消失了。我们又一次意识到，我们是这个未知世界的访客，这里有些生物并不清楚人类的存在，其中一些可能是致命的。

第四天的早晨，醒来之后我们看到西方地平线上出现了一堵密密麻麻的云墙。我们用防水布盖住船上的物品，把它们绑好，然后收起船帆，拆下桅杆。几个小时之后，暴风雨来了，我们很快就开始与十英尺高的大浪搏斗，它随时都有可能掀翻我们的船。那情景就好像之前我们在夏皮罗山口与激流搏斗一样，只不过这次情况更糟，因为我们根本没办法立刻靠岸。暴风雨一直持续到深夜，那天晚上我们几乎都没睡，第二天每个人又冷又湿，浑身酸痛，船底还有三英寸深的水，我们只好用喝水的杯子把水舀出去。

发现风是从西边吹来的，克里斯开始指责卡洛斯搞错了指南针的方向，让我们偏离了航线，但卡洛斯不愿给他看地图和上面他手写的读数，后来邦子只得介入。事实证明，克里斯是对的，不过这也不是卡洛斯的错，是风暴把我们吹到了赤道线以北十英里的地方。即便如此，我们也只好再收起船帆，然后向反方向划回去，这项辛苦的工作花费了我们一天的时间。克里斯和卡洛斯一边划船，一边在船尾怒视着对方，根本不说话。

就算在暴风雨来临之前，大家的士气就已经很低落了；而现在，士气已经降到了一个新的低点。巴里刚拿出吉他，邦子就开始对他大吼，因为她觉得巴里应该站岗。戴维陷入了恐惧，他在"昴星团"的甲板中央上坐了好几个小时，双臂交叉在胸前，一言不发地盯着水面。在哪怕是在最细节的地方，克里斯和卡洛斯也无法达成一致，他们不停地争吵，最后只能由邦子来调解。作为船上年纪最大的人，她现在不仅是争论的仲裁者，也是所有人的代理母亲，她会在我们犯错的时候责骂我们，一直在努力让我们遵守规则。我已经习惯了她扮演的这个角色，但那些男孩们对此很不爽。

我们最大的问题是食物和水在日益减少。到了第七天，只得拿出应急口粮，但即便如此，我们也只能谨慎地进行配给，早餐只有几块饼干和一些干果，就这样要一直撑到晚上。大家只能小口小口地喝水，绝不能给自己倒一整杯。

我一直都觉得很饿。邦子时刻记得我还怀着孕，总会趁他们不注意的时候塞给我食物，在我需要的时候让我喝杯水。不过我又开始腹部绞痛，早上还会孕吐。离开新佛罗里达之前，如果想吐的话，我可以偷偷溜出营地。但现在这已经不可能了，所以我只能假装晕船。

我的身上也开始出现了怀孕的迹象。虽然没有改变太多，但是很明显，我的肚子比离开自由镇之前稍微大了一点。迟早会有人注意到我的变化的。

既然我们的运气已经很差了，所以发现这件事的是卡洛斯也就不足为奇了。

"是错觉吗，我怎么感觉你胖了？"

来到河上的第八天早上，他这么问道，当时我正在换衬衫。我早就放弃努力维持端庄了,现在就算脱衣服,戴维也不再盯着我和邦子看了。实际上,这几天他似乎对一切都失去了兴趣。

"一点点吧。"我勉强挤出一个微笑,我们其实连一件干净的衣服都没有了,只是有些衣服没有那么脏而已,"肯定是咱们的饭菜太丰盛了。"

本来我是开玩笑的,但其他人并没有听出来。此时克里斯正横躺在"昴星团"的船尾,用晒黑的胳膊遮着阳光,听到我的话,他抬起头来。"什么丰盛的饭菜?你一直瞒着我们?"他问。

"我开玩笑的。"我借着系脖子后面的带子的机会,把头往下低了一些,想要藏住脸上的表情,"这是女孩子的事。"

卡洛斯把视线移开了。但克里斯还是不肯罢休,他一边说,一边用胳膊肘撑起了身子。"我还以为咱们定好了分配食物的规矩呢。"

"我没有……"

"那你怎么长这么多肉?"克里斯抬起一只手,遮住了眼睛,"你肯定比我们吃得多,因为每天早上都会吐。"

"别说啦。"邦子在"昴星团"上伸了个懒腰,靠在桅杆上,转头瞪着克里斯,"就算她吃得多,那也是因为我一直在把我那份分给她。她晕船是她的事,与你无关。"

一般而言,这样问题应该就解决了。男孩们已经学会了在邦子强硬起来的时候多加注意。虽然克里斯没再多说什么,我也能感受到卡洛斯从我背后射来的目光。"你不可能吃胖的。"过了一会儿,他说,"咱们吃的那些东西不可能让人增加体重。"

"我告诉过你,这是女孩子的事。"

就算是我,也觉得这没什么说服力。"温迪,"他平静地说,"你有什么事情瞒着我们吗?"

克里斯又抬起头来,巴里也不再低头研究吉他了,似乎只有戴维不太感兴趣。邦子长出了一口气。

"说吧,告诉他吧。"她说,"再瞒下去已经没有意义了。"

把真实情况说出来,这是我最不想做的事情,然而我却没有办法继续逃避下去。我转头看着卡洛斯,发现他惊得下巴都快掉下来了。我盯着他的眼睛,什么也没说,根本没必要再说什么了。

"噢,天哪,"他轻声惊呼。我点了点头。"天啊,什么时候……我是想问,你是多久前知道的……"

"咱们出发之前。我本来是想告诉你的,但是……"突然,我感到一阵羞愧,垂下了眼睛,"我怕你……"

"哦,天啊,真该死……"他盯着我,摇着头,"要是我知道……要是你告诉我们……"

"你会怎么做?"我问道,"抛下我?早点出发?"

他就好像没听见似的。"你不该这样。"他嘟囔着,这是在对我说,也是在自言自语,"我是想说,我们不该带你一起来。你应该留在……"

"他说得对,温迪。"克里斯的声音很低,"如果你怀孕了,就应该在我们同意带你走之前就告诉我们。这里不适合……"

"如果我不想要孩子呢?"我又抬起了头,继续看着他,我感觉自己的脾气上来了,脸开始发烫,"也许我只是想离开自由镇好好思考一下。这是我的权利,对不对?"

"你的权利?"他的目光中充满了愤怒,"嘿,你先等等!那也是我的孩子!难道我没有发言权吗?"

"你这个以自我为中心的浑蛋!你凭什么认为是你的?"

直到今天,我都不知道当时我为什么会那么说。也许是因为离开自由镇之后他总那样对我吧。现在,在经历了这一切之后,他却声称他有权利告诉我,我应该怎样度过我的人生。

他目瞪口呆地看着我,就好像我刚刚打了他一拳。"怎么……你不可能……"

"温迪，行啦。"邦子非常温柔地说，"别这样……"

"不可能什么？"我根本没理她，只顾着跟卡洛斯说话，"那告诉我……你真的觉得那晚你碰了一个圣女吗？"

困惑……然后逐渐醒悟。卡洛斯的视线越过了我，在两条船之间来回扫着。巴里静静地坐在船头，不动声色地回望着他。不，除了柏拉图式的友谊之外，我和他之间没有任何关系。戴维太小了，他和我关系也不是很好。但是克里斯……

"对不起，伙计。"克里斯弯下了身子，不敢抬头看他终身的挚友，"我从没想过你会知道……"

卡洛斯眯起了眼睛，他的右手落到了身侧，我能看出他想拿起他的桨，"你这个家伙……"

"嘿，伙计们……我觉得你们应该看看这个。"

这是几天以来戴维说的第一句话，也许正因为如此，我们都转头去看他了。和以前一样，他的目光一直停留在河面上，但他抬起了手，指着"昴星团"右舷方向的一个东西。

一时间，我觉得……甚至是希望他发现了陆地。也许是新佛罗里达，不过那根本不可能，我们离河岸至少有五十英里远。地平线上什么也没有。

"我没……"巴里抬手挡住阳光，"不，等一下……"

大约一百米开外，一道黑影在波光粼粼的水面下移动着。一条长长的鳍露出了水面，接着瞬间就消失了，只留下了一条长长的波纹。

人们突然忘了之前的争论。"也许咱们应该……"邦子刚开口，那巨兽就猛地从水中冲了出来。

仿佛一枚冲破水面的导弹，它高高地飞到了空中，河水从它深灰色的皮肤上流了下来。它至少有六十英尺长，头部就像一颗光滑的子弹，背上垂着带锯齿的背鳍。我瞥见它张开的嘴巴两侧有一些胡子一样的卷须，接着，它落入水中消失了。

"那……那是条鲶鱼。"克里斯被吓呆了,连话都说不清楚了。

"哪有那么大的鲶鱼。"巴里的声音很轻,"那是一头鲸……"

"鲶鲸",戴维咧嘴笑了,"超大的鲶鲸。"

不管那是什么,反正它已经改变了方向。一条长长的阴影朝我们这边转了过来,仿佛有那么一瞬间,它的鳍划开了水面。

"我觉得它看到咱们了,"我说,"也许咱们最好……"

"啊哈!"戴维吼道,"来钓鱼吧!"

听到自动步枪发出的砰砰声,我转头一看,发现他正站在"昴星团"上,手里握着一把枪。他并没有把枪举到肩膀上,所以也并没有瞄准目标,子弹在阴影上方的水面上打出了很多小洞,空弹壳叮叮当当地落在甲板上。

"吃大餐啦!"他喊道,"过来啊……"

"戴维,别!快住手!"邦子离他最近,她冲上前去,想把步枪从他手中夺走。

戴维扭过身想躲开她,却被帆布包绊了一下,跌倒在了独木舟上。他的手指还在扳机护环里,枪又走火了。接下来,枪声简直像疯了一样,只差几英寸就打中邦子了,她躲避着子弹,本能地把手臂举过头顶。戴维没有理会她,笨手笨脚地拿住了步枪,翻了个身,用侧躺的姿势继续瞄着水面。

"住手!"克里斯站了起来,想赶紧跑到弟弟身边,但桅杆挡住了他的去路,"把枪放下……"

我以为邦子被击中了,于是手脚并用地爬过了整艘"猎户座"。她朝我的方向望过来时,我已经来到了帆板上,但她的脸上和手上都没有血……

"小心!"卡洛斯喊道。

我向四周望去,正好看到那个怪物又出现了……这一次,它距离我们只有十几英尺。

一堵满是斑点的灰色"肉墙"从船边升起,比我之前见过的所有东西都要大。有那么一瞬间,鲶鲸好像在公然反抗土狼星的引力,用自己的尾巴站了起来。直到今天,我还能清晰地回想起它飞在空中的样子……

接着,它向我们冲了过来,直接撞向了"昴星团"。

接下来发生了什么,我已经记不太清楚了。

在那一瞬间,我正跪在"猎户座"的帆板上,看着鲶鲸冲向了另一艘船。一时间,我仿佛飞到了空中,然后有什么东西撞到了我的后背,把我撞得失去了意识。

接下来,我只知道自己掉进了水里,无助地挣扎着,对抗着想要把我拖得更深的暗流。气泡从我的鼻子和嘴里冒了出来,我的生命仿佛从肺里逃了出去,向我头顶上方一面泛着波纹的银蓝色"天花板"升了过去。

咸水刺痛了我的眼睛,视野变得越来越窄。想要放弃应该很容易吧,我只需要放开手,让自己沉入凉爽黑暗的虚空之中。

但我还没做好死去的准备。不知怎么的,我知道自己必须活下去,哪怕只有几秒钟。我闭上嘴巴,留住了肺里仅剩的那一点空气,开始划动我的胳膊和腿,推着身体向上浮。挥手,踢腿,挥手,踢腿,就像我之前学过的那样……

就在水面变得触手可及的时候,一个影子落在了我身上,它正从下面向上袭来,快速向我靠近。我低下头,瞥见一张仿佛用橡胶做成的巨大嘴巴,周围是一圈卷须,旁边还有两只餐盘大小的黑眼睛。

它在我脚下张开了嘴巴,喉咙里粉红色的肋状结构清晰可见。它可以轻而易举地把我整个吞下去……

我的胸腔正在发出无声的尖叫。我竭尽全力向后踢了一脚,左脚底结结实实地碰到了它的脑袋。

也许是被猎物的反击吓到了,也许是它觉得不值得在我身上费劲。总之，这条鲶鲸放过了我，闭上嘴巴，飞快地游开了。

我的肺仿佛在燃烧，脑袋感觉像是要炸开一样，我奋力挣扎着向上游去。等脑袋钻出了水面，我不断地喘着粗气。

我不记得自己有没有大声呼救。我想应该是有，但不是很确定。在接下来的一段时间里，我唯一清晰的记忆就是有人抓住了我的肩膀，粗暴地把我拖出水面，翻过船舷。

"放松，放松，"邦子念叨着，"你会没事的……"

"戴维！"克里斯从附近不知什么地方喊道。

我侧过身，把卡在喉咙的咸水都吐在了别人腿上。一只手拨开了我眼前的头发，一个温柔的声音告诉我一切都会好起来的。应该是邦子吧，我抬起头，看到了那个救了我的人。

"戴维！戴维到底在哪里？"

黑暗袭来，我昏倒在了卡洛斯的怀里。

我在小船轻柔地摇晃中醒来，独木舟在水上慢慢地漂着，一阵微风轻轻地吹鼓了展开的帆。光线很暗，很柔和，落日给西方地平线上方的那层薄薄的云彩镀上了金边。一切都静悄悄的，安静得出奇。

虚弱，每块肌肉都在疼痛，我用胳膊肘撑起了身体。此时我正躺在一块湿布上，头枕着某人的大腿，一条湿毛毯裹住了我的身体。环顾四周，我看到卡洛斯盘腿坐在我身后，他背靠桅杆，头垂在胸前，打着盹。几英尺之外，邦子坐在船尾，紧紧抓着船舵的缆绳。她没注意到我已经醒了，一直盯着地平线，在阳光的直射下眯着眼睛驾着独木舟。不过她和我还有卡洛斯都在同一条船上，这点儿不对劲，这是我发现的第一个迹象。

"昴星团"不见了，一根断裂的尼龙绳子漂在右舷的水面上，这是另外那艘船曾被绑在"猎户座"上唯一的痕迹。吃水线距离船舷只有几英寸，这表示幸存的这艘独木舟已经严重超载，仿佛要被自身的重量压沉了。在卡洛斯身后,我看到克里斯坐在前甲板上,他的右臂上裹着撕破的衬衫,脖子上挂着一条悬带。和邦子一样,他也看着地平线,好像在找什么东西。巴里坐在船头,背对着所有人,一只桨横在他的腿上,但我注意到一支步枪就放在几英寸外。

"嘿……你还好吗?"卡洛斯用手轻轻碰着我的胳膊。

"嗯。我想还好吧。"我说话的时候,邦子看向我。她的眼睛湿润了,眼圈红红的。一时间,我还以为她要说些什么,但她一直保持沉默。"怎么……那个,我不是……"

"你不记得了吗?那条鱼……"

"鲶鲸。"我只有一些模糊的记忆,大部分都很混乱,只有一堆杂乱无章的图像,"反正戴维是那么叫它的……"突然间,我意识到问题出在哪里。"戴维在哪儿?"

"他不在了。"邦子的声音很低,就仿佛是在耳语,"他和你一起掉下去了。你浮了上来,但他没有……"

闪回:一张巨嘴在我身下张开,我惊慌失措地踢了一脚,把它赶跑了。我又看了看克里斯,他还是没有动。我完全看不出他是否听到了我们的对话。也许看不见他的脸也是件好事。

"'昴星团'沉了。"卡洛斯挪了挪腿,然后小心翼翼地把我的头重新放在他的膝盖上,"那个怪物……鲶鲸,如果你想这么叫它的话……把它劈成了两半。克里斯和邦子及时离开了,我们在它把'猎户座'拖下去之前割断了绳子。"

"我做的最后一件事……"一段与逆流搏斗的记忆,肺里的空气被挤了出去,我拼了命地游泳。我有一种冲动,想把我侥幸逃脱的经历告诉其他人,但现在不是时候。"克里斯,你的胳膊怎么了?"

克里斯没有回答。"被倒下去的桅杆砸断了。"卡洛斯平静地说。克里斯嘟囔着什么,但我没有听清,不过显然卡洛斯听到了,然后他扭开了头。

"我们还以为要失去你了，"邦子说，"你消失了好几分钟，然后才从水里出来，接着……"她长出一口气，眼里含着泪水。"感谢上帝。"

也许我也应该感谢上帝。但那个时候，我更要感谢我已故的父亲，在我还是个孩子的时候，他就教会了我游泳。他可能是个糟糕的父亲，但在这一点上，他却做得很好。"是啊……那么现在我们在哪里啊？"

"在靠岸的半路上，至少我们是这么觉得的……我们失去了指南针，还有'昴星团'上的其他东西。也许还有十到十五英里吧。"

"我们失去了……"

"嘘，放松。"邦子把注意力放回方向舵上，"别担心，我们很快就到家了。"

她只说对了一半。日落之后又过了几个小时，我们才抵达岸边……但那里离家还很远。

虽然我们手里依旧有地图，但是却没有罗盘来确定准确的方向。我们不知道自己在哪里。可能是亚拉巴马河以西的某个地方吧，距离西峡河河口还有很远的距离，这应该是我们最为接近的猜测了。浅浅的河岸线在熊星的照耀下呈现出幽灵般的白色，邦子和巴里划着小船走过了最后几百米的距离，来到了岸边，听到龙骨下方的沙子发出轻微嘎吱作响的声音，卡洛斯和巴里走进冰冷的浪头中，把独木舟拖上了岸。

能再次上岸扎营感觉很奇怪，这不仅仅是因为这是我们八天来第一次登上陆地。我们还有一半的物资都在'昴星团'上，包括一顶帐篷和剩下的大部分食物。我们把剩下那顶帐篷搭了起来，然后在一棵很像蒲葵的树的矮枝上绑了一块防水布当作雨棚。过了一段时间，大家才想起要拾柴生火，在此之前这一直是戴维的工作，不知怎么的，我想我们都觉得他会抱着柴火从黑暗中走出来，抱怨着这些杂事都是由他来做。

然而就算生起了火，也没有人愿意围在火堆旁。这不仅仅是因为我们全都筋疲力尽，也没有什么东西可吃了，还因为我们甚至连看彼此一眼都受不了了。巴里浑身脏兮兮的，胡子也没剃，他头一次显得有些急躁，只会生硬地用单字回应其他人。克里斯眼神涣散，拒绝和其他人说话。邦子的头发乱糟糟的，低着头，驼着背，就好像背着我们几个走了几千英里。卡洛斯的脸色也非常难看。

我们饿得不行，又不知自己身在何处，简直从灵魂深处感到难受。刚把帐篷搭起来，我们就熄灭营火准备睡觉了。一间帐篷里挤不下五个人，所以我把帐篷里的位置让给了克里斯，告诉他晚上我可以和巴里睡在防水布底下。他盯着卡洛斯，我还以为他会拒绝，但卡洛斯没精打采地宣布他要先去值夜；失去了悬崖的保护，莽鸟很有可能会看到火光，这样一来就总得有人保持清醒。巴里自愿做第二个值夜人，于是克里斯和邦子爬进了帐篷，而我和巴里则在防水布下展开铺盖，蜷在了毯子里面。我看到的最后一个场景是卡洛斯在火堆旁的侧影，当时他正蹲在一块弯曲的浮木上，身边还放着剩下的那支步枪。

就算真的睡着了，我也没睡好。每次闭上眼睛，我都会看到鲶鲸在撞上"昴星团"之前飞到空中的情景，然后我会醒来看着防水布在风中起伏。有一回，我发现自己在哭，于是赶紧忍住眼泪，免得吵醒巴里。接着我又闭上眼睛，强迫自己入睡。

凌晨时分，我被一个陌生的声音惊醒了。起初我还以为自己听到了静电噪声。那是一个模糊的声音，仿佛从很远的地方传来。有人在含糊不清的小声说话，但这次声音近了一些。随后一切都陷入了寂静，只剩下清晨潮水冲上沙滩的嘶嘶声。

我从毯子底下抬起头。大熊座47还没有升起来，但是天空也不像之前那么黑了。虽然还能看到星星，但东方的地平线上已经被勾出了一抹蓝色。巴里凑在我身边，双手握拳挡住了脸，轻轻地打着呼噜，显然卡洛斯没有叫他起来值夜。

我坐了起来，揉了揉惺忪的睡眼。稀薄的褐色烟雾从微弱的营火中飘散出来，但是卡洛斯不见了。

防水布下面很暖和，这让我很想回去睡觉，一直睡到大熊座47升起来，或是等其他人醒来。但那声音让我非常困惑，而且卡洛斯不见了，这让我很不安，于是我小心翼翼地掀开毯子，从防水布下面爬了出来。

卡洛斯正在"猎户座"旁边，他已经把我们留在独木舟上的其他装备都拿下来了，现在这些装备正以某种顺序被摆放在干燥的沙滩上。我发现他的时候，他正跪在船边，借着船头甲板上手电筒的光，仔细检查着船体内部。

"嘿，"我说，"你在干什么？"

他吃了一惊，转过身来看着我。"没什么。"他的声音非常小，"一切正常。回去睡觉吧。"

步枪放在卡洛斯的背包上，旁边是铺盖卷、一个食品箱和两个水瓶。扫了一眼打开的背包，我注意到里面塞了一个急救箱。我们睡着的时候，这些东西都散落在营地的各个角落，现在它们聚在了一起，就好像卡洛斯正准备把它们装上独木舟一样。

但这里的东西不止这些。在船头的座位上，有一件我以前从未见过的设备：一部卫星电话，天线展开着，和他两周前扔进沙溪的那台一模一样。

我弯下想把它拿起来："卡洛斯，你是从哪里……"

我还没碰到卫星电话，卡洛斯就把它抢走了。随后，他发现把这东西藏起来根本没有意义，就又不情愿地把它放了回去。"就在我的背包里。"他嘟囔着，"我偷枪的时候在军械库里发现了一台备用的，就把它拿走了，以防我们碰到无法自己处理的情况……"他冷冷地一笑。"我想就是现在了。"

"你为什么不……"我困惑地摇了摇头,"我简直不敢相信,你没把这件事告诉其他人。"

"是吗?"卡洛斯站起来擦掉了手上的沙子,"你也说过,我是个以自我为中心的浑蛋。这不就证明了这一点。"他从座位上拿起卫星电话,收起天线。"我没让其他人知道我带着这个,因为我不想让他们在遇到麻烦的第一时间就去求救,把邦子那台扔掉也是因为这个。我知道,这样一来咱们的旅程会变得很艰难,但是我必须看看我……我们是不是能够自己应对各种情况……"

他低下头,慢慢地吐出一口气。"我没想到事情会变成这样。要是我知道你怀孕了,要是我知道有人会受到伤害……我肯定会早点打电话。或者我可能会选择丢下你们,自己去探险……"

"你给家里打过电话了?"

他点点头。"我没睡觉,一直等到'亚拉巴马号'从上空经过,大概在十分钟之前。"他抬起了头。那艘飞船现在已经成了一颗明亮的星星,向东划过夜空,从地面上很容易就能看到。"我叫醒了迈克尔·盖萨尔,说了我们在哪里——我说出的位置起码是我最为接近的猜测。我告诉他,我们把太空穿梭机的硬件藏在了哪里——是几块导航系统的主板……在船库,我们做出来的油漆罐夹层里。等他们找到了零件,组装回去,驾着太空穿梭机飞到这里就不成问题了。最多两三个小时,你们就能得救了。"

我闭上眼睛,感觉自己越来越虚弱。几个小时后,"五月花号"或者"普利茅斯号"就会从天而降。入夜之前,我们就会回到自由镇。新鲜的食物和水,干净的衣服和浴室,被四面墙和屋顶包围的床……我从来没有意识到自己多么怀念这些简单的奢侈品。

听到他走开了,我又回头看了他一眼。卡洛斯搬起食物箱,拖着它往"猎户座"那边走了过去。等把食物放进了独木舟,他又转身去拿起了背包。"你是要……"

"我之前就应该这么做的。"他把卫星电话藏在了包里的急救箱旁边,然后把包合上,紧紧地扣住。"我说过,我简直太傻了,竟然拿你还有其他人的生命去冒险。我早该想到的。所以我要自己把这趟旅程走完……"

"卡洛斯……"

"嘘。"他轻轻地把一根手指放在我的嘴唇上,"别吵醒其他人。"我不情愿地点点头,他把手从我嘴前拿开。"我必须这么做,温迪。如果不这么做,那么我们所经历的一切……甚至戴维的死……都将变得毫无意义。"

"不是毫无意义!"我厉声说道,声音比我想象的还要大,"戴维的死是个意外!你不应该感到内疚……"

"也许应该,也许不应该。"他叹了口气,然后转身去拿他的铺盖,"我知道,我因此失去了最好的朋友。"他朝克里斯睡的帐篷看了一眼,然后又回头看了看我,"我也失去了你。"

我张开嘴,打算否认……但我意识到此刻我所说的一切都只会是谎言,还会对他造成更大的伤害。也许在决定逃离自由镇的时候,我爱着他,但现在,那已经结束了。我看到了他灵魂的阴暗面,我需要很长一段时间才能原谅他所说的和所做的一切。

"我会离开一段时间,但会留着卫星电话。"他又笑了,"我保证,这次不会再把它扔了。孩子出生的时候,我希望你能给我打电话……"

"那个时候你已经回来了。"

卡洛斯脸上的笑容消失了。他转过头,望着东方。"也许吧。但是首先,我还有很多事情要做。这是颗巨大的行星……总得有人对它探索一番。而我,要么干这个,要么就得待在家里喂鸡。"

"你要去哪儿?沿西峡河而上?"

"不。"他摇摇头，把铺盖扔进船里，"如果那么走的话，我只会回到自由镇。我想……"

他耸耸肩，然后拿起步枪，把它放在其他装备的旁边。也许他不想告诉我，也许他自己也不知道。除了帐篷，他已经带走了生存所需的一切。

"我最好在其他人醒来之前离开。"他弯下腰，拿起一只桨，随手掂了掂，"听我说……照顾好玛丽，好吗？我最近成了一个不称职的哥哥，她需要有人照顾。"

黎明已然降临，风开始吹了起来。我感到一阵寒意，用双臂搂紧了自己的肩膀。"好的。卡洛斯……"

我犹豫着，不知道接下来该说些什么。他等待着，然后点了点头。"没关系。我知道。"他走近一步搂住了我，弯腰留下了一个长长的吻，有咸水和荒野的味道。

"我爱你。"他低声说。

我点点头，但说不出他想让我说的话。"祝你好运。"我轻声说道，"我……我们会等你的。"

没什么其他好说的了。卡洛斯转过身，把桨放进独木舟船尾，然后将小船推进了浪涛。他爬上船，坐到船尾，把桨插进水里。用力划了几下之后，小船离开了，退去的潮水很快把他带离了岸边。

我坐在沙滩上，看着他扬帆起航，让河水舔舐着我赤裸的双脚。那天早上，风从西边吹来，鼓起了帆，推着小船前进，很快"猎户座"就变成了地平线上的一个三角形的小点。

我不知道他是否回过头，但我还是挥了挥手。他一走远，我就站起来叫醒了其他人。

那是很多年前的事了。

实际上过了这么多年，我经常会觉得很难想象曾经的我是个怎样的女孩。她已经藏在了我成为的这个女人的内心深处，我时不时地就会放她出来，但每次出来，她似乎都会变得更加模糊。也许这就是我把这些事情都写在了纸上的原因。我并不会为自己所做的一些事情感到骄傲，也经常会故意把这个故事讲错，这样我就不必面对那些可怕的回忆了。但是现在，我已经快把这个故事写完了，等写完之后，我希望可以继续我的余生。

临近中午，"普利茅斯号"来接我们了。事实证明，我们旅行的距离比想象的要远一些——出事的河滩离西峡河的河口只有三十英里。如果我们没有失去"昴星团"，再过一天左右，我们就可以驶入西峡河继续前进；也许再过一周，我们就能到家了。但事情也可能不会那么顺利。事后看来，我认为能走到那里，已经很幸运了。

在返回自由镇的路上，我们发现了"猎户座号"。卡洛斯正在新佛罗里达以南的大赤道河上向西航行。当时驾驶太空穿梭机的是尤德·廷斯利，他飞得很低，还一度在独木舟上空仅一百英尺高的地方盘旋。然而他无法操纵太空穿梭机在水上降落，尤德想利用无线电和卡洛斯取得联系，但卡洛斯拒绝回应。他无视了太空穿梭机，只是直直地盯着前方，与飞机垂直推进器带来的下降气流作斗争。尤德终于明白了卡洛斯的想法，提升飞行高度，离开了河面，不再管卡洛斯。

那是我在很长一段时间里最后一次见到卡洛斯·蒙特罗。当终于再次见面的时候，我们两个人都变了，但那是另一个故事了，并不需要现在讲出来。

两个土狼月后，土狼星二年乌列尔月五十二日，首次着陆纪念日后五天，我的孩子来到了这个世界，我为她取名为苏珊·邦子·冈瑟，以她已故的祖母和为她接生的医生命名。作为在新世界出生的第一个孩子，我女儿出生的那天被认为是一个历史性的时刻。几名议员要求我遵守暂停新生儿出生的规定，但邦子拒绝做堕胎手术，所以除了让我自己作出选择，其他人对此也无能为力。此外，苏珊很快就有了很多玩伴。显然，我不是自由镇唯一一个隐瞒自己怀孕的女性。

在苏珊出生前不久，克里斯向我求婚了，但我拒绝了他。我不能嫁给一个那么恨卡洛斯的人。这样也好，因为最终我们都会再次相见……不过，那又是另外一个故事了。

那时候的土狼星和现在完全不同，同样，现在的我和当时也完全不同。我们年轻的时候会犯下愚蠢的错误，长大后会尽力弥补。我们要不断学习才能生存下来，只有生存下来才能不断学习。

这就是生活，就是这样。

− 7 −
离乡独行

卡洛斯·蒙特罗告别了自己心爱的女孩,开始探索这个世界。六天之后,他发现自己正在向中央大陆的岸边靠近。

一阵温暖的西风吹过河面,鼓起了独木舟上的那张破旧的帆,拉扯着被他那双干裂的手紧握的绳索。此时,他正驾着"猎户座号"驶向那片次大陆的西岸,在正午的阳光下眯着眼睛,在石灰岩峭壁上搜索着,寻找合适的登陆点。然而,随着小船越驶越近,他却发现在这里靠岸显然不可能:在陡峭的岩壁下方,激浪撞碎在锋利的巨石上,夹杂着泡沫的蓝色河水直冲云霄。

卡洛斯花了整整一天一夜的时间才穿过大赤道河和东峡河交汇处的这片宽阔的三角洲(虽然他用自己的姓氏为这片三角洲命了名,却没法认为它是蒙特罗三角洲,几个星期之前,他才第一次看到这片三角洲)。前一天晚上,他只睡了几个小时,睡觉的时候他会把帆收起来,把方向舵固定好。由于没有指南针,他只能根据日出日落的方向来推算航向。他浑身脏兮兮的,饥肠辘辘,溪猫皮水袋里的淡水只剩下最后几口了,尽管他非常想再次踏上坚实的土地,但在浅滩上航行无异于自杀。不管喜不喜欢，他必须得沿着河继续向下游前进。

他拉起缆绳，抢风掉头向西南方向驶去，独木舟慢慢转向，船头划开了冰凉的河水。悬崖高耸在他头顶上方，露出饱经风霜的一块岩石。山脊上长着一些灌木丛和几株赝桦，扑鹰在悬崖上方盘旋，发出刺耳的叫声嘲弄着他。

"我喜欢看着它们，"温迪说，"它们会利用上升的热气流……就好像可以永远飞在空中一样。"

她就坐在几英尺之外，背靠着帆板，风吹起了那淡褐色的秀发，露出了她赤裸的肩膀。她脱掉了背心，温暖的阳光在她胸前柔软的皮肤上晒出了雀斑，她不介意让他看到这个样子。其他人都不见了，这里只剩下他们两个。

"是的，它们很厉害，没错，"他回答，但他转头想看看她，却发现她已经不在了。独木舟上空空荡荡的，只有他带的那几件东西。

"好吧。"他继续凝视悬崖，尽量不去想她，"看来我只能独自观察它们了。"

"猎户座号"正在中央大陆岩石遍布的西岸边驶过，船帆飘动，桅杆在风中吱嘎作响。

越过三角洲大约五英里之后，悬崖渐渐消失了，露出岸边一条矮矮的沙滩。这样一来就有不少地方可以上岸了。不过他想找一片合适的沙滩露营几天，于是他打开地图，开始研究起来。这张地图是用"亚拉巴马号"拍摄的卫星照片合成的，所以上面并没有很精确的地形细节。但他发现似乎有一条小溪从内陆的丘陵地区流了下来，在离他现在位置几英里的地方汇入了大赤道河。

那地方似乎还不错，而他也正需要淡水。卡洛斯抬起头来，但只能隐约看到东北方向的一排青蓝色的峰顶，离天黑还有几个小时，他还能继续往前走一段。所以他沿着大陆南岸继续航行，睁大疲倦的眼睛寻找着河口。

等他最终发现那处河口,大熊座47已经开始西沉了,熊星光环的前沿正从东方的地平线上升起。卡洛斯向右掉转船头,任凭风把他吹向岸边。也许这不是最安全的靠岸方式,他祈祷着浪头下面没有藏着暗礁,但是他太累了,根本没法用桨划过剩下的路程。

独木舟慢慢滑上了浅滩,沙子在龙骨下面嘎吱作响。他感觉自己的腿又僵又疼,费力地从船里爬了出来,把独木舟推到了沙滩上。等船一离开水,他就收起了船帆,然后涉水上岸。

他比自己想象的还要疲惫。他往沙滩边缘的树林走了过去,刚走到一半,视野就开始模糊,他感觉到自己的腿有些撑不住了。他只想躺几分钟,喘口气,却精疲力竭地倒在了沙滩上。

他翻身仰躺在地上,望着渐渐暗下来的天空。接着,他闭上眼睛,不一会儿就睡着了。

在梦里,他又登上了"亚拉巴马号"。

飞船里只有他自己。绕着飞船中心舱的那条环形走廊空无一人,然而在不祥的引擎轰鸣声中,他却听到有人在说话。那声音很清晰,似乎就在拐弯的地方,但他却听不出在说什么。

他刚从生物停滞舱里出来,现在一丝不挂,裸露的身体冷冰冰滑溜溜的,还挂着凝胶状的蓝色液体。但他并不是十三岁,也没有剃光头,而是现在十六岁的年纪,头发也已经长过了肩膀。他不想让别人看到自己没穿衣服,于是沿着走廊匆匆前行。

就在前面,他发现地板上出现了一个通往居住舱的舱口。要是能赶紧穿过这处舱口,他也许就能在被其他人发现之前回到自己的铺位上。然而舱门关着,他跪在舱门前,想要转动轮盘锁,但轮盘却一动不动。

身后传来了脚步声,说话的声音也越来越近了,他很确定,其中

307

一个声音属于他父亲。他必须赶紧离开，否则看到他在船上裸奔，爸爸会责骂他的。他从舱口处站了起来，转身沿着通道继续向前跑，但双腿里好像灌了铅一样，无论怎么使劲，他都几乎动弹不得。

他手里出现了一根鱼竿，鱼钩上挂着一件男孩的背心，是用溪猫皮缝的。他现在急需一件衣服，就拿起那件背心开始往身上套，接着他想起自己以前见过这背心，是戴维·莱文的，对他来说太小了，而且戴维要是发现他穿着这件衣服，肯定会生气的。

他仍然拿着那件背心，但鱼竿却消失了，就像它出现时一样突然。他沿着走廊继续疲惫地前进。他现在能走得快一点，但那声音就在他身后，前面也没有其他舱口了。他的脚被水打湿了，低头一看，只见地板上出现了一英寸深的咸水，似乎舱壁内的哪根水管破了。船上正在发水灾，他必须想办法把洞堵住，否则大家都会淹死。

等又抬起头，他发现自己不再是孤独一人。一位老人站在通道里，他穿着长袍，后背斜对着他，右手握着一支细长的画笔，正认真地在走廊的墙壁上画画。卡洛斯没有认出他，但是这幅画太熟悉了，是"亚拉巴马号"的船员和乘客在离开地球休眠二百三十年，又重新苏醒过来以后发现的一幅壁画。

老人放下画笔，慢慢地转过身。他用深灰色的眼睛看着卡洛斯。"你读过我的书吗？"他问道，但嘴唇根本没有动。

"拜托了……我能借你的袍子用用吗？"

老人没有理会这个问题。水已经淹到了他的脚踝，但他似乎根本没在意。"你读过我的书吗？"他又问道。

"读过，读过，我读过你的书！"他又听到了有人在说话，他们现在非常生气，而且距离只剩几英尺了。"拜托……我要穿上衣服，而且飞船要被淹了！"

老人忧伤地打量着他，然后转身继续面对舱壁。"等结束之后，把结局告诉我吧。"

最后，卡洛斯终于看到了老人在画什么。是鲁普特王子的画像。但他看到上面的脸并不是鲁普特的，而是他的。

突然，他听到爸爸的声音："卡洛斯！你把独木舟停在哪儿了？"

卡洛斯急忙转过身来，以为能看到父亲，却看见了一只莽鸟。那只巨大的鸟蹲在走廊里，大嘴上沾满了血迹，充满杀气的小眼睛紧盯着他。

那怪物朝他扑了过来。

卡洛斯尖叫着从睡梦中惊醒了。

他又回到了沙滩上。夜幕已经降临，潮水开始上涨，冰冷的浪头拍打着他赤裸的双脚，熊星已经完全升到了地平线上方，被一片薄薄的灰云笼罩着。他的独木舟随着冲上岸的波浪轻轻摇晃，如果不做点什么的话，潮水很快就会把这艘船拖进河里冲走，让他失去所有物资，孤立无援地留在这里。

卡洛斯慌忙站起身来。他抓住"猎户座"的船头甲板，把独木舟从水里一直拖到了陆地上。等确定船安全地来到了高水位线之外，他在甲板中央摸索着，最后终于找到了自己的背包。

手电筒就放在背包的最上面，里面的太阳能电池最近一直没有充电，光线很暗，因此他只开了一会儿灯，好看清自己在做什么。他把所有的装备——一套铺盖、一卷油布、装了一些炊具的五加仑桶、一把自动步枪、一根鱼竿、一个差不多空了的食物箱、几个猫皮水袋，还有一个装满手工工具的袋子——都卸下来之后，他放倒了桅杆，把它和其他东西一起放在了沙滩上。

这时候，他的眼睛已经适应了夜晚的黑暗，所以他关掉了手电筒，在那颗带光环的行星投下的微弱光线下干活。在浪涛的隆隆声中，他能听到囤草雀晚间的啁啾，不时还有莽鸟求偶的叫声，不过它们离得太远了，所以他并没有感到惊慌。他也不愿生火，起码要对周围的环境有一定了解之后再生火为好,因为各种生物往往都会被火光吸引,他不愿意为了稍微舒服一点儿就冒这种险。

于是他把防水布放在独木舟旁,把毯子铺在了塑料布上,把步枪放在身边能伸手够到的地方。天气很凉,于是他穿上长裤和毛衣——梦中的模糊记忆一闪而过,当时他是不是光着身子?等钻进毯子底下,他伸手把独木舟拉过来扣在了身上,形成了一处遮蔽,保护他免受清晨阵雨的侵袭。

他仍然很渴,肚子咕噜咕噜地叫着,还有些疼,可是在天亮之前,他什么也做不了。明天,他会把这些事情都处理好。不过现在,他的身体已经温暖而干燥,而且也比较安全。

卡洛斯再次慢慢进入了梦乡,但他依然无法摆脱那种不安——他受到了来自精神世界的拜访。不是在已经变得模糊的梦中出现的父亲,也不是最近一直萦绕在他心头的戴维,而是画壁画的那个人:莱斯利·吉利斯。他在"亚拉巴马号"离开地球之后不久意外苏醒,在接下来的三十二年里,他独自一人待在那艘星舰上,写下了鲁普特王子的奇幻冒险故事,还将飞船的舱壁作为另一种媒介表达自己。

卡洛斯读完了整本书,但他从没见过吉利斯。奇怪的是,他居然会梦到他。

第二天早上,卡洛斯带着鱼竿来到附近的一处河湾。喝了一通水之后,他把钓线甩进了水里,等着早饭上钩。没过多久,一条鲑鱼咬住了他挂在鱼钩上的一小片面包。他把钓到的鱼带回了沙滩,清理干净之后,用浮木生起了一堆小火,把它烤着吃了。鱼很好吃,也填饱了他的肚子。吃完后,他把鱼头和内脏用塑料袋包起来,放进食物箱里。过一段时间,他要把它们当成绳钓的鱼饵。

他在沙滩附近发现一丛浓密的蜘蛛灌木,在那里蹲了很长时间来上厕所。完事之后,他小心翼翼地把自己的粪便埋在枯树丛里,没有必要让邻居们知道他在这里。回到小溪边,他脱掉衣服,趟进水里,洗了个澡。他尽情地享受着清澈的淡水,让缓慢的水流剥去了身上的污垢和干掉的汗迹。从水里出来的时候,他感觉比前几天好多了。

接下来就是要搭建营地了。他并不打算在这儿待太久,但也不想继续睡在扣过来的独木舟底下了,更不想只搭一块防水布。如果莽鸟藏在附近,船和帐篷都无法保护他。因此就算在这里待不了多久,他也必须建一处住所。

在离沙滩大约五十米的地方,沿溪岸徒步穿过高高的马唐草,卡洛斯发现了一小片黑檀林,这种树有点像日式盆景,但要大得多,树根虬结盘绕,树顶的枝干平平的,向外伸出了九十多英尺,像一把厚厚的雨伞。他在树丛中闲逛着,最后终于发现有一棵树的树枝很低,他可以爬上去。更幸运的是,附近还有一棵死掉的赝桦,显然是在很久以前的一场暴风雨中被雷击中了。它的树枝散落在地上,但大部分仍然很结实,并没有被雨水或洪水腐蚀。

他把衬衫系在那棵黑檀上,做了个记号,然后回到沙滩上,收拾好装备,把它们放回独木舟里,沿着小溪把船划进了小树林。他把独木舟拖上泥泞的河岸,卸下行李,把它们搬到了他选好的那棵树上,然后拿出工具袋开始干活。

到下午过了一半的时候,他已经锯下了足够多的赝桦枝,还用尼龙绳把它们绑在了一起,建成了一个大约八英尺乘六英尺的长方形小平台。那棵黑檀有两根较低的枝条靠得很近,可以比较平稳地把平台撑起来,同时它们离地面也够高,能让他避开在附近游荡的莽鸟。他只需要把它吊到树上就可以了。

卡洛斯刚解开独木舟帆索上的缆绳,就听到了一阵低低的电子提示音。一开他以为那是什么小动物,但过了一会儿,那声音又出现了,这时候他才意识到,那声音是卫星电话发出来的。

刚开始扎营的时候,他把那个装置从背包里拿了出来,展开了它的微型抛物面天线，然后放在了一边。打开卫星电话，接收自由镇的通信讯号是他后来才想到的。他其实不想和移民地里的任何人说话，不过显然，有人想找他聊聊。

他的第一个想法就是无视它。不过，这个电话可能很重要。他的妹妹玛丽还在移民地，他很担心是不是她出了什么事。另外，还有温迪……

卡洛斯走了过去，拿起了那个装置，按下了接听键，把卫星电话放在耳边。"我在，"他说，"什么事？"

静电噪声。过了几秒钟，他听到一个声音："卡洛斯？是你吗？"

他抬头望着天空，露出了一副苦笑。白天他看不到"亚拉巴马号"，但知道它会每天在头顶经过八次，忠实地接收自由镇发来的信号。"很抱歉，你打错了。我猜你想找卡洛斯·蒙特罗，这里是卡洛斯比萨店。请问您要点什么？"

一时间，对方没有说话。他不耐烦地等着，希望这通电话能早点儿结束。天快黑了，他还得把平台搭起来，做好绳钓的准备，收集木材生火。那个声音又响了起来。"卡洛斯，我是罗伯特·李。很高兴听到你的声音，孩子。我们试着联系你快一个星期了。你还好吗？"

罗伯特·李，有时也被称为李舰长，"亚拉巴马号"的前指挥官，现任自由镇市长。他曾带领一百零四人穿越四十六光年，抵达大熊座47b的一颗卫星。卡洛斯毫不怀疑，如果移民地设法延续了下去，总有一天人们会竖起一座纪念他的雕像。

"今天的特价菜是白汁土狼特选。"他说，"包括山羊奶酪、河蟹、鲑鱼，还有一品脱自酿马唐草酒。"仔细想想，听上去还不错，不过可能得去掉河蟹。"自取还是送货？"

这一次，停顿的时间稍微长了一点。卡洛斯把重心从一只脚换到另一只脚上。行啦，快点……

"真有趣。"最后，李舰长说道，虽然听起来他并没有笑，"我想……我觉得这说明你过得还不错。"

卡洛斯什么也没说,最后李又开口了。"好吧……卡洛斯,你没必要这样。这边没人会因为那些事责怪你。你和其他几个人只是犯了一次错,仅此而已。我们只想让你转身回家。一切都会……"

"抱歉,这次优惠刚好结束了,谢谢,请下次再联系,再见。"

他放下卫星电话,把它挂掉了。他盯着这个小小的装置看了几秒钟,然后收起天线,把它放在一边,接着继续进行树屋的建造工作。

在黑檀上居住比他想象得要困难一些。尽管不会受到地面上的掠食者的袭击——莽鸟爬树的水平跟它飞翔的水平差不多,溪猫往往也会躲开体型比孩子大的人类,但是扑鹰却把这棵树当成了家,它们并不怎么欢迎卡洛斯的出现。整个晚上,这些鸟都一直想把他赶出去,卡洛斯只得忍受着它们愤怒的尖叫声和持续不断的攻击。到了早晨醒来之后,他发现睡袋上都是鸟粪。显然,他必须得给这间小树屋装个屋顶。

不过绳钓还是很成功的,把绳子从水里面拉出来的时候,他发现两条大鲑鱼挂在钓钩上。他先煮了一条当早餐,又把另一条收拾好,放在架子上晒干。但他知道不可能单靠吃鱼过日子,虽然浅滩上有许多河蟹,但是他一直都不怎么喜欢吃它们。总之他得去打猎。

于是,卡洛斯把步枪扛在肩上,步行穿过营地(他在地图上把这里标注为"卡洛斯比萨店")北边起伏的草地。中央大陆的大地并不像新佛罗里达那样平坦,不远处有一排低矮的山丘,他沿着之前捡柴火时发现的动物足迹向那个方向出发了。路边有不少一簇一簇的球状植物,他小心翼翼地避开它们,以免被在它们周围筑巢的拟蜂袭击。地面上不时会出现一些黏稠的褐色粪便,他认出那是溪猫留下的。溪猫肉很难入口,但它们的皮可以做衣服,跟着它们留下的粪便,他或许可以抓到一只。

刚过中午，他已经爬上了最高的山顶，在赝桦林中找到了一小块空地。天空很晴朗，阳光很温暖，他可以看到远处绿色的山脉，山顶仍然被积雪覆盖。他和那边的群山之间隔着几英里宽的草原和森林，大大小小的溪流穿行其间，就好像精心编织的地毯上的缝线。

卡洛斯暂时忘记了他长途跋涉的目的，在一棵倒下的树上坐了下来，摘下了肩上背的步枪，靠在了身边的树干上。吸引他注意力的不仅仅是这片土地摄人心魄的美景，还有一种似曾相识的奇怪感觉，这个地方似乎很熟悉，尽管他很清楚，自己是第一个踏足这片土地的人类。那为什么……

不。他以前见过这个地方。不过不是在地球，而是在"亚拉巴马号"上。是环形走廊上的壁画，莱斯利·吉利斯画的，描绘了他那部《鲁普特王子传》中虚构的场景。

在那一瞬间，他想起了记忆中那段不甚清晰的梦：等结束之后，把结局告诉我吧……

卡洛斯突然意识到周围的空地变得非常安静。囤草雀不再叽叽喳喳地叫了，扑鹰也安静了下来。现在只剩下一片寂静，仿佛整个世界都屏住了呼吸。

有什么东西在他身后悄悄移动。

卡洛斯转过头，向身后看去。

离他只有几十米远的地方有一只莽鸟。它体型不大，只有五英尺高，可能刚刚成年，已经压低了长在粗壮脖子上的那颗巨大的脑袋。它突然意识到目标已经发现了自己，于是停住了脚步。在那一瞬间，卡洛斯意识到，就像他一直在跟踪溪猫一样，这只莽鸟也一直在跟踪着他，耐心地在下风处保持距离，等待着他放松警惕的那一刻。

在那几秒钟的时间里，两名猎手看着彼此，谁也不敢先动，双方就这样僵持着。接着莽鸟张开了嘴，尖叫一声，然后向前冲去。

卡洛斯抓起步枪，趴在了树干后面，左手食指轻轻一拨，解开了保险栓。全息图像出现在枪管上方，但那只莽鸟彼时太近了，这种图像已经没什么用了。他把枪托抵在肩膀上，用树干撑着胳膊，瞄准莽鸟，开枪。

步枪在他手中抖动了一下，弹壳弹在了木头上，叮当作响。子弹穿过了莽鸟的身体，鲜血和羽毛从它的胸口喷涌而出。那只怪物发出了愤怒而痛苦的号叫，头来回摆动着，两条向后弯曲的腿摇摇晃晃，它带爪子的前臂微微抬了起来，似乎想要挡住子弹，却失败了。

然而它还在继续前进，已经来到了离他十几英尺远的地方。卡洛斯瞄准了它的左眼，再次扣动扳机，然后看到骨头和脑浆从它的头盖骨后面爆了出来。

虽然倒地的时候，它就已经死了，但四肢还会不时地抽搐，就好像它还想跑似的。卡洛斯站了起来，静静地站在树干后面，直到莽鸟彻底没了动静。他能听到从远处的山间传来了枪声的回响。

"这……这……"他低声说着，却无法说出自己想说的话——这是为了我的父母——因为不知为什么，他觉得这似乎不太对。这不是为了他们，而是为了他自己。所以没有继续说下去。

卡洛斯坐在树干上，盯着那具莽鸟的尸体看了很长时间。最后，他把枪放到一边，拔出了刀。

他今晚会吃得很好，但他想要的不止这些。

他刚吃完晚饭，卫星电话就响了起来。

他还是不想理它。现在是完美一天的完美结束时刻，暮光将河面上方高高的云朵染成了金色和紫色，河水轻轻地拍打着沙滩。他不想冒着破坏这一刻的风险和李舰长再聊一次，但他知道自己必须和移民地保持联系，否则他们可能会非常担心，然后派出一艘太空穿梭机来找他。

挂在火上的锅里煮沸了。他来到放着卫星电话的背包旁边，顺路还掀开锅盖看了看里面的东西。他对看到的情况非常满意,把盖子放回了原处,然后拿起卫星电话。

"卡洛斯比萨店,请问要点什么?"

"嗯……好,我要一个十二英寸的比萨,馅料要香肠和蘑菇,谢谢。"

是温迪。

"抱歉,我们只能加河蟹和鲑鱼馅料。"他笑着说,"还有莽鸟肉,不过这得加钱。"

一声轻笑。"我不觉得莽鸟比萨会好吃。它可能会在你吃它之前就把你吃掉……"对方猛吸了一口气,"天啊,对不起。我不是故意的……"

"没事。"他父母是被一只莽鸟杀死的,她一时忘了这件事,但他并没有生气。肯定是李舰长催她打电话的,只有这样她才会知道这个比萨笑话。不管是什么原因,总之她能打电话来,他很高兴。"其实,莽鸟肉也还可以。有点柴,但味道挺像……"

"让我猜猜,像鸡肉吧。"她的声音显得有些惊讶,"你杀了一只莽鸟?"

"嗯。今天下午干掉了一只。"他坐在一根浮木树枝上,看着火旁的平底锅和其他炊具。吃完了饭,接下来的任务就是把今天晚上用过的东西都洗干净。不过现在,他忍不住想要炫耀一番。"没什么难打的。我觉得那只莽鸟可能还没成年。不知道怎么它就偷偷靠过来了。"他咯咯地笑着,"不对,那味道不像鸡肉。更像是……我不知道。可能是腌牛肉。"

"卡洛斯……"她犹豫了一下,"那个,我很高兴你……你知道,你能把它打死,但是你不应该一个人在外面乱跑。"

"那我还有其他选项?"

"你当然有其他选项。"又顿了一下,"卡洛斯,你没必要这样。咱们不会因为那些事情受到惩罚。克里斯和巴里并没有被关起来,邦子也和其他人说了,戴维的事情是个意外。"

他闭上眼睛,什么也没说。从船库偷走独木舟、逃离自由镇、穿越东分水岭、沿东峡河前往大赤道河的漫长旅程……遭遇了鲶鲸,失去了戴维,也差点失去温迪。在新佛罗里达南部岸边失事,留下温迪和其他人独自离开,带走仅剩的独木舟和他们剩存的物资。一个接一个错误的判断造成了致命的结果,最终导致了一位朋友的死亡。也许别人愿意原谅他,但可能要很长时间之后,他才能原谅自己。

"卡洛斯?你还在吗?"

"抱歉。我只是在想事情。"再次睁开眼睛的时候,他感觉自己的眼睛湿润了,"我没事。就像我之前说的,我还有很多事情要解决。"他深吸了一口气。"那你呢?我是说,你知道……那个?"

"那个。没错。"她的声音带着一丝冷漠,"很高兴听到你还关心其他的事情。"

"拜托,我不是那个意思……"

"那个没问题。回来之后,邦子给我做了检查,说我俩的身体状况很好。既然议会决定让我自己作主,那我就不需要堕胎,所以那个会如期出生。但这不关你的事……"

他站起来:"温迪,我不是故意……"

"你还想知道别的吗?邦子对克里斯的血液进行了检验,并把它与你称作……那个的东西进行了比对。猜猜她发现了什么?"

他感到背后一股寒意:"什么……"

"对不起,比萨男孩。我才不会告诉你。你要是真的感兴趣,可以给我打电话。不过现在……好吧,你把我惹毛了。"一声喘息像冬天的风一样吹在他的耳朵上,"上帝,这是一个错误。不该让他们逼我给你打电话的,但那时候我很担心。"

"温迪,求你了……"

"我很高兴你还活着,还杀了你的第一只莽鸟。希望你最终能从它那里把自己解脱出来。"

"我没有……"

"再见。"顿了一下,"照顾好自己。"

卫星电话断了。

他突然产生了一股冲动,想把这台电话扔进水里,但他已经这么做过一次了,是他们离开自由镇那天,用的是邦子那台。而且他还需要这台设备来和移民地保持联系,对不对?

卡洛斯考虑了一会儿,然后折起天线,小心翼翼地把卫星电话放回包里。接着,他朝营火走了过去。

熊星刚刚升到地平线上方,云层笼罩着它的光环。晚上似乎要下雨,但他还没来得及给树屋盖上屋顶。在睡觉之前,他必须把防雨布罩在平台上。

但现在还不行。他掀开锅盖,热气腾腾又带着腐臭气味的蒸汽从满是脂肪的沸水中升了起来。他拿起一根棍子,插进锅里,翻动着里面的脏水,最后叉起了那个他煮了一整晚的东西,在火光下仔细地观察着。

这颗莽鸟的头骨被清理得干干净净,上面的皮肉和羽毛都被沸腾的盐水煮掉了。这是他作为一名猎人的战利品。

卡洛斯在中央大陆的西南岸又待了三个星期,这比他之前计划的要久。他给自己这间树屋加上了天花板和四面墙,建好后还把莽鸟的头骨挂在了那道窄窄的门上面。这样看上去还不错,而且也带来了一个意想不到的效果,住在上方枝干上的扑鹰都被吓跑了。几天之后,鸟儿让出了这棵黑檀,他终于能睡个安稳觉了。虽然晚上还能听到莽鸟的叫声,但不知为什么,他在营地方圆几英里内都再也没有看到过莽鸟。和扑鹰一样,它们似乎也会和卡洛斯比萨店保持距离。

不过他还有另一个小计划。他砍下了一根长长的赝桦嫩枝，晚上蹲在沙滩上的营火旁，把它削成了一张打猎用的弓。他的弹药快用完了，而且还得留几发子弹，在莽鸟出现的时候保护自己。几天前，他开枪射杀了一只溪猫，剥下了它的皮，用它的肉做鱼饵，还把它的小肠上半部分煮熟了，处理了一下，然后切出了一根细长的弓弦。接着，他用赝桦树枝做了十几根细长的箭杆，搜集了一些坚硬的石头，把它们磨成箭头；还在树下找到了一些扑鹰的羽毛，这些羽毛很适合做箭羽。要是没有什么事儿做的话，他就去练习射箭。他用猫皮做了一个小靶子，挂在了树上。过了一段时间，他已经可以射中在他挖的沙滩垃圾坑里翻东西吃的沼泽鼠了。

他不想听到温迪的消息，所以一直关着卫星电话。过了一段时间，他已经很少会想起她了。他时不时会打开那个装置，不久就能听到它响了起来，就像一只被忽视的宠物想要吸引主人的注意。然而，不管是谁和他联系，他都没有说过话。他拿起卫星电话，按几下接听键——是的，我还活着，谢谢你的问候，再见——然后把它关掉，放到一边。让他们听静电噪声吧，卡洛斯比萨店不再接受订餐了。

他也不再记日子了。他知道，按照勒马尔历法，现在是哈玛利尔月上旬，但不管今天是拉斐尔日、亚纳尔日还是卡夫其尔日、萨麦尔日，或是一周九天里的其他哪一天，他都没什么概念，也没真正关心过。虽然土狼星上的一个季节差不多相当于地球上的一年，但夏至已经过去了很久，他已经注意到白天开始变短了，而熊星每天晚上都会早升起一些。他越来越焦躁，如果还想继续这场赤道探险，他必须尽快离开。

在接下来的几天时间里，卡洛斯一直在修补船帆，还用他的弓箭杀死了一只溪猫，用它煮好的脂肪来给船做防水。一天清晨，他把东西从树屋里搬了出来，收拾好，装上了"猎户座号"。他把那颗莽鸟的头骨绑在船头，当作船首雕像——如果它能吓跑扑鹰和莽鸟，那也可能会吓跑危险的鲶鲸。他还闩好了树屋的门，为他之后可能会再来这里做准备。尽管如此，卡洛斯比萨店还是彻底关门了。

到了中午，他又回到了河上。一路向西，没有特定的目的地，他只是想看看自己能走多远。

在接下来的四个星期里，他一直在沿着中央大陆南岸划行，始终让河岸保持在视野之内。

由于他目前位于土狼星的赤道南侧，盛行风几乎一直从东边吹来，因此他很少能扬起风帆，前进速度很慢，不过这对他来说正合适。偶尔会遇到暴风雨，通常他会在船上度过，但如果听到雷声，他就会尽快前往陆地。大熊座47落到他的背后时，一天也就要结束了，他会驾着独木舟前往最近的沙滩，把独木舟拖上岸，搭起防水布，收集一些木头生火，然后拿着弓或是鱼竿弄些东西吃。不过，土狼星相当慷慨，他很少饿着肚子睡觉。

随着时间一天天过去，土狼星逐渐展现出了自己的地貌。卡洛斯惊讶地发现，在远离新佛罗里达的地方，这个世界竟然发生了这么大的变化。他现在才知道，新佛罗里达只是一座相当普通的岛，一处平坦且无趣的河口。他从杀死莽鸟的那座山顶上看到的群山正逐渐变近，最后他已经能看到离河流只有几英里的山脉的平顶了。他在地图上把它标记成吉利斯山脉。沿着河岸茂盛生长着的赝桦渐渐变成了一种初看起来像是大蘑菇的东西，他划近一些才看清，其实那都是些又高又细的树，它们柳条状的树枝彼此非常靠近，几乎形成了一个密闭的顶棚。他给它们起名字叫阳伞树。时不时能看到成群的大型动物在河边的沼泽地里游荡，这些毛茸茸的巨型动物头上有一个斜面，还长着一张带有尖牙的长长的嘴，不过除此之外，有些像北美野牛。他认定，把它们叫作茸牛再合适不过了。

他还观察到了另一种扑鹰。与生活在新佛罗里达黑檀林和中央大陆西部的那种生物不同,这些扑鹰是水栖的。它们会在河面上空高高地盘旋,发现猎物之后,就收起窄窄的翅膀,头朝下潜入水中,不一会儿,它们那细长的喙里就会叼着一只不断扭动的阔嘴鱼或是怪鱼浮出水面。河扑鹰成群结队地飞过,但他一直也没搞清楚它们在哪里筑巢。等大熊座47开始慢慢落山,他看到的这些鸟儿并不会飞向附近的河岸,而是转头朝东方的地平线飞去。

温迪肯定对此很感兴趣,但她现在并不在这里。

他独自醒来,独自旅行。夜幕降临,没有人和他一起坐在营火旁;睡觉时,只有星星与他做伴。过了一段时间,他发现自己会和一个不在这里的朋友聊天,好像他们正和他一起坐在独木舟里一样。温迪通常是他隐形的乘客,但有时候,他也会想象坐在船头的是克里斯……克里斯,他们还是最好的朋友时总会一起欢笑。晚上,他坐在孤独的沙滩上,抬头凝视着熊星,他会听到巴里在营火对面用吉他弹着那些二十世纪的蓝调老歌。

有时候戴维也会出现。他从不说话,只会坐在那里凝视着他,一个沉默的幽灵,卡洛斯害怕他的出现。

会拜访他的幽灵并不止戴维一个。一天晚上,他正在烤阔嘴鱼,他的父亲过来坐到了他的旁边。

"你以为你在干什么?"爸爸问。

"做晚饭。"卡洛斯盯着正在火上烤着的鱼,"你想吃吗?我还有一个盘子。"

他完全清楚自己的父亲和母亲都死了。妈妈从来没有出现过,不过爸爸有时会来看他,虽然通常都出现在他的梦里。他感觉背后有一股凉意,而且那并不是晚风带来的。

"我不是这个意思。"爸爸说。他一如既往的严厉,但并不刻薄。"你只有十六岁。你想证明什么?证明你现在是个男人了?"

"不想证明什么。我知道我是个男人。如果我不是个男人,根本活不了这么久,对不对?"

"动物也可以活下来,儿子。一只困在陷阱里的土狼会为了逃跑把自己的腿啃掉。但男人不会逃避。就算不愿意,他也会为自己的行为承担责任……"

"我没有在逃避什么。"卡洛斯从火中取出了烤叉,仔细检查着他的晚餐。一面烤得很好,但另一面还有些粉红色。他把鱼片翻了过来,放在火上继续烤着。"我正在探索这个世界,看看这个地方什么样子。总得有人率先来做这种事,这个人最好是我。"

"你只是在这么告诉自己而已,但你是个骗子。"

"走开。让我一个人待着。"他闭上眼睛,把头垂在环起来的胳膊上。过了一会儿,他感受不到父亲的存在了。

他听到了轻微的噼啪声。抬起头来,发现烤叉从他手中掉了下去,他的晚餐掉在了燃烧着的浮木上,鱼肉卷曲着,变成了黑色。

晚餐被毁了,但没关系,他已经不饿了。

一周之后,卡洛斯来到了中央大陆的东南端,他发现自己必须作一个至关重要的决定。

眼前出现了另一条通往北方的新航道。现在,他又来到了赤道北侧,可以使用船帆了。根据手中的地图,如果沿着这条河一路航行,他最终会抵达中央大陆的东北端,那里会与一条从东到西穿过北纬三十五度线的主要河流相交。如果他沿着这条河向西穿过中央大陆的北部,经过东峡河的河口,就能来到西峡河,接下来他只需要找到沙溪北边的河口,穿过新佛罗里达,最后就能回到自由镇。

沿这条路回家至少也得四五个星期。如果北半球的盛行风不合适的话,他就得全程划桨。这样一来,他可能夏末,甚至更晚才能抵达自由镇。卡洛斯非常清楚,他没有做好准备来应对土狼星秋天那寒冷的夜晚。

他的第二个选项是横跨这条河前往一座位于赤道北方的大岛,然后沿着它的南岸,继续顺着大赤道河向东航行。这样一来,他就可以穿过子午线进入土狼星的东半球——就在这座岛的东南方向,赤道以南,有一长串小岛,一直延伸到子午线海。如果他能抵达那片遥远的群岛,就能掉头赶上南半球的东风,最终借着它回到家。

第一个选项相对安全,如果风向对他有利,他就可以在夏末前回家。第二个选项则会让他花更长时间,风险也更大,但他会看到从未有人见过的东西。真是艰难的选择,很难轻易作出决定。

也许他应该找个人商量一下。

那天晚上,他在一处可以俯瞰中央峡河的岩石上扎了营,吃过晚饭之后,他拿出了卫星电话。电话中储存了上次打给他的电话号码,他按下"回拨"按钮,不耐烦地在滴滴声中等待。毕竟大熊座47已经落山了大约一个小时,卡洛斯估计现在自由镇正值傍晚或是刚入夜,温迪可能正在家帮邦子做晚饭。如果接电话的是冈田医生,他会和她简短地聊几句,然后找温迪说话。应该没问题,如果……

他听到咔嗒一声:"喂?"

是个男性的声音,很熟悉,但他一下子没分辨出来。这肯定是邦子的卫星电话,毕竟他用的是回拨功能。

"温迪在吗?"

停顿了一下。"我就知道你最后肯定会打电话过来。能接到这个电话,我很幸运。"

"你是?"接着,他认出了那个声音,"克里斯?是你吗?"

"嗯,在你把我们丢下自己跑了之后,咱们已经好久没联系了。"

卡洛斯皱起了眉头。他上次见到克里斯是他们返回新佛罗里达的路上遭遇鲶鲸袭击之后的那个晚上,而那天下午,克里斯失去了他的弟弟。卡洛斯毫不怀疑,当时如果克里斯的左臂没有骨折,肯定会杀死他。然而,那天晚上,他们并没有打架,甚至卡洛斯都不记得当时他们说过话。对这位好朋友,卡洛斯最后的印象是他爬进帐篷之前的眼神。那一夜,卡洛斯没有睡。他用了一直藏在背包里的卫星电话联系了自由镇,请求他们营救其他的探险队员。之后,他搜集了剩余物资,自己出发了。他黎明时分离开的时候,只有温迪看到了他。

"我没有丢下你们,"卡洛斯说,"我必须得那么做……"

"哦,是的,我相信。你觉得第二天早上没法面对我,对不对?"

"克里斯,我没有……"他叹了口气,摇了摇头,"算了。让温迪接电话,可以吗?"为什么是克里斯接了这个电话呢?

"不行,你得等我说完。其实你走了,我很高兴。你最好一个人死在外面,这样大家就不用忍了。"

"克里斯,我……"他闭上了眼睛,"你想让我做什么?想让我去死?我不会死的,我不会让你……"

他闭上了嘴巴,但已经晚了,克里斯太了解他了。"你不会让我做什么?"他问道,"抢走你的女人?嘿,伙计……你觉得我为什么会在她家?"

在卡洛斯的胸中,一团冰冷的恶意裹住了他的心脏。"你真的以为她一直惦记着你?"克里斯的声音里带着恶毒的快感,"她之前给你打电话,是因为你不愿意和舰长说话,所以舰长只能去找她。她比我更不在乎你。"

"这不是真的……"就好像是在耳语。

"你说什么?"克里斯没等他重复这句话就开口了,"她很快就要生孩子了,孩子需要一个父亲,一个不会在情况变得艰难之后逃跑的父亲。你曾有过机会,但搞砸了。昨晚,我向她求婚了……"

"你说什么?"卡洛斯立刻站了起来。

"啊哈!引起你注意了,对不对?没错,我向她求婚了。你知道吗?她……"

背景里传出了一阵很大的噪声。有人在压低声音说话,听不清说的是什么,但显得很愤怒。随后是争抢,不过声音不大,似乎有人紧紧握住了话筒。过了一会儿,他听到了温迪的声音。

"卡洛斯?是你吗?"

"是我,是这样,我……"

"等等,很抱歉,本来不该这样的。我们刚才在菜园里,克里斯就接了电话。不管他说了什么……我不知道,但是……"

各种各样的想法闪过他的大脑,已经没法正常思考了。"那告诉我两件事,"他边说,边在营火前踱步,"就两件事,跟我说实话。"

对方犹豫了一下。"好吧,你想知道什么?"

"你要嫁给克里斯吗?"

沉默。"他向我求婚了,没错。"她的声音很低,"我还不知道要不要接受。我还在考虑。"

他点点头,好像她能看见似的。不错,是实话,虽然没说完整。"好吧。第二个问题……孩子是我的,还是他的?"

这次停顿的时间更长了。"孩子是你的。邦子认为是个女孩。"

他长出一口气,重重地坐了下来。这是一个温暖的夜晚,但是他很高兴能坐在营火旁边,因为自己不自觉地颤抖了起来。"你希望我回去吗?"他问。

"我记得你说只有两个……"

"我又给自己奖励了一个问题。你希望我回家吗?在孩子出生的时候陪在你身边?"

又过了一会儿,她才开口说话。"亚拉巴马号"开始落到了地平线之下,他听到了噼啪的静电噪声。"你想怎样就怎样。"她最后说道,"反正你一直都这样,不是吗?"

接着电话断了。

第二天早上,卡洛斯收拾好他的装备,装进了独木舟里,然后再次起航。直到离岸已经一百米了,他才终于下定决心要走哪边。他操着帆,乘着西风,将"猎户座号"转向东南方向,横穿中央峡河,前往那座岛屿,再往前,就是子午线海了。

那天风很大,水面波涛汹涌,但他顺流前进,所以穿越中央峡河只用了十一个小时。日落之前,他就来到了那座岛旁,毫不费力地找到了一个上岸的地方。在阳光的炙烤下,辽阔的沙滩和高草地上不时会出现阳伞树投下的影子,这里和新佛罗里达一样平坦。他把独木舟拉上岸的时候,看到很多河扑鹰在浅滩上空盘旋,他整天都能看到它们,有时一次能看到几十只。他很好奇这里是不是它们的巢穴,但等到大熊座47落山,它们又会继续朝东飞去。他最后认为,它们肯定是睡在河上,但不可能在河上筑巢。这真是一个谜,一个他一直都没能解开的谜。

他生了一堆火,把下午抓到的一条阔嘴鱼收拾干净,然后烤了当作晚餐。夜空万里无云,群星熠熠生辉,抬头望去,只见"亚拉巴马号"从天顶滑过,在掠过熊星的时候隐隐留下了一条小小的黑色短线。这是一个温暖的夜晚,几乎没有下雨的可能,所以他决定直接睡在露天的地方。他把铺好的铺盖从防水布下面挪了出来,放在了营火旁边,等把步枪和弓放在能迅速够到的地方之后,他就躺下睡觉了。

晚上的某个时刻,他被一阵匆匆的脚步声惊醒了,似乎有什么动物在营地里徘徊。他睁开眼睛,但小心翼翼地没有动,先朝这个方向看看,又朝那个方向看看。营火已经熄灭了,但熊星的光芒照亮了沙滩。起初什么也没看见,他还以为这只是在做梦。接着,从他停独木舟的那个方向传来了刺耳的摩擦声,好像有什么东西在啃咬系泊绳。

他数到三,然后迅速坐起来,抓起他的步枪,指向独木舟。打开红外测距仪,他很快就看到了几个小小的身影正蜷缩在独木舟船头附近。在人眼不可见的红外线碰到它们的瞬间,它们发出了一声小小的尖叫!他还没来得及开枪,这些身影就消失了。

与此同时，他听到有什么东西在他身后的防水布附近移动。他把枪口指向了那个方向，透过瞄准镜，看到一个长着黑色毛皮的小小身影用两条向前弯曲的腿直立着。对方的小嘴上方长着一双特别大的眼睛，前额下面还伸出了一对卷须。然后它发出了一声惊呼，把什么东西扔在了地上，冲进了黑暗中。

卡洛斯大喊一声跳了起来，向空中开了几枪。在他的周围，又有五六只小怪物仓皇而逃。他听到了炊具的碰撞声，卫星电话的滴滴声，洗好晾干的衬衫发出的沙沙声。他又开了一枪，想把那些小偷赶走，但它们已经跑走了。从高高的草丛中，他听到咯吱咯吱的叫声，就像童话里咯咯笑的小矮人似的，讲述刚刚对睡在它们中间的巨人所做的恶作剧。

他把沙滩上能找到的那些东西都搜集了起来——幸运的是，它们并没有把卫星电话带走太远。之后他整晚都把枪放在膝盖上，一直都没有睡。当清晨来临，他在沙滩上走来走去，捡起它们掉的东西：一把勺子、他的手电筒、一口煮锅、一件衬衫。然而，在清点财物的时候，他还是发现有几样东西不见了：一把叉子、一支钢笔、一卷额外的鱼线和一些鱼钩。没有丢什么特别大的东西，那些没被动过或是扔在地上的东西重量都超过了一盎司[1]。他的背包还在原处，不过他注意到包上的带子并没被扯断，而是被解开了。

它们的脚印很小，很像是爪子的形状。在四脚着地逃跑的时候，它们还会多留下两个更小的脚印。根据脚印的大小和彼此之间的距离，卡洛斯估计这些生物站起来也不会超过两英尺高。他一直有这样一种感觉，那就是它们很像出没在新佛罗里达的沼泽鼠，只是进化得更加高级，因为它们的行为更加……有条理。

不过在检查独木舟的时候，他发现了一件让人震惊的事情——

---

1. 1盎司约等于28.35克。

那颗莽鸟头骨被放在了船头旁。让他吃惊的并不是它们想要偷走头骨，实际上，正是这个动静惊醒了他。他跪下来把头骨绑回原位的时候，发现原本固定头骨的绳子被割断了。

他感觉自己的膝盖被刺了一下，于是弯腰把刺中他的东西拿了起来，又仔细看了一眼。那是一块长条燧石，不比他食指的前两个指节大，边缘被磨得像剃刀一样锋利。一头被小心翼翼地绑上了干草，做成了用一只小手就能轻易抓住的手柄。

卡洛斯惊奇地凝视着这把小刀。这不是动物做的，制作这件工具的肯定是某种智慧生命，拥有智人的智慧才能做出这种工具。

在土狼星上还有其他智慧生命。

接下来的一个星期，他沿着岛屿南岸的河滨航行。他本想多花些时间来研究这些沙贼——他给它们起了这个名字——但是它们的盗窃行为让这种研究变得非常困难。

每天晚上上岸的时候，他必须采取特别措施，防止其他财产在夜间消失。这些沙贼虽然会避开他，却显然并不害怕他生起的营火。确定他睡着了之后，它们就会从黑暗中出来，在他的营地中劫掠。他试着把装备挂到了一棵阳伞树上，但它们很快就证明自己能够爬到树上去拿装备。把东西埋起来不管用，藏在独木舟底下也不行，甚至睡觉的时候把东西放在身边也不行。最后，卡洛斯只得把所有东西都留在"猎户座"上，然后把船锚泊在离岸六英尺的水里，扎营的时候除了铺盖什么都不带。这些沙贼要么是不会游泳，要么是还没有学会去水上劫掠。

他看到它们的次数越少，就越觉得它们聪明。这些生物发出的高亢声音显然不仅仅是动物的叫声，而是一种语言。有几次，他注意到一些沙贼还穿着用阳伞树叶串成的腰布，甚至戴着将小卵石串在草绳上做成的项链。靠近河岸的时候，他不时会看到一些由泥土和沙子建成的高大的圆锥形房屋，这些房屋从草原上拔地而起，高达九英尺甚至更高，夯实的土墙上布满了蜂窝状的洞供它们进出。有两次，他还看到屋顶上升起一缕细长的烟，显然里面在生火。

他忍不住想给自由镇打个卫星电话，把这个发现告诉别人。然而他知道，这样一来，几个小时之后就会有一艘太空穿梭机降落在这座岛上，里面载着一队队无比兴奋的科学家。他们会对这些生物进行调查记录，甚至可能捉走一两个标本。他越想越觉得不喜欢这幅画面，原始文明最不需要的就是外星人的入侵。

不。其他人都不知道沙贼的存在。等回到自由镇，他会告诉其他人这座特殊的岛屿不过是一处大沙洲，毫无趣味，也毫无价值。他决定把这里命名为"荒岛"，要不是钢笔被那些沙贼偷走了，他就把这个名字标记在地图上了。

在岛上的最后一个清晨结束之后，他离开了荒岛，扬帆出发。在准备前往附近的其他岛屿时，他回头久久地看了一眼自己的这处秘密基地。这么多天来，他第一次发现自己在笑。

卡洛斯早已忘记了日期，所以他不知道现在已经是乌列尔月四十八日，土狼星夏天的最后一个月已经过了一半。如果将这个日期换成公历，他就会发现，根据地球的算法，他已经二百四十七岁了。

那天是他十七岁生日，但连他自己都不知道。

他驾船向东南方向航行，再次穿过赤道，进入了子午线海。这里的大赤道河变得非常宽阔，从荒岛东南端到南半球最近的次大陆之间有将近一千二百英里的距离。子午线群岛就位于这片海中。

卡洛斯在海上度过了三天两夜，靠之前为这次旅程储存的鱼干和淡水为生。阳光成了他的敌人，白天需要用防水布盖住自己以防中暑，小口喝水以防脱水。第二天，一场短暂的暴风雨让他如释重负。他脱光衣服，赤身裸体地站在独木舟的船尾，猛烈地擦洗着自己凌乱的头发和胡须,然后迅速把水壶装满水。

他睡得很少,只有在把帆收起来,把舵固定好之后才会睡一会儿。他会自己唱歌来自娱自乐,还想象着和那个莽鸟头骨进行对话。不知为什么,他的那些旧识再也没有来看他了。他发现过三次鲶鲸,其中第二次,鲶鲸浮出水面飞到空中的时候离他的船只有几百英尺。但他并不害怕这些庞然大物,因为他早就意识到,之前那只鲶鲸之所以会攻击他们,都是因为戴维向它开火了。他把步枪放在一边——这样也好,反正子弹夹里也只剩下四发子弹了。鲶鲸只是好奇地瞥了他一眼。

他跟着那些河扑鹰航行。几十只鸟儿展开宽大的翅膀,一群一群地在空中翱翔,有时还会一头扎进水里去抓鱼。早晨,它们会向他身后的西北方向飞去;而中午,他只能看到几只;但等到晚上,它们就会乘着黄昏的热气流向东方飞去。卡洛斯知道,只要跟在它们后面,他就不会迷路。起码他是这么认为的。

在他离开荒岛四天之后,风开始从东边吹来,那是他前进的方向。卡洛斯只得收起船帆,放倒桅杆。现在只能靠自己划桨了,水流虽然不急,但仍与他前进的方向相反。划桨是一项艰苦的工作,曾经轻松滑过水面的独木舟,现在只能一次一英尺地艰难前进。

随着时间一天天过去,他机械地摇动着船桨,盯着自己的膝盖。他的思绪不断回到温迪身上,在离开之前,两个人一起待在沙滩上。"我爱你。"他说。为什么她没有说出同样的话?"祝你好运,"她说,"我会等你的。"不对,她不是这么说的。她说的其实是"我们会等你的。"这是什么意思?是指她和孩子?他以为她是这个意思,但也许她说的是克里斯?

他们的关系怎么就出了问题呢?她指责他以自我为中心,他越想越觉得她说得对。离开自由镇的时候,他满脑子想的都是和她亲热。在她拒绝了之后——她当然会拒绝,毕竟她刚刚得知自己怀了他的孩子——他对她变得冷淡了起来。难怪她不再爱他了。也许他把自己当成了一个成年人，但实际上他的行为很幼稚。

然后他抛下了她。不仅抛下了温迪，还抛下了其他人。等确定大家都睡着了，他带走了剩下的物资和那艘独木舟。他和她道别的唯一原因是她很早就醒了，所以看到了他。难道他真的就像自己告诉她的那样，是想看看这个世界，还是另有原因？

当然是另有原因。戴维死了，他无法承担这份责任。克里斯的眼中有一种他以前从未见过的神情，他再也无法忍受这种神情了。所以他必须在再次面对朋友之前离开。

想到这些事情，他皱起了眉头，感到了严重的自我厌恶。为什么他花了这么久才想明白？几个星期以来，他一直在大赤道河上航行，尽可能拉开和其他人的距离。现在，他离自由镇有几千英里，离他认识的所有人都有将近半个世界的距离。

然而，无论走了多远，他都无法逃避自己。

现在回家还来得及吗？是不是他根本就不该考虑这个问题？

河扑鹰刺耳的叫声打断了他的思绪。几个小时以来，他第一次抬起了眼睛。突然，他发现自己已经到达了旅程的终点。

子午线群岛出现在了他的面前，就像用一条无限长的线串联起的岛链，一直延伸到地平线的另一端。然而，这些岛屿与他之前见过的所有岛屿都不同，数百英尺高的细长岩石高耸在水面上方，就好像某座屋顶早已坍塌的巨大庙宇的柱子。厚厚的植被覆盖着顶端，长长的藤蔓悬挂在岩壁上。无数年的潮汐和风暴逐渐侵蚀着它们，只在这里剩下一堆无法居住的石柱。

不……这里并非没有居住者。扑鹰在岛屿上空盘旋，它们沙哑的声音在陡峭的岩壁间回荡。在最近的石柱上空，几十只，甚至可能有几百只鸟聚集在一起，构成了一个相互交织的复杂旋涡。它们有时候会下来休息,但更多的时候还是愤怒地对其他同类发起看似随机的攻击。海水拍打着小岛的基座,上面沾满了羽毛,周围的天空充斥着永无休止的尖叫与争斗。

卡洛斯渐渐明白了他所看到的究竟是什么。这座岛屿只有几百英尺宽,而岛上生活着成千上万的鸟,领土非常珍贵,所以它们肯定是在争夺筑巢的空间。不仅如此,为了给雏鸟提供食物,它们还必须飞得越来越远。也许,过去它们捕食过荒岛上的居民,但是沙贼已经进化到学会了使用工具,能建造住所,只在夜间出没。所以现在扑鹰统治了整片群岛,它们赶走了其他一切生物,只剩下同类作为敌人。

生命的循环,和时间一样古老。他已经抵达了世界的中心,但并不能停留在这里。这里没有可以登陆的海滩,也没有可以扎营的地方。就算有,扑鹰也不会让他留下。

这是一个属于掠食者的社会,它们不会容忍陌生人的存在。他要么扬帆掉头回家……要么继续向东南方向前进,穿过群岛,再也看不到家乡。

要么前进,要么回去,没有其他选项。

他放下桨,爬到独木舟前端,找到了他的背包。他打开包,在衣服里面翻找着,最后拿出了卫星电话。他不知道现在是什么时候,只知道是下午,如果幸运的话,"亚拉巴马号"应该就在头顶上空的某个地方。他展开天线,蹲在帆板上,按下了回拨按钮。

电话在寻找上行链路的过程中嗒嗒响了几下,然后他听到了熟悉的滴滴声。他耐心地等待着,看着扑鹰在群岛上空盘旋。过了一会儿,有人接起了电话。

"喂?你是谁?"

卡洛斯认出了那个声音,是李舰长。"卡洛斯。我想和温迪说话。"

"卡洛斯!你在哪儿?"

为什么告诉他?"我能和温迪说话吗?这真的很重要。"

对面顿一下,"不行,她要生了。"

卡洛斯坐了起来。她的预产期是在乌列尔月。他离开多久了?"什么……那个……怎么会?她……"

"她很好。别担心。邦子陪着她,目前为止……对了,你在哪里?"

"你问这个干什么?"

"她希望你在。我一直守在卫星电话旁,以防你打过来没人接。"又顿了一下,"卡洛斯,听我说,别再挂电话了。她昨晚羊水破了,从那以后她只想要你过来。她需要你陪在她身边。"

卡洛斯一边听着,一边凝视着他的小船。船长十四英尺,由赝桦和溪猫皮制成,船头绑着一个巨大的莽鸟头骨。这艘小船一直忠实地为他效劳,升起桅杆,再张开帆非常容易。

从西边吹来了一阵和风,他还有足够的食物和水,可以再撑一段时间。他已经学会了如何与这个星球共处。他可以慢慢回去。如果回去的话……

"卡洛斯,听着,"舰长的声音变得急躁起来,"只要展开天线,不要关机就可以了。我们可以通过你的上行链路找到你现在的位置,然后派一艘太空穿梭机去接你。两个小时后,你就能到家了。"

还有很多东西要学。但他学到的东西还不够吗?知识不用又有什么意义?

"收到了吗?卡洛斯,请回答。"

"收到。"他吐出一口气,"好的。告诉温迪,我这就过去。"

他小心翼翼地没有关机,把卫星电话放在背包上,然后向前伸手拿起一个水袋。他喝了一大口微温的水,又吐了出来,还往脸上泼了一些。不再需要节约了,等太空穿梭机到达,他就必须抛弃"猎户座号",还有其他所有无法随身携带的东西。真可惜,但这也没办法。

333

卡洛斯爬到船头。他解下莽鸟头骨，把它放在一边，收起地图，塞进包里。然后，他脱下衬衫，把它垫在脑后，靠在帆板上，懒洋洋地观察着鸟儿，等待着太空穿梭机的到来。

他的家人在等他，今天是个回家的好日子。

- 8 -
辉煌命运

自由镇 / 土狼星3年,加百列月16日,查麦尔日 / 19:06

根据勒马尔历法,冬至是一年的结束,而在几个星期之前,也就是汉尼尔月的最后几天,一颗彗星出现在了天空中。起初,它只是一个朦胧的白色斑点,会在日落之后高悬在东南方的地平线上空,自由镇的居民们并没怎么注意它,直到它变得越来越亮了,还形成了一条清晰的彗尾。十八天之后,在熊星升上天空把它遮住之前,这颗彗星的亮度已经仅次于这颗"超级木星"了,一直要等到黎明前,人们才会再次看到它在西北方的天空中短暂出现。

和自由镇内的其他人一样,罗伯特·李也注意到了这颗彗星,不过最近,他只会偶尔瞥它一眼。毕竟他是议会主席,工作清单上还有很多优先级更高的事务。秋天的最后一批庄稼已经收完了,虽然这座移民地不用再担心今年冬天会发生粮食短缺,不过沼泽鼠在冬眠前不久发现了储存在一座筒仓里的玉米;它们在"亚拉巴马号"这间经过改造的货舱底下挖掘的隧道很有可能会破坏它的地基,让它最终倾倒。又有两名移民者患上了环斑病，这种致病细菌不具有传染性，而且很容易就能用抗生素治疗，但冈田邦子私下里警告他，药品供给严重不足。两周前，有一台高空风力发电机被一场风暴吹倒，如果不尽快重建，议会将不得不开始对电力实施定量配给。

子午线海以东几百英里处还有一场风暴正在形成，它会沿着大赤道河向东缓慢移动，并在此期间积蓄力量。不过它仍然在这颗星球的另一边，所以还存在消失的可能。但如果没有消失，它很快就会绕过整颗星球，穿过大达科他南部的平原，直奔新佛罗里达而来。

不过今晚天空晴朗，没有云，也没有风，只有水晶般美丽的星星安静地在天空中闪烁。李踩过主街冰冻的泥巴上面盖着的一层小雪，看到有一小群人聚集在会堂外面。他们在垃圾桶里生了一堆小火，聚在一起取暖，却全都在抬头向上看。不难猜出他们在看什么。

"晚上好，伙计们，"他说，"都在看彗星呢？"

所有人都扭过头来，微笑着打着招呼："晚上好，市长先生。""嗨，舰长。""你好，罗伯特。"之类的。他可以从大衣的兜帽或是压低的帽檐底下辨认出人们的面孔：杰克·德赖弗斯、亨利·约翰逊、金·纽厄尔和汤姆·夏皮罗。其中汤姆、杰克和金是"亚拉巴马号"的前船员，而亨利曾经是一名平民科学家，不过人们现在已经很少再去区分这些了。只有李，人们还依然会用他以前的职务称呼他，不过这只是出于习惯。

人群之中还有个孩子，是玛丽·蒙特罗，她已经快九岁了。毫无疑问，其他孩子都在屋里，但是玛丽总是很害羞，只喜欢待在她的养父母汤姆和金身边。汤姆是"亚拉巴马号"的大副，而金则是自由党的忠实拥护者，飞船从海格特船坞被偷走的时候，她被人用枪指着才肯从命。不过现在，他们结婚了，金大衣下面隆起的肚子表明，这个家庭不久就会再添一名新成员。

"市长先生，最近有观察过这颗彗星吗？"站在垃圾桶对面的杰克·德赖弗斯问道,"我们正在研究它是怎么回事呢。"

"它看起来就像一个号角!"玛丽喊道,"一个该死的大号角!"

"玛丽!注意用词!"金瞪了孩子一眼,警告道。接着,她看着汤姆:"她一直都和大人在一起。你看看她都学会了什么?"

"是啊,"汤姆喃喃地说,"太丢人了。"周围的人都笑了起来,但是李并没有听他们聊天,而是凝视着天空。

这颗彗星的尾巴现在已经变得很长了,熊星从地平线上升起的时候,它已经快要伸到了这颗巨行星的光环边缘了。然而,它并不像彗星尾巴通常那样逐渐变细,而是向外呈扇形展开,从侧面看就好像一个细长的圆锥。很漂亮,但却很奇怪,总让人觉得不舒服。

"没错,她说得对,"杰克说,"有点像号角。"他笑了,"加百列号角[1]。好名字,孩子。"

玛丽脸红了,躲到了汤姆身后。"这可把我难倒了。"亨利低声说,"抱歉,伙计们,我搞不明白这东西。"

"这是什么意思?"李问道。在从事农业活动之前,亨利·约翰逊是一名天体物理学家。要说这里有人算是彗星专家的话,那肯定非他莫属了。

"嗯,首先,彗尾的方向是错的。"他指着彗星,"不应该这样。从大熊座47吹来的太阳风应该吹开彗核上的尘埃,因此彗尾的方向应该远离恒星,而不是指向恒星。其次,像这样散开……"他摇了摇头,"确实可能会出现尘埃被熊星的磁层偏转的情况,但要是这样的话,那么它就比我们想象的要近得多。"

"它不会撞向我们吧?"金声音低沉,显得很担忧。

"哦,那可能性不大。熊星的引力可能会在它靠近到构成威胁我

---

[1] 根据基督教传说,加百列吹响号角,昭示天主再临,人类将接受最后审判,迎来世界末日。

们之前,就把它拉开。拥有一颗气态巨行星做邻居就有这么一个好处……它就像一台巨大的真空吸尘器,清除彗星和游荡的小行星。"亨利朝其他人露出笑容以示安慰,"别担心。咱们只会在一两个星期之后看到一场灯光秀。"

这群人都笑了起来,不过他们仍有些紧张,在雪地里面跺着脚。"好吧,祝你们玩得开心。"李走过玛丽的身边,揉了揉她的头发,"别在外面待太久,不然会感冒的。"

小女孩很喜欢他,她偶尔会看到养父母和其他前船员向李敬礼,她也有样学样地抬起了胳膊,李回了个礼。就算在土狼星上待了将近四个地球年,大多数人仍然认为他是舰长。他也觉得很荣幸,虽然他更愿意把自己看作是一名民选的公职人员,而不是一名指挥官。

他打开沉重的前门,走进门厅,脱下大衣,挂在了其他外套和夹克旁边。接着推开里面的门,温暖的空气吹到了他的脸上;有人在柴炉里生了火,会议厅里很舒服,很温暖。这座会堂已经成了自由镇社交生活的中心,特别是在漫长的冬季。有些人可能会聚在卢的小酒馆,李偶尔也会在那边待上一个晚上,但总的来说,他更喜欢会堂这边宁静的气氛。

椅子被推到一边,腾出来的地方放了几张牌桌:有两桌在打桥牌,还有一些人在下国际象棋或是西洋双陆棋,一些年幼的孩子挤在飞行棋的棋盘旁。狗懒洋洋地躺在黑檀地板上,似乎对旁边正在照顾盒子里的幼猫的猫妈妈并没有什么兴趣。旁边的一张桌子上放着一盘自制的炸薯片和洋葱蘸酱,上面还挂着一张"亚拉巴马号"的水彩画。房间中央的炉子上温着一壶咖啡,咖啡壶是用从居住舱里翻出来的旧氧气瓶做成的。

还有音乐。房间前部的台子上站着一个由三人组成的即兴乐队——"螃蟹傻瓜",这个名字源自一个大多数人都无法理解的私人笑话。每月例会期间,那些议员通常都会坐在那个高台上。除了泰德·勒马尔从地球带来的古董哈蒙德口琴外，台上的乐器都是贝斯手保罗·德怀尔手工制作的，他们的曲目主要是二十世纪的蓝调和乡村音乐。但是最近，他们一直在创作原创曲目。李走进来的时候，杰克的儿子巴里·德赖弗斯正在唱：

鲶鲸，离我远点。
鲶鲸，离我远点。
只是迷失在了你的河里，你不知道吗？
鲶鲸，离我远点。

虽然没有达到巴里的偶像罗伯特·约翰逊的水准，但在业余歌手中，这已经算很不错的了。李为自己倒了一杯黑咖啡，回想着是什么激发了这首歌的创作灵感。巴里曾是命运多舛的蒙特罗探险队的一员，他的一位朋友被鲶鲸杀了，但这首歌的歌词却出奇地轻松。也许巴里正是用这种黑色幽默来纪念戴维·莱文之死。

鲶鲸，别吃我。
鲶鲸，别吃我。
还有很多其他鱼，你可以吃。
鲶鲸先生，别吃我……求你了！

有些病态的感觉，没错，随后李注意到温迪·冈瑟就坐在附近。她双腿交叉，溪猫皮长裙下的左脚趾轻轻敲着地板，晃着膝盖上的婴儿苏珊。温迪是探险队的另一名成员，巴里在歌曲的最后一句唱的就是她的濒死体验，不过就算她对此有什么不满，也没有显露出什么。苏珊高兴地笑着，咿咿呀呀地说着什么，可能是夸赞吧。

我们养育了坚强的一代，李这样想道，在这里已经生活了差不多四个地球年,孩子们都像钉子一样坚硬。

他不知道自己是否喜欢这样。温迪现在不仅是一位母亲,还在上次选举中取代了突然辞职的茜茜·莱文,进入了议会。温迪竞选公职的理由是,自由镇的年轻一代需要在移民地政府中有自己的发言人,在那以后,她很好地履行了自己的职责。李对她的表现算是满意,但每次看到她,都会勾起自己内心深处藏着的内疚。她的父亲……

够了。还有一个原因让他在加百列月这个寒冷的夜晚来到会堂。他端着咖啡杯穿过大厅,向遇到的每一个人点头或挥手,最后,他来到了房间一端的一扇门前。

一条狭窄的走廊引着他穿过议会会议室、军械库和档案室。他办公室的门关着,但是从门缝里露出了灯光,他听到里面传出了贝多芬的《月光奏鸣曲》。他静静地打开门,走了进去。达娜·门罗正坐在他的黑檀书桌前,注视着计算机屏幕。李来到身后时她并没有抬头,他俯身在她脸上吻了一下,她露出了笑容。"我还在想你什么时候会来呢,"她低声说,"怎么这么晚?"

"晚饭后轮到我洗碗,记得吗?"李另找了把椅子,把它放在桌子旁,"你做的炖菜很好吃。里面放什么了?"

"我的秘密配料。"她注意到了对方脸上恼怒的表情,"好吧,其实是因为有样东西我没放。你跟我说过,你不喜欢大蒜,所以这次我没放。味道好一些了吗?"

"好多了。谢谢。"比起做厨师,达娜更擅长做工程师。去年夏天搬去和李一起住的时候,她了解到了一件重要的事情,她的新伴侣在吃的东西上出奇地容易生气。除此之外,他们的关系很融洽,虽然李已经主持了十几场婚礼,达娜也帮冈田医生接生了四个孩子,但他们都不急于结婚组建家庭。让其他人生儿育女吧,他们的工作就是管理这座移民地。"天气预报怎么说?"

"嗯……不太好。"屏幕上显示着一张风暴的特写照片,根据时间戳,这是一个半小时前风暴经过土狼星东半球的时候,"亚拉巴马号"拍摄到的。达娜轻敲着键盘,屏幕上显示出了从更遥远的地方拍摄的景象:厚厚的白色云层构成了一个巨大的旋涡,笼罩在子午线海以东五百英里外的大赤道河上空。"看起来它正在从河里吸取水汽。"她低声说道,"离这里还很远,但它正在变大。除非接下来的一两天内出现了什么变化,否则它就会朝我们而来。"

李点点头。在很大程度上,"亚拉巴马号"的移民者们作出了一项正确的决定:在赤道附近建立了定居点。新佛罗里达的冬天与北半球以及土狼星最南端的冬天一样寒冷,但在这里,植物生长的季节更长,可以从早春一直长到晚秋。尽管如此,在全球范围内,土狼星还是比地球寒冷,而且熊星的潮汐引力经常对盛行风向造成影响。他们度过的第一个冬天相对来说比较温暖,但移民地可能终归将面对一场大暴风雪。

"它的行进路径上还有几座大山,"达娜指着横跨新佛罗里达以西大达科他大陆的几条主要山脉,"可能无法阻止它,但也会把它削弱不少。"

"只能希望如此了,"李说,"起码我们收到了预警。如果可以的话……"

就在这时,屏幕中央弹出了一个小窗口:

2304年3月12日,15∶12 GMT
卫星通信,"亚拉巴马号",优先级1A
代码1893:ETW-1B规程
保密,仅指挥官可见
授权密码:＿＿＿＿

"什么……"达娜眯起了眼睛,"是飞船发来的。"她回头看了一

341

眼李。"这是什么规程？我不记得有这种东西。"

一股寒意窜过李的后背。把这个子程序编入"亚拉巴马号"的人工智能已经是很久之前的事情了，他都忘记了它的存在。现在它突然被激活了。但这是为什么……

接着，他想起了那颗彗星，"加百列号角"，几分钟前杰克·德赖弗斯这样称呼它。

"罗伯特？怎么了？"达娜盯着他的脸，"你想让我离开吗？"她一边压低声音说着，一边站了起来。

"不不不……留在这，机头，"他平静地说，"这件事你也应该知道……但先不要把这件事告诉别人。起码暂时先这样，好吗？"

"当然可以。"达娜坐回了自己的座位。她知道这件事相当严重，这不仅是因为他的语气，还因为这是很长时间以来，他第一次称呼她为机头。他们现在可能是伴侣，但这一刻，他又成了"亚拉巴马号"的舰长，而她也成了他手下的高级军官。旧习难改。

李将电脑屏幕转向了他这边，拿起键盘，输入密码：Helix。过了一会，上行链路建立成功，随后窗口消失了，一幅新的图像出现在了屏幕上。现在他们正看着彗星的中心，这是"亚拉巴马号"的机载导航望远镜所看到的景象。它的形状相当模糊，但显然不是一个自然物体：一个长长的圆柱形，尾端有一片炽热的白色火光。

"那是一艘星舰。"达娜把声音压得像是耳语一般。

"嗯。我知道。"李犹豫了一下，"去找议员们。别告诉他们你看到了什么，让他们过来。咱们有麻烦了。"

查麦尔日／20：21

卡洛斯·蒙特罗觉得卢的小酒馆里会有很多人，他猜得没错，现在是查麦尔日的晚上，周末三天的中间那天，卢·吉尔里开了自由镇最好的一家（也是唯一一家）酒馆。虽然很想喝酒，但他来这里并不是干这个。近几个月，他一直在和其他几名船员建造大船，今天，他又在船库里干了一天。在回家陪温迪和苏珊之前，他还有一件小事要做。不过看到克里斯·莱文待在这里，他知道，事情不会那么简单完成了。

并不是说他在酒馆里不受欢迎。从大赤道河独自探险归来的头几个星期，镇上不少人都躲着他。虽然大多数人都知道，戴维的死是个意外，但他们还是会指责他，认为是他说服戴维他们偷走两艘独木舟，逃离自由镇。离开之前，他们还偷走了一些移民地的物资，包括步枪和卫星电话这些无法替代的物品。虽然他把偷走的大多数东西都还了回去，但卡洛斯很快发现，把某人的手电筒还回去比重新赢得某人的信任要容易得多。然而，过去四个月，按公历算整整一年，他尽力向得罪过的那些人赔罪，努力修补他们之间的关系，直到土狼星二年结束的时候，他才重新赢得了所有人的好感。

也不是所有人……

克里斯坐在黑檀吧台另一头的凳子上，面前放着一杯马唐草酒。卡洛斯穿过拥挤的房间，无视了对方阴沉的目光，向遇到的朋友们打着招呼。伯尼和冯达夫妇坐在壁炉边，他们是他已故父母的老朋友，就算在他最艰难的日子里也从未放弃过他。尽管伯尼挥手让他过去喝一杯，卡洛斯还是摇头拒绝了。早上离开家之前，他答应过温迪，所以不希望温迪从会堂回来的时候，闻到他嘴里有酒味。

卡洛斯走近了吧台，卢的脸上露出了开心的表情。"啊，蒙特罗先生，著名探险家，"他一边洗着杯子，一边抬头说道，"今天晚上什么风把你吹来了？老样子？"

"如果有的话，那就给我上来吧。"卡洛斯并没有脱大衣，只是把胳膊肘支在吧台上，礼貌地向站在旁边的琼·斯温森和埃勒里·巴里斯点头致意。琼朝他露出了笑容，但埃勒里皱起眉头，把目光移开了。这也难怪，作为移民地的军需官，埃勒里负责保管所有枪支，他还在为卡洛斯偷走军械库的钥匙而生气。卡洛斯想要与他和解，他在河上探险的时候学会了制造弓箭，便用它们来补充军火，这些弓箭成功帮助"蓝衬衫"们在不浪费步枪子弹的情况下阻挡了溪猫和沼泽鼠。不过他知道，巴利斯先生永远不会完全忘记那件事，也永远不会原谅他。

卢走到吧台后面的那扇门边，把帘子拨到一旁。"卡丽！给卡洛斯来一壶最好的！"他回头看了卡洛斯一眼，"一壶就够，还是想要多来点儿？"卡洛斯摇了摇头，卢向妻子伸出一根手指，然后回到了吧台后面。"你真的不来点别的吗？今晚很冷呢，孩子……"

"真的不要了。谢谢你。"卡洛斯从大衣口袋里掏出一块钱，把木制硬币扔在了吧台上，但卢摇了摇头，悄悄地把硬币退了回去。他们并没有说话，但卡洛斯感激地点点头，拿起了钱。有人注意到了这个动作。

"嘿……英雄们喝酒是免费的，对不对？"

克里斯的声音非常响亮，房间里的所有人都听到了。从眼角的余光里，卡洛斯看到人们都停止了聊天，抬起头来。所有人都知道他们之间关系不好，而且议会几个月前正式引入货币系统之后，谁也没能从卢那里免费拿到过饮料……除非他们去擦洗厨房、修理屋顶，或者清理后院的羊圈。

"不是你想的那样，"卢平静地说，"别说了。"

"好吧，好吧。这和我没关系。"克里斯举起双手假装道歉。他拿起杯子，看着卡洛斯，"嘿，过来喝一杯吧。"

"不用了，谢谢。"卡洛斯谨慎地笑了笑，"我只是顺便过来待一会儿。"

"一会儿？就一会儿？"克里斯露出困惑的表情，"你就不能赏个脸吗?来吧,咱们还是一块儿钓鱼的同伴呢……"

虽然他们一块儿从沙溪里面钓过不少鲑鱼,但现在卡洛斯最不想干的事儿就是和克里斯一块儿喝酒。他也不是没想过要和克里斯重归于好。之前有两次,他们曾一起坐在这间酒馆里,两个年轻人一杯接一杯地喝着马唐草酒。这两次最后都变成了灾难,第一次,克里斯被激怒了,想要打卡洛斯,最后卢抓住他,扔出了门;第二次,克里斯变成了一个伤感的醉鬼,在伤心欲绝地为他死去的弟弟哭泣后,他又打了卡洛斯,把他打成了乌眼青,接着"蓝衬衫"就把克里斯扔到监狱里过夜了。从那以后,卢不再让克里斯进酒馆了,直到克里斯承诺再也不在酒馆里打架,卢才允许他重新进来。

这可能并不会引起双方再次交战,但克里斯的邀请也没有一丝热情,他对卡洛斯的恨意压过了弟弟去世带来的悲伤。克里斯回到移民地几个星期之后,他的母亲陷入了严重的精神崩溃,先失去了丈夫,又失去了小儿子,虽然最终恢复了过来,她也一直在与抑郁症作斗争,经常在家里一待就是几个星期。在苏珊出生前,克里斯向温迪求婚,但温迪拒绝了他。卡洛斯回来之后不久就开始和温迪同居,她也没有同意嫁给他,但这不过是因为她还不确定他们之间的关系。实际上,他们的家只是朋友们在冈田邦子的房子那里加建了两间屋子而已。克里斯从没忘记过这些。

卡洛斯再一次注意到,克里斯的身上发生了太多的变化。因为喝了太多的酒,他的脸肿了起来,金色头发稀疏地垂在脸上,啤酒肚也开始鼓了起来。他知道,克里斯现在只会在自由镇里打打零工,要是把事情搞砸了,他就会被赶走,然后等另一位慷慨的工头为他提供一个新的岗位。尽管只有十八岁,克里斯都快变成自由镇的酒鬼了。

"抱歉,伙计。"卡洛斯尽量让自己显得诚恳一些,"我还有事情要忙。等下次吧。"他转过身去,希望克里斯能明白他的意思,但克里斯仍在嘟囔着老朋友不想再和他一起坐坐了。但事实并非如此……

听到前门开了,卡洛斯抬头一看,发现达娜·门罗走了进来。她掀下了溪猫皮斗篷上的帽子,在房间里四处打量着,好像在寻找什么人。看到伯尼和冯达夫妇,她动身穿过人群。在这里看到她很奇怪,因为她几乎从来不去酒馆。

这时候卡丽·吉尔里正好从后面的房间里出来。"给你。"她举起了一个棕色的大壶,"这是我们的私人存货。要我记在账上吗?"

"已经弄好了。"丈夫从她手里接过壶,递给了卡洛斯,"告诉温迪……"

"嘿!你们看哪!"克里斯指着那个壶,"这家伙不和老朋友一起喝酒,却总可以把老板的私人存货带回家!"注意他们的人又多了几个。移民地法律明确规定,卢酒馆生产的所有酒必须在店内消费。"我猜这对著名的探险家可以享受……享受双重标准,对吧?"

卡洛斯闭上了眼睛,他与其说是自己尴尬,不如说是替卡洛斯尴尬。然而,卢被这项指控激怒了,但他很好地藏起了怒火。"哈哈,你说得对。你当场抓住了我们的把柄。"他走到了克里斯身边,语气里充满了阴谋的味道,低声说道,"如果你答应不说出去,我就让你尝尝。我请客。"

克里斯贪婪地盯着那个壶,并没注意到有些顾客正在他背后偷笑。"嗯……好吧,没问题。给我。"

卢拿起克里斯半空的杯子,拔下了壶上的塞子,但是在往里面倒的时候,他转过了身。"给你。"随后他把杯子还给克里斯,"我们最好的货。"

"谢谢你,卢。你真是个绅士。"克里斯得意地朝卡洛斯眨了眨眼睛,举起了酒杯,"敬你的妻子。"他补充道,"一个真正的好女人。"

房间里一片寂静。恐怕大家都知道这句话是什么意思。卡洛斯看着克里斯喝了一大口杯里的东西,什么也没说。过了一会儿,克里斯的脸上露出了恶心的表情,似乎想要把那东西吐出来。

"别，别吐！"卡丽厉声说道。"要是在这里吐了，你就得自己拖地！"

"没错！"卢大喊道，"喝进嘴里，就得吞进肚里！这是这儿的规矩！"

所有人都笑得前仰后合，但卡洛斯没有笑。他瞥见了克里斯眼中的愤怒和屈辱。克里斯站了起来，跌跌撞撞地快速穿过房间，手捂着嘴，从前门出去的时候，差点儿撞上达娜。她盯了他一眼，然后伸手拉着冯达穿过了人群。

"给你，"卢把木塞重新塞好，然后把壶递给了卡洛斯，"两夸脱新鲜羊奶。告诉苏珊，这儿还有很多……除非克里斯想再多喝点儿。"

你没必要这样，虽然这么想，但卡洛斯并没有把这话说出来。温迪停止母乳喂养后，吉尔里一家就一直给苏珊提供他们的巴氏杀菌羊奶。很明显，卢并不怎么尊重克里斯，没有什么比酒保对酒鬼的蔑视更侮辱人的了。

"谢谢，我会跟她说的。"卡洛斯把壶夹在胳膊底下，转身朝门口走去。幸运的话，克里斯会很不舒服，他不会在卡洛斯离开的时候再来找事了。

然而刚走到半路，达娜就拦住了他。"你要回家吗？"她轻声问道。卡洛斯点点头，而对方却摇了摇头。"别回去。跟我回会堂接苏珊。温迪需要你帮忙照看她一段时间。"

经历了刚刚的事情之后，照顾女儿也是一件乐事了。不过卡洛斯还是对这个请求感到非常惊讶："为什么，出什么事儿了？"

达娜回头看了一眼，确保没有人在偷听。"议会紧急会议，所有议会成员都要参加。"还没等他问，达娜就又摇了摇头，"不能再跟你多说了。跟我来吧。"

酒馆外面又起风了。薄薄的云层掠过大空，遮住了那颗彗星。卡洛斯和两位年长的女士一起步行回到了小镇中心，她们的靴子踩在积

347

雪上，轻轻地发出嘎吱嘎吱的响声。刚走了几步，卡洛斯就听到身后传来了声音。

他转过身来，看到克里斯正靠在酒馆的外面。他没有穿大衣，在寒风中瑟瑟发抖，双臂紧紧抱住自己，摇摇晃晃地倚着木墙上。他的脚边有一小摊呕吐物，已经冻住了。

"克里斯……"卡洛斯犹豫了一下，后面的达娜和冯达也站住了脚步，"很抱歉。我不是那个意思……"

"消失吧。"克里斯没有抬头看他，低声嘟囔着。

"要我帮你把外套拿出来吗？我可以回去帮你……"

"快走吧。"克里斯的声音和风一样冷冰冰的，阴影遮住了他的脸，看不清他的表情，"别管我。"

卡洛斯回到了达娜和冯达身边。三个人继续朝小镇中心走去，没有再说什么，但过了一会儿，冯达把一只手塞进了他的臂弯。不过这并没能给他什么安慰，因为他知道了一个事实。

他失去了一位老朋友，现在克里斯成了他的敌人。

查麦尔日 / 20：52

"毫无疑问……那是核聚变引擎产生的羽状尘埃。"亨利·约翰逊观察着会议室墙壁屏幕上的图像，"根据飞船的大小，我认为喷射加速度大约为1G，已经足够让这艘飞船从相对论速度降下来了。"

"它……"莎伦·厄尔曼不由得打了个哈欠，"不好意思……你说它有多远？"

李查看了一下他的平板。"根据'亚拉巴马号'获得的数据，它目前正好位于蛇星轨道内侧，距离我们大约三十万英里。"还没等莎伦问，他就回答了下一个显而易见的问题，"是的，它和土狼星在一条交会轨道上，应该会在二十七小时内到达。我认为可以肯定，它会在那个时候进入土狼星轨道。"

议会的议员们围坐在黑檀桌旁，彼此面面相觑。幸运的是，没花多久就召开了这场紧急会议；汤姆、保罗、温迪和亨利本来就在会堂里，达娜在小酒馆找到了冯达。只有莎伦是从床上被叫起来的，她还是一副半睡半醒的样子，不过达娜在关门离开房间前拿了一壶咖啡。她不是议员，所以不能参加讨论。

"咱们的时间不多了，"李继续说道，"但起码收到了预警。如果动作快点儿的话，我们就能计算出合适的轨道……"

"不好意思。"温迪就像一个打断老师的害羞学生，举起了手，李朝她那边点了点头，"不好意思，但有一件事我不明白……我想问一下……人工智能怎么知道那是一艘飞船，还知道来联系我们？"

"问得好。"汤姆·夏皮罗把视线从她那边又转到了李身上，"我不记得这个人工智能里面写过什么预警系统。"在桌子的另一头，莎伦点头表示同意。作为"亚拉巴马号"曾经的领航长，她对人工智能的主要子程序非常熟悉，尤其是控制导航望远镜的那些。在"亚拉巴马号"离开地球之前，人工智能里没有类似这样的程序。

李用手指敲着桌子。他就知道总会有人问这个问题的，还是现在说清楚比较好。"我要给你们看样东西，"最后他这样说道，"在座的各位之前都不知道它的存在，所以我只能要求大家不要把这件事传出去……起码在咱们做好准备把它透露给其他移民者之前，一定要保密。明白了吗？"

人们不情愿地低声表示同意。李拿起他从办公室带来的一本"亚拉巴马号"操作手册，把它打开，然后从三环活页夹后面的袋子里掏出了两张纸，因为年代久远，纸张已经变脆发黄，一边还被撕成了锯齿状。他小心翼翼地展开了这两张纸，露出了上面褪色的字迹，然后把它们递到桌子对面的汤姆面前。

"你们肯定都知道莱斯利·吉利斯的事，"李说，"在离开地球三个月之后，他从停滞舱中醒来，独自在飞船上度过了接下来的三十二年，还在此期间写奇幻故事来打发时间……"

"《鲁普特王子传》，"温迪点点头，"我读了两遍。"

"没错，嗯……"他深吸了一口气，"莱斯利在写下这个故事之前，还在他用来写故事的账簿上写了一些别的东西……一些类似非官方日志的东西。他在'亚拉巴马号'上度过的时光并非毫无波澜。在他醒来后不久……"

"啊，天哪。"汤姆盯着他正在读的那页纸，"他发现了另一艘飞船。"

"他看到了一道光……按照他的描述，一颗移动的星星飞过了军官活动室的窗口。他认为，另外一艘星舰曾从'亚拉巴马号'身旁飞过，朝着相反的方向前进。他尝试着与对方取得联系，但失败了，接着那艘飞船消失了。他再也没见过它。"李看着温迪，"我也读过鲁普特王子的故事。我想这就是他的灵感来源吧。至于那到底是不是飞船，我表示怀疑。总之他在开始写书之前，在账簿上写下了他看到的情景。"

"但是那也没有……"温迪从汤姆手中接过了那几页纸，她注意到这些纸的边缘有被撕下来的痕迹，"这几页是你从账簿上撕下来的？"

"罗伯特……为什么？"汤姆一脸困惑，"你不信任我们吗？"

"相信我，这不是信任的问题。"李双手握在一起，低头看着他们，"你们听我说，我们已经在停滞舱里生存了二百三十年，船上有一百零三人，其中一半没有为此接受过任务训练，更不用说还有五名想要煽动叛乱的共和军士兵。我们储备的食物和水很少，而且并不确定土狼星是否适合居住。这时候不应该让大家担心外边还有别人。我希望所有人都把注意力集中到生存下去这件事上，而不是整天盯着天空，看看是不是有外星人会降落。

"我是第一个看到吉利斯账簿的人。看到了这一段后，我把这两页撕了下来，把它们藏好。但安全起见，离开'亚拉巴马号'之前，我写了一个人工智能程序，让它利用望远镜追踪所有向这边飞来的物体，如果发现了类似飞船的东西正在靠近，它就会向我发出通知。"李摊开手，耸耸肩，"而它也确实这么做了……现在你们知道了吧。我并不想隐瞒什么，只是当时并不觉得这件事情很重要。"

在说话过程中，他一直小心翼翼地避免去看温迪。事情的真相远不止如此。吉利斯还留下了一张纸条，上面写着他父亲那件事的真相，但他很久以前就把它销毁了。

"不重要？"冯达怀疑地看着他，"舰长，我简直不敢相信，你竟然……"

"先别管那些了。"保罗打断了她，"木已成舟。现在咱们需要考虑的是接下来会发生什么。假设那是一艘外星飞船……"

"我觉得不是，"亨利说，"实际上，我觉得那根本不可能。"

保罗好奇地看了他一眼："抱歉，我没明白你是什么意思。"

"我的意思是，咱们没有考虑实际情况就妄下了结论。"亨利指着墙上的屏幕，"你们看，我们知道这东西是径直朝这里来的。这不可能是巧合。那为什么外星人会选择来访这颗星球呢……这是一颗普通的卫星，绕着一颗普通的气态巨行星公转，中间的恒星也很普通……"

"因为他们知道我们在这里。"保罗挑了挑眉毛，仿佛这个事实简直显而易见。

亨利摇摇头。"他们没有理由认为土狼星上有人居住。咱们在抵达这里之后，就没发送过任何无线电信号，而且仅仅是……一条消息，就算被他们截获，他们也无法确定它究竟来自太空中的哪个地方。在星际尺度上，'亚拉巴马号'无法被探测到，就算来到土狼星的低轨道,也分辨不出这里有没有人。你们看过卫星照片吧……上面都看不到自由镇。"

"也许他们同样在寻找地方建立移民地。"莎伦说。

"也许吧……但两个种族想定居在同一颗星球上的概率有多大呢?银河系那么大……"

"可居住的行星却很少,"汤姆说,"很久之前这就是公认的事实了。"

"谁公认的?我们?人类只不过在宇宙的一个小角落里搜寻了几十年,就发现了大熊座47。这并不意味着……"

"先生们,"李插话道,"这种辩论很有趣,但并没有什么用。不过亨利确实说到点子上了。这艘飞船可能属于外星人,这个解释不太说得通。这样一来,那我们就只剩下一种可能性了……它来自地球。"

所有人都不安地在座位上挪动着。没有人说话,但李注意到他们的视线都条件反射般地转向了墙上挂着的国旗。红白相间的条纹,蓝底上有一颗白色的星星:这是美利坚联合共和国的标志。在离开地球之前,梅里特艾兰的发射主管把这份礼物送给了李。他一直没让这面旗帜在自由镇上空升起,不过,他把它挂在了会议室里,默默地提醒大家,这就是他们抛弃的暴政。

"这样的话,"冯达平静地说,"也许咱们应该尝试联系他们,让他们知道我们就在这里。"

"如果它是共和国发射的呢?"汤姆问道,"你希望有共和军士兵过来向咱们开火吗?"

"哦,得了吧。咱们已经离开了……差不多二百三十四年了吧?我可不相信共和国能延续那么久。"

"不管共和国现在还存不存在,"汤姆说,"要是时间足够再造一艘飞船……一艘和'亚拉巴马号'一样的星舰……那么它有可能在咱们起飞后仅仅四年就发射升空了。这样的话,这艘星舰现在就该到了。"

"那为什么会用核聚变引擎减速呢?"亨利问道,"'亚拉巴马号'为了节省燃料使用磁化帆制动。为什么一艘同样的星舰不这么做呢?"没等汤姆说完,他就举起了一只手。"还记得建造'亚拉巴马号'花了多长时间,花了多少钱吗?十年,一千亿美元,整个国家的经济都因此被政府毁了。他们怎么可能在这么短的时间内建造另一艘同样的飞船呢?"

"我不知道。"汤姆显得有点儿生气了,"我只知道,在了解更多情况之前,我宁愿装死。"

冯达开口想表示反对,但李挥手示意她不要说话。"我倾向于同意汤姆的观点。我们不应该暴露自己,除非……"

轻轻的敲门声打断了他的话。李回过头,"进来。"

门开了,达娜走了进来。"抱歉打扰了,但是……"她犹豫了一下,"'亚拉巴马号'刚刚收到一条无线电通信……是英语的。"

大家立刻都站了起来。李勉强抢在其他人前面冲出了会议室,他带着大家来到了隔壁的办公室,人们挤满了整个房间。等达娜坐在计算机前面,他才坐到自己的办公桌前,示意保罗关上房门。

"好。"他说,"你收到了什么?告诉我们。"

"首先是这个,"达娜俯身拿过他身后的键盘,"大约五分钟之前,'亚拉巴马号'探测到那颗彗星……应该说是飞船的……状况出现了变化。"

屏幕上的内容变了。现在飞船的尾流消失了,在太空黑色的背景中,只剩下了一个明亮的橙色光点。"他们关闭了主引擎。"莎伦站在李身后看着屏幕,"可能不需要了,而且想发送无线电信号也必须这样。"

"有道理。"李突然想起会堂外的那些人也都会注意到彗星突然消失了,"继续,达娜。"

"在收到这条通信的时候,我还在研究到底是怎么回事……"她用键盘敲出一个命令。扬声器传出了一个尖细的声音,是静电噪声。达娜打开数字滤波器,提高音量。现在,那声音突然变得清晰起来:

"……回复……重复,呼叫'亚拉巴马号',我是西联星舰'辉煌命运号'。收到请回复……重复,呼叫'亚拉巴马号',我是西联星舰'辉煌命运号'。收到请回复……重复,呼叫'亚拉巴马号'……"

一遍又一遍,就像是机器人在不断重复事先录好的语音。实际上,这声音好像是模拟出来的。"目前为止,我只收到了这些。"达娜回头看着其他人,"总之他们是在向'亚拉巴马'发信号,而不是向我们。"

"我想这样一来就不需要再争论了,"亨利平静地说,"它是从家里来的。"接着他看了看其他人,"那我们现在该怎么办?"

"我们装死。"李看了汤姆一眼,他曾经的大副轻轻点了点头。"我们在被他们找到之前发现了他们。现在,我们要保持这种状态。在了解更多他们的信息之前,完全保持无线电静默。"

"那你有什么打算?"莎伦问。

"新邻居搬进来的时候就得这么干。"李微笑着说,"我们上门去迎接他们。"

自由镇 / 加百列月17日,犹菲勒日 / 08:34

冰冷的雾气从"普利茅斯号"的通风口向上飘散,在清晨微弱的阳光下变得如同幽灵一般。在将近四个地球年的时间里,"亚拉巴马号"的两艘太空穿梭机至少有一艘会一直处于可飞行状态,但这项任务的困难之处在于,在通常情况下,太空穿梭机飞行之前都要花几个月的时间来做准备。尽管达娜努力保护太空穿梭机免受天气的影响,机上一些比较精密的部件还是会磨损,因此这次它们有必要共用一些部件。工程团队从"五月花号"上借了一些硬件,加班加点地把它们安装到了它的姐妹船上,可以把土狼星上的燃料转换器不断轰鸣着吸入空气,给机翼下的燃料箱注入用于核引擎的过冷氢气。

坐在"普利茅斯"狭窄的驾驶舱里,李浏览着飞行准备清单,又想起了"亚拉巴马号"在移民另一个世界前所做得准备是多么得不充分。美利坚联合共和国斥资千亿美元为自己建造了一座纪念碑,却根本没有怎么考虑,这些被送往太空的男女老少必须建立一个自给自足的移民地。那两艘最先进的单级入轨太空穿梭机的备件很少,可能几年之后就飞不起来了。药品储备虽然不少,但等到供应不足的时候,他们也根本无法再生产。手里有建造住房所需的所有工具,但发电设备却极度缺乏。当然,参与"星间飞行"计划的科学家们也曾考虑过这些问题,其中大多数人都被贴上了"异见知识分子"这个标签,被送往改造营,而自由党的政客们则对"美国西部精神"嗤之以鼻。他们很乐意看着人们在这里砍柴种庄稼,但要让他们来,那些人中的大多数恐怕活不过第一个冬天。

够了,别想这些了。透过驾驶舱的窗户,李看到一小群人聚在了起降台上,准备观看太空穿梭机发射。官方还没有发表任何声明,但流言无疑已经在镇里传开了。议会迟早会把市民们应该知道的事情公布出去。他们早就该这么做了,但时间根本不够。

"舰长?"尤德·廷斯利走进驾驶舱,"我们的机上有五套航天服,埃勒里说'五月花号'上还有五套。要是还想要更多的话,可以让他去仓库里拿,但无法保证它们的状态。"

"五套就够了。"李说,"你、我,还有达娜用三套,剩下两套给我们的乘客。"尤德好奇地看了他一眼,把胳膊搭在驾驶员座椅的靠背上,"虽然太空穿梭机还可以再装几个人,但我希望这个团队人数尽可能少。越不让……参与的人越少越好。明白吗？"

"是的，好吧……我应该说，明白，长官。"就像其他的前军官一样，尤德下意识地恢复了之前的思维模式，不再把李看成是他们的市长，而是一名指挥官，"那么你还想让谁加入呢？"

李一直在考虑这个问题。他将是这次任务的指令长，尤德是驾驶员，达娜是飞行工程师。但他们还需要两位专家。"亨利·约翰逊应该能够处理这种问题。我已经和他谈过了，他愿意去。咱们应该再从议会里找一个人……一名平民来平衡一下。我觉得冯达……"

"我已经问过她了，她拒绝了。"看到李露出了惊讶的表情，尤德笑了，"她说她每次坐这玩意都会吐。"

"哦，对。"冯达·凯莱第一次晕机是在"五月花号"，也就是曾经的"乔治·华莱士号"上，是从梅里特艾兰起飞前往"亚拉巴马号"那次；第二次是在这艘太空穿梭机上，也就是曾经的"杰西·赫尔姆斯号"，是移民者前往新佛罗里达那次。这两次航程可能相隔四十六光年的距离，两百多年的时间，但李完全不希望晕机的人上太空穿梭机。"那么咱们还有谁呢？汤姆要留下来……"

"有个志愿者。"尤德露出一副苦相，"但你可能不想带她。"

"哦，不……她没来吧？"

"她在后面等着见你呢。"尤德都快藏不住脸上的苦笑了，"我想说服她别这样，但她……"

"好吧。"李恼怒地在键盘上敲出了一个指令，暂停了他一直在运行的测试诊断程序，从右边的座位上站了起来，"当然，你还是让她上机了，我不是说别让任何人……"

"我能怎么说呢？"尤德闪到了一边，让李从他身边经过，"她是议员。要是她想上机……"

"胡闹。"李嘟囔着低头离开了驾驶舱。

后面的客舱里，温迪坐在一张缓冲座椅的扶手上，左手拿着平板。她紧张地站了起来，但还没来得及说话，李就抬起了一只手。"你已经请求过一次了，而我也给出了我的回答。给我一个理由来说服我吧。不要说因为你是议员……还有六个资历比你更老的议员呢。"

"我知道，所以才应该让我去。"

李双臂交叉抱在胸前："继续，我听着呢。"

"这是一个历史性的事件，对吧？第二艘从地球抵达的飞船，可能也载着一批移民者……"

"或是一队全副武装的士兵。"

她不以为然地瞥了他一眼。"拜托，你不会真的这么觉得吧。它并没有说自己属于共和国，只是自称西联星舰'辉煌命运号'……也不知道这个'西联'是什么意思。"她摇了摇头，"不管怎么说，这都会是一件记入移民地官方史册的重大历史事件。"

"什么官方史册？"

"我一直在写的那个。"她举起自己的平板，"从首次着陆日起，我就一直在写日志。是邦子让我写的，从那时起我就一直在写。所有内容都在这……"

"汤姆·夏皮罗是这里的秘书，移民地日志是他负责的。"

"但在你离开的时候，要把他留下来负责议会的工作，他没办法见证这次任务了，对不对？另外，你真的读过汤姆的日志吗？写得很枯燥……只有统计数据。我写的那份要强多了。而且我得提醒你一下，你也鼓励过我，要我把各种事情都记下来，对吗？"

"没错，但那并不是官方记录。"李叹了一口气，"我还是把话说清楚吧。你是说，之所以要让你去，是因为你可以当……好吧，也许不是当秘书，而是当一名历史学家。无论发生什么，你都要不偏不倚地把它记录下来……"

"不一定不偏不倚，但至少真实。"

"别跟我玩文字游戏。我说的是真正的不偏不倚。"温迪脸红了，低头看着甲板,"你要用你的账户登录日志,以一名议员的名义在上面签名。"她点点头,"这理由不错,我承认……但感觉也不过是你想出来的一个借口。说实话,我为什么要带一个年轻的母亲去执行一项可能非常危险的任务呢?"

"因为我想去!"她抬起头看着舰长,李惊讶地发现泪水出现在了她的眼角,"市长先生……舰长……我没办法解释这是为什么……但这次我必须去。我父亲把我从青年宿舍里救了出来,让我登上'亚拉巴马号'成为一名移民者,否则我可能会在共和国的监视下度过余生。幸运的话,我可能会在DI改造营里洗衣服。然而在那之后,咱们刚到这里,他就……"

温迪闭上嘴巴,揉了揉眼睛。他死了,她本来想这么说,但她并不知道事情的真相。李扭开了头,不想和她对视。她说得没错,一件事情有不偏不倚的记载,也有真相……

"你看,"她继续说道,"这是我们离开地球后第一次与他们取得联系。我必须亲自去了解那里都发生了什么。我在宿舍那边朋友不多,但还是有几个的。我只是想知道……"

"好吧,好吧。"李抬起了一只手,"你不在的时候,卡洛斯可以照顾苏珊,对吧?"她强忍住眼泪,无力地点了点头。"你会专注观察任务过程中都发生了什么,为议会和……你的官方史册撰写报告?"她又点点头,李叹了口气,"行。虽然我觉得你并不合适,但你还是可以加入这支团队。去找埃勒里……"

还没说完,温迪就用胳膊搂住了他。"谢谢。"她轻声说道,"非常感谢……"

"好吧。好吧。"谢天谢地,没人看到这个情景,李轻轻地把女孩从他身上推开,抹掉了她脸上的泪水,"快点儿吧,咱们一个小时之后就要起飞了。你还有些时间跟苏珊和卡洛斯道别。"

"是,长官。"她已经跑下了舷梯,"我尽快回来。"她在敞开的舱门前停下，回头看着他。"舰长……谢谢你相信我。"

李勉强挤出一个微笑，在她冲下舷梯之前，挥了挥手，对方也回以一个美丽的微笑。等她离开之后，李闭上眼睛，重重地靠在舱口处，祈祷自己没有犯错。

犹菲勒日 / 09：40

引擎低声轰鸣着，转速越来越快，一阵噼里啪啦的怒号在冰冻的沼泽地上回荡，"普利茅斯号"慢慢地利用垂直起降引擎开始缓缓上升。卡洛斯迅速伸手捂住苏珊的耳朵，小女孩被吓得紧紧靠在了爸爸身上，但她与其说是恐惧，不如说是惊讶。看到太空穿梭机升上了天空，她把眼睛睁得大大的。一股热流吹过了他们身边，为这个寒冷的冬日清晨带来了一丝夏日的感觉。

"和妈妈挥手再见。"卡洛斯抓起苏的胳膊，举过她的头顶，"继续，苏……挥挥手，再见。"苏珊严肃地凝视着他，虽然几分钟前刚刚看到妈妈走上了"普利茅斯号"的舷梯，她还是没太明白他在说什么，不过她还是按照爸爸说的那样，静静地挥了挥她的小手。接着她失去了平衡，跌倒在地。

卡洛斯把她抱起来，跨在自己的肩膀上。苏珊高兴得尖叫起来，立刻对"普利茅斯号"失去了兴趣。现在太空穿梭机已经到达巡航高度，圆圆的机首向上翘起，接着超音速冲压发动机启动，这艘鸥翼机飞上了蓝灰色的天空。几秒钟后，它消失在了低低的云层中，只留下两条凝结尾迹。又过了一会儿，空中传来一声巨响，太空穿梭机达到了超音速。

观看发射的人群开始散去，市民们转过身，把戴着手套的手插进了大衣口袋里，彼此轻声交谈着。尽管议会没有发布官方声明，但所有人都知道有艘飞船从地球赶来了。在"普利茅斯号"传回消息之前，也没什么可做的了。卡洛斯想着他可以把苏珊交给邦子照顾，然后回船库干一些活儿。他们几个人这几个月一直在建造的那艘三十四英尺长的赝桦大船已经基本完工，只剩下在桅杆上装好索具的工作了。

再说了，这样他就不会想温迪了。他想要说服温迪不要去，毕竟不会有什么李舰长处理不了的事情，但她坚持要和他们一起去。舰长第一次拒绝她的时候，卡洛斯暗自松了一口气，但її她又去找舰长了……这次，他应该猜到，她最后能说服舰长。毕竟他很清楚，吵架的时候，温迪很少会输。

"来吧，小溪猫。"他说，"骑着马去邦子阿姨家！"苏珊一边抓着他大衣兜帽，一边高兴地咿咿呀呀着。他正要转身往回走，突然听到身后有人说话。

"你竟然没有亲自去，真是让人惊讶。"克里斯说，"我以为像你这样的英雄是不会错过为自己增添荣誉的机会的。"

卡洛斯扭头看到克里斯朝他这边走了过来。对方的气色比昨天晚上要好，但也没有好多少，眼睛下面有黑眼圈，毫无疑问，卡洛斯能看出他正在遭受宿醉的折磨。就在他身后，他的母亲正蹒跚着穿过雪地。莱文女士没有戴兜帽，她又冷冷地瞪了卡洛斯一眼，然后扭开了头。自打他从大赤道河返回之后，茜茜·莱文几乎没和他说过话，仅有的那几句话也都很蛮横。

"没人让我去啊。"卡洛斯用手握住了苏珊的脚踝，继续前进着，"而且，这是温迪的事。她不需要我。"

"嘿，感觉怎么样……这次咱们终于可以达成一致了。"克里斯露出了一副挖苦的微笑，没带一丝幽默的意味，"你花了多长时间才把这件事搞明白？"

这和昨晚的争论一样毫无意义，卡洛斯知道他不该去理会克里斯。要按公历来算，他们一起出去探险已经是将近一年半之前的事情了,然而土狼星漫长的季节仿佛压缩了时间,让一切看起来都变短了。他们在离开地球之后走了很长的路,但这不仅仅是空间上的距离。在登上"亚拉巴马号"的时候,他们还是孩子,而现在都成了失去长辈的年轻人,克里斯还失去了弟弟。克里斯讨厌卡洛斯,但卡洛斯仍然认为可以透过愤怒,找到那个曾是他最好朋友的男孩。

"你怎么了,伙计?"卡洛斯停下了脚步,直直地看着他,"你变了,有什么东西……我不知道,但很丑陋,我希望你能把它摆脱掉。"

克里斯一脸震惊地看着卡洛斯,卡洛斯突然意识到这是几个星期,甚至一个月以来,他第一次这样对克里斯说话。从秋天到冬天,克里斯一直在责备他,挑衅他,想要挑起争端,这让卡洛斯完全不想和对方接触。这也许是因为温迪总是在身边,就算不在视线里,也会出现在脑海中。但现在她走了,虽然只是暂时的,但这就像是解开了一副枷锁。

"我……我没变,"克里斯抗议道,"你才变了……"

"是的,我变了。"卡洛斯说,"我承认……我已经不是去年夏天的那个我了。从那以后发生了很多事,每件事都很不容易,经常让我彻夜难眠。相信我,我绝不会把自己当成英雄。但我一直在努力向前看,因为我还要照顾我的孩子……"

"那是他的孩子。"莱文女士也停下了脚步,卡洛斯用眼角的余光看到她瞪着自己,"你抱着的是我的孙女。我希望你对她好一点儿。"

卡洛斯忍住没有叹气,这种事情发生过好多次了。温迪刚刚怀孕的时候,他们还不能确定谁是孩子的父亲。虽然似乎是卡洛斯,但温迪和克里斯也有过一段短暂的交往。冈田医生利用DNA检测解决了这个争议,但就算她证明了苏珊是卡洛斯的孩子,克里斯也不情愿地接受了这个结果。茜茜·莱文仍然坚信苏珊是克里斯的后代,她甚至指控邦子篡改了检验结果,对所有相关人员撒谎,包括议会。这是她精神崩溃时候发生的事了,尽管现在她的抑郁症已经稳定下来——起码不再天天说要自杀了,茜茜仍然自顾自地坚持认为苏珊是她被抢走的孙女。

"妈,我来跟他说吧,好吗?"克里斯不满地看了她一眼,莱文女士似乎想把自己藏起来似的,"回家吧。我来做午饭,好吗?"

他母亲麻木地点点头,然后转身低头向小镇里走去。看着她慢慢走远,卡洛斯为那个曾经给他们烤奶酪三明治的坚强女子感到惋惜。"我希望她还好。"卡洛斯平静地说。

"时好时坏吧。这不是……"然后克里斯似乎想起了他应该表现出生气的样子,"你以为呢?要不是你……"

"我得说多少次对不起才行?"卡洛斯感觉到苏珊不耐烦地在他后颈上扭动着,"好吧……非常对不起。我对戴维的遭遇感到很抱歉,也对你父亲的遭遇感到很抱歉……"

"昨晚呢?你在酒馆里陷害了我?"克里斯目光冷漠,"卢又禁止我去他那里了。小镇里只有一家酒馆,我再也不能去了。你很高兴吧?"

也许这对你有好处,卡洛斯这样想到,但他没有说出来。"我没有陷害你,但如果你这么想……"

"啊,对,你很抱歉,以前我也听你这么说过,和之前也没什么区别。"

"克里斯……"

"算了吧。有什么意义呢?"他抬头看着天空,看着那些被微风吹散的尾迹,"但是,你知道吗……我希望那是一艘共和国的飞船。有人来这里,一定很棒……"

他闭上了嘴巴,摇了摇头。"没关系。回……随便回哪里吧。"他背对着卡洛斯,跟上了母亲。"放松点儿,英雄。别再失眠了。"

卡洛斯等了一会儿,让克里斯走在前面,然后和最后走出停机坪的那些人一起离开了。苏珊不安地踢着他的侧脸，可能一回家，他就得给她换尿布了。温迪才离开了十来分钟，他就已经开始想念她了。

他几乎没有注意到，现在已经起风了。

"普利茅斯号" / 加百列月17日，犹菲勒日 / 26∶12

"温迪，该起床了。"

李舰长的声音透过耳机把她从无梦的睡眠中唤醒。温迪睁开眼睛，沿着客舱过道朝对面望去：亨利打了个哈欠，伸了个懒腰，但是达娜的座位空着。

"我起来了。"她嘟囔道。她感觉嘴里很干，于是从沙发底下取出她藏在下面的瓶装水。没人有回应。亨利指了指耳机上的话筒，这时候她想起必须轻敲它一下才能激活通信。"我起来了，舰长。"她说，"咱们这是在哪儿？"

"还在你睡着时候所在的地方。"是达娜的声音，她肯定是去前面的驾驶舱了，"不过我得告诉你一声，现在这里不止咱们了。"

温迪和亨利互相看了一眼，然后两人争先恐后地解开了座椅安全带。温迪先离开座位，她从位子上飘了起来，抓住天花板上的把手，用手把自己拉向驾驶舱。身上笨重的航天服妨碍了她的行动，但她还是赶在亨利之前穿过了狭窄的舱口。

驾驶舱外是一片壮丽的景象。下方三百六十英里处，土狼星的大地在他们面前铺展开来，成了一片巨大的曲面平原，大陆和主要岛屿那绿色和棕褐色地表上交错着蓝色的河道网络，大赤道河就像一条宽宽的蓝带，把整颗星球切成了两半。他们现在正在东半球上空，下面是清晨。也就是说，自由镇已经接近午夜了，熊星应该在他们身后的某处。

"不是下面,"李低声说道,"往上看。"

温迪抬起头,立刻屏住了呼吸。透过中间那面窗户,她看到了一个细长的灰白色物体反射着阳光,那东西看上去就和她食指差不多长,但正变得越来越大。它整体呈圆柱形,中间细一点儿,一头更粗一些。

"二十海里,而且正越来越近,"左边座位上的尤德·廷斯利一直盯着仪表板,"在交会轨道上。"

"非常好。"李回头看了看温迪和亨利,"我知道这里很挤,但你们得找个不碍事的地方。"温迪回头一看,发现达娜挤在右边座位后面的一片狭窄空间里,她挪了挪,让出了一点儿空间。亨利缩在了尤德的座位后面,紧贴着驾驶员,低声向他道着歉。"普利茅斯"的驾驶舱本来就没设计成要容纳这么多人的样子,但也没办法,太空穿梭机后面没有窗户。

等到所有人都找好了地方,李走到通信面板前,打开了几个开关。温迪听到耳机里传来了载波静电的声音。"西联星舰'辉煌命运号',我们是土狼星太空穿梭机'普利茅斯号',是否收到?完毕。"他等了一会儿,"西联星舰'辉煌命运号',我是'亚拉巴马号'太空穿梭机'普利茅斯号',前'杰西·赫尔姆斯号'。是否收到?请回复。完毕。"

没有回应。李回头看着达娜。"我正在用 Ku 波段发送信号,"他一只手遮住麦克风说道,"但我认为他们没有收到信号。"

"也许他们是用……"她开口了。

"'杰西·赫尔姆斯号',我们是西联星舰'辉煌命运号'。"他们听到了一个清晰的声音,但和之前通信里的声音不同,"'辉煌命运'收到。是否收到?完毕。"

人们露出了轻松的笑容,李舰长举起一只手让其他人安静下来。他敲了敲耳机上的话筒。"收到,'辉煌命运号',我们……嗯,收到。

我们现在在低轨道上,坐标……"他看了一眼屏幕,"X18.9,Y47.5,Z330,距离十八海里,正在接近。是否收到?完毕。"

"明白,'赫尔姆斯',"过了一会儿,那个声音说道,"我们收到了你们的信息,请稍等。"

"明白。正在待命。"李又一次捂住了话筒。"不好,"他平静地说,"虽然我们一开始就自称'普利茅斯号',这已经是他们第二次称我们'赫尔姆斯号'了。"

"'亚拉巴马号'上没有叫'普利茅斯号'的太空穿梭机,"达娜说,"也许他们……"

"'普利茅斯号',是否收到?"一个新的声音,来自一名女性,听起来带点儿西班牙口音,"我……我是'辉煌命运号'的指挥官路易莎·埃尔南德斯。请问您是哪位?完毕。"

"这次说对了,"李把手从麦克风上拿开,"我是星舰'亚拉巴马号'指挥官罗伯特·E. 李。很高兴听到你的声音,埃尔南德斯舰长……欢迎来到土狼星。完毕。"

对方又闭上了嘴巴,只是这一次他们听到背景中还有其他人在说话。温迪听得很认真,但却听不清他们在说什么,好像有英语,有西班牙语,还有法语。其他人似乎也同样非常困惑,李看了看廷斯利,摇了摇头。

"谢谢你,李舰长。"过了一会儿,埃尔南德斯结结巴巴地说,"我们当然……啊,很高兴知道你还活着。"现在温迪知道这不是她的想象。"辉煌命运号"的指挥官只把英语当作她的第二语言。"我们……嗯……之前尝试联系过你们,但是……啊,在此之前并没有得到回应。"

李已经准备好这时候该说什么了。"我很抱歉,埃尔南德斯。我们的通信系统不太好用。"这是一个彻底的谎言,只是为了掩盖这样一个事实:移民地不愿意通过高增益无线电信号暴露自己位置。"看到你们来了,我们发射了一艘太空穿梭机去拦截你们的飞船。请允许我们与你们会合并对接。完毕。"

这次,沉默持续得更久了。差不多过了一分钟,埃尔南德斯才重新上线。"授予许可,李舰长。我们的外部对接舱位于飞船前部,那里会有一个红色信标开始闪烁。我会派一名船员在气闸舱迎接你们。"

"明白,埃尔南德斯舰长。我们将在半小时后对接。很期待与你相见。'普利茅斯'完毕。"他关掉通信器,看着其他人,"你们怎么看?"

"到目前为止还算不错,"廷斯利平静地说,"但是为什么我却有一种不好的预感呢?"

"我也是,"李回答,"不过他们打开了大门。"

这艘飞船巨大无比,比大家想象的要大得多,船体长达一千二百多英尺,比"亚拉巴马号"长一倍还多,重量更是"亚拉巴马号"的三倍。它由两根长约五百英尺的巨大圆柱组成,中间由一段稍微细一些的结构连接。飞船前部是一圈圈垂直排列的窗户,这表明飞船内的乘客舱至少有五层,船首半球形的凸起处也装有舷窗。

船尾的结构就更难以理解了。在那根毫无特色的圆柱上,平行于船体安装着四根长长的凸面叶片;在核聚变引擎巨大的钟形结构后方,叶片尾部翘起了一个巨大的楔形凸缘结构。起初李认为它们可能是散热板,但在"普利茅斯号"更靠近之后,他听到座位后面传来低低的口哨声。

"你能看出那是什么吗?"他回头看了一眼亨利,问道。

"简直是扯淡!"这位天体物理学家显然震惊了,"我认为这些人正在使用反相场引擎。"他指着那些叶片。"如果我的猜想正确,那些东西就是场发生器。"然后他指着折叠在船头的另一组凸缘结构,"飞船两端分别会产生正场和负场,这样一来,船体周围的场就会处于不对称状态。它可以扭曲船体周围的时空……"

"你是说类似虫洞之类的吗?"温迪问道。

亨利摇摇头,"不……没有那么神奇,和虫洞没有关系。这种引擎的相关概念可以追溯到二十世纪中叶。我在马歇尔航天中心的团队曾研究过一段时间,但没有人能搞清楚要怎么把它做出来,所以我们就去研究巴萨德冲压发动机了。看起来有人将我们之前的研究推进了下去,解决了能量守恒的问题。他们可能将零点能[1]用作了引擎的能量来源。"

"那为什么还要装聚变发动机呢?"达娜问道,"这就像是给赛车装上骡子的挽具一样。"

"可能是为了给飞船加速,来让场引擎启动,还可以用来给飞船减速……"

"挺有意思的,"李不耐烦地打断了这场讨论,"但是你还没有告诉我……它能跑多快呢?"

"我不知道。你想让它跑多快?"亨利耸耸肩,"我不是开玩笑,但从理论上说,反相场引擎可以使飞船加速到只比光速慢几个百分点。"

"这样一来……"尤德没有讲完,也没必要讲完。如果"辉煌命运号"以接近光速的速度飞向大熊座47,那么它可能是在五十年前才从地球上发射升空。

那艘星舰现在填满了驾驶舱的舷窗。尤德已经把太空穿梭机的速度调整到与星舰一致,现在他们正小心翼翼地向星舰靠近。"那就是我们的对接口,"他喃喃地说道,双手没有离开操纵杆,而是轻轻地将太空穿梭机翻了个身,朝着一座位于两个凸缘结构之间的长方形上层建筑靠近;对接环旁有一个闪着红光的信标。"看起来挺简单。"

---

1. 零点能,量子系统处于基态时所拥有的最低能量。

"当然。"此时李被其他东西吸引了：在圆柱形船体的中间，一排排舷窗的正下方，他注意到，那里似乎有一对紧闭的对开大门，宽度足以让太空穿梭机穿过。在船体上转四分之一圈，他发现那边还有另一个一模一样的舱口。

太空穿梭机机库？很有可能……如果不止这两个的话，那"辉煌命运号"肯定带了至少四艘用于登陆的太空穿梭机，每艘都有"普利茅斯号"那么大。

这艘飞船上有多少人？他把这个想法从脑中抛开，专注地帮着尤德控制太空穿梭机进行对接。他的视线在雷达屏幕和窗户之间游移，嘴里喊出数字，然后尤德将操纵杆移动几毫米，使太空穿梭机朝着对接环缓慢移动。最后，随着一声沉重的撞击，"普利茅斯号"背部的舱口与星舰完成了对接。

"好了。"尤德的手在操作台上移动着，让引擎处于待机状态。他检查了一下屏幕上的读数，向李点了点头。"对接探头显示两边压力相等。你应该可以直接进去。"

李解开了他的安全带，而尤德仍然坐在座位上。驾驶员要留下，防止有人趁他们不在的时候上机。李回头看着其他人："现在可以脱下航天服了。埃勒里在飞机上放了几件'亚拉巴马号'的连体衣……它们都在客舱后面的储物柜里。咱们先换好衣服再开舱门。"

亨利和温迪如释重负地呼了口气，他们并不习惯穿航天服，把它脱下来是件好事。就在他们转身离开驾驶舱之前，李举起了一只手。"等一下……在进去之前，咱们先得把一件事说清楚。我们并不知道这是在和谁打交道，所以由我来发言。可以吗？"

亨利不情愿地点点头，但温迪就没那么乐观了。"要是不能提问的话，我们怎么搞清楚呢？"

"想问什么问题就问吧，"李回答，"事实上，我很希望你们提问。但是那些人也会向我们提问，而我希望能够进行回答的只有我。明白了吗?"

她慢慢地点点头,李露出微笑安慰着她:"行了,那我们去见见那帮新邻居吧。"

自由镇 / 加百列月18日,拉斐尔日 / 00:52

今晚就不该这么冷。厚重的云层遮住了熊星的光芒,狂风呼啸着穿过小镇,把刚刚落下的雪从屋顶上吹落,百叶窗轻轻地敲打着窗框。小镇里一片漆黑,所有人都上床睡觉了。

其实也不是所有人。托尼·卢凯西把兜帽紧紧罩在头上,用围巾牢牢捂住了鼻子和嘴巴,跺着脚穿过雪地,一双戴着手套的手紧紧抓着步枪的肩带。真倒霉,又要上夜班,本来应该是布恩当值,但今天早上他得了重感冒,施密特监察长选了自己代班。

在这个月份,午夜过后还派人巡逻其实根本没必要。莽鸟几个月前就迁徙到了南方,沼泽鼠在球状植物里冬眠,甚至小溪猫也知道这样的夜晚不该出来。但是议会以其无限的智慧,命令"蓝衬衫"每周九天,每天二十七小时都要值班,就好像真的有这个必要似的。

托尼很想回监察官营房,蜷在火炉旁的椅子上,趁大熊座47还没升起来,先偷偷睡上几个小时。不过,他从前是共和军士兵,是吉尔·里斯的手下;虽然上校早就死了,但他的灵魂仍萦绕着曾在他手下服役的普通士兵,吉尔会痛扁所有当值时睡觉的人。所以此时,托尼摇摇晃晃地走在大街上,希望营房里的咖啡在他完成这次每小时的例行巡逻、穿过小镇之后,还是热的。

托尼来到会堂,正要转身往另一边走,这时,他注意到了有一道微弱的蓝光从后窗的百叶窗缝隙间露了出来,那应该是市长办公室里的计算机。他以前遇见过这种情况,可能是李或门罗在加班。不过现在，他们两个都不在，所以里面不应该有人才对，更别说现在这破天气了。

该死。肯定是有人忘了关掉计算机的电源。小事一桩，没错，但上个月高空风力发电机坠毁之后，所有人都应该节约用电才对。所以托尼一边走上会堂的台阶，一边冲着围巾低声骂着脏话……

接着，他又发现了：通常这个时候都应该关着的前门微微半敞着，就好像被风吹开了。除了军械库和食堂厨房，自由镇所有公共场所的门上都没有锁，这只不过是因为没有上锁的必要。移民地里几乎不存在偷窃行为——如果只要开口就能得到任何一样东西，那为什么还要去偷呢？而且锁本身就是一种有价值的商品。晚上最后一个离开会堂的人总是会把门关好。

托尼接受的训练发挥了作用，此时他不再是一个执行吃力不讨好任务的"蓝衬衫"，而是一名正在进行扫荡任务的共和军士兵。他放下了肩上的步枪，解除保险，开启红外线瞄准仪，拉下头带上的单片眼镜。他小心翼翼地推开门，走进门厅，又轻轻把身后的门关好。门厅里面空荡荡的，于是，他拉开了里面那扇门，蹑手蹑脚地走进了会议厅。

他把步枪举到眼睛的高度，利用枪上发出的红外光束穿过黑乎乎的大厅。通往大楼后面那些办公室的门敞开着，他环顾四周，看到李舰长办公室门底下漏出了蓝色的光芒。门关着，但他能听到轻轻敲击键盘的声音。

托尼背靠着墙，把枪端到腰际，一步一步地沿走廊前进。快走到门口的时候，一块地板被他踩得吱呀一响。他停下脚步，屏住呼吸。那只手在键盘上空停了几秒钟，托尼只能听到空洞的风声。接着，打字的声音又响了起来。

托尼用左手按住门把手，数到三，然后用力把门推开。"别动！"他把步枪举到了射击位置，大声喊道，"不许动！"

在计算机屏幕的光芒中,那个人影被吓了一跳,迅速转过了身。"我说了,不许动!"托尼厉声呵斥,"待在那儿!"

"好的,好的!别开枪。"是一个年轻男子的声音,显得非常害怕。他微微举起了双手,现在,托尼看到他仍然穿着大衣。"我投降,可以了吗?"

"很好。待着别动。"托尼换手拿过步枪,沿着门边的墙摸索着,最后找到了电灯开关。天花板上的灯亮了起来,托尼努力让自己在突如其来的强光中不要皱眉。

克里斯·莱文坐在市长的办公桌前,惊恐地睁大了眼睛。托尼不喜欢莱文。几个月前,他把这孩子送进了监狱,因为他对卡洛斯·蒙特罗动了手,从那以后,他总会因为这样或那样的原因出现在罪犯名单中,罪名通常都是醉酒闹事。然而现在,他又给自己添了一项非法闯入的新罪名。

"你在这儿干什么?"虽然克里斯明显没带武器,托尼还是没有放下手中的枪。

"嘿,托尼,放松点。我只是想用一下计算机,仅此而已。我的平板坏了,我只是……"

克里斯慢慢站了起来,但与此同时,他的右手挪到了键盘上。"我说了,别动,我说真的。现在把手放在头上。"克里斯顺从地把双手交叉在头顶,"现在从桌子前离开……动作慢点儿。"

"行啦。"克里斯嘴角泛起了一丝颤抖的微笑,"真抱歉,我……我……你知道,我犯错了。这没什么好紧张的。"

一时间,托尼好像要同意对方的说法了。这孩子在午夜之后溜进市长办公室,想偷偷用一下计算机。没有理由逮捕他,只要送他回家就好了,等回到营房,他也只需要把这件事写进日志。托尼都准备放下手中的枪了,这时候他碰巧看了一眼屏幕。

屏幕上半部分是土狼星的示意图,上面用光点描绘出了围绕它转动的三艘航天器:"亚拉巴马号"在这颗行星的一侧,"普利茅斯号"和"辉煌命运号"在另一侧。三艘航天器的位置都实时显示。"辉煌命运号"和"普利茅斯号"几乎重合到了一起,都差不多在新佛罗里达的正上方。

一条虚线连接着自由镇和"辉煌命运号"。就在托尼盯着屏幕的时候,它也在追踪着天空中那艘来自地球的飞船。接着,他看到了将屏幕上下分开的亮条,上面写着"地面遥测链接",下面是几行脚本。在这个距离上,他看不清上面的字,但能辨别出好像是类似经纬度的数字。

托尼感到太阳穴流过一股寒意。他收到过一条正式命令:在"普利茅斯号"回来之前,禁止与地球飞船进行无线电联系。哦,天啊!他不可能……

"趴在地上,莱文,快点!"

"我和你说,这是……"

"闭嘴,听我的命令!趴好!"

克里斯扑倒在地板上,双手仍然按着头。托尼踢开椅子,将枪口对准他的后背。他把手伸进了大衣里,拿出通信设备,按下了#键和数字2,把它举到耳边。

"头儿,我是值夜的托尼。我在会堂,市长办公室里。快过来,咱们要有麻烦了。"托尼又看了一眼屏幕,"最好把汤姆·夏皮罗也叫醒。事情很严重。"

西联星舰"辉煌命运号" / 加百列月18日,拉斐尔日 / 01:02

气闸内闸门循环打开,露出一间舱室,这里与"亚拉巴马号"的舱外活动准备室区别不大。有个人在这里等着他们,对方大概六英尺高,穿着长长的黑色斗篷,戴着高高的兜帽,他所站的地方乍一看好像是对面的舱壁,直到李换了个方向,才发现那其实是地板。

"欢迎上船。"声音里略带些电子杂音,但等这个人把金属手臂从斗篷下面抬起来,指着地板上排列着的弹性束脚带,李才注意到对方是个机器人。在那骷髅一般的脸上,红宝石似的玻璃眼睛凝视着他。"我们很快就会重新加载飞船的局部场。"他继续说道,"当然,变化会很慢,但我们不希望你们在此期间受伤。"

现在李认出了这就是他们在最初的无线电信号中听到的那个声音。"谢谢,"他推着自己靠近最近的束脚带,在他身后,达娜、亨利和温迪已经飘进了船舱,"我猜你们的飞船上有……啊,某种人工重力。"

"人工重力?"出乎意料的是,它的嘴里冒出了干笑声,"我想可以这么说。我们管它叫'米利斯–克莱门特场',不过叫人工重力也可以。为了方便对接,我们把它关掉了。"对方伸出了另一只手,手里拿着一个塑料袋,"请把这个戴上。你们将接受短暂的紫外辐射来净化污染。"

李接过袋子,把它打开,拿出了一副可以完全包裹住眼睛的太阳镜。这显然是为了保护他们的眼睛。"我向你保证,我们没有携带任何危险的微生物。"

"可能确实没有。如果你们觉得受到了冒犯,那我道歉。这只是以防万一。"又是那诡异的笑声,"而且,在带你们去见埃尔南德斯女统领之前,咱们还可以聊聊。"

"没受冒犯。我们理解。"李戴上眼镜,把袋子递给了达娜。她们几个人已经把脚放进了束脚带里,现在所有人似乎都站到了墙上。"我是罗伯特·E. 李,'亚拉巴马号'的……"

"我当然认得你,李舰长。我仔细研究了'亚拉巴马'事件……这是我的个人兴趣。阁下,能见到你,我很荣幸。"他举起右手,手掌张开。"我是曼纽尔·卡斯特罗博学者,叫我曼尼就好。"

李握住了那只铁手,发现对方握得很温柔:"很高兴见到你。"

"听上去不怎么像机器人啊。"温迪低声说。

随着咔嗒咔嗒的声音,曼尼把头转向了她:"你为什么会认为我是机器人?"

温迪瞪大了眼睛,但还没来得及说什么,震耳的钟声开始在舱室里回荡。"这是三十二秒警告。"曼尼说,"大家请戴上眼镜,固定好双脚。如果需要的话,你们身后有扶手。不会持续太久的,我保证。"

天花板正变得越来越亮,发出一种明亮的蓝光。李感觉到他的鞋底渐渐靠在了地板上。"你是说……"亨利刚开口,就闭嘴抓住了身后的栏杆,"你是说你不是机器人?"

"严格地说,不是。用古英语讲的话,我应该算是半机械人或是改造人,但这么说也不太合适。从技术上讲,我是赛博格,一个拥有了机械身体的人类,但知识和智慧都被输入进了机械体中。我是一名博学者。七十八年前,我还是血肉之躯,但是后来……"顿了一下,"这么说吧,我选择了更长的寿命。"

"这艘飞船上所有人都……像你一样吗?"达娜露出了一副恐惧的表情。

"抱歉。你肯定是被吓到了。不是,并非所有人都对身体进行了机械化。我们只有十名博学者,其余的都是标准智人,就和你们那艘飞船一样,其中大多数智人仍然处于生物停滞状态。我和我的博学者同伴们在旅途中一直保持清醒。"

"请给我们讲讲你们的飞船吧,"李说,"它真是让人惊讶。"

"谢谢。"曼尼点点头,一个只有人类才会做的奇怪动作,"我们对这样的星舰感到非常自豪。星舰全名是'为了社会集体主义的更伟大事业在群星中探寻辉煌命运'。简称'辉煌命运号'。2096年,根据《哈瓦那条约》,南北美洲二十一个省组成了西半球联盟,简称'西联'。这艘飞船就是西联在月球轨道上建造的,于2256年6月16日从月球轨道发射升空。"

"那是……"达娜心算着,"四十八年前。"

"四十八年九个月两星期零三天,其中包括加速到巡航速度花的三个星期和减速花的三个星期。当然,我们以百分之九十五的光速飞行,根据飞船内部的时钟,时间仿佛只过去了十五年六个月零三天,根据我们的时钟,现在是2272年4月2日。也就是说我们比'亚拉巴马号'还要快二十九年。对吗?"

李勉强挤出一个苍白的微笑:"我们很久以前就不用公历了。我想你们的……啊,场……让你们达到了亚光速。"

曼尼回答说:"米利斯－克莱门特场是我们的反相场引擎产生的。"李注意到了亨利脸上扬扬得意的表情,他的推断是对的。"如果你们想要了解,女统领会给你们详细介绍我们的推进方式。"

李感觉自己变重了,在"普利茅斯号"上失去的重力感正在慢慢恢复。"如果这让你感到不舒服,我很抱歉。" 曼尼说,"想舒服一点儿的话,那就坐下吧……现在不需要束脚带了。李舰长,我想我还没有见过其他人,现在再介绍不会太晚了吧?"

"完全不晚,"李转身看着其他人,"这是达娜·门罗。"

"啊,对……'亚拉巴马号'的机电长。根据历史记录,你也是劫持飞船的策划者之一。很高兴见到你,女士。"

对方奉承着达娜,但她并没有什么表示,只是怀疑地向曼尼点了点头。"这位是亨利·约翰逊博士。"李继续说道,"天体物理学家,一位平民乘客……"

"我相信你作为一位所谓的'异见知识分子',参与了这场阴谋。我也很荣幸见到你,阁下。"显然,亨利对自己的名声很满意,他咧嘴笑了,微微鞠了一躬。

"最后,温迪·冈瑟,我们移民地议会的议员……"

"温迪·冈瑟。"曼尼用他那双奇怪的眼睛看着她，稍微停顿了一下，"哦，没错……船上的一个孩子。你现在长大了点儿。"

"可以这么说。"温迪拿出她的平板，设置为录音模式，都没怎么抬头看对方，"上次查的时候，我二百四十九岁。"

又是一阵怪笑："我得说，你看起来就好像还没满十八岁。"

"实际上已经十九岁了，但是谁还会去算这个呢？"温迪笑着说。

"很高兴见到你，毕竟你父亲在劫机事件中扮演了那样一个角色。"

天啊，他知道……

"你这是什么意思？"温迪猛地抬起头，眉头皱成了一团，有些疑惑，"我父亲没有参与劫持飞船的阴谋。他曾是自由党的忠实拥护者……一名维生工程师。"

"你提他的时候用了过去时，我想他已经不在人世了。"

"他在'亚拉巴马号'抵达后不久死于一场事故。你……"

再次响起的钟声打断了她，天花板恢复了正常。曼尼把脚从束脚带里滑了出来，然后说道："请跟我来，我带你们去见女统领。她很想见你们。"

温迪的眼睛里带着困惑。李现在知道了，带她一起来简直太愚蠢了。他可以直接命令她返回"普利茅斯号"，但这解决不了任何问题。她从他身边走过，跟着曼尼走向船舱另一头的舱口时，温迪短暂地与他对视了一下，那一刻他明白了，女孩知道舰长在撒谎。实际上，也许她一直都有这样的怀疑。

但他现在对此无能为力，只能等待她发现真相。

曼尼护送他们走过的那条通道很宽，可以容纳两个人并排走动，但奇怪的是，通道里空无一人，除了飞船发出的嗡嗡声外，一片寂静。他们经过了一扇扇紧闭的门，门上用李不认识的语言标记着。那位学者并没有解释,领着他们走进了电梯。他说了一句外语,电梯门关上,轿厢开始上升。

"不好意思,"亨利问道,"你们用的是什么语言?"

"英语。"李敢发誓,如果曼尼能笑的话,此刻他肯定在笑,"用正确的术语来说,是盎格鲁语。在过去的两个世纪里,英语发生了很大的变化。只有博学者和一小部分船员能流利地使用旧式英语。在见女统领的时候,要请你们见谅……她的旧式英语水平只能说还过得去,并不是很熟练。正因为如此,我才被派到这里迎接你们……我不仅是你们的向导,还是你们的翻译。"

"你刚才提到了船员,"李说,"船上有多少人?"

曼尼用盎格鲁语做出了回答。"翻译过来,"他补充道,"大致意思是'很凑巧,不多也不少'。"

李什么也没说。至少控制面板上的数字是阿拉伯语的,他们登船是在第八层,现在好像要前往第十二层。如果需要逃跑的话,这是很有用的信息。

电梯门开了,面前是一片黑暗。李走出轿厢,抬头一看……土狼星正高悬在他们头顶。

这种视觉效果可谓震撼,他感觉就好像站在飞船外面,与外面的虚空毫无阻隔一样。土狼星占满了繁星闪烁的黑色天空,透过斑驳的云层,他可以看到大赤道河蜿蜒穿过一些尚未命名的岛屿,而熊星刚刚从地平线上升起。一时间,舱壁仿佛消失了,他又低下头,才发现自己正被一排排五颜六色的灯包围着:设备控制台排列在两层开放式的甲板上,前面是其他头戴兜帽的博学者们的身影。

"这是我们的指挥中心。"曼尼悄悄地跟在他后面,"现在我们在船头。面前的景象是天花板投射出来的……当然是人造的。"

李抬头看着穹顶。飞船正位于东半球上方的某个地方,现在他可以看到赤道上方,一团厚实的螺旋状云层正在形成。冬季风暴仍在向东移动,朝着土狼星另一侧旋转前进。自由镇可能已经起风了,他们不能在"辉煌命运号"上停留太久,否则"普利茅斯"很快就会因为危险天气而无法着陆。

"非常厉害,"他装作若无其事的样子,"但我们的时间有限,如果能尽快带我们去见埃尔南德斯女统领的话……"

"李舰长,我就在这里。"

一名双手交叠在一起的女子从阴影中走了出来。她穿着一件镶着金边的蓝色长袍,赤褐色的头发几乎被剃光了,看起来像个中年人,相貌平平,但目光却非常锐利。她走到灯光下,抬起一只胳膊,手掌向外,正式地敬了一个礼。"我是路易莎·埃尔南德斯女统领。"她说话结结巴巴的,口音很重,有些难懂,"见到你……不好意思……能和你见面我感到非常高兴,舰长。不对……应该说是荣幸。我没有……没有……"

她沮丧地摇了摇头,然后转头朝曼尼用盎格鲁语说了些什么。过了一会儿,曼尼开口了。"女统领对于自己缺乏相应的语言技能,感到非常尴尬。她很荣幸见到一位历史上的英雄。实际上,如果没有你和你勇敢的船员们,美利坚联合共和国可能永远不会被击败,这次对话也不可能会发生。"

"我不明白。"李回头看着女统领,"你这话是什么意思?"

在转头看李之前,她又和曼尼说了一些话。"卡斯特罗博学者可以解释得比我更清楚。"她说。

"女统领要我简要总结一下最近的历史,"曼尼说,"你们非常有必要了解一下。你们偷走'亚拉巴马号',开启了最终导致政府被反抗运动推翻的一系列事件。你离开几个月后,政府官方的新闻机构正式报道说这艘飞船被摧毁了……是由于一名船员的破坏行为。埃里克·冈瑟的女儿来到了这里,这更加证明了,他父亲是国家安全局安插在船上的特工这件事是一个谎言……"

"我父亲？"温迪一副难以置信的表情，声音也哽住了，"我不……你是说，我父亲是破坏者？"

曼尼用盎格鲁语对女统领说了些什么。她变得不再那么冷漠了，眼睛瞪得大大的，惊讶地看着温迪："这件事……你不知道吗？"

李转过身，看着困惑的温迪。"我没法告诉你，"他朝她走了一步，平静地说，"对不起，但是……"

"你知道？"她往后退了退，"你知道我……"

"温迪，请听我说。政府把你父亲安排在飞船上，如果飞船被劫持的话就让他炸毁它。他根本没打算执行这一命令，是他把你带上船的，对不对？咱们抵达土狼星之后，我才发现这件事，当时他想杀了我，因为他仍然忠于自由党……"

"所以那不是个意外。"现在，她的眼中含着冰冷的怒火，"你杀了他……或是找人杀了他。"

"温迪，不。事情不是这样的。"李朝她又走了一步，而温迪开始后退，但李抓住了她的胳膊。"实际情况要比这复杂，"他声音很低，"但现在不是……说这个的时候。"

"那你打算什么时候告诉我？"她死死地盯着舰长，"还是说你打算……"

"我会把实情全都告诉你的，但现在不行。"李放开了她，"现在，我需要你保持冷静，记录下所有的谈话内容。你说过，你能做到的……现在我全靠你了。你能做到吗？可以吗？"

温迪没有回答，只是低头看着地板。过了一会儿，她点点头。达娜走近了一些，用胳膊搂住她的肩膀，给了她一些安慰。温迪一言不发地举起了平板，在记录的时候，她手中的电子笔在不停地颤抖。

指挥中心陷入了令人不安的寂静。博学者们转过身来看着这边，他们红宝石般的眼睛在黑暗中闪闪发光。李长叹一声，转身面向女统领。"不好意思。"他说，"这件事……她不知道。"

女统领同情地点了点头,用益格鲁语说了些什么。曼尼一边听,一边看着李:"我们提出了一个不该讨论的问题,这是我们的错。"

"谢谢。"李挺直了肩膀,他还有一个任务要完成,"你刚才说……反抗运动?"

"是的,没错。政府声称'亚拉巴马号'在发射三个月后就被摧毁了,但是地下网络提供了一些证据,证明它在海格特就被劫持了,而你就是这场阴谋的领导者。等政府再也无法否认这一事实之后,他们揭发了这场劫持的一个主要同谋,前国安局局长……"

"罗兰·肖。没错,是他帮我们逃走的。"李记得他最后一次见到肖的情景:在登上太空穿梭机前,他们在发射台上握了手。希望你能找到要找的东西,当时他这样说道。"他怎么了?"

"政府以叛国罪对他进行审判。他被判有罪,并被公开处决。"看见李皱了皱眉,继续说下去之前,曼尼犹豫了一下,"他的死亡并非毫无意义。他协助建立的组织赢得了更多的信徒,'亚拉巴马号'被盗这一事件表明,政府并不像看上去那样无懈可击。一小群叛乱分子开始相互接触,组成网络。几个月之内,破坏行动在整个共和国遍地开花……"

"记住'亚拉巴马'。"女统领露出了一丝微笑,她抬起双手,用大拇指和两根食指摆出了一个A形。

"这是革命的标志,"曼尼解释说,"一共花了将近二十六年,人们才蓄满足够的力量来推翻政府,最终人们袭击了国会大厦,逮捕了罗谢尔总统。"

"约瑟夫·罗谢尔?"李挑了挑眉,"我岳父当上总统了?"

"不……是他的女儿埃莉斯·罗谢尔。你的前妻,你离开后她就不再用你的姓氏了。她被国会选举为终身总统……"

"无所谓原因了,她怎么了?"

"她本该在哈瓦那接受反人类罪的审判,但在那之前,她就结束了自己的生命。她……"

"反人类罪？"李震惊地盯着他，"她干了什么？"

"地下运动并非单独行动。他们设法从共和国外获得援助。新英格兰、加拿大和太平洋国都是他们的据点……他们走私武器，破解政府计算机，隐藏逃犯。在发现这些情况之后，罗谢尔总统下令对波士顿、西雅图和蒙特利尔发动生化武器袭击。在新英格兰和加拿大，超过八十万人死于超级流感，在太平洋国，也有近三十万人因此去世。"

李闭上眼睛，低下头。早在他决定偷走"亚拉巴马号"之前，就已经不再爱埃莉斯了，而在他离开地球之前，埃莉斯还打算将他出卖给国家安全局，但她的计划在最后一刻被罗兰·肖阻止了，为此他付出了生命的代价。她一直都很冷漠，然而他绝不相信她会做出如此邪恶的事情。不知怎么的，在这些年里，自由党肯定扭曲了她的灵魂，把她变成了一个怪物……

他感到有一只手碰到了他的胳膊。抬头一看，亨利·约翰逊站在他身边。"你还好吗？"他低声说。李麻木地点点头。亨利转头看向女统领："你为什么要告诉我们这些？这些事情有什么……"

她抬起一只手："耐心，我们都会解释的。"接着对曼尼说："继续。"

"自由党被推翻后，"博学者说，"政府几乎在一夜之间就垮台了。曾经被称为美利坚联合共和国的国家变成了无政府状态。在接下来的几个月里，又有数千人死于瘟疫、饥饿或暴力。在危机期间，与共和国接壤的国家联同美洲其他国家组成了西半球联盟，首都设在中立国古巴的哈瓦那。"

"你说过这个问题，"李小声说，"《哈瓦那条约》签署于……什么时候？"

"2096年4月26日。这一天被称为'解放日'。西半球联盟的第一个主要行动就是向北美派遣军队，恢复国内秩序并提供人道主义救援。这项工作完成之后，联盟开始着手重建美国，不是作为一个独立的国家，而是作为一个由西半球联盟管理的省份。"

李难以置信地看着女统领。"你是说，我的国家不复存在了？"曼尼翻译了一遍，女统领严肃地点了点头。"那么你建立了一个什么样的政府呢？"

"社会集体主义。"她骄傲地扬起下巴。

"在社会集体主义制度下，"曼尼说，"所有个体都能被平等对待。曾经使人们分裂的障碍——资本主义、阶级地位、种族不平等等——都被消除，取而代之的是一种根据个人对更大利益做出的贡献来进行奖励的制度。没有人富有，没有人贫穷。没有饥饿，没有内乱，没有政治动荡。集体主义很好，它不仅对北美进行了重建，还让我们获得了长足的技术进步，能够建造这样的飞船。如果没有集体主义理论……"

"等一下，"李说。"你刚才说的……这样的飞船。你是说飞船不止一艘吗？"

埃尔南德斯女统领显然听明白了，因为她笑了："'辉煌命运号'只有一艘……是第一艘。还有更多。看。"

她从袍子下面抬起左臂，触摸手镯，上面的穹顶发生了变化。

李抬起头，从拉格朗日轨道上朝月亮望去。宇宙中排布着三艘和"辉煌命运号"相同的巨型飞船，每艘都处于不同的建造阶段——有的还仅仅是骨架，有的已经接近完工。飞船周围环绕着几十艘微型飞行器，它们来回移动，将船体部件从一个地方运送到另一个地方。他可以辨认出远处还有一座环形空间站，可能是建筑基地。那是一间造船厂，规模前所未有的造船厂。

"那是海格特船坞，"曼尼说，"我们离开前不久它是这个样子的。你看到的只是我们这五艘飞船中的三艘，其中每艘都可以运载一千名处于停滞状态的移民者。"

"一千名……"

"是的,舰长。'辉煌命运号'载有一千名船员。你还没见过他们,因为他们还没苏醒过来。除非在过去的四十八年里出现了什么意想不到的意外,否则我们舰队中剩余的五艘飞船应该会在接下来的四个地球年内抵达。"

他头顶上的景象已经成为历史,成为过去生产的批量产品。而现在,一队巨兽彼此相隔几光年,载着数千名深度休眠的乘客,正以亚光速冲向他们……

"我们要去土狼星,"埃尔南德斯女统领斟酌着措辞,慢慢说道,"为了社会集体主义的更伟大事业,在群星中探寻辉煌命运。"

自由镇 / 加百列月18日,拉斐尔日 / 19:17

"肃静!请肃静!"

木槌重重地敲在桌子上,却被人们大嗓门的吵闹声淹没了。挤得水泄不通的会堂里,所有人都站了起来,他们必须大声呼喊,才能让其他人听到。在房间前面,议会的议员们紧张地坐在主席台上,其中有些人显然希望他们此时并不在这里。

卡洛斯坐在观众席中看着房间另一头的温迪,苏珊依偎在他的怀里。此时温迪正笔直地坐在会议桌旁,双手紧握,脸绷得紧紧的。"普利茅斯"回来才一个多小时,自从在停机坪见到她之后,两个人几乎没怎么说过话,但是看起来她非常不情愿和其他议会成员坐在一起。有什么事情在困扰着她,但她并不愿告诉他。

"大家请坐下!"李舰长继续敲打着他的小木槌,"咱们必须先把会开完,时间不多了!"

渐渐地，吵闹声小了一些，那些站着的人都不情愿地坐了下去。有几个人举起了手。汤姆·夏皮罗推了推李，对他低声说了些什么，他点点头，然后回头看向观众。"等我说完，然后再进行公开讨论。但是，请大家……我们需要回到正题上，所以再耐心等一会儿。"

扫视着人群，卡洛斯看到了担忧、愤怒，甚至恐慌的表情。李舰长慢慢地叹了一口气，就像其他所有前往"辉煌命运号"的人一样，他似乎已经因为疲惫而濒临崩溃。然而，在离开那艘星舰后不久，他就从"普利茅斯号"发出无线电讯号，坚持要求太空穿梭机一着陆就召开一次紧急市民会议。

"我知道这很令人震惊，"房间再次安静下来后，李继续说道，"相信我，我们也都觉得惊讶。我想向埃尔南德斯女统领解释，自由镇养活这一百人都困难，更别说再养活一千个了，但她不了解我们的处境，或者……"

"她不明白什么？"房间一侧，站在卡丽身边的卢·吉尔里说道，"咱们的食物只够在这里的一百个人度过冬天剩下的日子。现在只有温室里还能种东西，至少要等到三个月之后，才能播种春季作物。"

会堂中的嘟囔声此起彼伏。"我知道，你也知道，"李说，"但要么她不相信我，要么她选择忽视事实。我的感觉是后者。她来自的政治体制……那种'社会集体主义'要求所有人都分享所有东西。我的也是你的，就这么简单。"

"那就让它们留在轨道上。"卢说，"你刚才说他们的大部分船员仍然处于生物停滞状态。让他们再等几个月，然后我们再讨论多养几张嘴的问题。"

"听起来似乎不止几张嘴。"首席厨师娜奥米·费希尔说。她和丈夫帕特里克·莫洛伊坐在卡洛斯旁边，莫洛伊是马歇尔航天中心出身的工程师，曾协助设计"亚拉巴马号"。听到这条消息，他们似乎都不是很高兴。

"咱们应该把那些人安置在哪儿呢?"帕特里克问,"在咱们家里?我是想问,就算他们在轨道上待到明年春天,谁来为它们建造住所呢?"

房间的另一头,噪声又变得越来越大了。苏珊不安地在卡洛斯怀里动了动,他把她从一只腿挪到了另一只腿上。苏珊把大拇指伸进了嘴里,他轻轻地把她的手拉开了。李又敲了敲小木槌。"肃静……帕特,我不知道女统领怎么会认为咱们有能力为她们提供食物和住所,不过她希望咱们这么做。在她看来,'亚拉巴马号'是前美利坚联合共和国的财产,而后者又正处于西半球联盟的控制之下。因为我们偷走了'亚拉巴马号'并用它建立了移民地,所以我们就是西半球联盟的一部分。"

娜奥米厉声说:"太荒谬了。"

"我知道……那你来跟他们解释吧。"李抬起一只手,以免又被打断,"到时候自由镇的人口将是现在的十倍。就算她愿意让她的船员们在生物停滞舱里等几个月,问题也迟早会出现……"

"所以让他们自己去建立移民地吧,"泰德·勒马尔喊道,"咱们花了三年半时间学习如何在这里生活,为什么他们不行呢?"

李正要回答,达娜就从第一排站了起来。"郑重声明,我同意。很显然,他们希望看到快乐的当地人铺开红地毯迎接他们。女统领根本不知道我们经历了什么才走到今天这一步……"

"那就让他们去别的地方!"房间后面有人这样喊道。

"你不明白。"达娜摇了摇头,"他们的飞船……几乎有'亚拉巴马号'的三倍大。单凭人数上的优势,他们就能击败咱们。另外他们的科技水平也比我们先进两百多年。如果……不,等到他们开始降落,我不知道我们要怎么才能抵挡他们。"

第一排的琼·斯温森举起了手。感谢有人遵守议会程序,李指着她,她站了起来。"我记得议会决定对我们的位置保密。"她说,"什么时候改主意了？"

"议会的确决定尽可能对自由镇的位置保密。"李犹豫了一下，"不幸的是，我们已经失败了。昨晚，某人未经授权向'辉煌命运'发送无线电信号，透露了这里的经纬度。"

愤怒的低语。"到底是谁……"帕特里克开口了。

"抱歉，我不想讨论这件事。"李看起来很痛苦，"那个人已经被拘留了，一等会议结束，议会将决定采取什么处理措施。"

卡洛斯瞥了一眼坐在房间后面的茜茜·莱文。他已经听说了克里斯的事。这位母亲独自一人坐着，双手交叉放在膝盖上，面无表情，没有表现出羞愧或懊悔。也许她相信克里斯做的是对的。

"在这件事上，"李继续说道，"指责没有任何意义。我不认为咱们可以将这里的位置保密很长时间，他们不可避免会找到我们。更重要的问题是，他们来的时候，我们该怎么办？"

"你认为他们什么时候会来？"金·纽厄尔问。卡洛斯看到他的妹妹玛丽正坐在她的腿上。"如果他们随时会来……"

"幸运的是，不会那么快。"李挤出了一副苦笑，"首先，女统领告诉我，她的大部分船员仍处于生物停滞状态。只有她自己和……我跟你们说过的博学者们清醒着。所以我认为，咱们有理由相信他们需要一些时间来唤醒足够的乘客组成登陆小队。另一方面，过去几天我们一直在追踪的冬季风暴肯定正朝这边袭来。一旦它到达——大概是两天之后——在此期间，太空穿梭机不可能降落，至少要等到风停了才行。所以我想这能为我们留出一些时间……"

他顿了一下："三天，也许四天，我想接下来他们就该来了。"

整个房间陷入不安的沉寂。没人说话，卡洛斯看得出来，人们都开始思考。李等了一会儿，然后继续说了起来。"据我分析，现在只有两个选项。首先，我们可以和女统领谈判。努力让她明白，我们无法养活和庇护更多的定居者，起码要等到春天能种庄稼的时候……"

"好吧，然后呢？"保罗·德怀尔说，"他们可能不比刚到这儿时的我们更知道如何生存下来。这意味着，他们将依赖我们……"

"所以我们应该为一群不受欢迎的客人提供食物和住所？"另一个人问道。

"见鬼去吧。"卢·吉尔里双臂交叉抱在胸前，"如果我想要那样生活，还不如待在家里。至少自由党统治的时候，我清楚自己的立场。"房间里响起了一阵笑声，他点了点头，"这个……你们管它叫什么来着？'社会集体主义'听起来和我们抛下的那个垃圾政权一样，只不过换了个名字而已。"

掌声，甚至那些曾经的自由党党员都鼓起了掌。卡洛斯环顾四周，对这些人的巨大变化感到十分惊讶。按照土狼星上的算法，不到一年半以前，这块移民地分成了两半，一部分曾宣誓效忠共和国，另一部分则是从共和国逃出来的。然而，人们一起忍受了极端的气候，经历了物资短缺和失去至亲，克服了可能会击败普通人的重重困难。他们曾经有过的各种分歧，如今都已经被遗忘或是变得不那么重要了。在内心深处，他们拥有了一个可能许多人并不清楚自己拥有的东西：不愿向任何人和事情屈服的灵魂。

他意识到，这都是自由带来的。一旦体验过了它，你就再也不想放手了。但是他们愿意牺牲多少来保有自由呢？

"好吧，"李说，"那咱们就只剩下第二个选项了……抵抗，反击，别让他们踏足自由镇。"

房间里又安静了下来。"蓝衬衫"的头头罗恩·施密特一边举手，一边清了清嗓子。李让他发言，这位前共和军中士站了起来。"军械库里有两门远程迫击炮，二十五挺卡宾枪，十二把手枪，还有十二挺自动机枪，这些机枪组成了我们的外围防御系统，"他拖着长音说，"上次清点的时候，我们找到了四十发迫击炮弹，三百六十二发点三八口径的帕拉贝鲁姆弹药，二百零二支飞镖弹，还有，趁我还没忘，十把长弓和八十二支箭。"

最后一句可能是想开个玩笑,但没有人笑。卡洛斯皱起了眉头,他亲手制作了那些弓箭,还训练"蓝衬衫",让他们学会了如何使用。但是他从没用它们对付过其他人。"市长先生,"施密特继续说道,"在我看来,咱们有足够的武器来对付莽鸟和溪猫,但并没有一支装备精良、意志坚定的远征部队。如果有人真想攻下自由镇,就算咱们愿意战斗到最后一个人,他们两三天也能成功。"他犹豫了一下,"还有,是不是有人不愿向其他人类开枪。这件事也必须考虑。"

施密特坐下时,房间里传出一阵抱怨。"谢谢你的报告,罗恩。"李说,"我很感谢你的评估。"他看了一眼其他面色铁青的议员们,"监察长说得有道理。大家愿意为保护自己而开战吗?大家准备这样迈出下一步吗?"

声音大了起来,有人赞同,有人反对。然而卡洛斯突然觉得那些声音都消失了,因为在那一瞬间,一个想法闪过了他的脑海。

与其说这是一个想法,不如说是一段记忆:"亚拉巴马号"环形走廊的舱壁上画着一幅壁画,鲁普特王子带领着一队朋友和盟友穿过一处山谷,带他们远离那些威胁要摧毁他们的势力。

在完全不知道自己在做什么的情况下,卡洛斯转头看向娜奥米:"你能照看一下苏珊吗?"

娜奥米惊讶地点点头,轻轻地把苏珊从他怀里抱了起来。卡洛斯犹豫了一下,然后举起了一只手。"不好意思,市长先生。"他喊道,"我能说两句吗?"

一时间,李似乎没有听到他的声音。随后,他看到了房间另一头的卡洛斯,朝他那儿指了指,让他起来发言。卡洛斯站起来的时候,温迪惊讶地看着他。人们都转过头来,卡洛斯突然发现自己成了众人关注的焦点。这一刻,他想再坐下来,闭上嘴巴。

"蒙特罗先生,"李说,"你有什么要说的吗?"

"是的，先生。"卡洛斯说，"我认为……我认为还有另一个选项。"

拉斐尔日 / 23∶10

这座小镇只在名义上有一所的监狱，实际上那就是一个没有窗户的单间小屋。这间小屋紧挨着监察官的营房，它原本是一个仓库，但后来真正需要一所监狱的时候，它便成了监狱。不过监狱很少被用到，鲜少有人会惹那么大的麻烦，被"蓝衬衫"逮捕，而且人们受到的惩罚也通常会是社区服务，而不是监禁。

托尼·卢凯西打开前门，伸手去开灯。"莱文？醒醒。有访客。"过了一会儿，他走到一边让温迪进去。"需要我留下来吗？"

"不用了，谢谢。我没事。"克里斯坐在床上，揉去了眼中的睡意，朝她安慰似的点点头。不管发生什么事，他都绝不愿意攻击她。温迪回头看了看托尼，托尼不情愿地在她身后关上了门，咔嗒一声把门闩上了。

"你好。"等房间里只剩下两个人了，克里斯说，"真是个惊喜。"他看着她手里的水壶。"给我的？"

"嗯。我想你在这里可能会冷。"温迪把瓶子递给他，他点点头表示感谢，拧开了瓶盖。监狱里没有几样家具，只有一张窄窄的小床、一把椅子、一个烧木柴的炉子，角落里还有一个夜壶，不过至少还算暖和。她看着他把黑咖啡倒进杯盖里。"我也觉得你可能想谈谈。"

"有什么好谈的？被当场抓住。罪名成立。就这样了。"他耸耸肩，浅尝了一口，"谢谢你的咖啡。死刑犯也有最后的晚餐吗？"

"不是那样的……我是说，不要觉得你会被处决。"温迪脱下围巾，在椅子上坐下，"议会刚刚召开了正式会议。我们还没决定好要怎么处理你,但是……这就是我来的原因。他们想知道你为什么这样做。"

"他们想知道?"

"我想知道。"温迪摇摇头,"克里斯,为什么?为什么明知道这会让所有人都陷入危险的境地,你还要这么做?"

"噢,行啦。"他摇摇头,"你以为这是什么,叛国?我救了所有人的命。咱们在这里勉强度日,如果那艘飞船没有来,可能再过两三年,我们就都死了。你们想躲在沼泽里,那就躲吧。我觉得咱们可以利用他们船上的那些好东西。正因为如此,我才会把位置告诉他们。"

"这听起来像是在自我辩护。"

他放下咖啡,把毯子从床上拉了下来,裹在肩膀上。"嗯,也许吧。也许我自己也不知道为什么。"他犹豫了一下,"你还没有告诉我,你是不是觉得我是个叛徒。"

她没有回答。外面,风又吹起来了。在门的另一边,她能听见模模糊糊的声音,居民正在自由镇里走动着。虽然已经接近午夜了,但是人们没有多少时间可以浪费。很快暴风雪就要来了,移民地必须在那之前做好准备。

"我对背叛的事情略知一二。"过了一会儿,她说,"今天我了解到一些关于我父亲的事情,一些我以前不知道的事。他也想着左右逢源,他的个人利益和他对共和国的忠诚相对立。最后,在他不得不在两者之间作出选择的时候,他选错了,他为自己的错误付出了生命的代价。"

克里斯凝视着她:"我不明白。你是什么……"

"算了,这说来话长。"她摇摇头,"我想说的是,从来没有人会认为自己是叛徒。在内心深处,他们总会相信自己做的是正确的事情,就算这会伤害到别人。我认为我父亲就是这样的……我认为这也是你这么做的理由。"

"听起来没错。"

"你真的这么认为？认真的吗？"

"嗯。"然后他笑了，"如果再给我一次机会，我应该还会这么做……"

温迪没有立即回答。她凝视着对面那个男人——实际上，他还是个男孩，她曾经被他吸引，如果事情有不同的发展轨迹，他可能会成为她的伴侣。但现在，她对他只感到一丝冷漠的同情。他颓然地坐在床上，喝着她带来的咖啡——没有遗憾，没有内疚，只有不合时宜的轻蔑。

"我就是想来听这个的。"她站了起来，"再见，克里斯。我希望……我不知道。也许你最终会把事情搞清楚。"

"再见？"克里斯目瞪口呆地看着她转身朝门走去，"你说再见是什么意思？你要去哪里吗？"

"是的，"温迪说，"我要去一个地方，你不能跟着我。"

自由镇 / 加百列月22日，卡夫其尔日 / 10：38

暴风雪已经过去了，天空放晴了。小镇被埋在了十四英寸厚的新雪下面，雪高高地堆在木屋的墙边，盖住了房间的窗户。冰柱像细长的水晶匕首一样从屋檐上垂下来，清晨明亮的阳光让融化的冰水滴进了下面的桶里。一阵寒冷而孤寂的微风沙沙地吹过积雪覆盖的街道，吹得关着的百叶窗嘎嘎作响，呼啸着掠过没有烟气升起的烟囱。

埃尔南德斯女统领裹着一件厚厚的蓝色斗篷，头上戴着兜帽，站在会堂前，研究着这座寂静的小镇。除了少数联邦卫队士兵挨家挨户地搜查外，什么动静也没有；除了他们的脚印外，厚厚的积雪上再无其他痕迹。

女统领浑身发抖，把斗篷裹得更紧了。这个世界比她想象的要冷得多，稀薄的空气简直难以呼吸。听到远处上空传来一阵低沉的轰鸣，她抬起头，看着一艘太空穿梭机在万里无云的蓝天上飞驰而过。预料到"亚拉巴马号"的移民者会进行某种形式的抵抗，她指示第二艘太空穿梭机在自己这艘降落在镇郊一小时后降落。机上有二十名全副武装的士兵，随时准备镇压任何反抗活动，但现在，已经没有这个必要了。

整座小镇都被遗弃了，里面一个人都没有。仅仅三天多一点的时间，就有一百多个男人、女人和孩子失踪了。

"女统领。"一个声音从她身后传来。她转过身，看到卡斯特罗博学者朝她走了过来，黑色的影子在一片雪白之下显得异常明显。当然，他感觉不到风，但不知怎的，她想象着风穿过僧侣般的斗篷向他袭来。

"你发现什么了吗？"她用盎格鲁语问道，"还有人吗？"

"只有两个。一个年轻人和他的母亲。"博学者在她面前停下了脚步，他细长的双腿几乎陷进了膝盖深的雪地里，"我们在大街那边发现了他们，好像是在一所监狱里。他们被锁在里面，虽然里面的食物和水够维持好几天。"

"锁起来？"女统领疑惑，"他们怎么会……"

"他自称是给我们发送坐标的人。他说其他人不再信任他了，决定把他留下。他的母亲也选择留下。"

"我明白了。"女统领皱起眉头，"所以他们肯定知道其他人都去了哪里。"

"不幸的是，他们不知道。他们两天前被关进了监狱，之后没有人告诉他们任何事情了。"卡斯特罗博学者指向另一个方向，"我刚刚去了他们的着陆点。其中一艘太空穿梭机还在，是'五月花号'，也就是原来的'华莱士号'，但现在它只剩下一个空壳。他们已经把所有可用的部件都拆走了……"

"另一艘太空穿梭机呢？它是什么时候起飞的？有没有留下什么痕迹？"

"雪盖住了冲击留下的痕迹。所以我得出的结论是，它可能在暴风雪到来之前就离开了，那起码是在两天之前。"

路易莎·埃尔南德斯把目光转向别处，一边吐着白气，一边低声咒骂着。就在李那帮人拜访他们后不久，她的船员们收到了一个无线电信号，并从信号中得知了移民地的位置。这信号显然是刚刚发现的那个年轻移民者发出的，她想让"辉煌命运号"一直待在可以看到新佛罗里达的位置上。然而，这颗行星的自转与飞船的轨道不同步，因此太空穿梭机确实有机会在没被看到的情况下发射升空。

"在河边，我们发现了一个似乎用于存放船只的棚屋。"卡斯特罗继续说道，"曾经有三艘大型船只和一些小型船只存放在那里。"女统领抬起头看着他，他摇了摇头，"它们都不见了。"

然后暴风雪到来了，接下来的两天里，土狼星西半球几百英里都被厚厚的云层笼罩。移民者们有充足的时间在风暴的掩护下逃跑。

"还有他们的家？"她指着那些沿着移民地主干道整齐排列的简陋木屋，"这里面有什么……"

"什么都没有，女统领。"女统领点了点头。她的手下已经向她报告过了，这些房子已经被拆得只剩下光秃秃的墙、窗玻璃和很重的家具。所有无法替代的东西都被移民者们带走了。甚至连电器设备都不见了，电线也小心翼翼地被人们从墙壁和天花板上拆了下去。

"我们找到了牲畜圈，"博学者说，"但是动物都不见了。谷仓也空空如也。里面什么都没有。"

听到这话，埃尔南德斯皱起了眉头。她一直指望着移民地的食物能让她的先遣队度过冬天，等到了春天，移民地的居民们就能种出足够的庄稼，养活"辉煌命运号"的其他船员。她凝视着地面，心不在焉地用左脚的脚趾划过雪地。她的计划遭遇了严重的挫折，可她不知道自己说了什么或者做了什么，让李舰长对她的野心有所警觉。

"你……"她刚开口，会堂的前门就砰的一声打开了。她吓了一跳，迅速转过身去，手伸到斗篷底下想去掏手枪，然而出来的只是她派进会议厅的一名卫兵。

他停在被积雪铺满的台阶上，上面满是脚印，右臂下面夹着什么东西。"不好意思，女统领。"他结结巴巴地说，但看到对方手里的枪，他瞪大了眼睛，"我没有……"

"发现什么了吗？"卡斯特罗博学者问。士兵点点头。"请把它拿过来。"

士兵摇摇晃晃地走下楼梯，蹚过积雪来到他们站着的地方。"它放在后面一个房间的桌子上。其他东西都被拿走了，所以我觉得这东西可能很重要。"

"谢谢。"埃尔南德斯从士兵手中接过了一块彩色的布，它很旧，但被整齐地叠在了一起。她小心翼翼地展开了这块布。在认出它究竟是什么后，她不由得倒吸了一口冷气——一面美利坚联合共和国的国旗。在地球上，人们只能在博物馆里看到它了。这面旗子可能是曾经的共和国在"亚拉巴马号"离开地球之前送给全体船员的。一件无价的历史文物……

"还有这个。"士兵紧张地递出一张小纸条，"它贴在那面旗子上。请原谅我的无知，女统领，我不知道上面的字是什么意思。"

路易莎·埃尔南德斯从他手中拿走了纸条。上面有字，但是是用古英语写的。没有问，她就把它交给了卡斯特罗博学者。

他冲着纸条研究了一会儿。"干得好，卫兵。解散。"士兵盯着他看了很久，然后敬了个礼，不情愿地走开了。等士兵走远后，他开始大声朗读纸条上的字。

东峡河 / 加百列月22日,卡夫其尔日 / 11:01

"'它是你们的了。我们不再需要它了,所以你们应该留着它。不要跟着我们,否则我们也会跟着你。'"

"抱歉,舰长?你说什么?"

李四处看去。卡洛斯站在船尾,双手握着舵柄。李以为自己只是在自言自语,但这个年轻人显然听到了他的话。"没什么,"他说,"只是我留给女统领的一样东西。我想她现在应该已经找到它了。"

他从粮袋上站了起来,一只脚踩着船舷上缘,回头凝视着身后,他们来时的方向。东分水岭仍在视线范围之内,但已经落入地平线之下,它那石灰岩峭壁被东峡河的冰冷河水吞没。几分钟后,新佛罗里达就会消失在视线之外。还有些时间够他再看最后一眼……

"我不认为咱们再也见不到他们了。"卡洛斯回头看了看,"实际上我觉得肯定会再见的。"

"要是够聪明的话,他们会保持距离的。"毫无疑问,这些新来的移民会来找他们。李猜测,"辉煌命运号"将在几周内找到他们,甚至更快。但女统领只想要自由镇,而不是曾住在那里的人们。他留下的纸条是想警告他们不要追过来,将它钉在国旗上的做法更加微妙。在他看来,西联跟共和国根本没有什么区别,只不过是另一种形式的压迫罢了。不知道女统领明不明白这份讽刺,反正这对他来说根本无关紧要。

卡洛斯的脸上掠过一丝狡黠的笑容:"我也要保持距离吗?"

"我希望你说的不是我想的那个意思。"看到卡洛斯没有回答,李摇了摇头,"以后再说吧。现在咱们还有很多工作要做。"

宽阔的甲板上装满了麻袋、板条箱和设备箱,这是他们所有的财产,起码所有能从移民地拿出来的东西都装上了三艘三十四英尺长的大船。他们的船在船队的后面,前面是另一艘大船,两边都有小艇和独木舟护航,船帆被凉爽的东风吹得鼓起来。正如卡洛斯预测的那样,风暴降临,沙溪水位猛涨,这样一来,平底船也能顺利通过夏皮罗山口,不至于搁浅在浅滩上。

再过几天,船队就会抵达蒙特罗三角洲。接下来他们会转头向东,沿着中央大陆的西南海岸一直来到卡洛斯去年夏天扎营的地方。其余的移民者,连同牲畜,已经先走了,在风暴席卷新佛罗里达之前,"普利茅斯号"就载着他们前往中央大陆了。他们现在应该已经在卡洛斯发现的山谷里扎营了,那里离他的树屋很近。

李转过身,小心翼翼地穿过一袋袋玉米和豆子、一箱箱工具和零件、一卷卷电线和塑料管,朝船头走了过去。卡洛斯知道他要去哪里,船上还有一个他需要见的人。

温迪盘腿坐在帆板上,背靠着主桅杆。她的平板打开着放在她的大腿上,但此时,她正回头望着新佛罗里达。微风把她的头发吹到了脸上,早晨的阳光让她那淡褐色的头发变成了银灰色;在那一刻,她显得比实际年龄老得多,也显得比同龄的女孩都更加厌世。李犹豫了一下——也许他应该尊重她的孤独,但她环顾四周,发现李正站在身后。她的表情很严肃,眼中似乎不带一丝感情。

"你想谈谈吗?"李问道。

"这重要吗?"

"应该重要。至少对我来说很重要。"李在一个板条箱上坐了下来。回过头,他瞥了东分水岭最后一眼,现在地平线上只剩下了一条参差不齐的黑线。"在此之前我可能没找到合适的机会,我应该说,对不起……"

"你已经道过歉了,但没告诉我原因。"

她的声音里没有责备。她只是想知道实情而已。他现在可以告诉她十几种不同的谎言，有些能给她带来更多的安慰，但会一下子就被她看穿。在她的脸上，他看到了曾经的那个女孩；在她的眼中，他看到了她将成为的女人的模样。他必须和这个女人说话，而不是眼前这个孩子。

"我没有杀你父亲，"他开口道，"是吉尔·里斯干的……他在'亚拉巴马号'上朝他背后开了一枪，因为他以为你父亲会向我开枪。"

"我父亲为什么要杀你？"温迪直截了当地问道。

"他说我是个叛徒，杀了我是他的职责。"李顿了一下，"请相信我，我根本不希望吉尔朝他开枪。我想让你父亲把枪给我，当时我还以为他同意了，但后来他改了主意，里斯以为他要朝我开枪，所以就先开了火。他死在了我的怀里。"

"什么……"她的声音有些哽咽，于是清了清嗓子，"他最后说了些什么？"

"'共和国万岁'。"李清晰地记得那一刻，"但那并不重要。他说的最后一件事情是关于你的……他不想让你知道他为什么会在船上。他最害怕的就是这个，我……"

他摇摇头。"不，不对。我觉得他害怕的不是这个，他是在害怕未来。他活在过去已经太久了，所以不想放手。他偷了一把枪，想杀掉我，其实是想让时光倒流。但他做不到，所以……"

"我明白。"她仍然没有看他，但透过她被风吹起的头发，他可以看到她脸上的泪水，"真有趣。你知道吗？我几乎不了解他。我是说……他把我安排在青年旅馆，这样他就可以参军了，我很少见到他，直到最后他把我带到了'亚拉巴马号'上。什么样的父亲会……"

"我不知道，也许他非常在乎女儿，只是不愿承认而已。"

她的下巴颤抖着，眼泪不由自主地流了出来。李犹豫了一下，不知道这样做对不对,但还是坐到了她旁边。他用一只胳膊搂住她的肩膀时,她没有反抗,头靠在了他的胸膛上,李就这样抱着她,待了很长时间。船上的其他几个移民者故意没有理会他们;卡洛斯控制着舵柄,驾船离中央大陆越来越近,小心翼翼地没有去看他们。新佛罗里达已经消失了,现在东峡河上只剩下这些船。

温迪抬起头,轻轻地抽了一下鼻子,用手背擦了擦眼睛:"那么……接下来怎么办,舰长?咱们现在怎么办?"

罗伯特·E. 李,一位南方联邦将军的后裔,把视线转向了南方。"这里有一个全新的世界。"他平静地说,"咱们去探寻它吧。"

鸣　谢

我要感谢在这部小说写作过程中，为本书提出过建议的以下人员：格雷格·贝尔、格雷戈里·本福德、罗伯·卡斯韦尔、哈尔·克莱门特、杰克·科恩、我的侄女弗洛伦斯·爱德华兹、特里·凯普纳、朱迪丝·克莱恩-迪尔、罗恩·米勒、鲍勃·施瓦格和萨拉·施瓦格夫妇、我的姐妹伊丽莎白·斯蒂尔和瑞秋·斯蒂尔，以及马克·W.蒂德曼。

《阿西莫夫科幻杂志》的编辑加德纳·多佐伊斯和希拉·威廉姆斯，以及《星球移民地》选集的编辑马丁·H.格林伯格和约翰·海尔弗斯，感谢你们让我写下了一系列的短篇小说，它们是这部长篇小说的雏形。这是我欠你们的。

我也一如既往地感谢我的编辑金杰·布坎南和我的文学经纪人玛莎·米勒德，谢谢你们的鼓励和支持。如果没有我的妻子琳达，这一切都无法实现。琳达跟随我沿着土狼星荒凉的河流探索，然后接过桨，把我带回了文明。

2000年3月至2001年10月
田纳西州史密斯维尔
马萨诸塞州威特利